장편소설

빛

이종희 소설

하움

차 례

01 블랙홀   · 5

02 한여름 밤에 살얼음판 걷기   · 29

03 침묵의 소리   · 43

04 손님   · 66

05 아직 끝나지 않은 이야기   · 86

06 망자들의 모임   · 102

07 틈   · 118

08 막다른 자의 복수   · 132

09 미로학습   · 168

10 악의 부화   · 194

11 사랑아, 내 사랑아   · 223

12 아수라 시장   · 234

13 미로 찾기   · 256

14 추적   · 276

15 내 그물 안으로 들어온 물고기 · 283

16 백 년 만의 외출   · 296

17 그리고 새로운 악의 탄생   · 301

블랙홀

계절에 따라 지옥은 다른 형태의 지옥으로 바뀐다. 꽁지에 불을 붙이는 더위가 거리 사람들 뒤를 바짝 쫓아다녔다. 비지땀을 흘리면 종종거리는 그들의 발걸음은 겨우 정오를 가까스로 보냈는데 에너지 방전으로 아슬아슬했다. 고통의 정점에서 멈춘 죽은 자의 표정은 일없이 걷는 무기력한 도시인의 한결같은 가면이자 병증이기도 했다.

빚에 몰린 사람들의 땀에는 짠 내가 나지 않았다. 물렁물렁한 살과 비계로 이루어진 몸뚱이에 고름을 흘렸고, 고름으로 인한 악취로 누구든 쉽게 그들이 빚진 자로 구별이 됐다. 하지만 그들의 독특한 채취를 누구나 맡을 수 있는 것은 아니다. 그 냄새는 오직 미식가와 콧등을 길바닥에 쓸고 다니는 예민한 후각을 가진 들개만이 맡을 수 있어 구분이 매우 어려웠다. 그런 특징이 있음에도, 남산에서 무작위로 던진 돌에 맞은 사람 대부분이 김 씨 이 씨 박 씨이듯 빚진 자는 이 땅에 널려 있었다.

도시 천정에 걸려 폭군의 분노장애처럼 퍼부어 대는 태양의 가학성 열기는 아무리 순한 품성을 가졌어도 야수의 송곳니를 드러냈다. 사소한 주차 시비는 곧바로 비자발적인 살인으로 이어졌다. 거리에서 걸리적거리다 폭행을 당해본 적이 있는 노인들은 앳된 아이들이 무서워 낮이고 밤이고 방구석에 처박혀 트로트에 심취했다. 그 외 사람들의 표정은 살기로 등등했고, 나머지는 하늘이 무너지거나 땅이 꺼지길 간절히 기도했다. 누구든 한껏 불어넣은 풍선처럼 톡 건드리기만 하면 터질 준비가 되어있었다.

다들 느끼는 것이지만, 불신은 어느 시대보다 팽배했다. 왜란으로 사람이 사람을 잡아먹었던 선조 시대보다 더, 동학 농민 혁명으로 수없이 많은 머슴이 우금티 전쟁에서 사라졌던 고종 시대보다 더. 얼어 죽고 맞아 죽고 철삿줄에 꽁꽁 묶여 진동 앞바다에 많은 인민이 수장 되었던 이승만 시대보다 더 가혹하다고 과장되이 생각하고 있었으나 언론은 그들의 불평에 눈 하나 깜짝하지 않고, TV를 통해 이혼녀의 외로움과 먹방의 세상을 방영해 오히려 불난 집에 부채질하듯 힘든 하루를 보내는 이들을 조롱했다. 알토란 같은 적금을 들 여유가 없는 직장을 가진 젊은이들은 진작 무엇이든 포기했다. 몇몇은 벼랑 끝에 몰렸음에도 악착같이 매달렸음에도 잠시 허리 쉼을 하면 허방을 짚듯 가족 누군가는 아팠으며, 모아놓은 돈이 없어 빚을 얻어야 했다. 이런 사정이 흔했으나 빚진 당사자가 아니면 누구의 흥미도 끌지 못했다. 물귀신처럼 주위 사람들을 끌고 갈 모든 서류에 싸인을 한 그들은 매년 저지대란 지리적 불리한 위치로 홍수나 산불 피해를 봤으나 그저 통곡과 팔자타령만 할 뿐 불만과 폭동은 불씨조차 찾을 수 없어 이제는 잠자코 버티는 게 타성이 됐다.

그래도 생각이 없는 만족은 아니어서 몇몇은 이 모든 상황을 운명으로 받아들이지는 않았다. 가랑비에조차 변수가 생겨 죽는 사람들이 숨어서 사그라졌다. 다만 몇몇이 시기를 기다릴 뿐이다. 대신 정서적으로 설명되지 않는 허기가 생겨났다. 한가하면 배가 고프지 않아도 식욕과 갈증이 생겼다. 화가 나면 먹고, 슬프면 끝없이 술을 마셔댔다. 이러한 가난한 사람들의 여망에 맞춰 종편을 포함한 모든 방송사에서 부자들의 오르가슴에 가까운 소비와 사람을 그냥 죽이는 게 아니라 상상을 불허하는 방법으로 저지르는 살인과 곳곳마다 설치된 음모와 배신이 기발한 드라마를 일주일에 네 번은 꼭 방영해 누군가 죽이고 싶은 간접 욕구를 시간별로 태워줬다. 도시에 사는 모두가 사기를 꿈꾸게 됐다. 두 눈을 항상 야행성 쥐처럼 빛났다.

사람들은 방부제가 잔뜩 들어간 값싼 음식물에 중독됐다. 대신, 심한 변비와 치질 하나쯤은 또는 다양한 질환을 달고 살았고 오직 중산층 이하의 사람들만 비만의 수렁에서 허우적거렸다. 배불뚝이 목사가 비만의 성도의 귀에 바싹대고, '비만은 칠 대 죄악 중 최악이다.'라고 특별 예배에서 성령에 들떠 외쳤다. 그들은 상처나 지금 이런 상황에 몰린 모든 탓에 가책을 받았고, 교회 문을 나서자마자 다시 빚에 쫓겨 잊게 됐다. 이 습관은 도시에 번졌다.

일요일 예배를 마치고 돌아온, 그러려니 하며 사는 사람들은 일요일 이른 저녁에 일정처럼 나오는 '개그 콘서트'가 삶의 유일한 낙이었고, 공허한 웃음을 풀풀 날리며 막연하게 사는데 나마 감사했다. 그러다 개그 콘서트가 정치 모리배를 흉내 내는 바람에 종영됐다. 순간 위험한 지역에 사는 사람들 분위기가 심상치 않았다가 돼지기름처럼 빠르게 식어 굳어졌다. 정부는 코웃음을 쳤다. 그들의 좌우명은 돼지다움으로 위장한 어느 개그맨이 지껄인 '나만 아니면 돼!'였다. 어쨌든 과부하가 걸린 시대에 도시 사람들은 마지못해 살았다. 개똥밭에 굴러도 이승이 낫다는 속담은 그들의 삶에 지대한 영향을 끼쳤다. 그건 마지막 안간힘이자 사명이었다.

물리적이든 정신 병리학적이든 붕괴가 성행하는 나라, 헤어지기 위해 잠시 결혼하고, 허기에 가까운 성욕이 팽배하는 나라, 불량 콘돔으로 요행히 태어난 자식은 가까운 시일 내 냉혹한 애물단지이며, 부양의 의무에 헤어난 지 십 년이 안 된 늙은 부모는 막 독립한 자식에게는 악성종양이며, 삭막함이 일반화된 사회에서 주변을 눈길을 끌지 못하는 피치 못할 불효와 불륜은 신문에 나오지 않았다. 대통령조차 국민에게 각자도생에 방점을 찍고, 마지못해 살면서도 열성 국민은 독재자의 재림을 열렬히 환호했다. 대뇌의 나사가 풀린 국민에게 옛날 박정희는 자랑스러운 조상이자 우상이었다. 아니 신이었다. 그들의 굳어진 근성은 앞으로 전개될 숙명이었다.

빚, 쥐약인 줄 알면서 먹는데, 그건 마치 심리적인 허기로 불빛에 날아드는 나방의 일시적인 충동이 아닌 젊은 성욕과 비슷한 작용이다. 빚, 불구덩이인 줄 알면서 뛰어든다. 아무도 강요하지 않았다고 기름진 입술로 판결을 내리는 판사의 구형은 항상 영구격리이다. 빚은 천라지망(天羅之網)이다. 누구든 걸리면 빠져나올 수 없다.

자본주의란 게 무슨 사상이 아니다. 그저 서민은 지들이 꾸민 무대 위에서 즐기기 위한 꼭두각시고, 돈이면 처녀 불알도 살 수 있다는 뜻이다. 자, 화투 마흔여덟 장을 마구 섞어 무작위로 뽑아 표본으로 삼아보자. 한 여자 사람이 뽑혔다.

여기 서울 특별한 한 부부가 산다. 미경은 아이를 가질 뻔했으나 어쩌다 놓치는 사정에 반전이 추억에 젖었다. 만약 반복되는 악몽과 걱정으로 아기를 잃지 않았다면, 그 아이가 혹 덩어리로 커갈 무게감으로 지레 눌려 죽었을 것이다. 지금 한 가정이 침몰 중이다. 태어나지 못한 아기는 분명 행운일 거라고 미경은 잔뜩 취해 투덜거렸다.

이 사회에서 결혼이 실수라면 출산은 재앙이었다. 돈이 최첨단 무기인 시대에 그 무기를 많이 그것도 아주 많이 장착한 사람의 임신만이 축복인 것이다. 어떤 의미에서 가난한 이가 낳은 생명은 이 시대에 대한 복수일 수도 있다. 하지만 부모가 돼서 그 원한을 길러야 하는 몫을 맡을 수는 없었다. 아이를 낳는 행위는 창궐하는 악의 방조 행위이자 공범이지 않을까 하고 미경은 심각하게 생각했다. 어쨌든 정부의 '애 낳기'에 수십 조를 퍼부은 정책 낭비에 동조할 수 없는 일이었다.

이 빌어먹을 시대에 모성은 자기기만에 지나지 않았다. 그것을 뒤늦게야 절절한 후회로 깨달은 친정엄마 또한 건강할 적에도 늘 타일러, 과거의 잘못을 바로잡으려고 딸에게 자식 낳기를 조르지 않았다. 정신머리 없는

장편소설 빛

이십 대가 박약한 성 지식과 순간 참을 수 없는 욕정으로 미혼모의 고삐에 꿰이지 않는 이상 영악한 여성 대부분은 된장인지 똥인지 꼭 찍어보지 않아도 생산하기를 꺼렸다. 나중에야 도시에 일하는 노예가 씨가 마르건, 노인들의 지옥이 되건, 훗날 인두세 재원이 바닥나는 재앙은 나와 상관이 없는 일이 됐다.

이 판국에 사랑이든 계산이든 아이를 만드는 하위의 전략은 부드럽게 말해 자충수였다. 물리치기 어려운 성 충동은 종족보존을 위한 신의 속임수인지 모르겠으나 현실에 파묻힌 사람에게는 위험한 덫이었다. 별 뾰족한 수가 없는 청소년도 이 정도쯤은 상식이었다. 반면 돈 없는 사람들의 놀이인 자기들끼리의 찡가먹기는 가장 저렴한 비용의 놀이였다.

누가 대한민국 수컷이 아니랄까 남편은 꼴리는 대로 살았다. 이놈을 남편으로 선발한 나름의 이유가 이었지만, 이 정도로 막무가내일지 알았다면 살다 살다 힘들면 자살할망정 거들떠보지 않았을 것이다. 그러나 그것을 사용해보지 않고 물건의 제대로 된 품질을 어찌 보장할 수 있단 말인가? 아니 천 년을 살았다 하더라도 귀신도 모르는 사람의 속을, 이제 좀 편히 살아보자는 철없음으로 치를 떠는 된장녀가 어떻게 알았겠는가. 아니 그 속을 알았다 치더라도 정식직원이 아닌 사람은 상황과 세월에 치이면서 본성마저 바뀌게 되는 것이다. 한번 선이 악으로 변절되면 다시는 선이 악으로 바뀌지 않는다. 게다가 소망은 무른 순두부처럼 상온에서 쉽게 변했다.

세상에, 뭐 이런 인간이 다 있을까? 남편은 결혼이란 걸 하자마자 그 시간부터 미경을 걸리적거리는 짐짝 다루듯 했고 천덕꾸러기 개로 보이는지 늘 짜증을 내고 모든 결정에 의사를 묻지 않았다. 그는 누가 앞에 있건 그래도 된다는 듯 철저히 무시했다. 타인이 옆에 있어도 아내는 보이지 않는 사람이었다. 남편의 행동은 타인에게 쉽게 전염되었고 미경이 구겨져 있어도 측은하게 보지 않았다. 미경은 누구에게나 무시돼도 되는 그냥 적치물이었다.

남편은 뭐든지 혼자 결정하고 그 결정은 바람의 방향에 따라 쉽게 바뀌었다. 변덕이 심했으므로 늘 신경질적이었다. 결과에 대한 잘못은 제 탓임에도 책임을 온전히 남에게서 들춰내었다. 미경이 성의껏 차려낸 아침상에서조차 남편은 미경의 죽을죄를 찾아냈다. 자신의 결정에 잘못된 결과가 나오면 왜 진작 말리지 않았느냐란 질타를 했고 이에 변론하면, 한 번해서 안 되면 열 번 정도 강력하게 말렸어야지 하며 나가버렸다. 미경이 또한 만만치 않은 성격임에도 쥐죽은 듯이 살아야 하는 이유로는, 남편의 이런 행동의 배후에 전통적으로 내려오는 가부장 제도와 그 모든 걸 조정할 리모컨인 돈이 있었다.

가소롭지 않은가? 대부분 수컷의 위상이라는 게 논란이 없는 성기의 크기였으나 그 믿음은 주관적이었고 크기에 대한 확신은 대개, 성을 상품으로 하는 직업적인 창녀를 제외한 돈으로 얼마든지 열리는 여자들의 주관적인 찬사에 비롯됐다. 성기는 돈만 있으면 얼마든지 늘릴 수 있었다. 미경은 남편의 주장을 받드는 척했다. 게다가 할 때 반응이 없으면 돈만 아는 창녀 취급을 받았다. 어쨌든 미경은 남편의 몰지각함에 굴하지 않고 주눅이 들지 않는 강한 여자였다. 그래, 네 자지 굵다.

미경에게는 섹스 이상의 것, 직원에겐 생산량 초과 달성과 비용 절감 그 이상의 것을 원하지 않는 남편은 묘하게도 풍족한 생활비에 관대했다. 사용처를 물어보지 않는 것만으로 모든 단점이 지워졌다. 하지만 가끔은 상쇄되지 않는 것들도 있었다. 남편의 말은 뇌를 거치지 않고 나왔다. 미경이 티끌만큼 대꾸하면 밥상이 엎어졌다. 접시를 골라 깨뜨리며 얼마든지 이혼해 주겠으니 위자료를 정하라고 승승장구 중인 왕서방처럼 악을 써댔다. 미경은 늦은 후회를 했다. 아무리 개소리일망정 그때 적정 금액을 불러 거래했어야 했다. 당시 남편의 눈에는 보이는 것이 없었다. 재벌의 꿈에 부풀어 있었으니까.

미경은 노련한 기미상궁처럼 굴었다. 한편 남편은 새로운 법령을 마구 발포했다. 항상 화장하고 있을 것, 목소리는 나긋나긋할 것, 심지어 미경의 속옷마저 꽃무늬이길 강조했다. 미경은 시키는 대로 했다. 그래도 잡을 트집은 얼마든지 있었다. 생리가 있어 까맣고 펑퍼짐한 속옷을 입고 있으면 중세 시대의 부정한 여인으로 취급하듯 거실에서 홀로 자기를 강요했다. 그럼 즉각 받아드렸다.

참다 보면 이골이 나고 익숙해져 편한 줄 알았는데, 생각과 반대로 미경의 생활 반경은 점점 쪼그라들어 늘 안절부절못했다. 심지어 침대에서조차 섹스토이에 불과한 자신의 꼴을 발견했다. 결혼한 지 한 달 만에 후회했지만, 세상 돌아가는 꼬락서니를 보니 이내 체념했다. 저항은 언감생심이었다. 미경에게 이놈이나 저놈이나 상품으로서 질만 다르지 매일반이었다. 사랑? 그건 허구이며 허상이자 과대광고이다. 미경은 만사가 귀찮고 과거와 비교하면 그나마 소비에 호사를 누리는 것에 만족했다. 배경이 없는 년에 나타나는 삼십 대 초반의 막다른 골목은 질척거리게 되어있다. 이를 악물어야 했다. 살면서 탤런트나 부잣집 딸년 빼고 참지 않고 사는 년 있음, 나와 보라고 해!

그렇듯 미경은 안 좋은 쪽으로 정형화된 남편의 그런 취향을 서로 간의 팔자려니 하며 그대로 두기로 마음먹었다. 스물네 시간 붙어사는 것도 아니었고, 게다가 일주일이면 어떤 이유로든 사흘을 외박했으니 견딜 만했다. 다 그러지 않는가? 나이 먹고 힘 떨어지면 훗날을 다짐할 수 있으니까. 예전 뇌졸중으로 급사한 친정아버지 꼴이 그러했다. 다만 나은 점이 있다면 남편은 미경이가 아는 다른 놈에 비해 경쟁력이 있었다는 점뿐이다. 풍족한 생활비는 남편에게 에어백 작용을 했다. 그만하면 무지개 속옷인들 무슨 대수인가?

결혼한 지 삼 년이 되어가는데, 남편은 아이를 원하지 않았다. 물론 결혼 특약으로 정해 놓은 게 아니어서 불만이 있는 건 아니었으나 남편을 겪다 보니 그럴 만했다. 그는 자기 외 살아 있는 것은 모두 귀찮아하는 놈이다. 행여 아이가 인형처럼 보채지 않고 안아 달라고 하지 않는다는 사용설명서가 붙어있지 않은 한 남편은 타인의 아이조차 진저리를 쳤다. 남편이 직원 집들이에 마지못해 갔다가 오자마자 양복 윗도리를 신경질적으로 풀어헤쳐 놓으며 악을 썼다.

"야, 씨발. 넌 절대 임신하지 마! 임신하면 그날 우린 바로 이혼이야. 당장 각서 써. 지금도 애새끼 우는 소리가 귀청에 윙윙거리네. 정 심심하면 강아지 새끼 키우면 되잖아. 요즘 보니까 다들 그렇게 사는데 말이야. 어떻게 저러고들 살지? 김 과장 일과 시간에 조는 거, 그거 애새끼 때문에 잠 못 자서 그렇다구."

미경은 남편의 투덜대는 말뜻을 알았으나 그의 뇌에 집적된 사고방식은 애를 강아지에 비교하는 것부터 정상인으로서 이해할 수 없었다. 물론 아이를 낳으려는 행위가 종족보존만을 목적으로 두겠냐마는 노동력 확보는 옛 관습이라 쳐도 대대로 심어져 온 혈연이라는 내 편 만들기 심리가 있지 않을까? 남편에게는 종족보존이라는 유전 내림이 그의 양심만큼이니 없었다.

그는 돈이 왕창 생기면서부터 조금이라도 거슬리는 자체를 못 견디라 했다. 더우면 더워서 짜증을 냈고 추우면 추운 대로 화를 냈다. 하다못해 임신에 대한 불안으로 콘돔을 끼우면서 불평을 내뱉었다. 성이 생활에 자리 잡을 리가 없었다. 반면 미경은, 사회가 점점 포악해져 간다는 분위기와 모진 교육비로 날로 아이들이 시들어가는 이유를 들어 임신을 기대하지 않았다. 설령 나이가 들어 임신을 못 한다고 하더라도 나머지 세월 안에 대한민국 전체가 자멸할 수 있으니까.

세상은 전문가가 예기치 않은 방향으로 팽팽 돌아갔다. 경제공황이 낳을 미래와 식량난이나 환경오염으로 지구가 불구덩이가 된다고 하더라도 종말은 빈곤층에게 위협이 되지 않았다. 아니 대부분의 궁핍한 세대는 오히려 종말을 기대했다. 자폭심리라고 할까? 부자와 탐관오리와 함께 삶아진다는 건 명쾌한 복수이지 않을까?

미경은 남편과 결혼을 결정하기 전, 사람인지라 잠시 흔들렸다. 비록 심청이는 아니지만. 병상에 누워 엄마가 흘리고 있는 돈줄을 메워야 하는 도의적 책임뿐만 아니라 서른둘이라는 물리적 부담에 갈피를 못 잡았다. 남편은 척 보기에도 결함이 많았다. 그런데도 남편은 속임수에 노련한 도박꾼처럼 통장을 내보이며 패를 까라고 재촉했다. 잠시 욕망과 양심의 저울이 요동쳤다. 아무리 생각해도 불행에 대한 예감은 뿌리칠 수 없었다. 반면 불쌍한 엄마의 병원비 독촉으로 매시간 왼쪽 심장이 오른쪽 폐에 붙어 헐떡거렸다. 뭐가 됐던 직사하게 고생만 하다 신장병이 걸린 엄마를 위해 패를 접었다. 착각이었지만, 사람 또한 고장 난 시계처럼 고치며 살 수 있다고 자신을 다구쳤다.

남편이 중고 가격도 안 된다며, 마지막 찬스라고, 정말로 오 분 후에 쇼핑 상품 판매를 마감하겠다고 오리 몰 듯 재촉하자 미경은 자신도 모르게 얼떨결에 고개를 주억거렸다. 그래도 미래에 대한 행복과 혹시 일어날 불행에 대해 동전 던지기를 할 하루 정도 돼 물릴 시간은 있었다. 하지만 엄마 병원비를 자신이 부담하겠다는 조건이 무엇보다 강렬했다. 아니다, 되물릴 수 있었다. 터놓고 말해 좆도 없는 여자에게 돈만큼 강력한 최음제가 있을까? 어쩌면 남편의 나중 말대로 나는 주인이 주는 잔반 부스러기에 꼬리를 흔드는 개념이었는지 모른다.

이 모든 상황을 어느 정도 예상은 한 것이기에 미치도록 후회한 것은 아니었다. 세상에는 별 볼 일 있는 놈보다 별 볼 일 없는 놈이 구십 퍼센트는 많았으니까. 남편이 일반적인 수컷보다 나은 점이 있다면, 자신이 내건 조건은 비교적 잘 지켰으니 스스로 화를 불러온 셈이었다. 그저 도 닦는 기분으로, 군대 간 기분으로 살 작정을 했다.

그럭저럭 살다 보니 삼 년째다. 가을에 결혼했고 두 번째 여름을 맞는다. 흥분은 예전에 가라앉았다. 동지애는 언제 생길는지.

해마다 겪는 찜솥 더위였지만 이번 여름은 말세의 조짐처럼 유독 끓고 삶았다. 사람들은 비지땀 대신 고름을 흘리는 거 같았고, 심정적으로는 냉동실에 들어앉은 듯 움츠리고 다녔다. 표정을 보면, 어디론가 급히 도망가는 중이든지 아니면 고스란히 앉아 용서라고는 눈곱만큼도 찾아볼 수 없는 복사열에 치도곤을 당하며 밤이면 불면에 시달렸다. 어떻게 저리 살아갈까 하는 의문이 드는 사람들이 도시에 들끓었다. 도시인에게 야수성은 본능에 가까웠다. 늘 누군가 노리다가 두드려 패도 괜찮을 거 같은 관상을 가진 그들조차 기분대로 건드렸단 끔찍한 말썽이 생겼다. 중간 정도의 힘을 가진 자들은 그걸 몰라서 경찰서 유치장은 자정을 넘기자마자 늘 만원이 됐다. 하층민은 같은 색을 가진 동료에게는 가차 없었고 부자들에게만 관대했다. 태양의 열기는, 춥지도 덥지도 않은 최첨단 기기인 에어컨 속에 파묻힌 부자를 제외한 모든 동물을 쪄 죽일 태세로 이 땅에 묵은 독재자로 군림했다. 골목에 돗자리를 깔아놓고 부채질을 하던 할멈이 '털 가진 개는 얼마나 힘들까'라고 말했다.

콕 집어 말할 수 없었으나 어디를 긁어야 시원할지 모를 가려움증 같은 느낌의 불안이 차올랐다. 미경은 자신의 영문모를 불안에 행여 임신과 관련이 있는가 싶어 임신 테스터기를 사용했다. 다행히 정상이었다. 그럼 이

장편소설 빛

불안은 어디서 오는 걸까? 임신 이외에 나를 불안하게 만드는 것이 무엇이 더 있을까? 지진과 해일의 조짐을 아는 건 새와 설치류만은 아니다.

　남편은 사업이 잘 나갈 때는 지출에 대해 단 한마디도 하지 않았다. 탐색 전이 끝난 한 테이블에 앉은 선수들이 인 파이터로 돌변하자 행운의 카드를 다 써버려 불러핑을 했다. 통할 리가 없었다. 일 진행이 갈지자로 걷자 얄궂은 표정과 거친 행동으로 눈치를 주었다. 속 시원히 말이라도 하면 백 개의 단점 중 한 가지라도 칭찬할 텐데 생겨 먹기도 그렇게 생겨 먹었지만, 시어머니가 생생할 적 회고록을 들어보면 알조로 자기가 하고 싶은 대로 해서 늘 머리털을 곤두서게 했다. 내가 눈치를 보면, 남편은 네까짓 게 뭘 어떻게 해줄 거냐 하는 식으로 무시하듯 술잔을 털어 넣고 설익은 주정이 나왔다.

　술에 취한 남편은 일제 강점기 유관순 영화에 반드시 나오는 조선 순사처럼 가학적이고 거칠었다. 야, 옷 벗어. 빨리 벌리라고. 남편의 황당한 주문에 웃음조차 나오지 않았다. 겨우 이 년밖에 지나지 않았는데, 이러면 앞날이 더 비관적이라는 걸 알고는 있었지만, 괜히 기운이 팽겨 그러고 싶지 않았다. 이번만 참자. 저런 인간이었던가?

　잊을 만하면 터지는 탄식은 새롭지 않았고, 남편은 저항을 유도했다. 그 후로도 남편은 완력으로 점거하려 들었다. 곱게 자라지 않은 장녀 형(型) 둘째인 미경도 만만치 않았다. 남편은 기어코 미경의 배에 토사물을 쏟아내고 곯아떨어졌다. 미경은 자신의 처지가 비참하기보다는 암담했다. 그녀는 대궐 안에서 자랐지만, 순실이 내외의 꼭두각시로 전락한 대통령이 국민에게 탄식하듯 자신에게 말했다. 내가 이러려고 결혼을 했나?

　미경은 다음날 자존심을 내세우려는 의도로 각방을 고집했다. 남편은 미경의 단호한 태도에 별 관심을 보이지 않았다. 오히려 배부르니 별짓을 다 한다는 반응이었다. 다만 맨정신으로 개 같은 년이라 몇 번 욕설을 한

다음, 그래도 의무적으로 차려 놓은 밥상을 가지런히 엎어놓고 출근했다.

미경은 그때까지도 사태의 심각성을 애써 무시했다. 병든 엄마가 불쌍한 눈초리로 말하길, '입 다물고 귀 막고 그대로 한 삼십 년을 눈감고 사니 그 인간도 죽더라, 애야!' 했다. 102호, 308호, 나동 1402호 여자들도 다 이러고 산다니까 나만 이러고 사는 것은 아니다. 항상 나보다 못한 것들을 보며 살면 불행한 삶에 익숙해지는 경향이 있다.

힘없고 병든 자만 골라 악착같이 괴롭히는 천성적으로 못돼먹은 폭염은 관능적인 주먹을 휘두르며 연일 가열찬 독기를 뿜어댔다. 사람들은 이를 악물고 견뎌냈다. 땅거미가 기어오르고 밤이 돼야 한숨을 쉬며 한강 변으로 몰려들었다. 그곳에 먼저 진을 친 날벌레와 모기쯤은 대수롭지 않았다. 기후재난을 절감케 하는 이런 여름이 한 달 더 계속된다면 아무리 힘없는 사람들일지라도 폭동을 일으킬 판이었다.

어제가 어제 같고 오늘이 오늘 같은 날 그런 불쌍한 날, 남편이 바람 빠진 낡은 타이어 꼴로 퇴근을 했다. 정확히 두 달 전이다. 뚜렷하게 행복한 적은 없었지만 확실하게 불행이 가동된 날이어서 기억이 난다.

남편이 냉장고에서 마지막 남은 맥주를 꺼내 들고 식탁에 앉았다. 남편은 미경에게 말 좀 하자고 했다. 그냥 시작하면 될 걸 굳이 양아치 표정으로 다가온 그가 심상치 않았다. 그렇고 그런 말을 예상한 미경은 남편의 맞은편 비스듬히 앉았다. 남편은 영화 〈비열한 거리〉에 나오는 똘마니처럼 초점이 맹한 눈으로 비열하게 말했다.

"너한테 더는 성욕을 느낄 수 없어. 지금 내가 얼마나 힘 드는지 모르지. 너는 나쁜 년이야. 예전에도 조금은 그랬지만 지금은 너만 보면 간신히 세웠던 자지가 죽어."

이게 무슨 헛소리란 말인가, 그게 인제 와서 할 소리인가. 허를 찔린 개 그도 아니고. 미경은 무턱대고 내지르는 남편의 왔다갔다 하는 말에 기가 막혔다. 늘 아무렇게나 한 말치고 그 말은 너무 모욕적이었다.

나를 여자로 느낄 수 없다는 것과 자신이 지금까지 시종일관 해왔던 지랄은 뭐고, 지금까지 주색에 골아 늘 자정에 들어오면서 힘들다는 한탄이 무슨 연관이 있음을 알지 못했고, 개 같은 상황에 내가 나쁜 년이라는 사실도 인정할 수 없었다. 좀 더 후퇴해서 아무리 더위 탓으로 살짝 맛이 갔다고 이해하려 애써도 치솟는 화를 참기 어려웠다. 지금까지는 병원에 있는 엄마가 떠올라 이를 악물고 참아야 했다. 지금도 그래야 한다고 내 안에 있는 누군가가 말렸다. 미경은 다시 한번 이를 악물었다. 더위 먹은 놈의 허튼수작으로 넘기면 될 일이었다.

미경의 싸늘한 태도에도 불구하고 남편은 가장 지저분한 말만 골라 뿌렸다. 그제야 새로운 버릇이 생긴 것이라 치부했다. 얼마 전에도 잔뜩 취해 욕과 연결되지 않는 상황을 늘어놓았다. 그런데 이번은 다르다. 촉이나 그런 감각이 왔다.

지금까지 모든 일을 독선적으로 처리해 놓고 나에게 무엇을 기대하는지 미경은 알 수 없었다. 소리는 묵음처리 됐다. 미경은 남편의 입 모양을 한참 보았다. 제발 결론을 말해. 남편은 자신의 처지를 한참 씨부렸다. 지금까지 네가 해 오던 대로 살면 안 될까, 라고 말하고 싶었다. 하지만 그 말을 입 밖으로 낸다면 저 더러운 성질에 또 하자고 덤벼들 터였다. 한여름에는 코 큰 샛서방도 귀찮다. 미경이 남편의 말을 자르고 물었다.

"무턱대고 욕만 하지 말고 무슨 일이 생겼는지 말해줄래? 아니 앞으로 무슨 일이 생길 것인지 말해 봐. 나도 예전이지만 경리 경력이 무려 십 년이야. 다 잘되고 있다며?. 걱정하지 말고 돈만 세고 있으면 된다며. 그런데 소꿉장난도 아니고 하루아침에 망한다니, 그게 말이 돼? 하나도 못 알아듣겠어. 해결될지 안 될지 모르겠지만 지금이라도 나도 알면 안 될까?" 맥주 한 잔에 취할 리가 없었다. 그러나 흐리멍덩한 눈을 한 남편은 몹시 취해 보였다. 남편은 표정을 가라앉히고 눈을 게슴츠레 떴다. 비웃음을 담뿍 담은 채 말을 이었다.

"인제 와서 관심을 두겠다고? 좋아 뭘 알고 싶은데. 회생은 불가능한 상태야. 너, 숨겨논 돈 좀 있냐? 지금 당장 수혈을 하지 않으면 우린 죽어, 일겠어! 이 쌍년아?"

어처구니없었다. 당신은 대범해서 회사 일을 말하지 않은 게 아니다. 남편의 외통수 사고방식은 힘이 없으면 누구에게도 조언을 구하지 않는, 죽었다. 깨어나도 잘못을 깨닫는 인간이 아니다. 지금 무슨 일이 벌어졌는지 차근차근 말하란 말이다. 혹, 살길이 있을지 누가 알겠냔 말이다. 심술궂은 놈은 늘 비논리적이다. 육하원칙은 아니더라도 벌어진 문제에 '왜'는 있어야 하질 않겠는가. 게다가 물어볼라치면 쌍놈의 색끼처럼 눈을 부릅뜬 건 누군데, 이 호랑이 물어갈 놈아. 나도 속으로 대꾸했다.

심심한 시어머니 횟배 앓는 며느리 사랑방에서 잘 만났다는 듯 덤벼오니까 하는 말인데, 남편은 별 트집을 다 잡아 가만히 있는 년의 전의를 불살랐다. 남편은 늘 자기식으로 말했다. 근거 없는 확신으로 지레 진단하고 쓸데없이 의심했다. 가까운 사람 말은 귀에 담지 않고, 생판 모르는 놈의 말은 흘리지 않고 챙겨 들었다. 거기에다 자기주장이 강하지 못해 옆에 있는 누군가가 이건 이렇고 저건 저렇다고 따져주면, '아, 몰라.'를 관형어처럼 사용했다.

하여간 나도 대책이 있어 물어본 말은 아니다. 투정이 하도 심하다 보니하는 말이고, 소 뒷걸음치다 눈먼 쥐 밟지 않을까 하는 로또 심리로 물어본 말이다. 근데 지금 뭐라고 씨부렁거린 거지? 회생 불가능한 상태라니!

남편은 지금 산더미처럼 많은 퍼즐 조각을 어리벙벙한 상대 앞에 쏟아붓고 네가 맞춰볼래? 라고 물었다. 어수선했다. 무슨 말을 물어볼까? 많은 의문이 떠올랐지만, 먼저 적절한 질문인지 걸러야 했다. 트집이 본능인 놈

장편소설 빛

이니까.

순서도 중요해 보였다. 일단 결론적으로 떠오르는 생각이, 우리 지금 망한 거야? 였는데. 말하는 순간 꼭 그렇게 될 거 같았다. 진단을 할 수 있되 치료 방법은 없는 상태라는 말이지. 그럼 우리 엄마는? 나는?

순간, 이 더위에 불길함이 설탕을 뒤집어쓴 듯 달라붙었다. 질척거리는 습기 정도는 안 느껴질 정도로 겁이 났다. 망했다는 여러 가지 의미가 미경의 가슴을 뛰게 했다. 유년기에 가족의 입을 책임져야 할 아버지가 폭삭 망한 적이 있어 아예 가난은 트라우마로 자리 잡았었다. 단순히 울고불고해서 끝날 일이 아니었다. 나머지 생을 엄마 그대로 닮아야 한다는 뜻이다.

엄마 병원비가 수면 위에 떠 올랐지만, 살아가는 게 먼저여서 선결문제는 아니었다. 미경은 콩닥거리는 가슴을 부여잡았다. 까무러칠 정도로 놀란 미경의 귀에 황당하고 어리광으로 이어진 남편의 말은 뜻밖이었다.

"나 지금 엄청 괴롭다구. 그럼 나를 위로해 줘야 할 거 아니야. 그런데 너는 나를 거부하고 있어. 가까이 와도 쓰러질 지경인데 넌 네 생각만 하고 있다고."

미경은 남편의 어리광에 아직은 시간이 있겠다고 단정했다. 좌우지간 수컷이란, 회생 불가능하다며! 이 판국에 그 생각이라니. 남자는 늘 그것 때문에 안달이다. 하긴 남태평양 전쟁 때 일본군인이 집단 자살하기 전 동굴로 함께 피난 온 아녀자들을 윤간한 기록이 있다. 사내들은 궁지에 몰리면 그 메커니즘이 제멋대로 작동하는 모양이다.

그렇다고 해서 그 짓으로 남편을 위로하기에는 미경의 감정 상태가 말이 아니었다. 여자 또한 그 생각이 나도 예열이 필요하다는 상식이 남편에게는 없었다. 아직 남편에게 그 생각이 났다는 것은 자가진단이 예상을 벗어난 오진일지도 모른다는 생각을 했다.

미경은 하는 수 없이 가정의 평화를 위해 남편을 받아들였다. 종잡을 수 없었다. 남편의 욕구는 아직 희망이 남아 있다는 것이고 전체적인 느낌은 파산이었다. 시한부일지는 모르겠지만 아직 여유가 있는 것이다. 시간이 있으면 발을 뺄 수도 있겠다.

미경은 생각하기를 포기하고 다른 핑곗거리를 만들지 않기 위해 행위에 몰입했다. 하지만 다음날 깨어보니 누구든 하루아침에 유명해졌다는데, 둘의 현실은 남편이 인지하는 것보다 최악이었다. 하늘은 새파랬으나 미경의 눈에는 검붉은 색으로 보였다.

남편은 사업이 망하는 것도 망하는 것이지만 것보다 악머구리 사채에 시달리고 있었다. 은행 빚은 물론이고 영화에 나오는 살아 있는 악귀가 구덩이를 파놓고 기다리는 사채까지 손을 댄 모양이었다. 사채란 현실적인 감각을 직접 경험해 본 것이 아니어서 얼마나 위험한지 피부에 닿지 않았다. 다만 신문이나 TV 특집으로 방영되는 것으로 짐작은 했다. 굳이 똥인지 된장인지 찍어봐야 알겠는가? 나는 남편의 푸른색이 도는 안색만으로 망한다는 의미가 한쪽으로 비켜났음을 알았다. 그는 핸드폰을 늘 귀에 대고 있거나 아예 배터리를 떼어 놓은 채로 순간순간 경기를 일으켰다. 빚에 잠긴 남편은 꿈속에서까지 허우적댔다.

헛소리에 식은땀으로 중증이었고 눈은 일반인의 눈이 아니었다. 해야 할 일은 산더미인데 오직 돈 구하는 일에 밀리어 아무 일도 하지 못했다. 웃기는 건 자신이 돈을 좇아 헤매는 일로 정작 해야 할 회사업무를 하지 못해도 생산은 정상적으로 작동되고 있었다.

부채가 똥구멍을 찔러도 공장은 잘 돌아갔다. 직원에게 꼬박꼬박 월급만 주면 사장의 인성은 문제가 안 되는 게 자본주의 시스템이다. 대개 직원의 문제가 아니라 사장의 사업 방식이 병이었다. 그걸 이제 깨달았으나 돌이킬 수 없이 압박하는 빚은 남편의 사지를 묶고 목을 조르고 있었다.

장편소설 빛

악순환이 연속됐다. 생산품은 자꾸 쌓여 재고로 이어졌고 이는 또 하나의 고질병으로 작용했다. 영업 수익은 경쟁 상대의 출혈 경쟁으로 도토리만큼 나왔다. 게다가 이자는 생산력이 뛰어난 설치류처럼 기하급수적으로 불어났다. 되풀이되는 후회는 남편을 잡아먹었다.

다음날 남편이 술에 취해 들어오자마자 이번에는 약한 놈만 골라 괴롭히는 영 싸가지없는 불량학생의 짓궂은 표정을 지으며 다가왔다. 지금 있는 곳이 거실이 아니라면 침을 뱉고 다리를 떨곤 했을 것이다.

"나, 다른 여자가 생겼어. 그 여자 말고도 둘이 더 있어. 물론 너처럼 교양있는 년은 아니지만 질리지 않고, 너보다 열 배는 따스하고 매끄러운 품을 가졌어. 그 여자들이 더 위안이 돼!"

이건 또 무슨 개소리인가. 자신의 절륜한 정력을 자랑하고, 지금, 이 상황에서 빠져나갈 궁리는커녕 바람을 피우고 있다고 거리낌 없이 공개하고 있다. 작은 불을 더 큰불로 끄려는 전략일까. 아니면 미쳤거나. 언뜻 기가 막힌 아이디어가 꽂혔다. 기회는 이때라며 화를 내긴 내되 잇속은 챙긴다. 불구덩이는 빨리 빠져나올수록 현명하다.

미경은 그 기회마저 놓쳤다. 남편인 형식은 지금의 상황과 관계없이, 잘나갈 때부터 미경 외의 사업상 다른 여자를 찾는 이유를 생판 처음 보는 상담원에게 상담하듯 늘어놓았다. 지금은, 그것만 만족시켜주면, 아니 욕구가 완전히 해결되지 않아 이 지경에 이르렀다고 말하고 있다.

"사랑? 씨발 그런 게 어딨어? 여자는 똑똑할 필요가 없어. 무조건 섹스만 잘하면 대접받는 거야. 미스 월드가 바로 미스 섹스 월드인 거지. 알아? 넌 사랑받기 글렀어.!"

이놈이 드디어 미쳤구나. 형식이 벌레로 보였다. 예전 벌어들이는 기억만 아니라면 진작 이 세상에 없는 게 훨씬 나을 존재였다. 호적에 결혼이란 빨간 줄이 그어진 이 나이에 땡전 한 푼 없이 망한다면 발가벗겨져 거리에 나앉은 정도의 비유로는 충분하지 않다는 의미다. 실제 발가벗겨지는 정도야 잠시 참으면 그만이지만 거덜이 났다는 건 앞으로 삶 자체가 확실한 지옥임을 보장한다는 선고였다.

그동안 영업을 빙자해 남편이 바람을 피운다는 사실에 감정의 현이 움직이기는커녕 오히려 다행이라 생각했었다. 그 정도 핑계라면 나중에 헤어질 구실로 맞춤했으니까. 그런데 위자료 줄 돈은 남아 있는 걸까?

미경은 화대 뜯긴 늙은 창녀의 역할을 맡은 배우가 주정뱅이 남편의 패악질을 견디다 못해 전략적으로 게거품을 물고 덤벼들었다가 뒤에 선 감독이 '컷'하고 외치는 소리를 들은 것처럼 일순 정지했다가 원래 태연한 모습으로 돌아왔다. 후천적으로 획득한 형질이 그렇다는 뜻이지 원래 미경의 성격이 그렇지는 않았다. 잠시 긴장의 현이 당겨졌다.

미경의 표정이 원래대로 나타나자 형식은 가슴을 쳤다. 미경은 속으로 형식에 속삭였다. 지금 너에게 필요한 건 위안이 아니라 해결이라고, 뭐, 이 판국에 딴 여자라고? 형식이 머리칼을 쥐어뜯었다. 일단 이혼의 최적 사유로 달아뒀다.

남편은 그달부터 아무런 대책이나 설명 없이 생활비를 끊었다. 돈의 공급이 끊기자 생활은 족쇄에 묶인 것처럼 몹시 불편해졌고 사람 만나는 일이 괜히 부끄러웠다. 필요한 건 다 떨어졌다. 즐겨 마시지 않는 커피조차. 당장 있는 식량이 쌀과 묵은김치뿐이었다. 냉장고에 남아 있는 것은 공허와 불안이 전부였다. 돈에 대한 위력을 모르는 것은 아니었지만 이 정도일지 정녕 몰랐다. 매일이 치욕이었다.

염소가 도의 경지에 이른 도사처럼 근엄해 보이는 이유는 풀만 가지고도 살아남기 때문이다. 먹을 거 갖고 다툴 이유가 없으니 누굴 부러워할 것인가. 미경은 염소가 무지 부럽고 샘이 났다.

언젠가부터 형식은 정신을 바짝 차린 듯 외박도 하지 않고 매일 밤 정시에 들어와 사람을 미치게 했다. 고문도 이런 고문이 없었다. 형식의 빈정거림은 더는 팔 게 없는 마약중독자처럼 상습적이고 집요하게 지금까지 썼던 돈 사용처에 대한 말을 계속 취조했다. 그걸 어떻게 일일이 기억한단 말이냐. 나는 겉멋이 들어 유기농이란 상표가 붙은 식품을 애호했을 뿐이다. 그리고도 남은 돈을 아껴 엄마 병원비에 보탰다. 그렇다고 아프리카에 삼 분마다 굶어 죽는 아이를 위해 구호금을 낸 적은 없다. 한 달에 삼 사백만 원이 보통 사람에게 많을지 몰라도 그렇게까지 과한 생활비는 아니란 말이다. 아, 하늘 같은 돈. 알아는 들었지만, 거리를 돌아다닌다고 해서 빈 박스를 줍듯 돈을 주울 수 있으며, 목적 없이 땅을 판다고 해서 돈을 캐낼 수 없음을 알고 있단 말이다. 형식의 돈에 대해 주절거림이 그치면 다른 쪽 신경 줄을 잡아당겼다. 어쨌든 형식은 돈에 관한 한 집요한 갑이었다.

형식의 괴롭힘에는 쉼표가 없었다. 하다못해 밥집에서 일하는 늙고 눈이 째진 중국교포 여자와 삼만 원 주고 잤는데 나보다 성애 기술이 뛰어났다는 말을 씨부렸다. 너는 그 삼만 원짜리 여자만도 못하다는 말을 지껄여서 살의를 품게 했다. 미경은 남편이 병으로 죽거나 사고사를 당하기를 고사 지내고 싶었다. 미경은 형식과의 모든 흔적이 끔찍했다. 아, 다른 파국을 겪더라도 이놈과는 정말 그만두어야겠다고 다짐했다. 모든 여성에게 말하노니 사내는 정말 잘 골라야 한다. 당장 돈이 많다는 이점과 용모를 보고 선택했다면 당신의 지옥은 보장된 셈이다.

미경은 자신의 이름으로 된 카드를 달라고 했다. 형식을 미경의 말을 못 알아듣는지 아니면 얼마든지 무시해도 된다는 듯 자기 말만 늘어놓았다.

"우리 사업이 망했어. 한 푼도 못 건지는 건 고사하고 오히려 갚아야 할 빚이 오억이야. 근데 그 오억이 하루에 오십만 원씩 새끼 치고 있어. 어디 돈 좀 구할 곳이 없을까?"

오억이라니, 위자료라면 들뜨게 할 금액이다. 그런데 다 덜어내고 갚아야 할 빚이, 잠도 자지 않고 휴일도 없이 새끼를 치는 빚이 오억이라고?

이까짓 세간은 팔아도 빚 일부를 갚기는커녕 상대를 약 올릴 정도이다. 며칠 밤을 새워도 셀 수 없는 오억이라는 숫자가 목에 걸려 내려오지 않았다. 그야말로 캄캄했다. 어지러웠다.

형식의 말은 길을 잃었다. 여자와의 그 짓에서 사채에 관한 이야기로 건너뛰고 있다. 맥락이 없어 귀를 기울이지 않으면 상황을 파악할 수 없었다. 혹시 미친 게 아닐까. 형식이, 지금 병상에 누워있는 시난고난한 미경의 엄마를 모르는 것도 아닐 것이다. 아니 미경의 집에는 전혀 기댈 것이 없다는 사실을 잊고 있는 것은 아닐 것이다. 그것이 우리의 결혼 조건이었으니까. 막다른 골목에 서자 그냥 해본 말일 것이라 억지로 믿었다.

그리고 인제 와서 우리라니, 혼자 실컷 쓰고 다닐 때는 언제고 지금 와서 '우리' 사업이 결딴났다고? 언제 자기가 하는 일에 나를 끼워준 적이 있었던가? 아이가 생길 때까지 전에 하던 경리 일을 보겠다고 콧소리를 내며 간청했을 때 네가 뭐라 했던가? 이제 엄마 병간호에 벗어나 좀 쉬며 굿이나 보고 떡이나 먹으라며? 미경이 코웃음을 치자 형식은 간신히 이어가고 있는 감정의 사슬을 풀었다.

형식은 벌떡 일어나 미친놈처럼 가구를 던지고 부쉈다. 개인사의 정점을 찍은 결혼사진이 제구력이 좋은 투수의 폼으로 술 컵에 맞아떨어지고, 사진사가 당장 웃지 않으면 남편 닮은 딸을 낳을 거라는 밥맛 떨어지는 유머로 잔뜩 머금은 서로의 미소 뒤로 김치가 뿌려졌다. 유리로 된 집기만 골라 부서졌다. 그러다 끝으로 미경에 눈을 돌린 형식은 차마 때리지는 못하고 강하게 밀쳤다.

그때까지만 해도 형식에게 이성은 있었다. 미경은 의자에 걸려 어깨를 다쳤다. 미경의 다급한 비명에 정신이 든 형식의 눈이 휘둥그레져 집을 나갔다.

미경은 여기서 그만두어야겠다고 또 다짐했다. 형식이 다시 돌아오면 하나 마나 한 개소리로 화해하자고, 팬티를 벗으며 덤벼들 것이다. 그 약 효가 이 사흘 내 떨어지면 나에게 여성성을 못 느끼겠다며 설익은 주정으로 오장을 뒤집어 놓을 것이다. 결심은 했지만 뭘 어떻게 해야겠다는 구체적인 대안은 떠오르지 않았다. 미경은 일단, 허드레옷을 벗고 번듯한 외출복이라기에는 뭐한, 형식의 말대로 여성성을 돋보이게 할 옷으로 갈아입었다.

막상 동네를 벗어나 보니 이 넓은 서울에 갈 곳이 없었다. 늘 그렇지만 기댈 사람이 없으면 길을 잃게 된다. 십 분을 공원에 앉아 생각해도 별 뾰족한 대상이 떠오르지 않았다. 대인관계에 문제가 있거나 왕따로 산 것도 아니면서 손꼽을 친구가 없었고, 적당한 누구를 찾아 수다 떨 기분도 아니었다.

지금에 와 생각해 보니 뚜렷한 결과물은 없었으나 정말 열심히 산 거 같다. 고딩 시절에는 집에 돈이 없어 학원은 못 다녔지만, 성적은 산동네 애들보다 중간 이상은 꾸준히 유지했다. 집과 학교 외에 한눈을 판 적이 없다. 당시부터 엄마가 아프기 시작했다. 딸이 철들기 위해 엄마가 아파서야 하겠냐마는 엄마의 병은 구속력이 있었다.

각종 알바와 등록금 대출로 간신히 삼류대를 나와 구멍가게만 한, 실제 좆만 한 회사에 다닐 때도 마찬가지였다. 일요일 없이 뛰어야 하는 알바 수입보다는 나으나, 기껏 버는 월급이 엄마 병원비의 대부분을 차지했고 그나마 보탤 수 있는 것에 신께 감사 기도를 올렸다. 공으로 사는 것들이 희희낙락하며 깨진 독 같이 사는 걸 보면 도 닦듯이 이리 사는 것도 괜찮았다. 이렇게 살다 보면 지쳐 죽을 때쯤 하늘이 도와줄 거라는 기대심리도 있었다.

오랜만에 엄마한테 갔다 올까 생각했으나 이내 고개를 흔들었다. 엄마는 힘든 병상 생활 이야기를 하다가 그렇게 공들인 아들놈 쓸데없다고 하다 내가 맞장구치면 싸울 것이 분명했고 그러다 화해 몸짓으로 형식과 관계를 물어볼 것이 틀림없었고, 그럼 미경은 밝게 웃으며 행복하다고 말해야 할 것이다. 돈 안 들어가는 심리치료는 그것뿐이니까.

미경은 불구덩이를 이 악물고 걸으며 거리를 마냥 싸돌아다녔다. 태양은 무책임하고 잔인했으며 파렴치하기까지 했다. 어쩌자고 양심 머리 없이 증오의 열기를 시종 쏟아낸단 말인가. 미경은 도도한 태양의 계절에 공연한 화풀이를 땅바닥에 터트렸다. 뉴스에서는 해운대 장사꾼이 바가지요금이 극성이라 교성을 내질렀다.

경고하듯이 위험 표지판처럼 곳곳에 있는 은행을 보니 습관적으로 가슴이 두근거렸다. 얼마 전에 저절로 알게 된 것이지만, 빚은 자신에게도 밀린 화대처럼 걸려 있었다. 미경의 명의로 발급받은 석 장의 카드에 무려 오천이 걸려 있는 것이다. 형식과 이혼도 순조롭지 않을 것이다. 계속되는 의문이지만, 어떻게 이런 상황에까지 몰리게 된 것일까. 내가 지금 할 수 있는 일이 무엇이 있을까. 해결 방법이 없으니 생각은 이어지지 않았다.

형식이 바깥출입을 그만두고 스스로 갇히자 시간이 넘쳐나면서 병적으로 성욕이 왕성해졌다. 미경이 보이기만 하면 팬티 끈을 내리려고 안달이었다. 갇히고 몰린 수컷은 동성 강간도 마다하지 않는다는 다큐를 본 적이 있다. 형식이 그것과 비슷했다. 그가 검은 안개에 갇힌 들개처럼 겁에 질려 송곳니를 드러내거나 반투명의 무심한 눈으로 주위를 힐끗거리면 소름이 돋았다. 그러다 방안에 침묵이 고이면 다소 빳빳해진 성기를 돼지 꼬리처럼 흔들며 공격해왔다. 전쟁이자 강간이었다.

외곬을 직시하는 눈으로 덤벼드는 형식은 예전 미경이 늘 알고 있던 인간이 아니었다. 미경이 기운이 고갈돼 쓰러지면 그는 수술 집도의가 하는 방식 그대로 집요하게, 흐트러진 겉옷과 속옷을 천천히 벗겨냈다. 그러는 와중에 죽어버린 성기를 부여잡고 세워 달라고 간절히 애원했다. 아, 미경은 들어줄 수밖에 없었다. 이것도 측은지심에 속할까?

철은 없었지만, 인심 쓰기를 좋아해 정이 많은 것처럼 보였던 인간이 어찌 저렇게 변했을까? 늘 보는 얼굴인데 가끔은 다른 인간이 아닐까 하는 의심이 들었다. 묘하게 비틀린 표정이 소름 끼쳤다. 좁은 공간 탓에 옆으로 다가가기만 해도 누런 송곳니를 드러낸다. 예전 남편이 사라졌다. 사람은 궁지에 몰리면 잠시 변신하는 것이 아니라 전혀 다른 개체로 바뀐다. 나는 이 사실을 이 나이를 처먹도록 몰랐다.

미경은 형식이 전혀 다른 개체로 바뀐 물리적 근거를 나름 설명할 수는 없지만, 사회적 메커니즘은 동물의 왕국을 보고 이해는 했다. 암컷에게 없는 수컷의 한심한 퇴화 현상이 사내에게 적용되다니 한편으로는 진기한 일이 아닐 수 없다.

형식은 까닭 없이 포악하고 짤막한 눈빛으로 여자의 성기만을 요구했다. 이런 자기를 어떻게 해달라는 간절한 청에 어쩔 수 없이 몸을 맡기는 수밖에 없었다. 가정의 조용한 평화를 유지하기 위한 선처였는데, 받은 모멸감은 그 단어가 적절하지 않을 정도로 미경에게 수치감을 주었다.

한번은 이런 적도 있었다. 몸이 점화되지 않자, 오줌을 싸줘! 했다. 오줌을 싸달라니! 이건 짐승에게도 없는 절망의 특성이다.

뭔가 써늘한 느낌이 들어 일어나니 옆에 형식이 없었다. 거의 사용하지 않는 작은 방에서 거친 숨소리가 들려 문을 살짝 열어보니 형식이 자위하고 있었다. 뻘쭘해진 그가 급하게 일어나 나를 거세게 밀치고 화장실로 들어갔다. 자위 자체를 뭐라고 하는 것이 아니다. 그의 일그러진 표정이 생경했다.

며칠이 지나자 형식은 아예 대놓고 시위하듯이 걸어 다니면서 그 짓을 했다. 형식은 들킨 모습을 쑥스러워하지 않고 노골적으로 내깔겼다. 여기저기 허물처럼 버려져 있는 휴지가 더는 가라앉을 수 없는 끝을 보여주었다. 형식은 집안을 점점 지옥으로 도색하고 있었다.

밤이 되어도 더위는 열대야라는 미명을 덧붙여 인간들을 용서하지 않겠다는 의지가 확실했고, 사람들은 그러거나 말거나 교성을 지르고, 함부로 죽이고 다녔다. 한여름의 도시는 허약한 자에게는 취약지구였다.

무슨 인생이 이런가! 미경이 처량해져 집으로 돌아왔다. 방문을 열자 한눈에 침대보가 펄럭였다. 미경은 신경질을 내며 장롱에서 베개와 이불을 들고 거실로 나왔다. 천당은 상상 속에 있을지 몰라도 지옥은 확실히 현실에 잠입해 있었다.

장편소설 빛

한여름 밤에 살얼음판 걷기　　02

　한여름은 도시를 재주껏 난장판으로 빚어 놓았다. 마치 쾌락 중추 촉수에 기대는 미국 저질 갱 영화처럼 사람들을 함부로 밀치고, 비싼 차들이 거리를 질주하다 아깝게 부서지고, 조연은 물론이고 그 표적이 빗나가 아무나 막 죽여도 양심의 가책을 받지 않는 악당이 아무 죄 없는 행인들에 마구잡이로 기관총을 쏘아대듯 매해 여름, 태양이 그랬다. 태양은 망가져 가는 지구에 기생하는 사람들의 멸종을 노래했으나 지구를 걱정하는 인간은 기상학자와 부자뿐이고, 뭐가 그리 매일 신나는지 머리털을 주황색으로 물들인 아이들이 골목길로 나와 '퍽 유 월드'라고 노래했다.

　사람들은 의기소침했고 그런가 하면 아무 때나 발작을 일으켜 광기를 조성했다. 사소한 피부 마찰에 주먹다짐이 난무했고 심지어 주차 시비로 예비한 칼을 휘둘렀다. 어쩌다 길에서 손자뻘 되는 어린애한테 처맞은 철없는 노인들은 경로사상을 부르짖으며 좌파 대통령을 탓했다. 잔인한 여름이 한 달만 더 지속한다면 뉴스는 살인 사건으로 도배를 할 판이어서 탐욕으로 똘똘 뭉쳐진 정치인의 비리 정도는 무조건 모르는 척할 지경이었다.

　없는 자들만 말세이지 세상이야 어떻게 돌아가건 도시는 대놓고 흥청거렸다. 사상 최대의 인파로 바다와 계곡이 구더기처럼 들끓고 있다고 아나운서가 흥분했다. 그런 가운데 이 뜨거운 계절에 몸보신할 음식으로는 장어가 최고라고 떠들기도 했다. 노골적인 먹방은 그들의 신념이자 신흥종교였다. 나는 갑자기 징그러워 쳐다보지도 않았던 비싼 장어가 임신한 년처럼 느닷없이 먹고 싶어졌다.

남편은 며칠째 코빼기도 보이지 않는다. 그 사실을 알아차린 은행과 카드회사가 번갈아 가며 형식의 행방을 묻다가, 어떻게 배우자가 남편이 이 나라 어느 구석에 처박혀 있는지 모르냐며 책임을 묻는 전화가 뻔질나게 들락였다. 카드회사의 전화질이 당사자가 아닌 이상 법적인 구속력은 없음을 알고 있었으나 심적 부담마저 느끼지 않는 것은 아니었다.

미경은 신경을 긁어대는 전화질로 더위를 느끼지 못했다. 오히려 그의 부재가 가져다준 평온함에 느슨해지기까지 했다. 집에 먹을 게 없다는 가난도 문제가 아니었다. 누군 단식 투쟁도 하는데 한 며칠 굶는 건 여러모로 건강에 좋을 거라고 미경은 자신을 위로했다.

늘 힘이 들고 답답하면 되풀이하는 판단이지만, 이 인간을 만난 첫 단추가 재앙의 조짐이었다. 다시 말하지만, 형식과 나는 서로 사랑해서 결혼하지 않았다. 형식은 다른 친구들이 줄줄이 결혼하니 충동적으로 제도권 안에 편입했고, 또는 욕정을 해소할 전속 담당자가 필요하기도 했고, 나는 엄마 병에 대한 도피처로 그 제도를 활용했다.

누구나 다 그렇게 해서 사는 이해집단이 아니던가. 번식할 나이가 차면 겨자씨만 한 호감도 비과학적으로 확대돼 도저히 떨칠 수 없는 바윗덩어리가 되어 상대를 짓누르고 어마어마한 자기장으로 상대를 잡아당기게 되어있다. 그냥 종(種)만 다르지 않아도 수컷과 암컷 사이에 스파크가 튀는 건 당연하다. 잘못된 시간과 장소에 내가 그 옆에 있었을 뿐이다.

더욱이 당시 남편은 나쁜 놈이 아니었고, 바람둥이로 보이지 않았을 뿐만 아니라 돈이 많다는 눈에 확 띄는 장점이 부각됐었다. 돈이야말로 가장 유혹적인 페로몬이 아닐까? 나머지는 가려 보이지 않았다. 항상 그러하듯 결정적인 단점은 세월의 안개가 걷히고 습성에 질려야 나타난다는 것이다. 유전자에 내재된 전략이었다.

장편소설 빚

몇 번이고 되감아 보면, 처음에 그는 코끝을 스치는 봄바람처럼 친절했다. 관상만큼 자기 위주로 행동하지 않았고, 나이에 비해 지나친 씀씀이가 모든 단점을 덮었으며, 서울 변두리에 처박혀 있는 상업고등학교나 별 차이가 없는 삼류대를 졸업하고 겉모양만 무역회사인 곳에 구 년째 박혀있는 나로서는 황감한 대상이었다. 늘 부담인 엄마의 병은 세월을 더듬을수록 나아질 기미를 보이지 않았고 다행히 투약만 중단하지 않는다면 깊어질 것 같지도 않았다. 고심했다. 이제는 나도 행복해질 때도 되지 않은 걸까?

　내가 엄마 아버지의 연좌로 태어나기 훨씬 전에, 멀쩡하게 생긴 아버지를 택한 엄마의 원죄는 엄마를 포함한 가족 모두에게 업으로 따라다녔다. 아버지는 왕성한 식욕과 우람한 성기 이외는 무능력한 인간이었다. 다행히 바람은 피우지 않아 쫄딱 망한 후 생활 전선의 총대는 팔자려니 하며 엄마가 잡았다. 그리고 잊을 만하면 사고 치는 동생을 남겨놓고 급사했다. 천벌일 수도 있는 아버지의 단명 이유는 모른다. 아니 가족 중 누구도 아버지의 사망원인을 모르고 싶어 했다. 철이 없지 않은 동생은 넓어진 공간에 환호까지 했다.

　사내라면 지겨울 만한데, 큰아들은 사내가 아닌지, 유독 엄마는 아버지를 닮은 장남에게만 온갖 신경을 쏟았다. 사실 그 후 엄마 지병의 원인은 대부분 오빠 탓이라 해도 망발은 아니다.

　아, 아버지에 의해 반쯤 망가진, 그렇다고 나머지 반이 멀쩡하게 살아 있다고 볼 수 없는 엄마의 망가진 육체는 어깨에 짊어진 노동을 버텨내기에는 역부족이었다. 아마, 엄마의 생존은 객기였을 것이다.

　엄마의 삶은 하도 이를 악물고 살아 이빨이 닳아지는 연속이었다. 그런 엄마의 의지에 혜택을 받아 큰오빠는 아버지의 성격을 물려받고도 별 탈 없이 살았다. 엄마의 오기는 큰오빠를 좋다는 대학을 가까스로 졸업시켰다. 하지만 그때도 시대가 시대인지라 그 비싼 대학을 졸업하고도 학과가 그런지 단 한 번도 현명한 밥벌이를 하지 못했다. 다만 유전자의 반은 엄마를 닮아 늘 무언가를 해서 궁금증을 일으켰다.

그런 상황에서 오빠는 누구를 사랑해 미치겠다며 무책임하게 결혼을 서둘러 했다. 올케는 오빠의 천부적인 생활력이 무척 마음에 들었다고 한다. 사랑한다고는 하지 않았다. 그저 일 잘하는 소를 고르듯 마음에 들었단 말이다. 그런 의미에서 나와 올케는 동격이다. 그래도 오빠의 끈질긴 생활력이 엄마 치료에 보탬은 되지 않았다.

오빠는 번듯한 대학을 나왔음에도 시대의 조류에 맞지 않는 학과를 나와서인지 자기 가정을 지키는 것조차 힘들어했다. 대학은 필요조건이었고 배경은 충분조건이었다. 일할 때는 멀쩡하다가 기본적인 소비 충동마저 만족시켜주지 않는다며 불만에 가득 찬 아내와 말다툼을 하고 피신 나오듯 집으로 오면 술 마시고 죽은 아버지를 소환했다. 아버지가 노름으로 안성 땅을 팔지 않았더라면 남은 형제 모두는 아닐지라도 적어도 자기만큼은 이따위로 살지 않았을 거라고 주야장천 늘어놓았다. 하지만 아버지에게 안성 땅이 있었다는 건 엄마도 모르는 사실무근인, 오빠가 만들어낸 실낙원이었다. 오빠만의 기억 속에 있는 아버지의 예전 땅은 아파트 단지로 바뀌었다. 오빠는 그런 푸념조차 올케에게 하지 못하는 허약한 사내였다.

엄마가 일찍 포기한 동생도 장남이 아니라는 이유를 달고 희망이 없었다. 지방에서 산을 두 개나 넘어야 하는 이상한 특수 전문학교를 졸업하긴 했어도, 그 특수관계 학과가 도시에서는 애당초 아무 쓸모가 없었으므로 돈만 버리고 말았다. 이런 상황을 조목조목 알고 있는 우리의 현명한 동생은 자신이 제출한 이력서에는 반드시 고졸이라 명기했다.

우리 집에서 가장 건강 상태가 좋은 동생은 힘든 일을 절대 하지 않았다. 하긴 힘만 들고 근무 시간이 긴 공장에서 먹고 쓰기 좋을 만큼 월급이 나

장편소설 빛

오는 것도 아니니 이해는 간다. 어쨌든 오빠와 달리 따로 돈이 드는 스타일을 아니어서 동생은 있는 듯 없는 듯 살았다. 동생은 시간을 담보로 하는 알바 일을 주로 하면서 조금씩 썩어가는 중이었다.

웃기는 건 고작 그런 일만 하면서 남에게 조금이라도 업신여김을 받는 건 못 참는 것이 아니라 부러 안 참는 성질을 가졌다는 것이다. 자존심이 중요하지 않다는 말이 아니다. 뒤를 위해 앞을 참지 못하는 피 끓는 마당쇠 같아서 문제였다. 대갈통이 빈 놈에게는 영화의 폐해가 크다. 아둔한 놈들은 유독 성질이 왜 개 같은 건지 모르겠다. 공장지대에서는 흰 나방이 검은 나방으로 바뀌는 환경 영향은 아닐까? 아니면 그런 기질로 살아야 미치지 않기 때문일까? 동생은 형식의 목돈으로 마무리한 폭력 전과가 있다.

하여튼 동생은 세월 따라 황폐해지면서 미세하게나마 철이 들고 있었다. 집에서 동생을 사람으로 치는 식구는 나 하나뿐이었다. 예전엔 사장이나 기타 등등으로부터 가욋돈이 생기면 공무원 시험을 명분처럼 놓지 못하는 동생의 손에 가끔 쥐여 주었다. 이렇듯 내 월급의 전부가 엄마의 약값과 생활비로 오롯이 태워졌다. 그런 결과로 서른을 넘기도록 결혼 지참금을 모으지 못했으므로 형편상 그리고 명분을 내세워 비혼주의를 내세우고 다녔다. 나는 꿈에서조차 일을 그만둘 생각을 하지 못했다. 사장과 부장 그리고 나뿐인 회사에서 여러 가지 역할의 일을 했다. 업무는 단순했으나 시간은 모자라 주 삼일 정도는 야근해야 할 정도로 바빴다.

이 코딱지만 한 사무실에서 내 주 업무는 물품 송장을 보내고 상대편에서 받았다는 납부를 확인하는 것이었다. 간단해 보이지만, 가끔 상대편이 악용할 목적을 갖고 의도적으로 꼬이게 하는 경우가 생겨 기록과 확인을 하지 않으면 대금이나 물건이 증발하는 일이어서 몹시 신경이 쓰이는, 사장이 하는 쓸데없는 일보다 열 배는 중요한 일이었다. 천성적으로 지능이 떨어지는 사장은 주의력 역시 찾아볼 수 없었고 수입 지출은 그렇다 쳐도 송장확인만큼은 그놈이 관여하지 않는 편이 나았다.

어느 날 사장은 내게 메모를 건넸고, 잠시 자리에 내가 없는 관계로 자기가 직접 물품을 보냈다고 했는데 상대편에서는 꿀 먹은 벙어리였다. 사장은 내가 체크하지 않아 물품이 붕 뜬 것이니 순전히 내 책임이라 떠맡겼다. 최 부장은 서류에 코를 박고 그때 상황을 알면서도 나 몰라라 했다.

나는 경력으로 밀어붙였고, 사장은 호통으로 맞섰다. 근근이 먹고 살 만큼 월급을 주면서 사장은 단 셋뿐인 회사에서 제왕으로 군림하려 들었다. 씨발, 그만두고 싶었으나 항상 엄마가 목에 걸렸다.

한 달만, 아니 단 열흘만이라도 어디론가 떠났다 돌아오면 제정신으로 살 거 같았다. 그런 상상으로 매일 버티고 있을 무렵 미래 남편으로 가상한 형식이 클로즈업됐다. 모면을 위한 선택은 항상 치명적이다.

형식은 사장의 주요 거래처였다. 사장은 그를 전도유망한 젊은 사업가라고 아부가 잔뜩 칠해진 말로 나와 최 부장에게 소개했다. 그는 형식 앞에서 개폼을 잡으며 아무리 오더가 밀려 있어도 젊은 사장의 오더를 최우선으로 처리하라고 괜한 으름장을 놓았다. 그러자 겸연쩍어하는 형식이 횟대에 오른 수탉처럼 깃을 세우고 활개를 쳤다.

당시, 형식의 사업은 누가 봐도 눈깔이 뒤집히는 황금기였다. 맞긴 맞다. 그러나 내가 보기에, 그동안 자잘한 흥망을 지켜본 경험에 의하면 그가 쥔 패에 끗발이 올랐을 뿐이다. 운빨에는 타짜도 못 당하는 법이다. 반면 형식은 나아가고 멈추는데 서툰 사업가였다. 그쯤에 형식이 낸 독일제 물품 오더에 사장의 착오로 또 문제가 생겼다. 그가 요구하는 부품 자체의 질이 국내에서는 수준 미달이어서 공급 지체는 생산에 막대한 차질을 빚었다. 갑처지에서는 돈이 문제가 아니었다. 사장은 형식 앞에서 대놓고 나를 병신 같은 년이라 욕을 했다. 삼수갑산을 가더라도 그만둘 결정을 하자 모아두었던 사장의 미련함을 물고 늘어졌다. 형식은 주문 당시 옆에 있지 않았는데도 덮어놓고 다 봤다며 내 편을 들었다.

형식이 다 봤다는데 사장이 뭘 어떻게 하겠는가. 갑이 우기면 그게 법이요, 갑이 언성을 높이면 을은 쥐구멍을 찾아야 한다. 희한한 일은 든든한 백이 생겼다고 생각하자 억울함의 눈물이 나오기는커녕 목의 깃을 바짝 세우고 나 또한 공격태세를 늦추지 않았다는 점이다. 나는 고릿적 있었던 사장의 잘못까지 추징했다.

바로 그날 자발적으로 형식과 한번 했다. 그다지 많은 경험은 없었지만, 창의적이기도 하고, 남의 비위를 잘 맞추고 살아온 경력이 있어서인지 형식은 내내 배에서 내려오지 못했다.

그 후 형식은 찡가먹기를 계속하고 싶어서 그런지 아니면 만나기만 하면 비싼 소고기를 질리게 먹어대는 본전이 아까워서 그랬는지 미경을 데리고 모텔 문을 자주 두드렸다. 그는 행위 중 '사랑해'가 아닌 결혼 하자고 소리 질렀다. 미경은 힘껏 보조를 맞췄다. 액셀러레이터를 너무 밟아 하늘로 올라가는 줄 알았다.

형식은 높은 패를 가져 레이스 배당을 올렸다. 나는 주로 어려운 형편만 골라 최대한 불쌍하게 말했는데, 그는 맹한 표정을 하고 아무런 생각 없이 병상에 누운 엄마까지 책임지겠다고 했다. 그다음 원대한 포부로는 자신의 사업이 완전 궤도에 오르면 큰처남 작은처남 할 거 없이 가족 경영체를 꾸려나가자고 했다. 그는 도리란 어휘를 무슨 말인지 모르면서 그게 도리가 아니겠냐고 물어왔다. 나는 말로도 오르가슴에 올랐다.

수컷의 예상과 달리 남성성을 나타내는 건 근육질이나 우람한 성기에 매여 있는 것이 아니다. 내 눈에 당시 형식은 세상의 어떤 수컷보다 선정적이었다. 그렇다, 공작의 화려한 깃털처럼 펼쳐진 돈과 오르가슴은 밀접한 관계가 있다. 그날 밤 난생처음 느꼈던 황홀은 처음이자 마지막이었다.

결혼이란 제도적 관례는 우리 사이는 무료하고 급격히 지루하게 만들었다. 결혼 전만 하더라도 이 정도는 아니었다. 호텔 간판만 보여도 온몸이 저렸다. 결혼이란 문턱을 넘자마자 형식에게 나는 잡아놓은 물고기였고 갑자기 싫증 난 노래 가사 속 장난감과 마찬가지였다.

결혼 후 남편은 그렇게 갈망했던 섹스를 마음먹은 대로 하지 않았다. 어쩌다 본 그의 성기는 시큰둥했다. 나의 내연기관은 별문제가 없는데 형식의 이상 반응은 왜 그런지 몰랐다. 괜한 말로 내가 복덩어리라 했고, 쌓여 있는 일과 수익의 상관계수에 들떠 곧추세워진 성기의 강도는 보잘것없었다. 그 식이 오래되어지자 나 또한 돈이 주는 황당한 오르가슴에 빠져 찡가먹기 놀이가 지루해졌다. 이제야 뭐 좀 알 거 같은 그 짓이 뭔가 허탈하고, 언젠가부터 다급하게 용무를 끝내는 불규칙한 섹스가 모욕으로 다가왔다.

상관없었다. 형식은 식탁에 앉아서도 다음 일을 계획했다. 자신의 천부적인 사업가 기질을 유독 내 앞에서는 자랑하지 않았다. 와이셔츠 깃을 세우고 넥타이를 매면서 거울에 비친 자신에게 우쭐댔다. 그렇다고 자신의 얼굴을 유명 축구선수인 박지성과 비교하는 건 뭐란 말인가?

누가 말리겠는가. 형식은 본격적으로 오만해졌다. 썩은 고기에 몰려드는 파리 떼처럼 가외 것들이 그의 주위에 몰려들어도 남편의 사업은 망조를 보이지 않고, 퇴폐적인 술집에 풍성한 웃음과 부드러운 짐승이 거대한 가슴에 바람을 불어넣지 않아도 요동치는 것처럼 번창했다. 아니, 형식은 돈을 뿌려대는 영업방식이 사업을 키운다고 확신했다.

멀리서 보면 형식은 빛이 났다. 실제로 타인의 눈에 그는 밤과 낮을 가리지 않고 빛이 났다. 그런 식으로 세월이 일 년 정도 흐르자 사람을 사람으로 대하지 않는 취향이 생겼다. 심지어 나를 무수리로, 침실에서는 성노예로서 시중을 강요하고, 하고 나면 돈을 꼭 줬다.

형식이 엄마 병의 깊이를 묻지 않는 것도 그의 사업이 정점에 달하기 이

년 전부터였다. 엄마의 병은 치료비가 문제였지 돈에 환장한 의사의 자주 바뀌는 병명 따위나 당사자의 고통은 중요하지 않았다. 가난한 대부분 사람이 병이나 몇 개월 안으로 죽어가거나 부자들이 서서히 죽는 것은 의사들의 휴머니즘을 빙자한 목적인 돈 때문이다. 음모론이 아니다. 가난한 자의 실제 병명은 돈이다.

나는 그저 그런 마누라였기에 항상 만족했다. 그의 색다른 요구와 강도 높은 서비스가 부담스럽기는 했으나 올려다볼 수 없는 위치에 선 그의 행동은 자신이 곧 부자가 될 것이라는 환상에 절어 있는 인간의 당연한 행태였다. 아무리 부부 사이라 하더라도 자본주의에 공짜가 어디 있겠는가.

매달 통장에 풍성한 생활비가 날아와 꼼꼼하게 꽂혔다. 실속을 찾아 재래시장이나 아웃렛을 헤맬 필요가 없었고 자질구레한 것들은 귀찮아 타인에게 양보해도 생필품은 늘 남아 넘쳤다. 가끔은 한심한 동생에게 전화를 걸어 황송한 용돈을 하사했다. 그런 세월이 한동안 계속됐다. 내가 한동안이라 말했지만, 불투명한 앞날의 의미는 몰랐던 거 같다. 그 후 일 년 안에 이 지경이 될 줄 짐작했더라면 절약해 여기저기에 현금을 숨겨 놓았을 것이다.

일 년이 작년 같았고 저번 달아 이번 달과 다르지 않았다. 늘 겪는 매일이였다. 그날도 어제와 다름이 없는 날이었다. 아니 권태로운 즐거움이 반복되는 날이라고 생각했다. 사람들은 권태로움과 평화를 혼동하는 거 같다.

사건과 불행이 겹친다면 무슨 조짐이 널려야 하지 않을까? 신문에 나오는 일일 운세마저 변동이 없던 그 날 형식이 시궁창에 빠졌다 나온 시궁쥐처럼 구겨지고 악취를 풍기며 들어왔다.

나는 결혼 후, 돈이 수돗물처럼 꼭지를 돌리면 나오면서부터 형식에게 높임말을 썼다.

"무슨 일 있어요?"

형식은 세련되지 못한 시골 깡패로 바뀌어 괜한 시비를 걸며 말했다.

"무슨 일? 살면서 무슨 일이 없겠니. 이쪽을 막으면 저쪽에서 터지고, 거대한 샤워 꼭지를 들어놓은 듯이 걷잡을 수가 없어. 나중엔 아예 될 대로 되라는 심정이야. 그럼 어쩔건데. 네가 해결해 줄 거야. 뭐야? 시원한 물이나 가져와."

난 당신의 하녀가 아니고 마누라다. 상의 같은 거도 하고 찡가먹기 할 때만 붙어있지 말고 서로 기대야 하는 거 아닌가. 도대체 나는 당신에게 순위가 어떻게 되는가? 를 물으려는데 무슨 징조인지 입이 붙어 말이 밖으로 나오지 않았다. 지친다.

형식은 옛날부터 돈 좀 버는 가장이 그래왔던 것처럼 함부로 씨부렸다. 그의 눈을 읽고 친근하게 굴었다. 술 처먹은 개라 하지 않던가. 평소에도 정상이 아니니 물을 채운 접시를 옮기는 것처럼 조심해야 한다.

형식은 냉장고에서 꺼내온 물이 차갑지 않다며 집어 던졌다. 일단 깨진 잔을 밀어 놓고 얼음을 꺼내 잔을 채워주자 정말 속이 탔던지 한 번에 마셨다. 그가 취했다고만 생각했다.

유독, 하기 싫은 날이 있다. 때에 따라 이 짓이 사랑의 연속 행위가 아님을 알았고 어떤 의미에서는 화풀이에 지나지 않았다. 그런데도 그의 사인에 매번 참았던 것은 폭풍이 조용히 지났으면 하는 바람이었다. 하지만 그날 형식의 눈빛은 사람의 것이 아니었다. 난생처음 느끼는 공포였다. 그저 잠깐 참는 것으로 지나갈 순간이 아님을 눈치챘다. 밤은 막다른 골목에 이르렀다.

형식은 그날 나를 강간했다. 굳이 그럴 이유가 없는데 그래야 맛인지, 속옷을 찢고 무릎으로 허벅지를 세게 눌렀다. 자반을 뒤집듯 굴리고 굴욕의 자세를 취하라고 욕을 했는데 엉뚱한 곳에 넣으려 했다. 하는 내내 씨발

년이라 욕을 해댔다. 정신을 잃은 형식의 성기는 불수의근처럼 구부러져 뇌의 명령을 듣지 않았다. 그 모양이 내 탓이라도 되는 양, 얼굴을 주먹으로 때렸다. 기운을 차리고 보니 형식이 내 배 위에서 자고 있었다. 감히 그녀들의 치욕과 비교할 건 아니지만 일본 성노예로 팔려간 처녀의 아픔이 느껴졌다.

공포와 치욕으로 밤을 꼬박 새웠다. 대책 정도로는 해결될 문제가 아니라고 생각했다. 앞날을 생각해서라도 도저히 간과할 수 없는 일이었다. 살의 정도가 아니라 정말 죽이고 싶은 욕망이 충천했다. 차츰 동이 트자 내의도와 다른, 어떤 물리적 변화로도 이해할 수 없는 아니, 표현되지 못한 불행의 서막이 열리고 있음을 깨달았다.

형식은 정오가 넘도록 안방에서 나오지 않았다. 습관이라면, 그는 아무리 과음을 해도 알람의 도움 없이 일어나 한 움큼의 약을 속에 욱여넣고라도 양 볼을 착착 쳐가며 정신을 차리려 애썼다. 얼굴에 든 멍을 생각할 겨를이 없었다.

오후 세 시쯤 되자 부스럭거리는 소리가 들렸다. 형식은 얼이 빠진 얼굴로 방을 나왔다. 그리곤 형편없는 내 얼굴을 의아하게 쳐다보고는 그대로 나섰다.

출근하는 옷차림이 아니었다. 마치 새벽닭 울음에 귀신이 쫓기듯 황망하고 알 수 없는 표정을 지었다. 아무리 여름이지만 하얀 속옷 차림과 청바지를 입고 말이다. 마트를 가도 다림질한 차림을 고수하던 형식이 아니었다. 머리조차 빗지 않았다. 그는 어제 자신이 한 행악에 사과 한마디 없었다. 무슨 일이 생긴 게 분명했다. 형식과 관계된 곳에 전화를 걸어 무슨 일이 있을 예정인지 확인하고 싶었으나 어디에 전화를 걸 것이며, 확인해야 할 내용이 무엇인지 알지 못했다. 다짜고짜 누군가에게 형식의 사정을 털어놓는 것도 민망한 일이었다. 간밤 남편의 행동이 다시 나오기만 하면

프라이팬으로 뒤통수를 치려는 계획을 집어치웠다.

형식은 그날 저녁도 엉망으로 취해 들어왔다. 손짓으로 차가운 물을 달라고 했는데 갖다 주지 않았다. 다음 연결될 공격을 예비해 프라이팬을 가지고 방으로 들어가 여차하면 문을 잠글 준비를 했다. 얼빠진 남편의 모습은 어제 나를 강간한 기세를 가지고 있지 않았다. 바이털 사인은 있지만 살아는 있나 의심해 볼 여지가 있어 보이는 표정이었다. 그는 말을 하려고 입술을 오므렸다 벌리기를 반복했다. 그리곤 갑갑하다며 가슴을 쾅쾅 쳤다. 만약을 대비해 날카로운 건 모조리 감췄었다.

왜? 말을 해! 누가 이렇게 외쳤는데 그게 내 목소리인지 긴가민가했다.

형식은 다음날에도 어제와 똑같은 모습으로 들어왔다. 다만 그의 충혈된 눈빛에서 모조리 죽여 버리겠다는 광기가 잘 벼린 칼날의 끝처럼 번득였다. 사라지고 싶을 만큼 무서웠다. 삼 년을 한 이불에서 지낸 사내가 아니었다. 꼿꼿한 성기를 쳐들고 덤벼들던 야비함 마저 사라졌는데, 그렇다고 동정하고 싶지는 않았다.

나는 그날 엄마 병실에서 잤다. 다음 날 아침, 엄마의 병원비를 중간 계산하려고 신용카드를 내밀었다. 너도 나처럼 불행해져 보라고 기도하고 싶은 마음이 드는 사무원이 불쾌한 표정으로 이 카드는 불량이라고 말했다. 나는 그녀의 말에 카드 자체에 문제가 있는 줄 알았다.

은행 잔고는 부스러기만 남았고, 어디에서나 통용되었던 신용 거래는 빗장이 걸렸다. 뭔가 잘못되어 가고 있고, 예정엔 늘 불행해서 그 불행에 익숙하다는 느낌은 섰지만, 불행이 뜻하는 참뜻을 알지 못했다. 대부분 사람은 자신이 불행에 귀뚜라미의 더듬이를 장착한 감각을 갖고 있다고 생각하겠지만, 관에 못질하는 순간에야 죽음을 깨닫는 것처럼 그만큼 절대 모를 것이다. 나는 경험과 통계로 사람들의 어리석음은 본능이라 믿는다.

식욕은 성욕보다 잔인하며 모욕적이다. 콱 죽고 싶은 생각이 차올랐음에도 입이 아닌 손은 먹어야 한다고 재촉한다. 알다시피 손은 미각이 없으나 생각하는 기능이 있다. 항상 손은 의지보다 먼저 움직인다.

손은 야비하게 의지의 목을 움켜쥐고 흔들어 깨웠다. 이 판국에 허기가 지다니. 무엇이든 먹어야 한다는 의식의 재촉을 손이 명령했고 한계에 다다른 의지가 수용했다.

엄마를 병원 천덕꾸러기로 놔둘 수는 없었다. 일단 카드를 살려 잔고를 채워 놓아야 한다. 백기를 들 건, 백주 거리에서 발가벗고 춤을 추더라도 남편이란 작자로부터 '돈'을 받아야 한다. 어떤 조건이든 몽땅 수용해 무조건 항복하기로 했다. 알다시피 항복과 잘못을 비는 행위는 진정한 반성이 아니라 전략이다. 무슨 수가 있겠지. 하늘이 무너져도 솟아날 구멍이 있다잖아. 스스로 다짐도 하고 위로도 했다. 하지만 말이다. 막상 하늘이 무너지면 우린 기댈 곳이 없단다.

하루를 엄마와 보낸 후, 집으로 돌아오는 길에 형식에게 물을 말을 짰다. 그가 미안하다는 눈빛만 보낸다면 그 정도로 더는 사과를 강요하지 않기로 했는데, 집에서 발견한 형식은 식탁 위에 김치 쪼가리를 올려놓고 술을 마시고 있었다. 그는 내가 보이지 않는 모양이었다. 아니 나의 존재 자체에 전혀 관심이 없었다. 더 기가 막힌 것은, 요즘 유행하는 행복한 가정에서는 자발적으로 혐연권을 보장해서 담배를 안 피운다며 비흡연 지역을 선포했던 결정을 스스로 파기한 것이다. 그가 빈 접시에 담배를 비벼끄며 무람하게 말했다.

"당신 어디서 돈 좀 꿔올 수 없어? 장모님은 그렇지만 사돈에 팔촌 어디 짱박혀 있는 놈 중에 부자 한 분은 있을 거 아냐. 제발 부탁이야. 삼천이면 당장 숨은 쉬는데, 엉!"

나는 남편을 멀뚱히 쳐다봤다. 그는 내가 박씨 문중을 통털어서라도 비빌만한 곳이 눈을 씻고 찾아봐도 없음을 이미 결혼식장에 찾아온 손님을 보고 알조였다. 나의 친척은 아버지들이 하나같이 무능력했고 남겨줄만한 유산은 한푼도 없다는 사실을 그는 알고 있었다.

그 전에 가끔 형식에게 들어왔던 말이 있다. 어떻게 너의 집안은 잘난 놈이 깡그리 없을 수 있나? 판검사가 없는 건 집안 내력이라 쳐도 경찰 나부랭이가 없다는 게 확률상 말이냐 되냐구. 그는 내가 공중에 떠 있기라도 하듯이 허공을 바라보며 말했었다. 이런 내게, 게다가 삼천이라고? 그 금액조차 언 발에 오줌 누는 수준이라니. 열린 입이 다물어지지 않는다.

형식은 입 벌리고 있는 나를 맥없이 한참 보다가 일 막의 끝남을 알리듯 너털웃음을 지으며 무대 밖으로 나갔다. 온몸의 기운이 한꺼번에 빠져나갔다. 앞으로 삶이 막막했다. 아, 천둥 번개를 치며 요란한 빗소리라도 들렸으면 그럼 당시의 처지를 확실히 느꼈을 텐데, 열대야로 김빠지는 소리가 더욱 처량해졌다. 집 안 공기가 뻑뻑해져 움직일 때마다 뼈와 뼈가 닿는 소리가 났다.

침묵의 소리

남편이 없는 집은 괴괴했다. 소리를 지르면 소리가 증폭되어 어마어마한 메아리가 울릴 것 같은 삼십 평 남짓의 공간이 강당으로 확장되었다. 그 안에 세상으로부터 격리된 생생한 느낌이나 혼자 있기 힘들었다. 묘한 고립감이었다. 흙탕물이 가라앉기를 기다리자 이런 기류의 실상이 남편의 부재 탓만은 아닐 것이라는 생각이 들었다. 또 어떤 파도가 남아 있을까?

돈이 없기에 공허해진 것이다. 탐욕의 시대에 남편은 얼마든지 없어져도 괜찮았다. 대체 가능성을 따진 것이 아니라 돈이야말로 남편이 주는 가림막이나 방공호 같은 거 아닐까? 돈으로 생명이야 사겠냐마는 돈으로 존재를 증명할 수는 있겠다.

남편이 며칠째 들어오지 않는다. 그러려니 했다. 사흘을 지나지 않아서 돈과 관련된 많은 줄이 요령을 달고 흔들리기 시작했다. 남편 회사에 형식의 존재를 물으니. 상관할 바 아니라는 물음이 돌아왔다. 나는 집 보는 개였지만 귀여움을 받지 못하는 똥개였다. 착하기만 하고 머리는 나쁜데도 집을 지키는 일조차 허점이 많은 개로 살며 주인이 주는 밥을 기다리는 것이다. 주인이 자기 집 개를 때리면 동네 사람도 그 집 개를 천대하기 마련이다. 남편이 집에 없는 것을 알자 회사로부터 그를 찾는 전화가 뚝 끊겼다.

나를 가운데 두고 빙빙 돌며 야유와 협잡을 뿌려대는 사람들의 벽에 둘러싸인 기분이었다. 왜, 다들 쉬쉬하는가? 그들조차 네가 알면 뭘 어떻게 해줄 건데, 하며 나를 철저히 무시하고 있었다.

그날따라 형식을 띄엄띄엄 찾는 전화마저 단 한 통도 걸려오지 않았다. 누가 남편의 부재를 소문이라도 낸 양, 마치 모든 역할에서 제외된 단역 배우처럼 아무도 형식을 찾지 않았다. 그는 따돌려졌고 미경은 철저히 외면됐다. 형식은 이제 그들의 주인이 아니다. 돈을 못 주는 사장은 경멸의 대상이다. 미경은, 이 모두로부터 격리됐다. 그리고 불행은 신세 한탄할 여지 없이 계속 이어졌다.

은행은 서류로 말한다. 최고장이나 독촉 서류나 날릴 뿐 남편의 소재를 묻지 않았다. 그런 면에서 신사적이었다. 유독 남편을 집요하게 찾는 대상은 카드회사 직원이었다. 내가 숨기고 안 바꿔주는 것이 아니고 핸드폰에 영상 기능이 있으니 집 안 구석구석을 보여주겠다고 해도 그들은 막무가내로 교육받은 매뉴얼만 늘어놓았다.

어떻게 법적인 아내가 되어 남편의 향방을 모르냐고 다그쳤다. 나중에는 빼돌린다고 해결되는 문제가 아니라고 빈정대며 물어왔다. 모르는 걸 어쩌란 말이냐. 이 년은 미경이 남편을 어디 서랍이나 장롱 속에 숨겨 놓은 줄 안다. 불안하면서 답답했다. 더는 견디기 힘들어 전화 코드를 뽑았다. 그들은 꺼졌다.

처음 걸려온 카드회사의 독촉 전화는 머지않은 미래에 닥쳐올 재앙을 방비하자는 신종 보험 안내를 하는 갓 입사한 신입사원의 말투로 당당하며 어리바리하고 부드러웠다. 하지만 시종 납부 마감을 어길 시 불리한 민, 형사상의 책임을 묻겠다고 기계적으로 설명했다. 보이지 않는 텔레마케터는 미경이 말귀를 못 알아들었음을 확신하고 같은 내용을 처음부터 반복하자 미경은 고문에 못 이겨 악을 썼다.

그렇게 급하면 직접 찾아서 책임을 묻던지, 감옥에 처넣든지 알아서 하라고 소리를 지르자, 진작 그렇게 나오시지, 하는 전의를 갖고 상담녀가

말 한마디 한마디에 힘을 주며,

"사모님, 소리 지르지 마세요. 전 감정 노동자예요. 저한테 이러심 안 돼요. 저한테 악쓰시면 고소당할 수 있어요"라고 조용히 속을 뒤집어 놓았다.

미래에서 온 터미네이터의 기계적인 음성이었지만 피를 말리는 협박이었다. 미경은 조용히 수화기를 내려놓고 전화기 코드를 다시 뽑았다. 그러자 어떻게 알았는지 미경의 휴대폰에 새로운 경고 메시지가 차곡차곡 쌓였다.

휴대폰 진동음이 하루에 수십 번 징징댔다. 미경은 그 전화기마저 배터리를 분리했다. 병상에 있을 엄마가 빚 독촉 횟수만큼 떠올랐지만 지금 당장은 엄마의 병도 손톱 밑에 때만큼 지겨웠다. 엄마가 나와 동생을 빼놓고 오빠에게만 먹였던 굴비의 기억이 새롭게 떠올랐다. 엄마에게는 잘난 오빠가 있었지.

인생의 분기점은 언제나 망하기 전과 망한 후로 나뉜다. 그전에 있었던 즐거웠거나 괴로웠던 이유는 같은 기시감으로 나타나지 않는다. 전혀 다른 장면에 한 번도 느껴보지 못했던 고통으로 다가와 앞으로 새로운 날은 확실한 지옥에 처음으로 들어선 것처럼 어리둥절해진다.

주위를 둘러보면 언제나 있었던 사람들이 새롭지는 않은데 혐오스럽게 느껴지고, 그들이 미경을 발견하면 갑자기 일이 생긴 것처럼 바쁜 걸음을 걷는다. 대수롭지 않은 상처가 생겨도 큰일이 난 것처럼 물고 빨던, 배의 즙과 비교되는 달콤한 말을 해주던, 믿음직하고 가까웠던 사람들은 불러도 오지 않았다.

인간에 대한 신뢰는 돈이 주는 착각이다. 다들 어디 숨었을까? 미경은 당장 그들의 동정과 위로가 필요했다. 아, 지나가는 김에 들려주었으면 얼마나 감사한 일일까. 미련이 남아 한때 옆에 있었던 사람들을 손꼽아본다. 하나, 둘, 셋---. 아는 사람은 많은데 비논리적으로 존재하지 않는다. 아니, 당장 옆에 누가 온다면 싫어 못 견딜 사람만 남았구나. 그들은 몹쓸 신기루였고 삭막한 풍경의 일부분일 뿐이다. 함께 목욕탕을 가고 늦은 점심으로 수다를 떨던 숙영이 엄마도 먼지 바람이었구나! 돈은 투명한 철창이며 눈에 띈 사람은 얼마든지 마음먹지 않아도 저절로 사라지는구나. 심하면 살아 있는 상태에서 뼈와 살아 분리되기도 하는구나.

미경은 종일 집 근처 공원 벤치에서 누가 보면 팔자 좋은 년처럼 앉아 시간을 흘렸으며, 속이 쓰릴 정도의 공복감을 느낄 정도가 돼야 집으로 향했다. 궁금한 건 아니었으나 습관적인 외로움으로 핸드폰에 배터리를 끼우자 수십 통의 부재중 전화에 동생이 걸려 있었다. 수십 통이란 암묵적 협박이 얼마나 위태로운 지경인지 짐작이 갔다. 엄마는 어서 죽고 싶어 하면서도 자신의 기대와 달리 지긋지긋한 삶을 견뎌내고 있었다. 멀쩡하지 못하면 죽음이야말로 수동태이다. 어쩌면 엄마 오른쪽 팔뚝에 꽂힌 여러 가지 주사액과 생명유지 장치가 끝없이 돈을 빨아대는 한 미경이보다 오래 살 것이다. 어떤 의미에서 엄마는 병원이 잡은 미경의 볼모였다.

불면과 긴 밤을 줄이기 위해 마신 술로 늦잠을 잤다. 불면이 피부에는 몹시 해롭지만, 다이어트로 최고다. 실은 필요 이상으로 체중이 내렸다. 휴대폰을 살리자 그리 두려워 겁내었던 전화가 한 통도 매달려 있지 않았다. 이상하고 신기한 일이다.

빚을 독촉하며 빗발쳤던 전화질이 먹구름을 뚫고 해가 불쑥 나타나 멈춘 것이다. 미경은, 이 현상만으로 노래를 부르고 싶어졌다. 엄마의 병원비와 당장 냉장고를 채워 넣거나 하다못해 달랑거리는 생리대와 다 떨어진 화장지를 사야 할 것이 있었지만 그런 건 문제도 아니었다. 생리혈은 수건으로도 틀어막을 수 있다. 누가 을러대는 듯이 무한정 뛰다가 잠시 멈추는 것만으로도 달콤한 휴식이고, 예전에 겪은 것이지만 교장의 질긴 훈화가 끝난 후 잠시 주저앉는 것만으로 사람은 행복해진다. 그 순간을 안도

46

하는 내가 슬퍼졌다. 뭐라 할까, 물속에서 참아야 했던 숨이 수면 밖으로 나오자 해소된 기분이었다.

정신을 차리고 주위를 둘러보니 주부로서 해야 할 일이 지천이었다. 오랜만에 뭐든지 마구 먹고 싶어졌다. 소문에 안전성이 확보된다면 아무 남자와 섹스도 하고 싶어졌다. 맹렬한 허기에 따라오는 욕망은 아니었다. 마치 형식이 미경을 강간할 때처럼 번득이는 변태 심리가 작동했을 것이다.

시어빠진 김치와 식은 밥을 물에 말아 꾸역꾸역 배를 채워 넣었다. 그리곤 기지개를 켜고 착한 아내로서 집 안 구석구석을 청소했다. 진공청소기 돌아가는 소리가 그날만큼은 신경 줄을 긁어대듯 거슬려 걸레만으로 방안과 가구 전체를 오랜 시간을 들여 아끼듯 닦아냈다. 집 안의 먼지가 사라지자 믿기지 않는 생기로 훈기가 돌았다. 그다음에야 남편의 긴 부재를 다시 실감했다. 손꼽아보니 형식은 열흘째 들어오지 않았다. 그렇다. 사내의 무책임은 천성이다.

함께 있으면 괜히 딴짓하고 싶고, 왕겨를 뒤집어쓴 것처럼 간지러움과 따가움으로 몸살이 나는 남편이 같은 공간에 존재하지 않으니 불편은커녕 봄볕에 새소리가 들리는 어떤 인간도 없는 벤치에 앉아 있는 기분이었다. 이래서 혼자 사는 여자가 느는 모양이다. 왜 아니겠는가. 이놈의 땅에 자라난 사내아이가 무엇을 보고 자랐겠는가. 하여간 그가 없음으로써 무급휴가를 받은 셈이었다. 애초 그와 진행 과정 중 불행의 기미를 잘만 살펴 빠른 판단을 했었다면 피할 수 있는 불행이었는데 그걸 모르니 나 또한 타고난 골칫거리였다.

나중에야 어떻게 더 불행해질지 몰라도 이대로 없는 듯 사라져 주었으면 했다. 나이야 얼마 먹지 않았어도 피부가 늘어져 커피잔이나 잔심부름을 시키기에는 부담스럽겠지, 어떻든 홀몸으로 산다면 무엇이 문제이겠는가. 이상한 자신감이 생겼다. 뭐 그런 거 있지 않은가. 간절히 바라면 우주가 어쩌고저쩌고한다는 그런 거 말이다. 그런 잠재의식 속 작은 소망이 절실한 기도로 이루어진 것이다.

타의에 밀려 이것저것 포기하고 나니 많은 게 간절해졌다. 항상 돌봐도 의무가 산적된 엄마 상태마저 별것 아닌 것처럼 보였다. 이제 엄마 병원비는 오빠와 동생에게 미루어도 될 일이다. 나만 자식은 아니니까. 열 손가락 깨물어도 안 아픈 손가락 없다지만 그건 손가락 경우에 해당되는 속담이었고, 미경은 엄마에게 신경이 끊어진 안 아픈 손가락이었고, 도구는 아니었는지 하는 의문이 들었다.

십년이 넘도록 엄마 병 뒤치다꺼리를 했으니 지금은 신경을 꺼둬도 가책받을 일이 아니다. 당연하다고 믿는 미경의 힘듦에 오빠와 동생도 이제는 마음이 아닌 물질에 대한 채무를 져야 한다.

결혼반지와 여러 가지 액세서리는 식품으로 바꿔 먹었다. 이럴 줄 알았다면 예쁘기만 한 수정으로 만든 귀고리로 만족할 게 아니라 진짜 금으로 만든 것에 환호성을 질렀어야 한다는 늦은 후회가 생겼지만, 이제라도 깨달은 인식에 만족했다. 아니, 형식의 결정대로 애를 만들지 않은 것만으로도 그의 혜안에 감사해야 하지 않을까? 불행 중에 천만다행이란 합리화가 뼈에 저며 들었다.

거리를 돌아다니며 벼룩시장 광고지를 집어왔다. 얼마를 벌든 마지막 남은 밑 품을 팔지 않으려면 아무 일이나 해야 했다. 어렸을 적 엄마가 철없는 나를 상대로 한 말에서 입에 밥 들어가는 일이 얼마나 무서운지 내 모르는 바가 아니다. 설명할 필요도 없지만, 허울뿐인 대학을 나온 처지로서 고운 직장은 언감생심 꿈꾸지도 않았다. 자본주의에서 여자는 풋것이어야 하고 얼굴이 간판인 것이다. 게다가 미경은 주민등록등본에 빨간 줄이 간 전과자와 비슷하게 유부녀라고 찍혀있다.

빨간 사인펜을 들고 벼룩시장 구인 공고란에 동그라미를 치고 있는데

장편소설 빛

꼬집듯이 들리는 초인종 소리에 가슴이 철렁 내려앉았다. 별의별 생각이 엮어졌다. 조심스레 문을 열어 방문객을 확인했다.

문을 여니 수음을 하다 낳아준 대상에게 들킨 애의 얼굴이 갑작스레 나타났다.

잔망스레 생긴 사내가 잔뜩 인상을 쓰며 형식이 아닌 미경의 이름을 물어왔다. 도대체 이 인간은 전생에 무슨 업이란 말인가. 잊어버릴 만하면 반드시 무슨 계기를 만들어 가슴을 졸이게 한다. 살면 살수록 그와의 결혼은 미경이 인생에 최대 악수였다. 이것도 낙장불입인가.

"박미경 씨 맞죠?"

근래 들어 누가 미경의 이름을 불러주었던 적이 있던가. 남편에게는 그저 너였고, 대중의 아줌마였다. 이십 대 초반에나 그녀는 원래 박, 미, 경 씨였다. 그렇지만 느닷없이 생활 공간을 비집고 들어온 못생겨서 기분이 나쁜 자에게 자신의 이름이 불리고 싶지 않도록 천박해 보였다. 왜 여자들이 사내들의 안면만 보고 경계하는지 이유를 알 거 같았다.

"아, 맞으면 맞다 틀리면 틀렸다고 말하면 누가 세금을 더 내랍디까? 글고 묵비권은 아무 때나 하는 게 아닙니다. 아셨습니까, 박미경 씨?"

묘하게 생긴 사내였다. 깡패인가 하면, 그건 아닐 거 같고 그렇다고 층간소음을 따지러 온 사람 같기는 한데 그건 이유가 안 됐다. 그렇다고 국세청에서 나오게 보이지 않는 사내가 다시 한번 짜증을 내며 주머니에서 수첩을 꺼냈다. 사내가 옷을 털자 짜증이 먼지처럼 떨어졌다. 사내 아가리에서 내 이름이 불렸다는 사실 자체에 한숨이 절로 나왔다. 사내의 관상은 불행을 알리고 돌아다니는 데 적합해 보였다.

"도대체 전화는 왜 안 받는 거요? 내가 손꾸락에 관절염이 생길 정도로 수백 통은 했는데 말이야. 이렇게 집구석에 있는 줄 알았으면 그 시간에 직접 찾아올 걸 그랬어. 근데 핸드폰이란 게 무전기도 아니고 받고 걸려고 있는 거 아뇨? 됐고, 아줌마 남편 지금 없죠?"

남편의 부재를 알고 왔다는 뜻인데, 보면 아는 거 아닌가! 집구석이란 노골적인 표현이 무지 심한 욕으로 들렸다. 사내는 분명 미경의 집을 가정이란 좋은 의미는 빼고 집구석이라며 비하했다. 욕을 들었으니 화가 났는데, 미경이 지금 그 허점을 파고들어 화를 낸다면 이놈은 한국의 보통 남자보다 더 지랄발광할 분위기를 표정으로 조성했다.

무시하는 말투와 눈빛 그리고 삐딱하게 기울어져 있는 자세 등 모든 게 마음에 드는 구석이 하나라도 있는 사내가 아니었다. 저런 놈과 사는 마누라가 있다는 게 위안이 될 정도였다. 어쨌든 황당하고 가슴이 뛰어 말이 혀에 굴려지지 않았다. 무슨 말이라도 꼬투리를 잡혔다간 경을 칠 분위기였다. 형식에 당하면서 몸과 마음으로 깨달은 게 있다면, 그건 무조건 상대의 말을 되새겨 함정을 파악해야 한다는 것이다. 통계상으로 저따위로 생긴 놈은 말꼬리를 잡는 데는 검사보다 윗길이다. 나는 남편으로부터 단련을 받은 년이다.

시간을 두고 스캔을 하듯이 위아래로 사내를 노려봤다. 여긴 내 집이고 저놈이 백주에 나한테 무슨 짓을 할 것인가. 이제는 배짱이 아닌 악이 받친다. 빚 받으러 온 은행원이라기에는 차림이 세련돼 보이지 않았다. 그렇다면 무슨 이유를 달고 온 것일까? 어쨌든 순해 보이면 안 된다. 슬픈 척도 안 된다.

멀거니 쳐다보기만 하자 그제야 사내는 품에서 뭔가를 꺼내 정체를 밝혔다. 형사라고? 얼결에 따귀를 한 대 더 맞은 듯이 정신이 돌아왔다. 정말 무슨 일이 생겼구나. 미경은 형사 입에서 쏟아질 말이 두려웠다.

"형사님이 무슨 일로?"

들어오라 허락하지 않았는데 형사는 무례하게 안으로 들어섰다. 그는 환경 미화를 위해 청소한 교실을 검사하듯 꼼꼼히 둘러봤다. 형사는 집 안으

장편소설 빛

로 들어오자 조금 전과 다르게 짜증을 가라앉히고 말했다. 제 멋대로이다.

"오늘 날씨 우라지게 덥네. 가만있으면 더 더워. 지구 온난화를 실감하겠다니까. 이러다 정말 북극에 있는 얼음 다 녹겠어요! 역시 집은 주부 손길이 닿아야 해. 집이 깔끔하네. 근데 남편이 그리 오랫동안 안 들어오는데 걱정도 안 되나 봐. 뭐 물어볼 것도 있고, 어디 좀 같이 가셔야 하기도 하네요."

깔끔하다니! 음식 맛을 보는데 쓰는 어휘가 그놈 말대로 어울리기나 할까. 완전히 틀린 말은 아니지만 적확한 말은 아니다. 의식하고 쓴 말이라 해도 경박하기가 시골 장꾼과 구분이 안 가는 형사였다. 아니면 양아치 중에서 특채로 선발한 경찰이든가.

형사는 틈을 들이듯이 집 안 구석은 샅샅이 살피며 구석구석을 돌았다. 앞뒤 자르고 본다면 마치 집 보러 온 놈과 흡사했다. 그는 계속 정신없이 돌아다니며 전혀 용무와 관계없는, 깔끔하다니 아담하다니 하며 허튼소리만 늘어놓았다. 제 딴에는 긴장감을 낮추려는 행동이었으리라 생각이 들었다. 하여간 오랜만에 시간을 죽이려고 세간을 닦고 정리했지만, 형사가 그 공간 안을 사나운 수캐가 불쑥 들어와 마당 한가운데를 가로지르는 느낌이었다. 그리고 시작 버튼을 눌렀다.

형사의 말은 수순이 얽혀 있어 제대로 알아듣기 힘들었다. 아니 어느 정도는 알아들었는데 더 확실히 해두어야 할 거 같았다. 아니면 그가 일부러 알아듣지 못하게 정치적으로 말했거나. 미경은 사내가 말을 알아듣기 쉽게 편집했다.

"남편은 사업하는 사람이에요. 종종 외박해요. 물어보실 말이 무엇이고 대체 어디로 가자고 하시는 건지요. 제가 우울증이 있어 전화는 꺼 놓았습니다만."

형사는 미경의 말에 한 푼의 신경도 쓰지 않으며 계속 어수선하게 거실을 돌아다니며 떠다니는 생각을 말로 하는 것인지 중얼거렸다. "요즘 개나 소도 다 우울증이래." 하는 읊조림을 똑똑히 들었다. 그리고 자기가 휘저어 놓은 집 안 공기가 가라앉기를 기다려 일부러 눈을 맞추지 않으며 질문에 엉뚱한 답을 내놓았다. 말하기 전에 형사가 의도적으로 정색했다.

"아줌마 남편이 사망한 거 같아요. 지문으로 확인은 했는데, 그래도 서류상 가족이 확인해 주셔야 제가 다음 일을 진행할 거 같습니다. 날도 덥고 한 데 길게 이야기해서 피차 피곤해질 이유가 있겠습니까? 어차피 서로 힘든 날인데, 자, 같이 가시죠."

남편이 사망했다는 다음 문맥부터 이명(耳鳴)이 천둥처럼 들렸다. 누구나 죽을 수 있다지만 그 경우가 이리 가까울 순 없다. 더구나 병상에서 시난고난하는 엄마가 아닌, 목에까지 차오르는 성욕으로 나를 강간하며 팔팔 뛰던 남편이 죽었다니! 이 무슨 소리인가. 이명으로 귀를 만지자, 형사는 미경이 못 알아들었는지 알고 남편의 죽음을 처음부터 되풀이했다. 대한민국에는 이런 멍청한 경찰밖에 없다. 아님, 식민지 시절 순사질하던 놈을 대대로 표본으로 뽑은 건지. 남편이 죽다니. 술 마시고 사고라도 난 건가. 그는 취한 척을 하지 취했다고 의심이 든 적이 없었다. 남편의 열흘간 부재 안에 형식의 죽음은 들어있지 않았다. 믿기질 않는다. 미경은 도리질하듯 강한 부정을 했다.

형사는 얼빠져 있는 미경을 아랑곳하지 않고 춤이라도 청하듯 과장된 두 손으로 문을 가리켰다. 형사는 피의자 가족에게 예의를 갖추지 않아도 되는 조항이 경찰 규정집에 박혀있는 듯 함부로 지껄였다. 말이 민주 경찰이지 후진국 경찰의 의례적인 힘을 갖춘 자가 바람이 부는 방향을 정확히 읽고 풍향계처럼 움직이는 전형적인 공무원의 자세였다. 하지만 그 무례함을 여기서 지적할 정도로 미경에게는 여유가 없었다.

칼을 들이대고 겁을 준 것이 아닌데 무서웠다. 비현실감도 한몫했다. 남

장편소설 빛

편이 죽다니, 아니 같다고 했으니 아닐 가능성을 두고 한 말이겠지만, 지문으로 확인했다는 나중의 말은 사실을 부정하는 말이 아니었다. 그렇다고 남편을 죽음의 항목에 넣어보니 도저히 믿기 어려워 아리송한 질문을 받은 아이처럼 갈피를 잡지 못했다. 이 느낌에는 갑자기 생긴 이명증도 포함되어 있었다. 남편은 고분고분하게 죽을 인간이 아니라는 믿음이 미경에게 있었다.

옷을 갖추어 입을 정신이 없었다. 아파트 출입구를 당당하게 가로막은 승합차는 피의자 가족의 동선을 줄이기 위해 가까이 있는 게 아니었다. 차는 미경의 부끄러움을 만천하에 광고하고 폭로하고 있었다. 얼굴만 익숙한 누구 엄마는 미경을 가리키며 제 딸에게 '똑바로 살지 않으면 너도 저렇게 돼'라고 수군거릴지 몰랐다.

짝짝이로 신은 신발이 부끄러웠고 그것을 그냥 내버려 둔 형사의 근무 태만을 속으로 욕했다. 승합차에 오르면서 눈물을 흘렸는데 이는 혹시 뒤에 있을 남편의 범죄 사실이 아니라 슬픈 자신의 인생과 발가벗겨져 나자빠진 수치스러움 때문이었다. 수갑이 채워지지 않은 사실만으로도 고마워해야 할지, 여러 갈래의 생각이 스쳤다.

그날 이후 미경은 구경꾼이라면 정식 관람객일지라도 치가 떨렸다. 모인 이들은 타인에 대한 연민이나 안타까움은 눈곱만큼도 없었고 까닭 모를 야유와 조롱 그리고 교성에 가까운 탄식이 모인 이의 주위를 감싸 묘한 흥분으로 들떠 보였다.

철저한 타인들이 모인 아파트 풍속이 다 이랬다. 예수가 사람들이 창녀 주위로 모여든 가운데 흙바닥에다 무언가를 긁적이며, 돌을 던지고 싶으면 던져라! 는 풍경이 떠올랐는데, 미경은 떠오른 예수에게 한마디 했다.

'당신도 한패야!'

물어보고 싶은 말이 넘쳤지만, 성격상 말이 나오지 않았다. 형사의 상판이 찌부러져 있고 귀찮아하는 표정이 역력해서 뭘 하나 물어보는 것도 아랫배에 힘을 주어야 했다. 한참 말을 고르는 중에 형사가 오히려 미경을 또렷이 쳐다봤다.

형사가 미경을 어디론가 데리고 가는 내내 말이 없자, 눈싸움하다 지친 놈처럼 자기 영역 안에 들어왔으니 마음 놓고 투덜거려야겠다며 입을 놀렸다.

"이상한 아줌마네! 남편이 죽었다는데 어떻게 궁금한 점이 하나도 없는 거요? 혹시 남편이 언제 죽을지 알았던 거 아니오?"

뭐, 이런 새끼가 다 있을까? 형사는 고개를 갸웃거리더니 대꾸할 틈을 주지 않고 말을 이었다.

"죽기 전에 남편이 이상 행동을 보였을 거 아니오. 마치 똥 마려운 개처럼 무슨 조짐이라도 있을 거잖아."

어디서 감히 저런 비유를 한단 말인가. 형사는 처음 대면했을 때부터 사람을 질리게 하는 재주가 있었다. 정말 개새끼다. 이 인간이 형사 짓을 하지 않았다면 무슨 짓으로 사람을 미치게 했을까. 그렇고 그런, 아프면서도 아프지 않은 척하는 올곧은 대상만을 골라 찌르고 다루는데 이골이 난 말투가 계속 거슬렸다. 또한, 그는 무언가를 굳히고 몰아붙여 뒤집어씌우는 일에 탁월함을 보였다. 미경은 그가 다음 말로 무슨 말을 할지 두려웠다.

어쨌든 형사의 질문은 생각할 필요가 있었다. 무슨 조짐이 있었을 거라고? 술 처마시고 난동을 부린 다음 사람을 엎어놓고 하는 그 짓을 말한다면, 그런 놈이 벼락을 맞지 않는 한 자기가 어떻게 죽는다는 말인가. 내 대답은 아니다, 이다. 그걸 억지로 조짐이라 붙이면, 궁지에 몰린 수컷들의 버릇이 아닐까. 돼지는 도살장 안의 임시 계류장에서조차 성 충동을 억제하지 못한다고 들었다. 그렇다 쳐도 나를 성폭행한 죄책감으로 죽을 결심을 할 인간은 아니다. 어이가 없어 노려보자 형사는 눈길을 피하며 말했다. 형사는 생각은 없고 그저 떠오르는 대로 지껄였다.

"아니, 상식적으로 생각해도 그렇지 않소. 남편이 죽었어, 그럼 왜 죽었는지 어떻게 죽었는지 나는 모르지만 그렇다 하더라도 그쪽에서 귀찮을 정도로 뭐든지 물어봐야 하는 거 아니오. 대부분 이런 경우 사건 착수도 안 했는데 피의자 가족들은 내가 점쟁이인 줄 알고 머리털이 빠질 정도로 물어온다니까. 아, 스트레이트 나! 근데 아줌마는 남편이 죽어 다행이란 듯이 아무것도 물어오지 않으니 도리어 내 쪽에서 궁금해서 미치겠다구. 형사 생활 이십 년 만에 이런 경우는 처음이라니까, 서방님 보험은 들어놨소? 내가 아줌마 남편은 아니지만 죽은 남편이 얼마나 기분 나쁘겠소? 아니면 말고, 야, 남 형사 내 말이 틀리냐 맞냐?"

스트레이트? 이 판국에 일부러 한 유머라면 이놈은 사회의 오염원이다. 복잡한 걸 좋아하지 않는 탓도 있겠지만 도저히 저놈의 말투가 거슬려 정리할 겨를이 없었다. 제발 입 좀 닥쳐. 보험? 내가 아는 한 그는 어떤 보험도 들지 않았다. 그런 복이 내게 생길 턱이 없다. 미경은 형사 아가리를 똥이 있었으면 똥으로 입마개를 채워주고 싶었다.

"죽었다고 가 아니라 죽었을 거 같다고 하셨잖아요. 일말의 여지가 있는 말이잖아요. 며칠 집에 안 들어왔다고 다 죽나요? 그럼 대한민국 남편은 한 놈도 안 남겠네요! 지금 형사님이 내 머릿속을 들여다봤어요, 뭐예요? 저는 죽지 않았을 거라는데 희망을 두고 있는데요. 그리고 충격으로 귀가 윙윙거려 뭐가 뭔지 잘 안 들려요. 얼마 전까지 우린 잘살았고 남편은 바깥일을 말하지 않는 편이에요. 그런 내가 남편에 대해 뭘 알겠냐구!"

무책임한 형사의 직업상 말투는 그렇다 치자, 지금 상황에서 아니면 말고, 라니 그런 개소리를 어디 비탄에 빠진 가족에게 한단 말인가. 그 외 형사가 뭐라 중얼거렸는데 알아들을 수 없었다. 형사는 단순한 밉상이 아니었다. 뭐랄까? 엎어진 놈 밟아주는데 타고난 소질이 있는 충직한 개 같았다. 타인의 불행을 일상으로 다루는 형사의 단정적인 말에 몹시 불안했다. 형사가 자신에게 말하듯 소리를 낮췄다.

"자살은 약한 놈만 하는 게 아니오. 요즘은 악착같이 살려고 하는 인간들이 더 많이 죽는 추세지. 아줌마 남편의 죽음에 이상한 냄새가 풍겨요. 아줌마 관상을 보니까 더 이상해. 대부분 자살자 가족에게는 낌새가 있거든. 아니어도 끼어 맞추기라도 하거든. 예를 들면 자살자가 아침에 살짝 껴안는 행동조차 다른 부인은 정상이 아니었다고 억지로 믿지. 근데 아줌마한테는 그런 느낌이 안 나고 모든 게 일상으로 보이는 거야. 분명 무슨 조짐이 있었는데 아줌마는 언제부터 남편이 지긋지긋했거나 하찮거나 했을 거요. 가만히 생각해봐요. 뭐, 괜히 착한 짓을 하지 않았어요?"

이 인간하고는 대화가 안 된다. 그렇게 갈 인간이 허구한 날 아무 보지나 밝히고 다녔을까. 아무리 생각해도 그는 일상에 정해진 짓을 했지 괜한 짓이나 빈말이라도 반성을 한 적이 없다. 형식은 자신의 전부를 잃어도 개평꾼으로 남아 마지막 판을 기다릴 타입이다. 아니다, 저 형사의 관록에 찬 얼굴을 보면 그것도 아니다.

남편이 죽었을까? 그렇다면 왜? 이유가 있을 거 아닌가. 만약 죽었다면 그 끔찍해서 악몽으로 나올 얼굴을 무엇 때문에 확인해야 한단 말인가. 이 기적일지 모르겠지만, 지금까지 살아오면서 단 한 번도 죽은 자의 얼굴을 보지 않았다. 심지어 아버지의 주검조차 무서워 보지 못했다. 더구나 성기와 성기를 맞대고, 온몸으로 동질감을 느끼면서 때론 죽일 듯이 싸웠던 가장 가까웠던 이의 죽음을 봐서 굳이 불면을 자초할 이유가 있을까. 그런데도 마음 한구석에는 확인해야 한다는 자발적 강요가 모락모락 피워 올랐다. 궁금증은 아니었고 호기심도 아니었다. 그가 죽었다면 모든 비행은 과거사가 됐고 강요된 용서는 캐물을 수 없게 사회적 범주 안으로 들어가야 한다.

승합차는 남편의 죽음에 대한 여러 가정을 계산하고도 남을 만큼 한참 달렸다. 이런 미경의 감정과 달리 거리는 신경질이 날 정도로 무심했고 다소 누그러진 햇살이 나른하게 깔려 있었다. 지난밤의 뒤척임 탓도 있겠지만 요람을 흔드는 듯한 차의 요동에 졸음이 몰려왔다. 미경은 허벅지 안쪽을 양서류가 물어뜯듯이 꽉 꼬집었다. 이를 악물고 적막한 거리의 풍경에 집중했다. 경기도 외곽이었고 가로수가 서로에게 귓속말로 수런거리듯 가랑잎이 펄럭였다. 폭력 영화 대사에 죽기에 딱 좋은 날씨가 있다던데, 생각해 보면 그 말처럼 사람을 짐승 취급하는 단어가 있을까? 미경은 운전기사가 틀어놓은 음악을 싹 지우고 장송곡을 틀어주면 감사하겠다는 생각이 들었다.

늘어지는 정오에 여름의 끝이 겹쳐졌다. 승합차가 시 외곽을 달리면서 편안함으로 잠시 소풍을 나온 거는 아닌가 하는 생각이 들어 화들짝 놀랐다. 미경은 끝까지 졸음을 물리쳤다.

XX 시립 병원. 몇 개의 건물을 슬며시 지나쳐 구석진 곳에 승합차가 섰다. 형사가 내리라고 했다. 내리지 말라고 해도 그리할 것인데 당연하고도 쓸데없는 과장된 지시가 불안을 증폭시켰다. 실내는 형광등을 켜지 않아도 될 모진 빛이 쳐들어와 있었고, 각을 세우듯 울리는 발걸음 소리에 걸음이 걸어지지 않았다. 미경은 그곳에 갇힌 듯 겁이 났다. 시원함과는 다른 냉기가 불안한 배경 음악처럼 깔린 곳에 시체 공안소가 있었다. 이곳은 특정 질환을 앓지 않으면 아무나 들어올 수 없는 정신병원, 결핵 요양소, 문둥병 치료소와 별반 다르지 않게 보이는 곳이었다. 아니 격이 다르게 흡사했다.

다행히 공안소 실내 안으로 들어오자 형사의 빈정거림이 멈췄다. 그도 그 정도는 교양이 있는 모양이었다. 네 일과 내 일을 분명히 가르는 무표정한 직업의식을 가진 관계자가 서류 판을 가져와 스테인리스로 된 대형 서랍 두 번째를 가리켰다. 말이 필요 없는 건지 말을 하는 것이 금해져 있는지 서로 눈짓을 하자 흰 가운을 입은 자가 그 칸을 당겨 열었다.

흰색 천에 회백색 얼룩이 묻어 있고 코의 위치가 분명한 사람의 실루엣이 도드라져 보인다. 확실하게 드러내 보여주지는 않았으나 모든 것보다 더한 느낌으로 알 수 있는 감각이 툭 튀어 올라와 그 물체가 남편일 거리는 생각이 들었다. 흰색 유니폼을 입은 사내가 남편의 시체에서 얼굴만 보여주었으면 그나마 덜 놀랐을 터인데, 덮인 천을 깜짝 공개하듯이 한 번에 활짝 걷어냈다. 죽음에 대한 예의는 눈곱만큼도 없는 행동이었다. 대개 영화에서는 얼굴만 빼꼼히 내놓았던데.

남편의 시신은 실내 공간에 쩡 하는 폭발음과 함께 드러났다. 옆을 보니 떨떠름한 형사 귀에는 들리지 않는 모양이다. 관계자는 헛기침하며 안 본 척했다.

남편이 심하게 망가진 마네킹의 형태로 누워있다. 최소 십 년 정도는 악몽으로 자리할 모습이었다. 삼 분의 일쯤 깨진 두개골과 한쪽으로 치켜 올라간 입술 위로 어금니에 김이 묻어 있는 것처럼 보이는 말라붙은 피, 곱게 죽지 못할 거라는 최악의 욕이 일반에게 있는데 그 욕이 얼마나 끔찍한지 보여주는 최후였다. 미경은 이날 이후 일반 사람과 천적 관계가 된다. 악마로 빙의됐다고 해도 틀린 말이 아니고 짐승이라고 불러도 다르지 않은 괴물로 잉태되었다는 사실을 자신은 몰랐다.

적어도 인간이라면 저렇게 죽어선 안 되는 거다. 형식이 곱게 살아왔던 인간은 아니지만 저런 식으로 죽을 인간도 아니다. 형식의 처참한 모습은 미경이 외 누구도 알아볼 수 없게 바뀌어 있었다. 잠시나마 좋은 추억에 담겨 있는 상(像)이 시신에 오버랩됐다. 그랬어도 지금 저 꼴로 누워있는 모습과 믿겨지지 않았다. 미경은 형식과 만나 찡가먹기를 했던 열기 띤 모습이 겹쳐져 힘들었다.

　미경은 소리 없이 눈물을 흘리며 남편의 일그러진 얼굴을 침을 묻혀가며 닦았다. 그런 미경의 행동으로 형식은 전신의 시반과 먼지 얼룩에 그를 더욱더 불쌍하게 보이게 했다. 그리고 갈비 아래쪽으로 눈먼 사람이 박음질한 듯 보이는 Y자형의 꿰맨 자리가 형식을 심하게 망가진 꼭두각시를 연상하게 했다.

　미경은 스스로에게 물었다. 자신이 흘린 눈물이 진정 형식과 정을 나눈 과거형 탓으로 솟구친 것인지 그걸 확실히 알 수 없어 겁이 덜컥 났다. 연속적으로, 남편의 흉측한 사체는 출입금지 표시판이자 무슨 경고처럼 섬뜩했다. 하찮아 보였고, 그렇게 생각하는 순간 힘이 있어 보이는 것들이 모두 두려웠다. 자신도 저렇게 죽을 거라는 예지와 앞으로 자신이 아는 약한 부류들은 먹이감에 지나지 않는다는 구도가 자리 잡음을 한 것이다. 아니 피라미드 꼭대기에 있는 뻣뻣한 층을 제외하곤 누구나 이 도시에서 저렇게 죽으리라. 형사는 범인을 찾으려는 것이 아니라 남편의 잘못을 들춰내 경고하는 자였다.

　눈물은 휘발성이 있다. 지금, 이 시각은 영겁이자 찰나였다. 미경은 그 간극에 회백색으로 누워있는 물체를 무심하게 지켰다. 주저앉은 미경을 형사는 양심도 없이 시간차 간격을 두지 않고 일으켜 세웠다. 처참하게 누워있는 물체가 남편이 맞냐고 계속 묻는다. 이 씨발놈은 꼭 말로 해도 제멋대로 해석하는 양심 없는 판사의 성징을 가졌는지 소꼬리에 붙어있는 등애 같은 놈과 비슷했다. 남편이 틀림없다고 미경이 대답을 했는데 자신이 한 말이 자신의 귀에도 들리지 않았다. 기괴한 가면을 뒤집어쓴 것처럼 일그러진 코와 입술 언저리가 치켜 올라갔으나 굳이 매만져 펴지 않아도 같은 극끼리 흐르는 전류상 남편임이 분명하다.

　다시 형사가 남편으로 확신하냐고 묻는다. 주례가 결혼 서약 전문을 읽고 확답을 종용하듯이 재차 묻는다. 너는 죽이 되건 밥이 되건 이 남자만을 사랑하겠느뇨? 나는 분명 뻔뻔하게 '네'라고 대답했다. 이 형사 놈은 분명 변태가 틀림없다. 다시 확신하냐고 속삭였다. 왜 같은 말을 자꾸 묻는가?

눈물은 예정 시간이 지나자 다 말라버렸다. 그가 죽었구나. 도대체, 왜?

형사는 그 후에도 세 번이나 더 남편이 맞냐고, 그렇게 넋 빠진 눈으로 보지 말고 정신 똑바로 차리라고 물었고, 미경은 말할 기운이 없어 약간의 진동에도 그저 고개를 갸웃거리는 인형처럼 반사적으로 끄덕였다. 그제야 형사는 안심 모드로 표정을 바꾸고 사무적으로 되돌아 왔다. 다소나마 남편에게 죽은 자에 대한 예의를 갖췄으며 미경이에게는 심심한 조의를 표했다. 미경은 형사의 갑작스러운 역할극으로 형사에 대한 미움이 바뀐 자신이 역겨웠다. 다만 형사의 억양이 들쑥날쑥한 것만 변함이 없었다.

권력 풍향계에 민감한 형사는 미경이를 배려하지 않았다. 그는 브리핑하듯 남편의 시신 앞에서, 남편이 예전부터 말이 막히면 자랑하듯 말하는 소위 현장이라는 그곳에서 이곳까지 실려 온 경과를 꿈에 나올 정도로 세밀하게 설명했다.

횡사 자의 주머니에 나온 운전면허증으로 주소지를 알아냈고, 사진과 사체의 모습이 긴가민가해서 최종적으로 지문 감식으로 주민등록증 당사자임을 확인했으나 그래도 절차상 가족 확인이 필요했다. "가족이 있어서 절차가 많이 늘어났습니다." 가족이 없었으면 그냥 한강에 내던져졌을 거라는 투였다.

그래, 남편이 죽었다. 하지만 죽었다는 거로 남편의 죽음이 끝난 게 아니었다. 숨을 쉬지 않는 건 알겠는데, 왜 죽었는지를 서류로 말하라는 것이다. 당신이 왜 태어났는지는 생물학적으로 다 알고 있다. 반면 당신의 죽음은 다른 이와 평등하게 사인(死因)이라는 변명이 첨부되어야 한다. 당신은 왜, 어떻게 죽었는가? 그 변론을 서류로 완벽하게 꾸며 내기만 한다면 그럴듯한 거짓이든 당연한 사실이든 상관하지 않겠다. 만약 법이 사망을 적시한, 그럴듯한 이유를 대지 않는다면 당신은 죽어도 죽은 게 아니고 빚 뒷감당은 물론이고 세금까지 계속 내야 한다. 자, 말하라! 그럼 너의 죽음을 용서하고 넘어가겠다.

미경은 남편이 죽었다는 사실을 보았지만 왜는 몰랐다. 형사가 꿰맞춰 설명하기 시작했다. 긴 설명이 끝난 후 "다행입니다"로 끝맺었다.

사망원인은 추락사이고 자살로 추정된다. 추정은 국어사전에 적힌 낱말의 뜻과 달리 일어난 사실이란 말이다.

아주머니가 전화를 받지 않아 절차가 며칠 길어지긴 했으나 서류 꾸미는 데 큰 무리 없이 조용히 장례 절차를 밟을 수 있을 거라고 말을 했다. 장례나마 치를 수 있는 것에 황송하게 여기라는 생색이었지만 토를 달고 싶었다. 미경의 입 모양을 본 형사가 평생 눈치로 살아온 놈답게 사실의 다른 쪽을 더듬었다.

그래, 나도 의문이 든다. 허락을 받지 않고 부검을 하긴 했으나, 범죄의 연루 가능성이 있다고 판단되면 가족의 동의를 구하지 않는다는 예외규정이 있죠. 여기 부검 소견을 보면 일반 사람이라고 믿기지 않는 구석이 있죠. 나도 예전에 다리가 부러진 적이 있는데 일어서는 건 고사하고 꿈쩍거릴 수 없었죠. 그런데 남편은 오른쪽 안구의 각막과 간의 삼 분의 이와 그리고 신장 한쪽이 척출된 거요. 그런, 도저히 걸을 수 없는 상태에서 즉 극심한 고통을 초인내력으로 버티며 걸었던 것입니다. 높은 곳을 향해 말입니다. 그는 말도 안 되는 몸 상태로 이십 층 아파트에서 투신자살한 겁니다. 왜? 의사의 소견으로는 누구의 도움 없이는 불가능하다는데 말입니다. 걷기는커녕 말하기조차 힘들었을 거고, 어떻게 모르핀 한 방도 맞지 않고 그렇게 한 것일까요. 좋아? 올라갔다고 쳐요. 아니, 올라갔어요. 나는 그 의지의 배경이 궁금한 겁니다. 냄새가 나는데 증거가 없어요. 아무리 뒤져도 허무할 정도로 먼지 한 톨이 없는 겁니다.

현장을 면밀히 살폈으나 타의에 의한 흔적은 보이지 않아 귀찮게 아파트 CCTV로 구석구석을 뒤져 보았고, 비틀거리는 남편 이외 전후좌우로 동행자는 발견하지 못했고, 아무리 둘러봐도 누구의 도움을 받았을 거라는 가정이 발견되지 않는 거요. 어쨌든 본 경찰은 남편이 실족사한 거 같지는 않고 순수 자의로 투신한 것으로 판단했죠. 특이한 점으로는 자살자의 일반적인 유서도 없고 신체 장기의 많은 부분이 사라졌다는 황당한 점이죠.

본 경찰은 서방님의 죽음이 석연치 않다고 보고 주변을 탐색했죠. 아무것도 안 나오는 거야. 슈퍼 의지로 고통을 참고 뛰어내린 건 오장 육부를 잘 갖췄어도 버티기 힘든 세상에 다들 그러니까 뛰어내렸다고 치자구. 근데 남편의 상황은 그것 말고 다른 게 걸리는 거요. 장기의 많은 부분이 없어진 것으로 보아 조직적인 범죄에 피해자로 연루된 것은 틀림없는데, 사망자의 아내나 주변 인물은 그런 남편의 일반적인 조짐을 통 모르는 거야. 아님, 철저히 방관하고 있거나. 거기에다 현장 증거가 너무 깨끗해서 방향을 잡지 못하겠고. 지금 아주머니의 심정은 이해는 하지만 협조 바랍니다. 아주머니 보기에 죽은 사람은 죽은 사람이고, 장기를 싹 팔아치웠으니 여기서 뭐 더 필요한 게 있느냐 말씀하시겠지만, 범죄 실무를 맡은 사람으로서는 아주 골치 아픈 사건이라 말입니다. 이게 영화처럼 사건이, 자기들끼리 배신자가 생겨 자료를 넘겨주거나, 정의감 넘치는 엑스트라가 나타나 제보를 해 해피 엔딩으로 끝나는 게 아니에요. 그니까 누가 나서서 단서를 주지 않으면 미제로 넘어가죠. 우리는 댁의 남편이 사채를 쓴 정황으로 보이는데 업자를 만나본 적이 있소?

일단 아주머니 남편은 빚에 몰려 자살한 것으로 사료된다. 형사는 여기까지 말했고, 몇 가지는 문신을 하듯이 미경의 가슴에 새겨 넣었다. 안구, 간, 신장의 연관어로 사채업자를 용의자로 끌어들이는 추리를 한 형사는 상황을 묘하게 비틀어 미경이까지 공범으로 모는 듯해 가슴이 뛰었다.

남편이 그런 류의 전화 통화를 한 거 같다. 하지만 당시도 형사의 삐뚤어진 심성이 직소 퍼즐 맞추기를 할까 봐 끼어들지 못했다. 나는 모르는 일이다. 사건의 연루에 벗어나고자 하는 저항은 아니었다. 그는 나를 자신이 하는 모든 일에서 제외했고 나는 밥만 했을 뿐이다. 잠깐의 정적이 쌓였다.

형사가 무겁게 말했다.

"그런 거 같군요. 하지만 남보다는 알고 있는 게 있지 않겠습니까? 남편이 빚을 많이 졌습니까?"

네. 짐작은 하지만 어느 정도인지 알 수 없었고, 덤터기를 씌울까 봐 물어보는 것도 눈치가 보였다. 남편은 미경을 무뇌아 취급하듯이 의논 상대로 여기지 않았고 그 어떤 상황이 벌어지든 대놓고 무시해왔다. 미경 또한 두 끼의 식사와 형식의 변태적인 섹스를 이를 악물고 참기만 하면 월급처럼 주어지는 풍요로운 생활비에 만족해 부러 간섭하지 않았다. 굿이나 보고 떡이나 먹으면 될 일이라 수긍은 했지만, 집안에 흐르는 기류로 따진다면 감당하지 못할 만큼 빚을 많이 지고 있음은 짐작했다. 미경은 형식에게 상황을 털어놓으라 외쳤었다. 나는 당신이 생각하는 그런 어이없는 여자가 아니다. 나 또한 거의 십여 년을 무능한 사장이 경영하는 오퍼상 경리 경험으로 사업의 생리는 알고 있다. 하지만 형식은 연실 코웃음만 쳤다.

남편의 사업은 같은 업종의 가격 경쟁으로 거센 풍랑을 맞이한 노후 폐선처럼 침몰 중이었다. 미경은 여기까지 생각하자 복잡해지는 것을 피하려 모른다고, 아니 몰랐다고 딱 잡아뗐다. 형사는 남편과 거의 동격이었다. 전체적인 개요는 말하지 않고 상황에 맞춰 책임을 지우려는 경향이 뚜렷했다.

게다가 이 나라에서 사건 사고는 아무리 피해자라 할지라도 힘의 향방에 의해 뒤집힌다. 또한, 당신이 왜 하필이면 잘못된 시간, 잘못된 장소에 있어 쓸데없이 손해를 입었는지 입증하지 못하면 손 놓고 뒷짐을 지고 있던 경찰이 발톱을 세우고 갑자기 불도저로 돌변하는 것이다. 힘없는 국민은 그저 예비 피해자이고 서로 마주하면 피의자이다. 우리는 이런 사회에 사는 것이다.

경찰이 피해자를 범인으로 몰고 가지 않기만 해도 운 좋게 좋은 경찰을 만난 것이다. 해서 미경은 형사에게 해줄 말이 전혀 없었다. 그저 그가 지치길 한없이 기다렸다.

피의자가 아무리 사건 구성에 맞게 하소연한들 증거를 제시하지 못하면, 경찰은 어떤 방향으로든지 마무리질 궁리만 할 터이고, 관계된 가족 모두에게 사나운 개처럼 끈덕지게 물고 늘어지면서 귀에 걸면 귀걸이 식으로 결론을 내릴 것이다. 판사와 검사의 힘을 편파적으로 갖춘 형사는 추정이었지만 확실한 결론으로 치환하여 판결을 내렸다. 우국충정의 희생정신으로 가족에게 빚을 물려주지 않기 위해, 남편은 자신이 짊어진 빚을 죽음으로 퉁쳤다. 보험금을 남겨주지 않는 아쉬움이 약간 있으나 빚이 없는 것만 해도 요즘 시대에는 위대한 가장인 것이다. 서방님은 마누라님에게 자신의 빚을 넘겨주지 않기 위해 극단적인 선택을 한 것이다. 너는 죽음을 극단적인 선택이라 부르는가? 그럼 형식에게 다른 선택의 여지가 있었을까.

형사는 그렇게 결론을 내리면서도, 내가 이럴 줄 알았지? 하는 표정을 지으며 상황을 반전시켰다. 아무리 당신 남편이 죽고자 하는 의지가 초인간적이었어도 단순 자살로 막을 내리기에는 찜찜한 구석이 있다고 말했다. 정말 끈덕진 놈이다. 형식이 술 마시고 취했을 때와 똑같았다. 한 말을 또 하고, 또 하고. 미경의 입을 한참 보다가 형사 본연의 자세로 돌아갔다.

"그런데 말입니다. 지금까지 형사 생활 이십 년 동안 단 한 번도 각막과 간 그리고 신장까지 떼어내고 자살한 경우는 처음 봅니다. 용궁 토끼도 아니고 말이야. 그 정도 떼어냈으면 빚은 청산했으니 살 의지가 생기지 않았겠습니까? 팔다리를 잘라낸 것도 아니고 말입니다. 그런데도 아주머니 남편은 죽기로 한 결심을 멈추지 않죠. 그게 이해가 가냐고요? 누구한테 물어봐도 그런 사례는 처음 본다고 하더라구요. 일단 보행 자체가 불가능하니까. 도대체 어떤 절박함이 그런 몸을 이끌고 자살하게 했을까요. 무슨 이유가 있어야 하는 거 아닙니까. 대체 그것이 무엇일까요."

신이나 알까? 부정하는 게 아니라 난 진정 남편의 심정을 모른다. 많은 이유를 가져다 붙일 수 있겠지만, 형식을 문제 중심에 놓고 선을 연결하면 의도가 달라졌다. 행여, 당신이 은밀히 말한 형식을 장기 적출 후 자살한 상황을 우리 형편에 맞게 넣고 계산하자, 그럼 그 절박함을 죽기 전에 나와 나눠야 하지 않았을까. 그런 생각을 잇자 소름이 끼쳤다. 내가 쌓은 벽 그것 때문일까? 형사는 무척 궁금한 얼굴이었다. 미경은 형사의 무척 궁금해 미치겠다는 표정에서 고인의 한을 풀어주겠다가 아닌 권력의 의지와 교활한 구경꾼의 무료함을 보았다. 미경은 저런 류의 새끼가 남편의 죽음에 동조했다고 느꼈다. 미경은 감각이 무딘 병자처럼 뒤늦게 찾아온 느낌에 통곡했다. 흰 가운의 사내가 굳이 미경의 가슴 쪽을 안아 일으켰다.

가슴 아픈 결말이었지만, 형식의 인생은 페일언하고 고독한 가장의 모진 자살로 종지부를 찍었다. 더는 빚에 쪼들릴 필요가 없고 해괴한 자세로 남편과 지긋지긋한 밤을 보내지 않는 것만으로 감사하면 될 일이다. 위자료가 없다는 게 큰 흠이긴 해도 내 나이가 서른다섯이란 점이 다소 위안이 됐다.

형식은 경찰에게 여러 가지 궁금증을 뒷장으로 남기고 자살했다. 형사는 남편의 죽음을 다각도로 조사하겠다는 빈말과 사건의 진전이 있으면 연락하겠으니 제발 핸드폰을 끄지 말라고 당부했다. 그 후 단 한 번도 그에게 연락을 받은 적이 없다. 아니 단 한 번도 형사의 연락을 기대한 적이 없다.

손님   04

  형사 말대로 별주부전에 나오는 토끼도 아닌데 남편은 왜? 간을 떼어냈을까? 형사의 은밀한 조사에 의하면, 장기 밀매는 실재하지만, 조직적으로 드러난 적이 단 한 번도 없어 추측만 무성하다고 했다. 아니 실제로 장기 매매 조직을 잡았다 치더라도 실체를 만천하에 공개할 수 없는 안타까움이 있다고 한다. 그게 무슨 개소리란 말이냐.

  예를 들면, 그 사실을 공개적으로 인정한다는 것은 장기를 늘어놓고 시장판매 하는 걸 인정하는 파급과 수요와 공급의 체인이 공개 입찰 될 가능성이 있다고 말했다. 따라서 수사는 은밀해야 했고 잡아도 절도행위여야 했다. 이런 그물이 성립되자 부자들은 하느님인지 하나님인지에 감사 헌금을 상납했다. 은밀한 건 부자들의 습관이었고, 자신의 망가진 장기를 가난한 자의 싱싱한 장기로 대기자 명단 없이 얼마든지 교환할 수 있다는 것이다. 그들에게는 살만한 세상인 것이다.

  어쨌든 일본 속담에 고양이는 목숨이 여덟 개라 하던데 이 말은 자본주의에서 변형되어 통용됐다. 치열한 수요가 있으면 공급은 무성한 법이다. 돈만 있으면 차의 부속을 갈아 끼우듯 장기 또한 같은 방식이 성립되는 것이다. 말로 하면 쥐도 새도 모르게 사라지겠지만 가난한 자는 장기 구매 의사가 있더라도 오히려 돈이 없어 병들지 않은 나머지 장기를 팔아야 할 것이고, 부자는 팔 이유가 없으나 필요하면 얼마든지 살 수 있단 말이다.

  그렇듯 장기 도매업은 입과 귀로 판매하는 장사이다. 사는 자가 소문을 두려워하는 이상 사건이 수면으로 떠 오르는 일은 없어야 한다. 반면 법

장편소설 빛

을 집행하는 자도 비슷한 의미로 눈치를 본다. 밝혀봐야 줄줄이 올라오는 그 암 덩어리를 처리해야 할 일이 겁나는 거다. 예외 권력은 커튼 뒤에 있어야 하는데, 어떤 권력이 걸려들지 누가 알겠는가. 그럴 힘이 경찰에게는 없었다.

아, 문방구에서 장기를 팔 건, 정육점에서 사람고기를 팔 건 공급과 수급에 연루된 자를 잡지 못하면 차라리 모르는 척하는 게 포도청 관례이다. 그 배경에 과학범죄는 있어도 과학수사는 빛 좋은 개살구라는 뜻이다. 도대체 조선의 포도청처럼 시민의 신고에 의지하는 행정력에 기대할 게 무엇이 있단 말인가. 사소한 도둑질이나 소매치기를 당하지 않은 한, 피해자가 가해자의 범죄 사실을 입증하지 못해 기소하지 못하거나 관행으로 되면 가볍게 넘어갈 죄조차 판검사의 유권해석에 따라 죽일 놈의 범죄로 변형되는 마당에, 권력의 하부 구조에 기생하는 경찰이 무엇을 알아 무엇이 밝혀내겠는가. 따지고 들수록 안개 속이었다. 지금에야 말하는 것이지만, 장기매매에는 세상의 질서를 뒤엎을뿐더러 도덕의 잣대가 부러지고 정의고 공정의 질서가 모두 무너지는 거래였다. 이 사실은 반드시 밝혀져야 하는 거 아닐까?

빚의 확장에는 그런 배후 세력이 있다. 장기를 매매하는 자가 악의 원천이 아니다. 여타 평범한 범죄처럼 숨기는 자가 거악이다.

모른 척해야 했다. 하여간 자동차 부속도 아니고, 형식의 장기가 세 군데나 사라졌다. 뻔한 쓰임새지만 입 밖으로 꺼낼 말도 아니었다. 별의별 생각을 해봐도 꿰맞출 도리가 없다. 남편의 죽음은 미아도 제대로 찾지 못하는 경찰과 미경에게 영구미제로 남았다.

장례식장에 모인 지인들은 형식을 애도하려 찾은 게 아니라 형식의 엽기적인 자살에 사뭇 궁금증으로 들떠 모여들었다. 도대체 경찰은 뭐 하는 조직이냐 성토하다가, 사건 발생 전 지인들과 형식의 궤적을 더듬으며 범인은 우리 가운데 있다고 주절거리다가 많은 이들을 용의선상에 올려놓은 다음 하나씩 지워냈다.

너 그 시간에 어디 있었어? 지적을 받은 친구는 놀라 자빠졌다. 그리곤 시선을 돌리려고 미경에게 "형식이 그럴 놈이 아닌데!"라고 끈덕지게 물었다. 의문은 여기저기서 나왔고 추측은 터무니없는 사실로 맞추어졌다. CCTV로 현장 모습이 있음에도 바로 어제 형식과 술을 마셨다는 놈까지 나왔다. 형식은 자살한 게 아니야. 살해된 것이지.

그걸 왜 나에게 묻느냔 말이다. 내가 알면 귀신이지. 안다 해도 그게 사실이겠냐고. 미경은 형식의 친구들과 범죄에 대해 학회를 열고 싶었다. 경찰의 안일함과 무능력이 엽기성 범죄 창궐을 조장하는 것은 아닐까? 예를 들면 경찰은 범죄를 저지른 놈을 바로 조사하지 못하고, 그런 놈을 간신히 잡아 책상에 앉혀도 법대로 빠져나가는 놈이 빈번한 이상 경찰은 범인을 잡기는커녕 그저 분류만 하는 기관이라 주장하고 싶었다. 미경은 형식의 죽음에 눈알만 데굴데굴 굴리고 있는 놈에게도 경찰 행정이 도시를 음지화한다는 속 터지는 말을 하고 싶었다. 그들은, 부부 일심동체라며 당사자인 미경의 입에서 뭔가 쏟아지길 간절히 기다렸다.

하긴 서민에게 경찰과 세리들이 다를 게 무엇이 있나? 그들은 사람을 귀찮게 구는 모기처럼 징수만 하면 그만인 것이고, 경찰은 괜히 꼬치꼬치 묻다가 피해자가 지레 지치면 임무를 다하는 것이다. 형식의 자살에 궁금증을 갖고 열변을 토하다가, 세상이 인정도 없고 사정과 봐주지 않는다는 증거 중 하나로 빚을 갚지 못하면 대신 장기를 수거한다는 청천벽력과 같은 사실이 소수에게 드러난 것이다.

보통 사람에게 법은 그림의 떡이고 마른하늘의 번개이다. 그렇다고 그들을 비웃거나 만만하게 보면, 법을 집행하는 자들은 당신이 숨을 쉬는 이

유만으로 각종 허울을 뒤집어씌워 창이 없는 건물에 당신을 집어처넣을 것이다.

또 떠오른다. 형사 말에 의하면, 한꺼번에 장기 세 개를 떼어냈다는 것은 피의자를 죽일 의도가 확실했고, 그걸 떼어내자 살 희망이 없어 참을 수 없는 고통을 부추겨 초인적인 힘으로 자살을 감행했다는 말도 안 되는 추측을 했다. 이어서, 그래도 우리 같은 경찰을 위해 살아 억울함을 호소했다면 법을 통해 복수라도 했었을 텐데, 20년 이상 경찰로 근무한 자신의 처지에서는 그 점이 아쉽다고 뻔뻔하게 말했다. 그런 추측대로라면, 남편은 죽고 싶은 의도가 확실한 것이다. 그럼 지금 이 나라에 정신병자가 아니면서 법과 경찰이 소시민 편이라는 걸 믿는 놈이 있단 말이냐!

생각할수록 골치가 아팠다.

여기까지 줄을 치자 누가 나서 옆구리를 찌르며 참견하듯이 의문을 들고 나섰다. 내 친구 형식은 그 정도로 악착같이 죽을 만큼 그악스러운 인간이 아니다. 반은 맞고 반은 틀리다. 어설프게 죽을 인간이 아닌 이유로는. 죽을 인간이 허구한 날 성기를 깃발처럼 휘날리며 여자를 후리고 다녔겠는가. 물론 발기지수가 높다는 것과 자살 충동에 관한 연구 사례는 본 바 없지만, 빚이 똥창까지 몰렸다고 사람이 죽는다면 국민의 삼 분의 이는 자살해야 하지 않겠는가. 열불이 났다. 미경은 자신의 가슴을 쾅쾅 쳤다. 그걸 물끄러미 바라보는 형식의 친구 눈빛이 징그럽게도 한참 때 수컷이었다.

미경은 아무 단정도 하지 않기로 했다. 사는 게 지치면 결단이 빨라진다. 죽은 사람이야 염라대왕이 알아서 할 문제고 산 사람은 죽지 못해 사는 게 과제이니 어쨌든 당장은 시간만 가길 기다리면 한 가지는 해소된 셈이다.

미경은 형식이 자신의 연극 마당에서 사라져 주었다는 현실감으로 홀가분했다. 그렇듯 다 잊고 새로 살라는 형사의 결론에 동조했다. 형사는 해결 가능성이 없거나 그 새끼의 말대로 괜히 캐내다 주렁주렁 혹 덩어리가 딸려 나온다면 그것 또한 골칫거리였기에 미결로 내버려 두고 고의성이 없는 자살로 결론짓기를 원했다. 미경 또한 주변에 듬직한 친척이 있어 남편의 죽음을 추적하지 못하는 이상 어쩔 수 없이 덮어두고 싶었다. 아니, 그런 심정도 일부 있었고, 미경의 인생에 묻은 형식의 허물을 서둘러 치우고 싶었는지 모른다. 당장은 막막했고 언젠가 쥐구멍에도 볕들 날 있겠지 하는 푸념을 했다. 형식과 함께한 삼 년 남짓한 세월만 낭비란 것은 아니다. 희망이란 기관(器官)이 척출된 것이다.

형사는 직업적인 노련으로 미경이 무엇을 원하는지 냄새 맡았다. 형사는 제대로 된 형사처럼 미경을 위로했었다. 아직 젊고 희망이 있으니 당차게 살아간다면 이 아픔은 곧 잊힐 거라고 말했다. 미경은 이 정도쯤의 결말에 안도했다. 비극이긴 했으나 다 끝난 일인 것이다. 남편은 망각의 강을 건넜고 미경은 피튀기는 현실에 남았다.

남편이 없다고 곧바로 재출발이든 새 출발이든 해야 한다는 주위 참견이 우습기도 했으나 결혼 전력의 불리한 가산점을 챙겨주지 않는 그들의 충고가 얄미웠다. 꺾어진 칠십이 다 된 여자가 경쟁 사회에서 선발되기에는 기대치가 낮지 않은가. 무슨 일을 해서 먹고 살아야 할지 막막했다. 누구한테 비빌 언덕이 없어진 여자는 불행의 조짐을 안고 있다.

남편이 죽은 후, 갑자기 쓸모없는 여자로 분류된 자신의 모습이 거울에서 발견됐다. 괜한 자의식이 아니었다. 눈앞에 떨어진 현실은 죽은 자는 산자를 배려할 이유가 없고 산 자는 죽은 자를 추억할 여유가 없다.

형식의 죽음이 공개적으로 자살 처리된 후 그를 찾는 전화가 뚝 그쳤다. 신문에 나올 만큼 희소성이 있는 것도 아니고 동네 곳곳에 방을 붙인 것도 아닌데 세상 사람들이 그의 죽음을 다 알고 있다며 찾지 않았다. 아니 미경에게 물어야 신통함이 없음을 알아챘는지도 모른다. 미경은 형식의 시

장편소설 빛

체를 본 날 딱 하루만 참고인 자격으로 지긋지긋한 조사를 받았다. 그러게 국방부 시계처럼 거꾸로 매달아 놔도 시간은 흐르게 되어있다. 모든 이의 죽음도 똑같은 수식으로 찾아올 것이다.

퇴장당한 선수에게 더는 관심을 두지 않는 양(羊)의 습성을 가진 관중처럼 형식의 자살은 시나브로 덮어졌고, 반면교사의 표본으로 술자리에서 거론됐다. 저축의 중요성과 잘 나갈 적에 기고만장하지 말아야 한다는 반성은 옳지만, 남편의 후천적 성격을 무조건 폄하하기에는 무언가 빠져 있다. 그들을 모아놓고, 말싸움이든지 뭐든지 형식의 편을 되어 당사자의 눈으로 열렬히 싸우고 싶었다. 당신들은 무방비 상태에서 언제까지 평화롭게 살 거 같은가. 누구나 삐딱선을 타면 코앞이 나락이다. 너희들 또한 남편의 경우라면 같은 경로를 밟았으리라. 저주는 소리로 나오지 않았다. 아, 성악설을 언제나 옳다.

장례식. 이렇다 할만한 사연이 많은 장례식에 모인 대부분 사람은 고인을 애도하기 위해 오지 않는다. 구경꾼이 대부분이고 불청객이 그다음이다. 남편에게 희망을 걸고 빚을 준 친구들과 은행보다 높은 금리에 혹해 생때같은 돈을 넣은 지인들이 미경을 상대로 간간이 소동을 일으켰다. 그리고 용서할 만큼 적당한 피해를 본 사람들은 이 정도 사건을 해결하지 못하는 경찰의 무능력과 부실한 치안 제로의 허구에 거품을 물다가 정치인의 비리와 현 대통령의 비민주적 작태까지 비화시켜 하마터면 이곳이 혁명의 성지가 될 뻔했다. 만약 형식의 자살이 도축장에서 소 돼지의 내장을 꺼내는 장면과 비슷한 장기매매에 관련되었을지 모른다는 추측이, 자신들 또한 빚을 갚지 못한다면 각종 신장이나 간으로 대신해야 한다는 사실을 알았다면 그들의 다음 행동을 예측하는 건 어렵지 않았다. 빚을 지면 자살해야 해!

형식의 장례식은 애도 분위기가 아니라 이 나라 사회문제에 대한 공론의 장으로 진행됐다. 시간은 더디 흘렀다.

남편의 자살로 모든 채권 문제는 법적으로 마무리되었다고 미경이 이미 아는 사실을 남편 친구가 성적인 싸인을 지랄 맞게 보내며 들려줬다. 그러니 힘을 내라고 했다. 이 나라에서 자살은 도농(都農)을 떠나 너무 흔했고, 우리가 OECD에서 자살률 1위이므로 내일 당장 온 국민이 단체로 자살을 해도, 세계는 놀랄지 몰라도 우리는 놀라지 않는다며 미경의 손을 주무르며 말했다. 미경은 지쳐 있어 그놈의 손아귀에서 손을 뺄 힘조차 없었고 게다가 형식은 그놈에게까지 소액의 빚이 있었다. 다만 미경이 손을 빼지 못함은 다른 뜻이 아님을 알아주기를 바랬다. 대부분 수컷은 신호체계의 오류가 있었다.

이제는 개나 소 빼고 누구나 자살을 한다. 전혀 다른 의미이나 레밍턴 쥐처럼 수가 불면 남은 개체의 번영을 위해 유전자 신호로 자살을 하는 것이 아닌 터무니없는 빚에 몰리게 되면 경제적 이유를 달고 자살을 한다. 오직 이 나라에서 자살은 유행이 아니면 사회적 돌림병이다. 암이나 희한한 질병으로부터 받는 고통을 호소하다가 살만하면 빚으로 자살한다. 하다못해 어린이조차 성적을 비관하던가 학교 폭력으로 죽기도 한다. 하지만 이 모든 수를 합친 몇 배가 스스로 레밍턴의 바다로 뛰어드는 것이다.

남편과 비슷한 처지에 있다는 지인들이 남 일이 아니다며 형식의 자살에 심심한 조의와 공감을 표했다. 빚에 시달리다 보면 머릿속은 돈이 아니라 온통 죽고 싶은 생각이라며 자신의 경험 이야기를 늘어놓았다. 그러니 빚으로 궁지에 몰렸다면 자살이야말로 쉬운 해결책일지도 모른다. 빚이 태산이야! 그럼 죽자. 이런 표어가 도시 골목에 즐비하다고 술에 취한 지인이 지껄였다. 대부분 보통 사람들은 길을 걷다 은행이 보이면 자살 충동을 느낀단다. 예쁜 년의 위용(威容)이 넘치는 가슴을 보면 성욕은 자살과 같은 역학 구조를 갖는다.

하지만 모두 형식이 자살한 근본적인 이유에 관해 묻지 않았다. 상투적인 위로를 받자는 것이 아니다. 알려고 했다가는 남편의 빚을 나눠서 져야 할지도 모른다는 우려에 모르는 척이 최상이었고, 다들 어느 정도 빚을 지고 있었기에 빚에 대해 자기만큼 아는 놈이 어디 있겠냐고 되물었다. 결론으로 큰 빚은 우울증의 원인이나 작은 빚은 삶의 활력소란 말이 얼토당토 않았다. 우리 모두 빚 때문에 열심히 사는 거지. 그게 사실이라면 당신은 백정 박정희가 말한 것처럼 인간은 맞아야 생각하는 부류에 들어있다.

장례식장에 모인 대부분 사람은 남편이 빚 때문에 자살한 게 아니라 착하고 순해서, 모질지 못해서 죽었다는 문학적인 진단을 내렸다. 모라토리엄이나 파산 신청도 있는데 대학도 나오고 그 큰 사업을 했던 놈이 모를 리가 없다는 논리적인 추론이다.

다른 조문객의 반은 남편의 죽음에 여자 문제가 있을 거라고 모독했다. 여자가 사건에 끼어든 자체가 기분 나쁜 게 아니었다. 형식의 자살을 단순화하려는 의도에 미경은 화가 났다. 여자 모두를 썸으로 치환시키는 짐승의 상투어에는 지금도 칼을 목에 디민 것처럼 두렵고 소름 끼친다. 그러면서 형식을 제외한 대부분 남편의 자살 원인을 가장의 어깨에 내려앉은 부담으로 인한 우울증으로 모았다. 광의 해석보다는 축소 해석이 낫다.

관계자로 장례식에 오래 있으면 죽음의 판정이 모호해졌다. 더는 알고 싶지도 않고 한때만 좋았던 남편과의 추억조차 떠올리고 싶지 않았다. 앞으로 홀로 살아봤자 별 볼 일 없을 거라는 예견이 바닥에 허우적거리는 의욕을 깊숙이 가라앉혔다.

형사는, 만약 지금이라도 누가 형식의 죽음을 밝히려는 의도를 보인다면, 미경의 인생은 늙은 창녀의 말년보다 비참해질 거라는 무언의 압박을 받았다. 형식의 죽음을 서둘러 묻고 우울증에 의한 자살로 미화 또는 합의하는 편이 단출해질 미경을 위해 편했다.

경찰이 형식의 자살을 공식적으로 경제적 궁핍으로 인한 심리적 사인으로 매듭짓자, 묻든지 아님 화장해도 된다는 공식 사망 진단서가 발급되었고, 다음 단계는 어서 마무리하려는 과정이 컨베이어 벨트를 타고 속도감 있게 돌아갔다. 반면 그 즉시 화장하려는 형식 인척의 의도는 그의 죽음을 몹시 궁금해하는 방청객들의 민원으로 의례적인 삼일장으로 연기됐다. 조문객의 반은 미경의 결혼식에서 본 적이 있는 방청객이었다.

사흘째 되던 날, 조문객으로부터 형식의 눈부신 과거 전력을 그리고 먼저 떠난 자에 대한 윤색으로 과장된 코리언 드림과 사업가로서의 성공 사례를 철철 넘치는 시간 관계상 세세하게 듣게 됐다. 아, 남편은 사업가로서 싸가지 있는 소질을 타고났나 보다.

숱한 결혼식에서 주례에게 공통적으로 들었던 모든 신랑에 대한 찬사가 사자 앞에서 다시 한번 되풀이되는 건 분명한 아이러니였다. 하지만 결혼식과 장례식을 시작과 끝의 관점에서 본다면 그럴듯한 결말이었다. 주례는 형식을 미경과 결혼식에서 전도가 양양한 젊은 사업가의 찬사를 늘어놓았다. 지방의 삼류대 출신이란 점은 쏙 빼서 축하하러 온 동문에게 아무런 부담을 주지 않았다. 반면 결혼식과 반대로 보이는 장례식장에선 미경은 아직 죽지 못한 미망인이든 죽은 자를 잊지 못하는 의미에 있어 미망인이든 상관이 없고, 결혼식 주례가 찬사를 했던 그대로 젊은 사업가가 전도양양한 붉은 벨벳의 길을 걷다가 불운한 시대를 만나 그만 발을 헛디디었다는 찬사가, 어쩌면 그런지 미경에게는 같은 말로 들렸다.

앞으로 결혼식장에 설 세상의 모든 신랑 신부는 다른 의미에 있어 주례의 말을 잘 들어야 할 것이다. 명심하라는 뜻이다. 이로써 남편은 친구들의 허례의식으로 꾸민 고별사를 들으며 인간사에서 완전히 퇴장했다.

형식에 대해 많은 것을 안다고 생각했으나 그의 전반기만 보더라도 아는 것보단 모르는 것이 더 많았다. 형식은 지방 공대 출신이다. 소위 말하

장편소설 빛

는 지잡대 출신이면서 주제 파악에 서툴렀고, 배짱은 좋았으나 그 자신감도 실력에서 나온 것이 아닌 맹탕 허풍이었다. 따지고 보면 그는 동창들의 기억에도 가물거리는 인물이었다.

하지만 형식이 대기업의 지방 배정에 의한 특례로 운 좋게 서울에 직장을 잡자 이내 저력을 발휘하기 시작했다. 이 부분에서 직접 형식의 일거수일투족을 본 친구가 목에 핏대를 세워 주장했어도 믿기지 않은 눈치였다.

형식은, 아무리 정부 압력에 의한 대기업의 지방 대학 졸업생 모집 정책은, 바로 버릴 말 작전이라 할지라도 커트라인은 확보해야 했는데 그마저도 모자라는 학점이었다. 형식은 노는 것도 공부도 꽝이었다.

형식이 누구에게도 말 못 한 사실이 있다. 대기업이 형식에게 직접 요구한 건 단 한 가지 쪽수 채우기였다. 채용 마지막 단계에 결원이 생겼으니 시간 관계상 아무나 뽑아 올리라는 것이었고 그때 형식이 노 교수 눈에 띄는 행운에 걸렸다. 어쨌든 나중 일이고, 친구들은 그 당시 행운에 대해서 면접관 눈이 삐었거나 연속극에서처럼 어차피 떨어질 거 똥물이라도 튀기겠다는 형식의 치기가 와전되어 배포 있는 야망 찬 젊은이로 오해했을 거라는 중론으로 떠들썩했다.

형식이 다녔던 회사는 SKY 대학을 나온 동료들이 물 좋은 저수지에 피라미 끓듯 했다. 그 뛰어난 아가리를 가진 동료들 가운데 형식이 미꾸라지로 생존해야 했다. 가당찮은 일이었다. 다들 수위조차 형식이 육 개월을 못 버틸 거라고 점쳤다. 하지만 남편은 실전과 내기에 강했고, 물과 기름이던 동료들은 상대의 허점을 기가 막히게 파고드는 논리에 강했다. 반면 실험실과 완벽한 이론의 뒷받침이 있어야 활용 가능한 그들의 재능은 당분간 시장성이 없었으므로 실전에 강한 형식은 그들이 만만했다. 그러나 그들의 학연과 지연은 금성철벽이어서 말빨이 처지는 형식은 엉뚱한 돈키호테로 직장 왕따를 당했다. 하지만 대놓고 왕따 시킬 수는 없었다. 주먹이라면 형식이 한 가닥 했으므로.

　권력이란 게 늘 그렇지만, 자질이 떨어진다고 하더라도 어느 시기까지는 봐주기 마련이다. 형식은 이런 조직의 관용을 자신의 능력이라 착각했다. 이곳은 민주주의가 빵빵한 영국이 아니고 줄과 배경이 천부 권리임을 몰라도 한참 몰랐다. 지방대 교수는 그런 그들의 관습을 잘 알고도 늘 모르는 척했으니까. 네가 가서 삼 년만 버텨라. 그럼 너의 후배에게도 기회가 주어지리라. 지방대 출신은 항상 단명한다고 사주에 나와 있다. 형식은 그 조직에서 칠 년을 버텼다.

　그의 여러 가지 아이디어는 공정과 불량률을 줄였고, 남들은 한 번도 받기 어려운 모범사원 표창장과 한 달 생활비가 넘는 상금을 입사 7년 동안 무려 세 번이나 받았다. 회식을 제외하고 모든 모임에 소외당한 형식이 어느 정도 눈치가 있었다면 동료들과 줄줄이 막아선 상사들의 질시를 알아차렸으리라.

　그딴 표창장이 세 장이나 있음에도 형식의 승진은 항상 동기에 비해 한 단계씩 늦었다. 칭찬은 하되 면죄부는 주어지지 않았다. 형식은 그런 그들의 단합을 받아들였어도 될까 말까 한 상황을 당당하게 이건 그들만의 독과점이라고 항의했다고 한다. 그 후부터 별거 아닌 실수가 과대 포장되어 적립됐다.

　형식의 지방대 출신이라고 뻘이 없는 건 아니었다. 그는 호시탐탐 당당한 이유로 잘릴 시기를 엿보고 있었다. 별 볼 일 있는 학벌, 튼튼한 동아줄과 아버지 찬스가 없는 건 동지섣달 발가벗고 마라톤을 뛰어야 하는 환경이다. 형식은 타의에 의한 한계에 부딪히자 간만에 뇌를 사용해 사표를 내밀 시기를 기다렸다. 그렇다고 악착스러운 기질을 바꾼 것은 아니었다. 학연도 빽도 없이 회사에서 7년을 버티는 게 어디 쉬운 일인가.

　그러다, 해야 할 말을 하는 형식과 자기가 하고 싶은 말만 하는 부장이

회의 중 자신의 공적을 가로채는 말을 하자 형식은 '옳다구나' 속으로 환호하며 불만을 폭발시켰다. 술 마시지 않으면 말은 어눌하고 흐름은 잘 알고 있되 설명이 앞뒤가 뒤섞이는 형식이 말짱한 상태에서 저건 내 순수한 아이디어라고 악을 썼다. 하지만 동정이 가 백 대 맞을 매를 오십 대 맞았다고 해서 살아남는 데 도움이 되는 것은 아니다. 시스템은 아무리 부조리해도 그를 용서하지 않았다. 조직에 필요한 건 잘 돌아가는 톱니바퀴지 송곳이 아니다.

그 당시는 조그마한 장군이 부하 총에 맞아 죽었음에도 바통은 그대로 물림 되어서 독재가 펄펄 날뛰었던 시기였음에도 지구 전체가 때아닌 호황이었고 제품이 싸기만 하면 주문은 얼마든지 있었던 시대였다. 형식은 그해 시스템에 의해 알아서 잘리기 직전 부장의 책상을 뒤엎고 나왔다. 그는 깊게 생각하는 스타일이 아니었다.

어차피 샐러리맨으로 동종 업계에 재취업은 불가능했으나 당시 사회의 호황 흐름을 읽은 형식은 허울만 거창한 창업을 택했다. 호황은 계속 이어졌다. 이걸 대운이라 하던가. 남편은 몇 년의 흐름 안에 소심한 월급쟁이에서 깡다구 있고 큰 그림을 그리는 사업가로 변신한다.

그 후 탁월한 선택으로 여겨졌던 그의 사업은 어리석음도 호경기를 만나면 배포가 됨을 만천하에 공포했다. 십 팔 년 동안 선천초목을 벌벌 떨게 했던 조그맣고 고집 센 장군이 어디 현명해서 시대의 괴물 대통령이 되었던가. 척척 들어맞은 호기가 비극과 먹구름의 역사를 만드는 것이다.

새빨간 거짓말이지만, 남편은 회사에서 조리돌림 당한다고 뒤늦게 깨달으면서 늘 무언가를 구상했다고 한다. 그 꿍꿍이가 채 익지 않았는데 그만 부장의 무능으로 시기가 앞당겨진 것이다. 바로 그 일이 있고 난 뒤 남편에게는 황금기가 도래했고 연속 잭폿(Jack pot)을 터트렸다. 항상 그렇지만 적기란 치밀한 계획에 의해 정체를 드러내기보다는 운에 좌우된다. 그렇다고 치밀한 계획을 세우지 말라는 것은 아니다. 이 나라에서는 교활한 자에게 밟히면 밟혔지 어디 기회가 주어지던가?

말 잘하고 기생오라비처럼 생긴 이른바 좌꼴 정치인이 한 말이 있다. 국밥 잘 처먹는 장사꾼이 사상 최고의 득표율로 대통령이 된 것은 국민의 어리석은 선택이 아니라 역사적 필연이었다고. 그럴듯한 개소리지만 그 악당은 필연이 아닌 남편과 비슷한 딱딱 들어맞는 호기를 잡았을 뿐이다.

남편의 창업 종목은 언젠가 거래처에서 눈여겨 봐두었던 그 당시에는 먹고살기 만만한 가정주부를 표적으로 삼았던 주방기기 대리점이었다. 형식은 그 작은 규모의 사업을 형제들의 도움을 받아 시작했다.

가족에게 형식은 회사에 입사하기 작전까지 늘 애물단지였다. 막내인 형식은 엄마 찬스를 믿고 장남의 권위를 무시했으며 차남의 견제를 시시콜콜 비행으로 맞섰다. 노상 밖에서는 맞고 들어오면서도 형식은 막내의 자리를 내세워 두 형에게 청부 폭력을 자행하게 하여 하마터면 둘째가 소년원에 갈뻔했다. 그리고 형제애를 배경으로 동네 패권을 차지한 남편이 싫증을 내지 않고 계속 패권을 유지했더라면 비행 청소년으로 발돋움했었을 것이다. 그런 그가 늦게나마 뭔가 깨달아 가까스로 지방대에 붙음으로써 남편은 태어나 처음으로 늙은 부모에게 효도했다. 그것이 마지막이었고, 다시 둘째 누이 대학 등록금을 훔쳐 잠적한 이후에 늙은 부모를 비롯한 네 형제가 두고두고 남편을 철천지원수로 여겼을 뿐만 아니라 동네 수캐와 동등한 대우를 했다. 지금도 둘째 시누이는 서울 안에 있는 대학을 붙어놓고 졸업하지 못한 한탄에 형식을 우선으로 꼽았다. 다행히 시어머니가 돌아가시기 직전에 밥벌이나마 유지할 수 있는 직장에 얻어걸리지 않았더라면 거리에서 쉽게 볼 수 있는 술주정뱅이의 미래가 형식이 차례였다.

그런 형식이 참가를 거부한 둘째 누이를 제외하고 형제 셋을 긴급 소집

장편소설 빚

했다. 먼저 그는 모두에게 어린 날 과오에 진심으로 용서를 구하고, 눈물 어린 자아비판을 하며 무릎 꿇었다. 화해는 죽은 엄마의 추억 안에 묻은 유언으로 어쩔 수 없이 했지만, 용서는 하지 않았던 형제에게 자신의 사업 계획을 장장 네 시간에 걸쳐 떠들었다. 원래 설득에 젬병인 형식의 브리핑 은 그날따라 막 무당이 된 년처럼 말빨이 올라 이 나라 경제의 방향까지 틀어줬었기에 형제 모두가 귀신에 홀린 듯 고개를 끄덕이게 했다.

형식은 가족을 설득시킨 그 날, 자신이 한 연설에 스스로 감동하여 남몰 래 눈물을 흘렸다고 한다. 자기가 이토록 발표를 잘할 줄 알았더라면 목뼈 를 스스로 꺾어서라도 최대한 굽혀 회사에 버텨야 한다고 그리고 이내 고 개를 흔들었다. 아무리 생각해도 회사에서 마름 역할은 내 운명이 아니었 다. 삽사리처럼 간살을 떨며 다니다 보면 과로사나 고독사 중 하나로 한심 하게 죽었을 터인데, 비로소 자신의 진정한 운명이 지금에 와서 발휘된 기 회를 잡아 알지 못하는 신께 감사 기도를 드렸다는 것이다. 어쨌든 이 위 대한 사자후에 대해 회사에서 갖은 천대와 멸시를 견딘 쓰라린 인고의 세 월이 빛을 발한 것도 아울러 깨달았다. 그는 대기업의 훈련 위력을 더불어 알았으며 무려 칠 년 동안 그 회사에 다녔음을 자랑스러워했다. 대기업이 달리 대기업이겠어!

"칠 년간 사회 경험을 해보니 가족이 얼마나 중요한지 깨닫게 되었습니 다. 이 사업은 반드시 성공하게 되어있습니다. 엄마가 살아계셨다면 지금 우리가 다시 한번 뭉친 형제애를 보고 기쁨의 눈물을 흘리셨을 겁니다. 현 대화된 선진국 부엌 시스템에서 단 한 번도 설거지를 못 해본 엄마를 생각 하면 눈물이 나다 못해 한이 맺힙니다. 이 사업은 반드시 성공합니다. 일 종의 주방 자동화 기기거든요. 주부들이 환장하게 되어있습니다. 땅 짚고 헤엄치기라니깐요. 내가 다녔던 회사에서 극비로 추진했던 꿈의 아이템이 란 말입니다. 돈을 갈퀴로 긁게 되어있다니까. 그럼 우리 모두 부자가 되는 겁니다. 두 형님도 부자, 큰누나도 부자, 여기 안 오셨습니다만 나중에 둘째 누나도 부자. 하지만 돈을 적게 태우면 작은 부자가 되는 거죠"

형식의 결의와 확신에 찬 얼굴에 가족들도 전문 도박꾼처럼 좋은 패가 들어올 거 같은 확실한 예감을 가졌다고 한다. 싱크대가 필요하겠지. 아니 꼭 있으야지. 내 마누라가 부뚜막은 징그럽다더군. 저놈은 태어날 때부터 남달랐어! 어머니가 보긴 제대로 봤다니까.

백 퍼센트 형제들의 도움으로 벌인 남편의 사업은 문을 연 그날부터 달리기 시작했다. 게다가 신축 아파트가 정말 비 온 뒤 죽순처럼 도랑과 진창 그리고 공동묘지를 파헤치고 여기저기 솟아나기 시작했고 거기에 장단 맞추듯 폐가에 가까운 연립 주택들이 변두리임에도 서울이라는 미명에 힘입어 새 단장을 했다.

돈이 뻥튀기 기계에서 부풀어져 쏟아지듯 튀겨져 나왔다. 두 형과 큰 누나에게 목 좋은 곳에 신세계 부엌 가구 대리점을 일 년 만에 차려 주었다. 돈 버는 시스템이 완성되자 장사는 남편이 나서지 않아도 비탈길에 바위가 구르듯 겁나게 가속도가 붙었다.

여기에 남편의 획기적인 아이디어 합세하여 허벌나게 구르는 성장세에 날개를 달게 된다. 사족을 빼고 간략하게 설명하자면, 샤워기 꼭지의 혁명이었다.

형식의 신형 샤워기는 수년 전 그가 회사에 있을 당시 내놓은 자신의 혁신안이었다. 하지만 공학도인 남편의 아이디어는 성골 출신의 동료와 부장의 비웃음에 밀려 도면과 시장 전략을 담은 기획안은 회의도 끝내지 못하고 사장되었다. 실용성도 없고 상품화하기에는 시장이 좁다는 그들의 단견은 선지자의 예견에 가까웠다. 그래도 투표에 부쳐 보자는 형식의 의견으로 영업 2팀 총인원 12명 중 자신을 제외한 11명의 반대로 그의 기획안은 가당찮은 출신 성분의 평가 절하로 각하되었다고 분노했다. 그랬어도, 자신의 기획안이 혁신적이었을지 몰라도 회의석상에서 분노를 표출하지 말았어야 했다. 엘리트 세계에서 분노는 어리석음의 다른 말이었다. 형식은 여기서부터 무엇을 기획하든 자격요건은 갖출 수 없었다. 오히려 그런 그의 기획안이어서 법적인 걸림돌이 사라진 것이다. 이 얼마나 세상의 아이러니인가.

형식은 시간 나는 대로 자신의 아이디어를 제품화했고, 그 제품을 두보가 자신을 저명하게 만든 시인 귀거래사를 교정하듯이 두고두고 뜯어내 드디어 제대로 된 물건을 만들어냈다. 영업 회의 석상에서 나온 그들의 말대로 그 아이템이란 게 별 복잡한 기술은 아니었다. 샤워기 안에 몇 가지 충돌판을 부착함으로써 같은 수량으로도 물줄기의 속도는 배가 되고 수도료와 사용시간을 대폭 절약하는 신상품인 것은 분명했다. 어쨌든 예전 기존 샤워기와 비교하면 소비자 만족도가 높아진 건 사실이었고 이것 또한 입소문으로 기류를 형성했다. 거기에다 끼워팔기 효과가 있어 대리점의 호응도는 마누라를 팔아서라도 선점할 정도였다.

형식의 퇴출당한 발명품 판매 폭주는 여기서 멈추지 않는다. 형식의 제품은 주방기기 업체뿐만 아니라 엉뚱한 목욕용품 판매 업소에서 더 각광을 받았다.

그는 동종업체의 사업 제휴를 받지만, 제조 생산을 책임지고 판매도 을이 하면서 총 영업 수익의 10% 이윤만을 취한다는 관행 조건을 보고 대번에 거절한다. 형식이 생각이라는 게 있었으면 물리치지 말아야 할 파우스트에 나오는 악마 메피스토의 조건이었다.

당시에는 꿀릴 상황이 아니었다. 대기업이라는 이름만 빌려주고 실비를 제외한 이익의 90%를 가져가겠다는 말도 안 되는 조건이었지만, 지금도 넓게 통용되는 파격이었고 더 낮은 조건이라도 중소기업 대부분이 네임 벨류가 있는 똥구멍이라도 핥기를 갈망했다.

그건 그렇고, 남편은 자신의 효자 종목인 주방기기 판매업이 시시하기도 했고 자칭 천재 사업가가 안주하기에는 흠으로 여겨졌다. 야망에 눈깔이 시뻘건 공안검사가 정략결혼 전 손톱이 빠지도록 뒷바라지만 한 가난한 애인을 무자비하게 갈아치워 버리듯이 남편의 판매점은 큰 형에게 헐값으로 넘겨진다. 이어서, 남편의 샤워기 꼭지 제조업은 사업의 안전성을 무시하고 본격적으로 판매망을 넓히고 대량 생산 체제에 들어갔다.

똑똑하지는 못했지만, 지형지물을 이용하는데 탁월한 구석이 있는 형식의 그런 결정에는 믿는 구석이 있었다. 건축업을 하는 친구가 있었고 술자리를 만들기만 하면 친구의 친구가 걸려 나왔다. 모아놓은 명함을 보니 이 나라에는 많은 공사업자가 바퀴벌레처럼 득실거렸다. 이것들이 자신에게 한 표씩 밀어준다면야 국회의원 되는 건 문제도 아니었다. 명함이 다 돈인 것이다. 이들이 하는 공사에 자신의 샤워 꼭지를 장착해 준다면 지금 생산량으론 부족할 것이 틀림없었다. 남편은 대기업 꼼수를 일언지하에 거부한 객기를 사업가 기질로 착각했다. 그리고 쓰레기에 꼬이는 파리들.

궤도에 진입 중이라고 믿던 어느 날 숙취로 고생하던 중 변기에 토하다가 문득 깨달았다. 술을 덜 마셔야겠다가 아니고 자신이 쓰는 활동비의 95% 이상이 유흥비로 나가는 걸 알고 잠시 머뭇거렸다. 하지만 전체 순수익 난에는 이렇게 퍼붓고도 월 삼천만 원을 벌 정도로 수익이 가팔랐다. 겁날 게 없었다. 아니 겁을 내다니, 바보 같은 생각이었을뿐더러 본 궤도에 들어선 이상 참 사업가답게 사나워져야겠다고 다짐했다. 돈이 인간의 족쇄이다. 족쇄에 매여 있는 사람이 어디 사람인가? 재벌 회장이 괜히 이사들 쪼인트를 까는지 알아! 채찍이 아니고선 말을 달리게 할 수 없지.

돈을 펑펑 쓰면 세상이 보잘것없고 큰놈도 작게 보인다. 돈이 벌리다 보니 세상이 썰물 앞에 드러난 것처럼 비밀이랄 게 없었다. 한때 자신을 개돼지로 또는 깃털인 머슴으로 분류한 현실에 정의의 혀를 디밀며 회의 석상에서 분노한 어리석음을 뒤늦게 반성했다.

비로소 그들의 반열에 들어선 것이다. 성골이든 진골이든 태생의 차이는 얼마든지 돈으로 극복된다. 학교? 빽줄? 실력? 얼마든지 서울대 나온 놈으로다가 포석을 깔 수 있다. 정석대로 살면 먹고야 살겠지만, 어차피 잘난 노예인 것이다. 돈을 뿌리면 모든 인간은 연체 동물화(化)되게 되어있다. 단 돈을 쓰는 행위가 이게 화폐인지 종이 쪼가리인지 감각이 무딜 정도로 뿌려야 한다. 있는 놈이 매여 있는 인간을 좆도 없는 버러지 취급을 하는 건 다 이유가 있는 거야. 흐흐흐.

남편은 구형 허수아비 김형식에서 세상의 인간대표 김형식으로 탈피해야 한다고 결정했다. 아니 그가 하찮은 사람들 앞에 대표로 행세하지 않아도 뭇사람들이 그를 무리의 대표인지 어떻게 알고 떠받들었다. 남편 점퍼에 묻은 미세한 먼지를 찾아내 털어내는 직원의 태도는 버러지로서 당연한 자세였다. 아니, 그들은 구두에 앉은 얼룩조차 혀로 닦아낼 준비가 되어있는 것이다. 사람들은 기고만장의 뜻을 알지만, 그 뜻이 내포하는 무게의 단 일 그램도 못 느낄 것이라고 미경에게 말했다. 형식이 취하지 않은 채로 아내 배에서 내려오며 다시 말했다. 사람 호령하는 거 씹보다 재밌어. 개새끼는 잘못 걷어차면 물리지. 근데 사람은 안 그래! 사람은 오히려 내가 걷어차기 편하게 대준다니까!

그런 식으로 십년이 흘렀으니 남편이 어떻게 됐겠는가? 그는 타인의 영지를 정복 중인 야만인이었고 미경은 여러 첩 중에 미모의 기준에 규격 미달인 취사 담당 무수리였다. 도대체 돈이 왜 이리 흔한 거야. 벌어도 벌어도 넘치지 않는 이유가 뭐야? 남편은 하루가 스물네 시간뿐이라서 시간이 몹시 아까웠다.

가끔 작 들어오면 오만한 비명을 질렀고 미경의 육체는 싸구려라 거들떠보지 않았다. 형식은 브레이크가 고장 난 고물차처럼 좌회전이나 우회

전 없이 질주했다. 남편은 그 시기에 공사업자 말만 믿고 고가의 샤워기를 대량 생산하기 위해 새로운 공장을 하나 더 임대했다. 항상 망할 조짐의 빌미는 똥고집과 무모한 생산 시설의 확장이다.

창고와 공장을 임대하고 설비에 들어가는 비용의 백 퍼센트를 은행이 굽신거리며 완납했다. 말로는 허울 좋은 융자였지만 은행 거나 마찬가지였다. 대기업은 자기 자본의 천 퍼센트 이상이 빚이야. 빚이야말로 진정한 자본이지. 나는 고작 오십 퍼센트의 빚뿐이 없어. 억울할 정도지. 어떻게 보면 그 정도 빚은 제대로 구른다면 몇 년 안에 갚고도 남을 거야. 그 후로도 한동안 뒷짐을 진 세월은 형식이 편이었다. 미경 또한 장바구니가 넘쳐났다. 그가 구가한 세월은 승승장구하는 비열한 정치꾼의 임기와 비슷했다.

돈과 시간을 물 쓰듯 부어 만든 제품이 쏟아져 나오자 같은 시간에 맞춰 놀리듯 유사 제품도 함께 깔리기 시작했다. 일단 시각 디자인 면에서는 후발 제품이 눈에 띄었다. 형식이 유사 제품업자에게 상품권 위반 등의 법적인 공격을 하면 일부는 숨거나 항소했다. 제품의 성격이 다르다는 것이다. 그 비용과 시간도 만만치 않았다. 그리고 소비자의 불만이 제 때에 불거졌다.

아무리 성능이 우수하다 해도 후발 제품에 비해 세 배나 비싼 것이 오만한 소비자의 자존심을 건드린 것이다. 하지만 이익은 고사하고 형식은 제시한 가격에 팔지 않으면 실익이 전무할 정도로 영업비용과 빚이 늘어 있었다.

뭐, 뒤늦은 후회지만 형식이 그쯤에서 방향 전환을 했거나 사업을 접었다면 굳이 아파트 옥상에 올라갈 일은 없었을 것이다. 아니, 그 시절로 되돌아간들 돈에 중독되어 귀 기울일 줄 모르는 어리석음이 바뀔 것인가만은, 미련한 자는 회초리로 어느 정도 교정이 되건만 어리석음은 몇 번의 부활이 보장돼도 되풀이되기 마련이다.

장편소설 빚

게다가 엎친 데 덮친 격으로 공사업자의 비용 절감과 소비자의 현명한 선택으로 제품의 반품량이 늘어난다. 그런데도 돈의 힘에 눌린 형식의 자신감은 하늘을 찌르고 있었고 소비자 또한 난립한 불량제품을 사용하다 보면 짜증이 나서 언젠가 자신의 제품으로 돌아올 거라는 확신에 차 있었다.

　고용인은 굶주리는 상태에 있는 본성은 사납지만 순한 개다. 죽지 않을 정도의 먹이를 주면 꼬리를 흔들고 자기들끼리 피 터지게 싸우게 되어 있다. 나는 그들의 주인을 잡아야 한다. 해서 고용인이자 소비자인 그들의 선택보다는 비리 공사업자의 성욕을 움직여서 제2의 약진이 밟을 거라고, 끊임없이 여자의 부드러운 함정과 향응의 밑밥으로 깔았다. 기름칠하면 소가죽은 부드러워지게 되어있어. 사업은 발기력과 비례한다구. 일본 왕 재벌이 그랬데, 그게 안 서는 사업가한테는 돈을 안 빌려준다잖아. 나는 그게 너무 잘 서. 사실이 아니었다.

　이때부터 비아그라의 도움을 받은 남편의 발기에도 불구하고 본격적인 지옥문이 열리기 시작한다.

　여기까지가 내가 짐작만 했을 뿐 자세히 몰랐던 남편의 전성기와 몰락 과정이었다. 이런 이야기조차 여기저기 짜깁기해 완성해 놓은 것이다. 선동 문구나 마찬가지로 진실에 입각한 자서전은 없다. 그저 있는 사실에 조미료를 왕창 치고 꽃꽂이하듯 예쁘게 치장하면 훌륭한 사업가가 완성되는 것이다. 그들이 죽고 나서 보니 정주영, 이병철, 김우중의 기록은 실패한 종말이며, 사실은 사실일 뿐이고, 그저 그랬다는 옛이야기다. 사실은 그럴듯한 변명인 것이다.

　문득 문상객이 낸 조의금 액수가 궁금해졌다. 관리하지 않아 몸이 흐물흐물 해졌지만, 소싯적 배구선수였고 아직 서른다섯이고 통계적으로 까마득한 세월을 살아야 한다. 돈 없는 삶은 물 없이 너른 사막을 횡단하는 것과 같다.

아직 끝나지 않은 이야기　　　05

그럴 줄 알았지만, 남편이 죽었다고 모든 게 해결된 것은 아니었다. 내게 전가된 채무는 고스란히 남아 있었다. 형식은 자신에게 지워진 것만 해결하고 떠난 것이다. 만약 그가 살아 있어 채무가 질기게 꿈틀거린다면 나 또한 죽음이야말로 나은 선택일 것이다. 어쨌든 그가 쓴 내 이름으로 전가된 빚은 살아 있었다. 빚이 개인의 사정이나 이유를 묻던가. 누구의 이름으로 되어있느냐만 중요하다. 서류상 빚은 생생히 살아 목포낙지의 흡반처럼 들러붙었다.

내 앞으로 남겨진 빚은 남편의 빚의 양에 비교하면 너무 약소해서 코웃음을 칠 정도였다. 하지만 남편 식구가 조의금마저 깡그리 긁어가고 단돈 백만 원도 남아 있지 않은 상황에서 살아갈 일이 걱정이었다. 나는 물만 가지고 살아가는 나무가 아니고, 풀만 있으면 세상 부러울 게 없는 염소가 아니다.

이혼이 아닌 사별일진대, 어쩜 긁어가도 이리 매정하게 털어 가는지 항의조차 못 했다. 남편의 사탕발림에 넘어간 형제들에게 진 빚이 상당해서 범행 방조 혐의가 짙은 나로서는 항의조차 못 했다.

모두 숨겨 놓은 돈이 있을 거라고 믿는 상황에 오천만 원은 막막한 금액이었다. 더구나 나는 결혼 전과가 있고, 남편을 잊지 않는 여인이기보다는 아직 죽지 않았다는 뜻이 어울리는 미망인이란 낙인이 찍혀있어 번듯한 새 출발은 꿈도 꾸지 못했다. 더구나, 헛발을 디딘 부부관계, 남편의 빚과 처참한 죽음으로 가위눌리고 있어 나를 30대 중반으로 보는 사람은 아무

　　　　　　　　장편소설　빛

도 없었다. 나는 얼굴에 분칠하지 않으면 불쌍해 보이는 암컷이었다.

내게 놓인 일자리는 청소부나 파출부 또는 식당일 뿐이었다. 월급은 적고 몸이 고된 일은 체력이 왕성한 젊은 여자에게는 적당한 일이겠으나 현실은 나이가 들고 얼굴이 안 따라주는 아줌마에게만 쥐어지는 일이었고, 어찌어찌해서 돈을 번다고 해도 남은 빚을 감당하기에는 예상 금액이 척박했다. 내 신용등급은 병든 소의 측정치였다.

눈앞이 깜깜했다. 무엇보다 돈이 필요했다. 21세기에 쌀이 떨어져 굶는다는 게 말이 되는 소린가. 가전제품이건 가구든 싹 팔아 식료품과 바꿔 먹고 싶었으나 망한 집 물건은 재수 없다며 거들떠보지 않았다. 입 밖으로 소리 내 말 하지는 않았지만, 속으론 크게 외쳤다. 누구든 나를 사가시오!

누가 감히 자신을 팔려는가. 개 빼고 인간의 존엄과 자존감을 지키고 싶지 않은 이가 어디 있단 말인가. 누구든 자발적 노예가 되기를 원하지 않는다. 하지만 필사적으로 살아야 한다는 방향성에, 관성에, 배고픔이라는 센서가 작동하면 우리는 더는 인간이 아니다.

기한이 한 치 오차 없이 차오르자 내 이름으로 되어있는 카드빚 독촉이 빗발쳤다. 텔레마케터의 빚 독촉은 건조하면서 상냥했고 직업 정신이 투철해 놀라울 정도로 객관적이었다. 빚에 단련되어 있기만 하면 배울 만했을 것이다. 그들은 이미 수많은 이에게 대상만 바꾸었지 시간 절약용 관용구를 써왔기에 숙련된 한편, 자신의 한쪽은 직업병으로 문드러져 가고 있음을 탄식하며 나를 조졌다. 그렇게 갚을 능력이 없으시면서 카드는 왜 쓰셨어요, 고객님.

그들도 살며 빚이라는 걸 질까? 아마 아닐 것이다. 반드시 빚을 져야 하는 여건에서도 자식과 마누라를 바겐세일할망정 빚은 지지 않을 것이다. 따지고 보면 속고 속이는 관계, 배신과 사기가 거래처럼 맹렬한 이 나라의 이상한 행위의 물밑을 들여다보면 거기 빚이란 괴물이 있다. 누구든 속일

수만 있으면, 아니 당장 빚으로부터 모면할 기회가 있으면 양심은 탈부착이 가능한 가상의 장기인 것이다.

결국, 더는 참지 못하고 건조하게 빚 독촉을 하는 그들에게 저주를 퍼부었다. 이 쌍년들아, 평생, 이 짓이나 대대로 해 처먹고 살아라. 그들은 우러나서 나오는 욕을 칭찬으로 듣는지 전혀 화를 내지 않았고 오히려 더 하라고 부추겼다. 그들은 내가 진정되기를 기다린 다음, 빚은 부지런해서 쉬지 않고 알을 슬고 있으니 과부 서답을 팔아서라도 이른 시일 내 갚아야 하는 이유를 법 조항을 들먹이며 설명했다.

'무슨 짓이라도 해서 일단 갚으세요. 신용 불량자가 되면 이 나라에서는 아무 일도 할 수 없어요. 알았어요? 살아 있어도 살아 있는 게 아니에요. 도마 위에 오른 물고기처럼, 알았어요?'

심장은 가만 내버려 둬도 팔팔 뛰고, 얼굴은 홍조로 늘 벌겋다. TV에서 배운 지식으로는 노이로제가 분명했다. 작은 소리에도 몹시 놀랐고, 사방에서 조여오는 분명한 감각을 느끼는데 주위를 둘러보면 허공이다. 편두통은 속 쓰림을 동반하는 아스피린으로 해결되지 않았고 헛것이 보이고 환청이 들렸다.

사랑? 얼어 죽을 놈의 사랑은 아무리 기억력이 뛰어나도 도무지 생각나지 않는다. 빚은 진도 9.2의 강진이다. 나는 그 진앙지(震央地)에 있었다.

죽지 못해 살아야 하는 처지라도 먹어야 하는 응분의 값은 치러야 했다. 하려고 들면 피곤한 일자리는 얼마든지 있었다.

무슨 일이든 하려 했으나 의지를 갖고 나서려면 보이지 않는 줄에 묶인 것처럼 옴짝달싹하지 못했다. 후궁의 화사한 전력에 미련이 남은 허영은 정상이 아니다. 빚의 성벽에 갇혀 달아날 방법이 전혀 없었다. 술이 자연스레 다가왔다. 술은 만병 진통제이다.

술에 깨면 두통을 느끼기 전에 미세한 진동에도 깜짝 놀라 목털을 세우는 길고양이처럼 웅크리는 버릇이 생겼다. 아, 씨발, 자주 술을 마시고 게우면서 함께 토해낸 욕이지만 앞으로 살아가야 할 세월을 생각하면 아직 지옥은 아니었다. 더 지내고 보니 그 당시가 천국은 일단 아니고 지옥도 아닌 그런 중음(中陰)이었다. 엄마의 병과 형제들이 전혀 생각나지 않을 정도로 지쳐 있었다. 사는 게 만신창이이면 형제고 나발이고, 다 귀찮다.

절망, 자고 나니 절망이란 고급스러운 단어가 있을까? 애초 미래를 전제로 한 희망이 없으니 삭막한 모래밭 가운데 던져진 씨앗처럼 발아를 못 한 생명체로서 절망의 감정은 내겐 없었다. 희망이 없는 사람에게 절망이란 거짓 감정이란 뜻이다. 무력감으로 미칠 지경이었다. 아니 미쳐가고 있었다.

시간의 밀물이 숨을 내쉴 때마다 급히 몰아치자, 나를 묶은 카드빚이 옥죄이기 시작했다. 하루에도 수십 통씩 박혀오는 벨 소리가 온몸의 중추신경을 갉아댔다. 말의 시작과 끝은 '고객님'이라고 '님'자를 꼬박꼬박 붙였으나 그건 분명한 비아냥거림과 경멸이었고, 겁 없이 남의 돈으로 편하게 살아왔던 이 세상에서 가장 나쁜 년 취급을 했다.

그리고 내가 머뭇거리는 이 순간에도 이자는 성실하게 일하고 있다고 꼼꼼하게 챙겨주었다. 누가 빚의 성실함을 모르나? 전화 속의 여자는 죽어 있는 성질을 살리려고 작정하고 있다. 빚과 바이러스는 같은 증식 작용을 한다.

남편은 어떻게 알고 장기를 팔았을까? 나도 알선받고 싶었다. 눈은 외관상 좀 그렇고 보이지 않는 콩팥 하나쯤은 괜찮지 않을까. 자, 와서 내 신장 하나를 파가고 빚은 인제 그만 퉁치자!

휴대폰 배터리를 빼어 버리자 비로소 집안에 정적이 차곡차곡 쌓였다. 정적이 휴식이나 평화일 리 없다. 정적은 불안의 다른 의미일 뿐이다.

네가 전화를 안 받는다고 수화기 너머 들려왔던 비웃음과 경고가 멈춘 것은 아니었다. 그 정적의 엄청난 무게를 비집고 들어오는 소음은 나의 행위와 무관하게 환각으로 보였다. 환청도 지나치면 모양을 갖춘 환각으로 보이는 모양이다.

남편이 모든 줄을 끊고 죽어 버려서 누구에게도 도움을 청할 수 없었다. 주위 모든 이들은 남편이 살아 있을 때나 죽은 후에도 동일하게 나를 무시했다. 행여 약간의 돈이라도 빌릴라치면 그들은 마른 똥이라도 씹는 표정을 감추지 않은 다음 자기의 고래 심줄 같은 돈부터 갚으라고 눈으로 말했다.

당신 남편이 우리 돈을 갉아먹는 기생충처럼 살아 있을 적에 넌 적어도 우리보다 잘 처먹고 잘 살지 않았느냐며 머리끄덩이를 잡을 기세였다. 빚의 고통을 잘 알고 있는 나로서는 그들을 원망할 자격이 없었다.

돈이 없으면 세상은 정지 화면이다. 아무것도 할 수 없었다. 책을 읽는 것도 산보하는 것도, 돈이 없으니 다 떨어진 생필품을 사러 마트에 갈 수 없었다. 하다못해 생각 없이 쌓아둔 생리대마저 떨어져 다가올 그 날이 걱정됐다. 눈만 꿈쩍일 뿐 식물인간이나 다름없었다. 사지를 동여매 잘 짜여진 상자에 갇혀 있는 지독한 고문이었다.

아침에 눈을 뜨면 절망이 아닌 공포가 나를 덮쳤다. 그들의 형편상 돈을 꿔달라고는 못 해도 어느 정도 내 사정을 아는 친구와 형제가 먼저 떠올랐다. 그들은 버스를 타면 삼십 분 거리 안에 있다. 그들 또한 나를 죽은 동물에 번식하는 구더기로 여긴다. 내 입에서 정신 나간 년처럼 아무 소리나 쏟아내 자기네들의 심기를 어지럽힐 걸 확신하기 때문이다. 그들에게는 나의 하루 생계비인 만 원 정도를 던져 주면서 갑자기 바쁜 일이 생겼다고 말할 것이다. 그들이 그런 눈치를 보였어도 얼굴에 철판을 깔고 매달린다. 그렇지 않고 가만히 있으면 수렁이 나를 잡아끌 것이다. 안다.

종일 잔 거 같다. 그런데 가난한 나라의 지방 자치제와 비슷한 몸은 단

장편소설 빛

십 분도 재우지 않은 것처럼 아우성치고 있다. 온몸이 잠수용 납을 두른 듯이 무겁다. 성경에 나온 경구지만, '산 자가 죽은 자를 부러워하리라,'는 신의 호통이 떠올랐다. 그렇다면 나 혼자만 말세란 말인가? 먼저 죽은 남편은 행운아인가. TV에 나오는 즐거워 미치겠다는 사람들이 대거 무더기로 앉아 희희낙락하고 있는데, 그들은 뭐고 나는 뭐란 말인가? 배고프다. 다행히 식욕은 없다.

몇 주 동안 아무도 찾아오지 않는, 재수 없는 찍힌 내 터에 누군가 문을 두드렸다. 언뜻 양아치 같은 형사가 떠올랐으나 그는 대한민국 공무원이다. 지들이 알아서 마무리 진 사건을 꼭대기에 있는 힘센 놈의 다그침 없이 스스로 알아 챙길 만큼 부지런한 형사는 드물다. 반가운 이가 없으니 귀찮고 힘들어 지나가길 기다렸다.

노크 소리는 급하거나 그렇다고 느긋하지 않게 칠판을 손톱으로 긁어대듯 리듬에 맞추어 울렸다. 왜 벨을 누르지 않지? 나는 전화가 안 되면 누군가 직접 방문할 수 있다는 사실을 새삼 깨달았다.

문을 열자, 멀쩡하게 생기지 않은 사내 셋이 벨을 누르고 미처 도망가지 못한 애새끼들이 들켰을 때 하던 버릇 그대로 모르는 척 주변의 경치를 보고 있었다.

개그 프로에 나올법한 그로테스크한 사내들이었다. 가운데 사내는 마른 체형에 나보다 작았으며 만만해 보이는 얼굴이었다. 적어도 첫인상은 그랬다는 거다. 우측 사내는 수퇘지가 서 있는 그대로의 모습이었다. 비대한 몸통이 무릎까지 불거졌고 나머지 팔과 다리는 상대적으로 말라 보였다. 좌측의 사내는 영화배우 정우성을 쏙 빼다 박았는데, 약간 다르다면 감쪽같이 교양만 제거한 모습이었고, 자세히 보니 야차 같은 눈빛을 발견할 수 있었다.

각각은 우습게 생겼는데, 셋을 합한 전체적인 분위기로는 신호 하나로 먹이감을 찢어발기는데 이골이 난, 잘 훈련된 셰퍼드 앞에 바짝 다가앉은 것처럼 무서웠다.

그런 변이 종(種)이 내 집 앞에 나타났다. 이유는 알지 못하지만, 방문의 목적은 남편의 후반부를 겪으며 느낌으로 알았다. 있지 않은가? 얼음을 등지고 바람을 맞으면 느끼는 냉기를.

좀 더 시간이 흐르자 안개를 걷어낸 풍경으로 그들이 더 자세히 보였다. 분위기상 가운데 놈이 대장이겠고, 그 느낌이 드러나자마자 사악한 기운이 마구 뿜어냈다. 어떻게 저런 몸집과 순해 보이는 얼굴로 꽤 사나워 보이는 저들을 잘 훈련된 맹견을 부릴까, 하는 궁금증은 바로 해소됐다.

우측의 돼지가 나를 먼지 털 듯이 슬쩍 밀었다. 엉덩방아를 찧자 두려움을 상실한 용기가 울컥 솟아났다. 악을 썼다. 큰소리는 지원군이 온 것처럼 힘이 됐다. 나를 만만하게 보지 마!

"뭐야? 이 개새끼들아. 니들 여자 혼자 사는 집에 무단침입했어. 당장 경찰에 신고할 거야!"

가운데 사내가 인상을 찌푸리며 위험하지도 않은 지 자기 가운뎃손가락을 내 입에 넣었다. 갑자기 내 성기 안으로 기분 나쁜 물건이 불쑥 쳐들어온 강압적인 느낌이 쳐들어왔다. 아는 싸인이지만 내친 김이었다. 어디다 대고 더러운 손가락을 버르장머리 없이 입에 넣는단 말인가. 다시 악을 쓰자 사내가 또 손가락으로 인중을 콕 찔렀다. 나는 사내의 기에 눌려 입을 닫쳤다. 좌측의 정우성이 바보스레 웃었다. 뭐랄까? 저 바보 같은 웃음 뒤에 감당할 수 없는 독 가시가 숨겨져 있는 바보스러운 악의 기운.

가운데 사내가 허락을 구하지 않고 살집을 보러 온 사람처럼 들어왔고 나머지 두 놈은 연결된 끈처럼 신발을 벗지 않은 채 딸려 들어왔다. 내가 눈길을 두 놈의 신발에 두자 작은 사내가 두 놈을 향해 욕설과 함께 마구 잡이로 때리기 시작했다. 그럼 자기는 신발을 신어도 된단 말인가?

장편소설 빛

토닥이는 주먹과 발길질이 아니었음에도 작은 사내의 폭력은 체급 상 효과적이질 못했다. 그것을 금세 깨달은 사내는 식탁 의자로 돼지의 어깨를 내리치고 부러진 각목으로 얼띠어 보이는 정우성의 어깨를 때렸다. 어디를 겨냥해서 휘두르는 폭력이 아니어서 보는 것만으로 무시무시했다.

두 사내는 애고애고 비명을 질렀고 작은 사내는 감정의 변화 없이 때리는 짓에 몰두했다. 본보기나 광고 효과를 노린 폭력인 줄 알아도 약속 대련하는 것처럼 보이지 않았다. 손에 정이라고는 눈곱만큼도 없었다. 눈을 감아도 둔탁한 소음에 오금이 저렸다.

양쪽 다 맞고 때리는데 이골이 난 놈 같았다. 작은 사내의 무지막지한 폭력은 경고 이상의 성격을 띠고 있어 불길한 상상력이 꼬리에 꼬리를 물었다. 그의 암묵적 행위는 바다 깊숙한 곳에서 느껴지는 엄청난 수압이었다.

신발을 신고 들어왔다고 해서 저 정도로 맞을 짓은 아니지 않은가. 죽일지 몰라서 말려야 한다고 생각은 했지만, 다음 순서가 무서워 그럴 겨를이 행동으로 미치진 못했다.

떨어지는 매를 고스란히 받아들이고 있는 두 놈은 익숙해진 듯 맞절을 하는 모양으로 서로 가슴을 파고들었고, 직사각형으로 모아진 몸체에 매가 튀었는데 각목이 아니라 도끼였으면 여러 토막이 날 정도로 힘있게 휘둘렀다. 쳐대는 소리만으로도 고통과 공포가 가감 없이 전해졌다. 저러고도 상하거나 죽지 않으면 사람이 얼마나 독한지 보여주는 학습현장이었다. 그런 폭력을 두 놈이 꿋꿋이 버텨냈다. 한참 만에 작은 사내가 지쳤는지 씩씩거리며 행위를 멈췄다.

"야 이 돌대가리들아. 내가 몇 번이나 말해야 알아듣것냐? 아무리 교양이 없어도 있는 척하라고 했어, 안 했어! 어떻게 무식한 양놈들처럼 고객님의 집 안에 신발을 신고 들어오냐? 무식한 놈들."

얼굴 부분만 가리고 맞고 있던 정우성이 덩치에 어울리지 않는 가냘픈 목소리로 시정하겠다고 했다. 그리고 눈길이 작은 사내의 번쩍거리는 구두로 옮겨졌다.

"아, 이거, 이거는 괜찮지. 새로 산 신발이니까. 근데 이 새끼가 아직도 정신 못 차렸구먼."

작은 사내는 다시 지칠 때까지 발길질을 멈추지 않았다. 마치 운동을 폭력으로 때우려는 수작이었다.

저렇게 보잘것없고 빈약한 몸매에다가 순해 보이는 얼굴을 하고서 그악한 폭력을 휘두르다니. 그렇다 치고, 저런 단순하지 않은 폭력을 밀가루 반죽처럼 견뎌내는 덩치들을 대체 어떤 정신머리를 가지고 있는 걸까? 그냥 손짓 한 번이면 작은 사내의 허리를 꺾어놓을 수도 있을 터인데 왜 맞고만 있을까? 이해되지 않는 일이었지만 저런 폭력이 저들 사회에 허물어지지 않는 위계질서라면 앞으로 어떤 일이 벌어질 것인가, 각종 의문이 들었으나 그 이상 추측하는 일이 끔찍했다.

지친 사내는 돼지가 알아서 건네는 수돗물 한 잔을 받아 마시고 잠시 숨을 골랐다. 그렇게 맞았음에도 돼지와 정우성은 화를 내거나 그렇다고 슬퍼하는 표정 없이 작은 사내의 좌우에 금강역사처럼 표정을 바꾸고 굳은 자세를 유지했다. 흡족한 작은 사내는 시선을 나에게 고정한 다음 손을 돼지에게 벌렸다.

돼지에게 받은 종이뭉치를 흔들며 사내는 여러 말이 필요 없다며 바로 용건을 꺼냈다. 사내는 내 빚을 은행에서 인계받았다고 말하곤 여러 장의 서류를 내밀었다. 얼떨결에 받아든 서류에 분명 내 싸인이 적혀 있었다. 빚은 시간과 더불어 늘어나 칠천몇백만 원이 되어있었다.

"사모님, 내가 지금 기분이 매우 불편합니다. 법적으로 마무리된 일이지만 사실 나는 당신 남편에게 받아내야 할 목숨보다 소중한 쩐이 있습니다. 하지만 인민 정부인지 민주 정부인지 사망한 자에게는 빚을 징수할 수 없게 당부해서 사모님이 법적인 마누라가 틀림없음임에도 대신 갚지 않아도 된다는 법이 생겼습니다. 따라서 그 큰 금액을 영업 손실 처리할 수밖에 없는 지금의 내 심정은 찢어질 거 같습니다. 그 돈이면 아프리카에서 수천 명의 어린아이가 일 년은 살 수 있을 겝니다. 얼마나 귀한 돈입니까. 사실 뭐, 그 돈이 내게 있어도 아프리카에 혜택은 돌아가지 않겠지만, 상상만 해도 얼마나 귀한 물질이냐고요! 그 하늘 같은 돈이 붕 뜬 거죠."

가슴이 뛰고 뇌의 여러 부분이 공조해 바삐 움직였다. 내 남편인 형식에게 받을 돈이 있다고? 이놈이 남편을 죽인 악질 사채업자 중 하나일지 모른다. 그 살인자가 뻔뻔하게 다시 찾아온 것이다. 다시 생각이 마구 섞이고 다른 결론을 내놓았다. 성질 더럽고 비싼 부자에게 친화력이 있는 남편 변사 사건을 맡은 담당 형사가 떠올랐고, 형사의 명함을 찾아 전화를 건다면 그놈이 얼마 만에 도착할 것인가? 하나를 보면 열은 그렇다더라도 둘 정도는 안다. 그놈은 잘해야 내일쯤 찾아오는 것도 아니라 전화를 해서 나를 마구 야단칠 놈이 분명하다.

하여튼 남편을 아파트 꼭대기에서 떨어지도록 주술을 걸은 놈이 찾아왔다. 미경은 이명증과 빈혈로 주저앉고 싶었다. 그야말로 법은 아득하고 무작스러운 주먹은 가까이 있다. 그것도 세 놈씩이나. 미경은 일단 관망하기로 했다.

사내가 두 손을 우아하게 올리자 두 사내가 지레 움찔했다.

"지금 상태라면 이 두 씹새끼들을 갈가리 찢어 버리고 싶습니다. 하지만 오늘은 첫날이고, 첫인상이 좋아야 한다는 사업 방침에 따라 참기로 하겠습니다. 어때? 행복하시죠. 전 매우 불행합니다."

사내는 말끝에 표정을 구기다가 기분 좋게 웃었다. 뭐 하자는 걸까. 이 광경을 객석에서 볼 수 있다면 나도 웃음이 나왔을 것이다. 말투와 몸짓에 연극적 요소가 충분히 담겨 있었으니까.

"오늘은 기분도 그렇고 내가 일정이 매우 바빠서 차용증만 대신 받겠습니다. 그리고 한 달의 여유도 드리겠습니다. 제가 이 업무를 십 년 이상 해왔지만, 고객분들에게 싸모님과 같은 특혜를 단 한 번도 드린 적이 없습니다. 내가 모든 악행을 저지르면서도 유독 여자에게 아부하는 신사도의 나라 영국놈처럼 숙녀에게만 약하거든요. 안 그냐?"

작은 사내가 두 사내에게 동조를 구하기 전에 대답이 먼저 나왔다. 나는 여기서 버텨야 한다고 그동안 빚에 단련된 심정으로 굳게 다짐했다. 남편은 죽었다. 이놈들은 허가받은 은행원이 아니다. 내가 은행에 빚을 진 건 어떻게든 사유가 되지만 개인 빚으로 갈아탈 이유가 없는 것이다. 나는 바보가 아니어서 죽으면 죽었지 차용증을 쓰지 않겠다고 앙칼지게 대꾸했다. 당신들이 아닌 은행 새끼들과 직접 대화를 하겠다고 악을 썼다.

누구나 다 아는 상식이지만, 백 대를 맞겠느냐 아니면 그 반인 오십 대를 맞을 거냐고 선택하라면 손의 방향은 덜한 쪽이 옳다. 남편의 죽음에는 촘촘한 그물에 엮인 것보다 많은 원인이 있겠지만 궁극적으로는 돈이다. 못 갚는 죄에 대해선 은행이 사채보다 관대한 것이다. 악착같이 버텨야 한다. 막다른 골목에 몰린 쥐가 심호흡하고 고양이에게 덤벼들 자세로 그들을 노려봤다.

사내는 내 말을 수긍한다며 고개를 끄덕였다. 고개를 끄덕이며 안색이 끄덕이는 횟수에 따라 바뀌었다. 그리곤 연속적으로 내 그럴 줄 알았다며 코웃음을 쳤다. 사내가 손가락으로 돼지를 불렀다. 돼지의 얼굴은 아까와는 달리 겁에 질려 하얗게 변했다. 그는 내가 안 보이는 듯이 행동하고 말했다.

"이게 뭐니? 네 놈이 저년 남편을 착하게 다룰 때부터 이런 불상사가 생길 줄 알았어. 씨발, 우리가 아주 많이 고생하면서도 국민연금 혜택도 없고 의료보험 지원도 못 받아서 조심조심 살려고 했는데 이 쌍년이 안 도와

장편소설 빚

주네. 지금부터 내가 한 말 모두를 취소하겠다. 오늘부로 저년 남편의 빚은 저년에게 이자까지 쳐서 모두 받아낸다. 법의 효력은 무시해라. 우리가 언제부터 판사 말씀을 그리 잘 들었냐구. 부부는 일심동체잖아. 그동안 잘 처먹고 한 이불에서 씹까지 했으면 법률상 공범이지."

그리곤 작은 사내가 나를 양서류의 눈깔로 노려봤다. 좀 전의 잔잔한 눈초리가 아니었다. 쥐를 얼리는 독사의 시선이 저럴까. 사내가 다시 손가락으로 돼지를 가리켰다. 지옥문이 활짝 열렸다. 작은 사내는 미경이 새겨들으라고 들일락말락 다정하게 속삭였다.

"이 새끼가 나한테 갚을 돈이 있거든. 먼저 이 새끼한테 원금 일부와 이자로 손가락을 받을 거야. 물론, 손가락으로 뭘 어떻게 하자는 건 아니지. 그냥 손가락 모으는 게 내 취미야. 재벌 회장이 회사원 자를 때와 똑같은 기분이지만 나는 목을 치진 않는다는 점에서 내가 훨씬 인간적이지. 손가락을 자를 때 기분이 쌈박해. 나의 유일한 취미로 인간 이하의 동물들 손가락을 종류별로 모은다고 생각하면 돼. 나는 도박도 안 하고 씹도 질렸어. 그럼 돈을 모아서 어디다 쓰겠어? 대신 채무자의 손가락을 그냥 잘라! 발가락은 곤란하더군. 신경이 잔뜩 모여 있어 때론 심장마비로 뒈지더군. 그러면 낭비가 아니냐구. 신체는 심장에서 멀수록 느껴지는 고통은 직접 겪어보지 않는 사람은 몰라. 나도 잘라만 봤지 실제는 나도 몰라. 잘려본 적이 없거든. 하지만 예민한 감성으로 느껴져. 손가락 하나에 천만 원씩 까 줄 거야. 나 그렇게까지 나쁜 놈 아니야. 요새 중소기업에서 거래되고 있는 공정 가격이지. 내 고객에게 들은 건데, 프레스에 손가락이 잘리니까 한 개 당 천만 원씩 쳐준다더군. 이게 다 민주화된 덕분인 줄 알라고. 박정희 시대에는 오십만 원이었어. 다음엔 네 차례다. 자세히 보면 세상에는 손가락 없는 년이 많아!"

사내가 돼지에게 말하자 돼지는 정말 감사해하는 표정과 화색이 돈 목소리로 우렁차게 대답했다.

　나는 지금도 돼지가 감사해하는 그 표정을 잊지 못한다. 그리고 이해할 수 있다. 누구든 간이 아닌 손가락으로 빚 일부를 탕감받을 수 있다면 그리고 탕감받을 수 있는 여분의 손가락이 열 개나 있다는 것에 신에게 십일조를 던져 줄 만큼 무한한 감사를 할 것이다. 다음은 내 차례라 했는데 당시 나는 그 의미의 현실성을 감지하지 못했다. "감사합니다. 선생님!"

　감사합니다, 선생님이라니? 둘의 관계가 그렇게 불리면서 분위기는 매우 고약해졌다. 삼류 조직의 왕초와. 졸개 사이가 아니고 선생님이라니? 뭘 배우고 전수하는 관계인가. 아니면 사내의 지적 허영심일까? 의문이 생겼지만, 어떻게 물어보겠는가?

　작은 사내는 정말로 뚱뚱한 자의 손을 탁자에 놓고 어디를 얼마만큼 자를 것인지 가늠하는 거 같았다. 나는 그걸 보면서도 그의 행동이 어디까지 갈지 역시 상상하지 못했다.

　작은 사내의 장난기가 어린 얼굴에는 호기심이 잔뜩 차 있었고, 상자에서 무엇이 나올지 기대하는 얄궂은 표정이 됐다. 돼지는 단거리 주자처럼 잔뜩 긴장한 상태에서 호흡을 가다듬었다. 돼지의 라마즈 호흡이 가팔라지자 사내가 망설임 없이 가운뎃손가락 첫 마디를 싹둑 잘라냈다. 입에 물린 수건을 뚫고 돼지의 앙칼진 비명이 새어 나왔다. 사내는 잘린 결과물을 보고 함박웃음을 지었다. 내가 보는 광경은 맨정신으로 믿겨지질 않았다.

　저 장면의 광경이 잔혹한 영화 일부였다면 CG 처리라고 확신했으리라. 어떻게 사람의 손가락을 사과나무 가지치기라도 하듯이 전체 모양을 흩어본 다음 바로 잘라낸단 말인가. 저 인간은 남다른 게 아니라 아예 괴물이다. 조금 전까지는 어느 정도 코믹스러웠는데 작은 사내는 집안을 지옥도로 바꿔 놓았다. 눈으로 직접 보고도 믿기질 않았다. 작은 물병에 뚜껑을 열어 놓은 듯 쏟아져 나오는 피가 지금 내가 꿈을 꾸고 있지 않음을 자각시켰다.

"천만 원 벌기 힘들지? 나는 천만 원 날리기 너무 쉽군."

돼지의 이마와 콧등에 땀방울이 송골송골 맺혔다. 정우성이 돼지의 잘린 손가락에 응급처치를 능숙하게 했다. 피는 붕대를 적시고 넘쳐 흘러나왔다. 나는 아직도 사태 파악이 안 됐다. 간밤 마신 술이 아직 안 깬 걸까? 아님. 꿈을 꾸고 있는 걸까. 현실이면 말이 안 되는 상황이었다.

"사람들이 천만 원 벌기가 이리 힘든지 안다면 함부로 남의 돈을 쓰는 일이 없을 거야. 손가락 잘리는 고통이 바로 천만 원이라는 돈의 의미이자 본모습이란 뜻이지. 야, 이 쌍년아, 잘 보고 배워. 이걸 누가 가르쳐 주겠어. 대학에서는 이런 교훈적인 현장 교육이 없어! 해서 머리에 똥만 들어있는 인간들을 양산하지. 도무지 책임감이 없다니까."

돼지가 다시 자세를 잡았고, 그다음 손가락을 도마에 얹혀 놓았다. 사내는 손가락 관절을 전지가위 날에 정확하게 측정한 다음 친절하게 움직이지 말라고 했다. 말이 끝나는 순간 아까와 똑같이 싹둑 잘라냈다. 표정은 조금 전과 동일 했고 돼지의 비명은 아까와 달리 공기층을 갈랐다. 사내는 오히려 도살 후 동물의 각질을 제거하듯이 장난기마저 띄웠다. 나는 지금도 차의 브레이크 밟는 소리가 들리면 움직일 수 없다.

깊은 한숨을 쉬는, 칠판을 긁어대는 듯한 비명, 젖은 노면 위에 급하게 서는 차바퀴의 파열음이 실내를 휘젓고 다녔다. 그날 광경이 지금까지 악몽으로 남아 타인의 웬만한 죽음 정도는 재래시장의 어물전 풍경으로 느껴진다. 저놈은 악마였다. 성경에서는 사람이 신의 형상을 본 떠 만들어졌다고 하던데, 거짓말이다. 진실이 아니다. 악마의 모습뿐만 아니라 성정 자체까지도 그대로 사람에게 심어져 복제되는 것이다. 이 나라에 성구분 없는 악마가 얼마나 많을까? 내가 보기에는 전 국민의 30%가 악마이고, 자리가 바뀌면 목사도 악마이다. 그리고 높은 공간에 모인 누구를 악마로 되돌리기 위한 시연을 하는 중이다. 일말의 거리낌이 없다.

감정이 있는 인간이라면 저래서는 안 되는 것이다. 저놈은 사람과 인형을 구별하지 못하는 야수이다. 잘린 손가락 부분을 무슨 공예품인 양 집어 살피는 놈의 사악한 눈빛에서 저 형체는 인간이 아님을 알았다.

눈동자가 나른하게 움직였다. 무슨 짓이든 거뜬하게 해치울 수 있는 표정이 저런 것이다. 중국의 장자는 미련하게도 꿈을 꾸다가 내가 나비인지 나비가 나인지 헷갈렸다고 지껄였다. 눈을 뜨고 있는 지금 나는 살아 있는지 죽었는지 모른다. 당신은 살아 있는가? 그럼 살아 있음을 확실히 증명할 수 있는가?

아직도 양이 차지 않았는지 오 분이 지나길 기다렸다가 전지가위로 탁자를 두들겼다. 돼지는 손을 바꿔 오기가 아닌 순한 감정으로 왼손 검지를 올려 받쳤고 같은 절차를 밟았다. 작은 사내는 마치 손가락을 레고 인형처럼 떼었다 바로 붙일 수 있는 것처럼 다시 아무렇지 않게 잘라냈다. 돼지의 앓는 소리는 더 깊어졌고 듣는 것 자체로 전신의 신경 줄을 끊어 놓았다.

어렸을 적 집안의 중 늙은이들이 복날이 아님에도 개 잡는 광경을 본 적이 있다. 끔찍했으나 모의라도 하듯 신중한 작업이었다. 모두 단백질에 갈급한 그들의 식욕을 이해했다. 이번에는 다르다. 짐승이 아닌 먹지도 않을 사람을 도살하는 중이다. 개의 비명과 사람의 비명은 음성학적으로 다르다. 한쪽은 가볍고 쉽게 받아들이지만 다른 한쪽은 천천히 상대의 고통을 음미하며 수혈받는 것처럼 상대의 비명을 자신의 기억 중추에 박아 넣고 있었다.

TV 연속극에서 보면 연약해 보이지도 않은 년이 별것도 아닌 일에 기절하는 것을 보고 코웃음을 친 적이 있다. 천정이 빙빙 돌아갔다. 정우성이 서 있는 바닥이 무너져내려 떨어지는 나를 잡아 올렸다.

장편소설 빛

그렇게 사람 손가락 세 개를 깊은 침묵 속에 잘라냈지만 무딘 신경 줄의 사내는 나머지 일곱 개의 손가락마저 자를 기세였다. 도대체 돼지가 진 빚이 얼마인지 모르겠으나 돼지는 자신이 팔 수 있는 모든 것 손가락뿐만 아니라 발가락까지 잘라내고서라도 빚을 청산하고 싶은 애절한 표정을 하고 있었다. 여기에 모인 모두가 나를 포함해서 미쳤다.

나는 더는 버티지 못하고 정신을 잃었다. 눈을 뜨니 흐릿하게 보이는 덩치가 볼펜을 흔들었다. 정우성이 불러주는 말 그대로를 받아쓰기하듯 양식에다 차용증을 쓰고 싸인을 했다. 사내는 나의 일련의 행동에 대해 별 반응을 보이지 않았다. 그럼 차용증을 받기 위해 돼지의 손가락을 자르지 않았단 말인가. 미치더라도 버텨야 했었다. 아, 나는 미친 짓을 하고 있었구나.

이제 은행 빚은 갚은 것으로 되어있었고 나는 정식으로 사내의 새로운 채무자가 됐다. 암흑뿐인 심연에 갇히게 됐다. 이 안에 내가 있는지 누가 알랴. 나는 나를 대신할 누구든 끌어들일 준비가 돼 있었지만 내 주위에는 아무도 없었다. 나는 죽고 물귀신으로 윤회했다.

작은 사내가 만 원짜리 몇 장을 뿌리며 조심해서 쓰라고 했다. 돈이 칼도 아닌데 조심해 쓰라고?

망자들의 모임 06

이렇게 살다 보니 뒤를 돌아보는 습관이 없어졌다. 왔던 길을 돌아보면 온 길이 아득해서 오히려 방향감각이 묘연해진다. 길은 익숙한데 출구가 다르다. 과거의 나와 현재 나의 경계가 그어진 시기가 언제인지 분명하게 알 수는 있었지만, 이 정도로 변할지 나도 몰랐었다. 무한급수로 분열하고 새로운 단계로 진입하려는 병증(病症). 이 변신이 통제가 안 된다. 어제의 나는 오늘의 나와 비슷해도 칠 년 전의 나와 현재의 나는 전혀 다른 형태의 인간이다. 이제 나도 나를 모르겠다.

대놓고 기억을 상실한 것처럼 모아놓은 과거가 있었던 추억인지 믿기지를 않는다. 어렸을 적은커녕 한때 작은 행복을 구했던 얼마 전의 일도 긴가민가하다. 오직 고통스러운 기억만 떠오르고 나는 추억으로 찍힌 사진의 모습도 기억이 희미하다. 과거의 내가 어땠는지 알 수 없다. 그리고 앞으로 십 년 후의 모습도 예상이 안 된다. 사람들은 임종 직전 과거의 추억을 돌아본다던데 나는 그때쯤 나를 기억하지 못할 것이다. 그런 면에서 국토를 파헤치고 강을 죽인 전직 대통령의 뻔뻔함을 이해한다. 군림했던 자가 자신을 태어나게 한 나라를 불구덩이에 몰아넣어도 일말의 양심의 가책은커녕 웃음 짓던 그가 나중에 임종 직전 자신의 비참한 상황에 회개하지 않았을까? 허망했을지 모른다. 그래도 죄 갚음은 가당치 않다. 죽었다 깨어나기를 백만 번쯤 해도 태어날수록 이 나라를 죽여 백만 번쯤 능지를 당할 것이다. 그렇다고 그걸 직접 본, 미래 권력에 젖어 있는 야수의 반면교사는 되지 못할 것이다. 이런 성향의 짐승은 한심한 짓거리를 반복하는 것이다. 양수는 그런 악마의 축소판이다.

일단 괴물이 되면 본 모습에 충실해지려는 관성이 있다. 다만, 거죽만 사람인 체하는 역할 연기에 몰입할 뿐이다. 그들은 임종 직전 자신의 과오를 반성할까? 이 병을 앓으면 절대 깨닫지 못한다. 죽음의 문턱에서 생이 아쉬워 끌려가지 않으려 발악할 것이다. 버티느라 손톱이 빠져도 그 고통을 못 느낀다. 뼈란 뼈가 모조리 탈골되어도 그 고통은 반성으로 치환되지 않는다. 그들이 죽어가면서 내뿜는 저주가 이 산천에 패어있다.

양수는 자신이 비친 거울에서 악을 발견하지 못한다. 오히려 같은 동네에 사는 다른 악에 분노한다. 내 앞에 놓인 악은 쓰레기임으로 청소는 당연하다. 일말의 가책은 없다. 다만 악의 로열티가 그렇다는 것이다. 너는 내가 사람으로 보이니?

양수는 생각의 늪에 빠져 있다. 나의 지금 모습이 이렇게 되기로 결정된 것인지 아니면 다윈의 말처럼 환경에 적응하다 보니 이리 괴물이 된 건지 알 수 없다. 아마 이 두 가지가 절묘하게 배합된 변이종일 것이다.

어쩌면 이런 생각을 하는 것이 괴물이 되기 전 약간의 본성이 남은 가책이겠다. 하지만 어떤 상황이 벌어지면 내 안의 악은 스스럼이 없다. 그러다 보니 나를 아는 것들은 눈을 마주치기를 두려워한다. 도리어 그들이 두려움에 떨면 바이브레이터를 생식기에 꽂은 것처럼 성적 쾌감을 느낀다.

어쩌다 튼 TV를 보다가 괜한 화를 내는 경우가 많다. 대담 프로그램에서 어떤 년이 깜찍하고 고고한 표정을 지으며 '매일 아침 눈을 뜨면 살아 있는 게 얼마나 행복한지 모르겠어요!'라고 말했다. 아마 삶이 즐거워 미치겠다는 뜻일 텐데 그 말에 정말 공감하는 짐승들이 이 세상에, 얼마나 될 것이냐 말이다. 이 나라의 대부분 인간은 아침에 눈을 뜨면 자신이 얼마나 비참한가부터 발견한다. 마치 하루아침에 벌레로 변한 카프카의 〈변신〉 속 그래고르 잠자처럼 어느 쪽으로 던져질지 자신도 모른다.

나는 저년의 말을 듣는 순간 입안에 가득 든 짜장 면발을 내뱉고 물컵을 텔레비전에 던졌다. 그년은 나의 분노를 알아차리지 못했는지 계속해서 사랑만 있으면 다른 건 전혀 필요하지 않다고, 돈이 무슨 필요가 있냐고 사회자에 따져 물었다. 솔직히 공기만 마시고 살 수 없는 건 아는데 그 사실이 믿어지지 않는다고 재잘거렸다.

저 여자는 자신의 말이 얼마나 많은 파급을 불러올지 모르고 있다. 아이들만 못된 걸 따라 하는 것은 아니다. 이제 사람들은 책이나 대화가 아닌 화면으로 배운다. 사랑이 돈보다 우선한다고.? 그리고 사랑은 아무나 하나? 사람에게 CG로나 가능할 일을 당신은 이룰 수 있다고 말하는 것만큼 퇴폐적인 건 없다. 일반인들은 톱스타와 실제 섹스는 불가능하나 자위행위는 가능하지 않은가.

항시 대기 중인 두 놈은 또 무슨 날벼락이 떨어지는 줄 알고 짜장면을 처먹다가 의자 옆으로 내려앉아 무릎 꿇었다. 나는 심술궂은 하늘이다. 두 놈이 겁을 내자 주먹이 근질거렸다.

그냥 참기로 했다. 잦은 폭력은 음기 충만한 마누라의 잔소리와 같아서 효과는 적고 면역 치는 높아진다. 그들은 공기의 흐름만으로 내 생각을 읽는다.

약자의 방어체계는 감각으론 고성능 레이더보다 예민하다. 하지만 말이다. 고성능 레이더가 장착되어 있다 한들 방어 무기가 없는데 방어가 무슨 소용이랴? 창가로 자리를 옮겼다. 커튼은 늘 쳐져 있어 밖이 보이지 않았다. 보나 마나 한 풍경에 지루했으나 천진난만한 햇살이 거슬렸다. 다만 그 자리는 내 위치였고 내 자리이다. 베란다 문을 열어 놓을까 하다가 하소연처럼 쳐들어오는 열기가 싫어 그만둔다. 앞으로는 좀 귀찮긴 해도 식사는 나가서 해야겠다.

음식 냄새와 손에 묻힌 피 냄새가 조합해 불쾌지수를 올린다. 봄과 가을, 가을과 겨울이 있는 나라는 어디 없을까. 여름은 귀찮고 위험한 계절이다.

장편소설 빛

이 일이 벌써 칠 년째다. 벌써 라고 했지만 지난 매일이 아득하고 진저리나는 세월이었다. 한 몇 년쯤은 내 앞에서 인간이 피 흘리며 꼬꾸라지는 것이 싫지 않아 몸소 하기도 했지만, 이제는 물린다. 양심의 가책을 받는다는 말이 아니다. 나도 정치인처럼 천한 일은 아랫것들을 시키고 싶다. 근데 그게 무망하다. 내 아랫것들은 서울대 법대를 나오지 않았으니까.

언제까지 직접 피를 묻혀야 하는지 족집게 무당에게 물어보고 싶다. 계획대로라면 한 오 년 정도면 이벤트가 아닌 한 직접 손에 피를 묻히는 일은 적을 것이다.

세상의 모든 악은 자신의 말로를 짐작은 하되 영락을 꿈꾸지 않는다. 함락당하지 않으려는 악의 노력으로 악은 풍성해지게 되어있다. 아니, 악을 행하면서 철옹성을 호화찬란하게, 결코 나는 죽지 않는다는 확신으로 오늘을 꾸미는 것이다.

자기 앞에 선 상대가 거슬리는 경우 악이건 선이건 상관없이 더 철저하게 까부수고 싹조차 말리겠다는 정교함을 갖추면, 사는 내내 미치게 즐거움이 유지될 거라고 추호의 의심 없이 단호하게 믿는 것이다.

악은 늘 자신을 일깨운다. 그래, 그게 어떻단 말인가? 갈아탈 수도 없고 멈출 수도 없다면 악은 더욱더 격렬하고 포악해져야 한다.

감정에 경사각을 세워야 한다. 손에 쥔 게 얕보이면 곳곳에서 튀어나오는 칼날로 내 몸뚱어리는 흩어질 것이다. 악은 내일을 기대하지 않는다. 수도 없이 튀어나와 대체된다. 대체된 악은 항상 최악이다.

이제 빠져나갈 구멍은 없다. 이렇게 된 이상 더 악랄하고 순수한 악 자체여야 한다. 용서를 구하는 자체가 터무니없어진 마당에 못 할 게 뭐가 있을까.

한 모금의 물을 얻기 위해 방죽을 허문다 해도 스스러움이 없다. 강에 보를 쌓고 콘크리트를 퍼붓는 일은 악이면 누구나 염원한다. 게다가 아랫것들인 악머구리의 고통과 외침이 감정의 온도를 올린다. 그러기 위해서 내 옆에 있는 것만으로 천만다행과 두려움에 떠는 존재들로 주위를 가득 채워야 한다. 초식하는 가축은 응전을 꿈꿀 수 없다. 이 사실을 제대로 아는 놈은 극소수이다.

정복과 약탈의 고유명사인 칭기즈칸이 자신의 무덤을 만든 인부를 모조리 죽이고 비밀에 붙인 이유가 뭐겠는가? 악은 악을 절대 용서하지 않아서이다. 그 또한 용서를 바라지 않았기에 자신의 주검을 신화에 묻어버리는 것이다.

지금 동작동에 묻힌 독재자나 예비 후보자들의 무덤과 자리가 버젓이 남아 있지만 한 세기 이후 파헤치지 않을 거라고 장담할 이가 누가 있단 말인가. 그렇듯 나는 들키지 말아야 할 운명이다. 또한, 악은 끊임없이 자기 복제를 해야 하고, 악의 면모를 유지하기 위해 탐욕은 당연하다. 행여 여기서 멈춘다면, 약해질 조짐이 보인다면, 지금 하는 일에 회의를 느낀다면 알아서 스스로 잠적해야 한다. 이 바닥 생리가 그렇다.

상처를 드러낸 순간 치료해 주는 것이 아니라 내 주위로 피 냄새를 맡은 상어 떼가 몰려들 것이다. 내 발에 밟힌 많은 놈이 문드러졌다. 그들은 나 같은 악에 경고와 교훈의 토양이 됐다. 나의 송곳니와 발톱은 아직 젊다. 내 앞에 놓인 많은 쥐새끼들이 공포에 떨고 있으나 겨우 준비 운동을 마쳤을 뿐이다. 꼭꼭 숨어라.

화려한 꽃들 사이에 박힌 궁핍이 이제는 잘 보인다. 꽃에서 좋은 향기가 나고 예쁘다고 하던데 그건 상흔을 가리기 위한 수단이다. 피라미드 맨 밑바닥층은 지금의 결과에 대해서 유기적으로 연결된 수많은 원인이 산재하므로 자신이 왜 이런 꼴로 죽어야 하는지 모른다. 나를 원인으로 생각하는 자는 없다. 죽어도 자기 탓으로 믿기 때문이다. 성경에 나와 있다. 과연 네 탓일까? 상관없는 일이다. 원인조차 과장일 따름이다.

장편소설 빛

자본 우선주의에서 빚을 진 자는 아무렇게나 쏜 총알에 우스꽝스러운 모양으로 죽어가는 엑스트라가 된다고 죽을 때나 되어서 반성한다. 그렇지 않다. 당신은 이미 계획안에 든 표적이었다. 시기가 여물면 권력과 재화의 노예로 팔려 나온 매물이었다. 일반적으로는 나이가 들어 쓸모가 없어지면 바로 내 앞으로 진열되게 되어있다. 때론 어린 것들도 급류의 물살을 타면 누구나 휩쓸린다. 살아남는 건 전적으로 운이다. 운이 좋아야 살아남는다.

자신의 처지를 운명 안으로 끌어들이는 인간치고 불행하지 않았던 이가 있던가? 어쩌면 개 같은 운명의 편에 맡기는 편이 시적으로 덜 고통스러울지 모른다.

거미줄에 걸린 나비처럼 버둥거리면 버둥거릴수록 다음 단계의 불운이 당신을 옥죄인다고 믿을 것이다. 하지만 꿈틀거리기라도 해야 한다. 죽기 살기로 덤벼드는 놈은 경비가 들어 선호하지 않는다. 우리는 순하고 조용한 먹이감을 선호한다. 비폭력은 권력자의 음흉한 계략이다. 간디도 회개하기 전엔 자기 마누라를 죽도록 팼다고 하지 않던가. 그 후 비폭력의 상징인 간디의 죽음 또한 폭력의 신호탄이 되었다.

지금 이 꼴, 이 사회의 비극적인 상황은 빚의 올가미이다. 하나 예를 든다면, 소비가 궁핍의 유인책이기도 하지만, 소비가 욕망의 시발점이 된다. 어차피 과도하게 만들어 놓은 생산품은 비만으로 소비되어야 하고 소비하기 위해 탐욕의 배때기가 스스로 늘어나는 것처럼.

바로 그 탐욕이 바이러스로 증식하는데 서로의 몫은 힘 있는 자의 치밀한 서열 본능 아래 저울이 한쪽으로 기울어진다. 불평등은 그들의 공정과 정의이다. 나는 평등이란 조미료가 잔뜩 뿌려진 미끼를, 약속한 자유의 허울을 뒤집어쓴 속박을 국민에게 던지는 정치꾼을 두려워한다.

공생 관계는 바닥을 드러내고 자연스레 먹고 먹히는 판이 벌어지지. 마치 정자 수억이 단 한 개의 난자에 달려드는 꼴이다. 적은 것을 차지하기 위해 자기보다 약한 것에 무조건 어금니를 드러내고, 한 모금의 기갈을 면하려고 제방을 무너뜨리는 어리석음도 서슴지 않고 행한다. 그야말로 현실 세계가 아수라판인 것이다. 이런 장면이 내 눈에만 보인다. 저 두 놈은 절대 볼 수 없다. 내 앞에 놓인 것들은 다음 악일지라도 시기를 잘못 택한 먹이감에 지나지 않는다.

마치 만약이란 가정을 믿고, 이번 생은 망쳤으니 다음 생을 기대하는 자나 개미처럼 모진 겨울을 넘기기 위해 일만 하는 보이지 않는 줄에 조정당하는 꼭두각시 같은 자들은 열 번 죽었다가 깨어나도 자신의 삶이 꼬이고 꼬이는 비의를 깨닫지 못한다.

다음 생은 없으며 올가미에 걸린 오늘부터 당신의 미래는 불확실하다. 뚜렷한 것은 지금이 지옥이고 내가 바로 아귀이다. 네가 불행한 총량만큼 나는 행복하다.

담배를 꺼내 물자 뚱이는 밀물처럼 출렁이는 비곗살을 하고도 재빠르게 라이터에 불을 댕겨 두 손으로 조심스레 내민다. 이놈은 특히 주의해야 한다. 살찐 여우는 더욱 경계해야지. 뚱이는 어부로 대물림한 놈처럼 코끝에 스치는 바람만으로 그날 날씨를 짐작하는 놈이다. 놈에게는 누가 대장인지 인지시켜 항상 나의 건재함을 확인시켜 주어야 한다.

저놈의 목을 누르면서 내 위치를 잃는다면 나는 저놈의 손에 가죽이 벗겨질 것이다. 나중엔 치명적이지 않으면서 가장 고통스러운 곳을 집어내 조금씩 살점을 저밀 놈이다. 하지만 칼은 내 손에 들려 있고 옴짝달싹할 수 없게 묶인 상태에서 선제공격권은 내게 있다. 특히 저놈은 살려둘 생각이 없다. 그걸 알까?

어쨌든 나중 일이다. 그런데 웃기는 건 저런 놈도 빚의 그물에서 벗어날 수 없다는 점이다. 내가 물었다. 넌 어떻게 빚을 졌냐고. 뚱이가 대답했다.

그게 말입니다. 나도 어떻게 빚을 졌는지 모르겠습니다. 도박을 좋아하긴 했습니다만 이 정도는 아니었거든요.

빚에는 그런 속성이 있다. 몸에 칭칭 감길 때까지 정체를 알 수 없는 그런 부드러움이 있다. 독니가 경동맥을 콱 무는 순간에야 조금 느낀다. 이미 독이 전신에 퍼져 회생 가능성이 없음을, 누군가의 속삭임으로 낙하 중임을 알게 됐음에도 끊임없이 자신의 처지를 부정한다. '이보다 더 나빠지지 않을 거야.'라는 끝 모를 위안은 망상이자 최악의 부정이다.

타임머신이 발명되었다 치자. 그럼 이 어리석은 인간이 다시는 빚의 구렁텅이에 빠지지 않을 수 있을까? 눈깔 빼기 내기를 해도 나는 장담할 수 있다. 빚은 사회 생리적 부패이자 탐욕과 쾌락의 배설물이다. 대부분 파리는 반드시 꿀에 빠지게 되어있다. 이건 자신도 어쩔 수 없는 어리석은 자의 천성이다. 그렇듯 독이 혈관을 타고 번지기 시작하면 살아는 있되 움직일 수 없으며, 느닷없이 광장에 팽개쳐진 것처럼 앞으로 번질 상황을 인지할 수 없고, 오직 상황의 주술에 걸려 움직이게 된다.

네 맘대로 할 수 있는 건 아무것도 없다. 의식은 있되 입조차 놀릴 수 없는 법적인 식물인간이 된 것이다.

오늘은 어제보다 비참하고 내일은 오늘보다 더한 지옥이다. 단테의 신곡에 쓰여 있는 '이곳에 들어오는 자는 희망을 버려라!' 경구를 늘 가슴에 매달고 살아야 한다. 그나마 그런 식으로 살아갔으면 개새끼로나마 살아갈 텐데. 어리석은 놈에게 단테의 경구는 항상 무시된다. 빚은 가축의 낙인보다 확실하다.

종류별로 있는 지옥에 조금이라도 편한 곳이 있을까만은, 착각이라는 기관 탓으로 허벅지를 맞는 것보단 등 쪽이 낫다고 믿는다. 한빙지옥에 있다 보면 초열지옥이 호텔 같아 보이고, 이내 얼음 지옥을 그리워하는 형국이다. 그러다 칼산 지옥에서 혀를 뽑히고 꿈틀거리는 살점이 저미어지면 한빙지옥을 다시 그리워지게 된다. 고통을 고통으로 덮는 습관이 생긴다. 어쨌든, 당신은 지옥에 있다.

지옥이 열리고 그곳에 있는 동안, 형기가 마치기 전에는 누구도 죽을 권리가 없다. 하긴 그럴 생각도 나지 않을 것이다. 부모, 형제, 아내와 자식은 말라빠진 혈육의 부스러기에 지나지 않는다. 예측할 수 없는 폭력에 길들여지고, 자신의 육체임에도 기득권을 주장할 수 없는 신체는 할부로 분할된다.

더는 빼낼 것이 없어야 빚으로부터 면탈이 된다. 껍데기조차 제대로 남지 않는 상태, 그다음 선택이 당신이 생각하는 말로이다. 이제야 찾아온 죽을 여유, 도살되기 전 대기실의 짧은 휴식이 마지막 쉼이다. 내가 어쩌다 이렇게 되었을까? 가 마지막 탄식이다.

빚과 지옥은 동류항이자 천생연분이다.

각기 다른 형태로 존재하는 빚의 기원은 항상 같은 조짐으로 배태한다. 하루 치 혹은 한 달 치의 삶을 빌려 쓴 것으로는 빚의 초기 모습을 갖출 수 없다. 빚은 정당하고 합리적인 욕심에서 시작된다. 자만심 또는 충분히 갚을 수 있다는 안일한 자신감은 공범이다.

외부의 적을 막기 위한 부족 사회가 성립되면서부터 그 뭉침은 권력을 감추기 위한 밑밥이었다. 권력을 쥔 놈은 무조건 나쁜 놈이다. 예쁜 승냥이를 봤는가? 외부의 적을 막기 위한 비용으로 거둔 세금이 소속원의 빚으로 환원되면서 평민은 그 시대 이래 지금까지 단 한 번도 쎄빠지지 않은 적이 일 년에 명절 이틀뿐이었다. 사람들은 생활하기 위한 얻은 빚이 오히려 살아가는데 기름칠 역할을 하고 있다고 생각하는데, 어리석은 탄식이다. 빚의 올가미는 도처에 깔려 있다. 반드시 올가미를 자발적으로 뒤집어쓰게 되어있다. 그다음 빚은 연결 시스템에 말려든다. 빚의 공정은 단순한데도 알면서 수렁에 빠지는 수순이다.

처음에는 다들 급한 소액에서 시작된다. 급한 돈을 은행과는 달리 까다

장편소설 빚

로운 요구 없이 단 한 장의 서류만으로 손에 쥐여 주어서 순간 종교적 감동마저 느낀다. 사실 그 정도의 돈은 길바닥에서 생활하는 인간을 빼고서 누구나 쉽게 갚을 수 있는 코흘리개 수준이다.

요행과 성실로 넉넉한 기한을 남겨두고 미리 갚기라도 하면 이자를 조금 감해주고, 고객은 나의 칭찬에 내시 앞에 선 폭군처럼 우쭐해지거나 젊은 것이 어디 할 짓이 없어 이따위 짓을 하냐는 희번덕이는 눈으로 나를 촌충이나 회충처럼 함부로 대한다. '고객님께서는 신용도가 높아지셨습니다. 다음에 이용하실 때에는 우대금리가 적용됩니다. 융자도 상향 조정됩니다.' 다신 안 쓸 거 같지만 자만에 빠진 그들은 별로 급하지 않은 돈 오백만 원쯤은 괜찮을 거라는 여유와 자신감을 더불어 빌린다. 심지어는 언제든 빚을 쉽게 얻을 수 있는 자신감이 오만함으로 자리 잡는다.

그다음에는 모든 게 자연스러워진다. 누군가 선두에 나서서 이끄는 방향으로 안내되어 끌려가듯 순조롭기조차 하다. 사실 당장 갚을 수 있을 것 같은 계획과 의도가 허물어지는 것은 자신의 의지와 상관없는 일이다.

다음에 갚아야 할 천만 원에는 치명적인 병원균이 묻어 있으므로 차질은 계획된 것이나 마찬가지다. 그들은 약속을 지키기 위해 미안해하지 않고 천 오백에 이자와 여윳돈을 빌리게 되면, 그 이후에 벌어질 상황에 대해서는 사고의 기능이 망실된다. 이유는 자신을 먹어치우는 맹수에 예의를 갖추고 오직 동료에게는 공격적인 노예의 속성이다.

공짜라면 양잿물도 마시고 외상이라면 소도 잡는다는 전례적인 속담은 권력자의 의도된 루머이다. 어떤 인간이 죽을 줄 알면서 양잿물을 마시겠는가. 하지만 진짜 마시는 놈이 있다.

막다른 골목에 몰린 쥐는 진짜로 고양이를 문다. 그러나 대부분 인간은 용감한 쥐와 다른 선택을 한다. 바로 자살이다. 죽은 자는 자신이 죽어야 하는 이유를 모르나 문상 온 자는 죽음을 선택한 자의 이유를 잘 안다. 의지박

약이나 착해서라는 것인데, 자살한 본인은 부정할지 몰라도 사실인 것이다. 이에 내 대답은 이거다. 당신의 이른 죽음은 이 땅에 태어난 네 팔자이다.

어쨌든 그다음 갚아야 할 시기가 돌아오면 돈줄을 끊고 다른 사채업자에게 그를 넘긴다. 그 다른 사채업자란 놈도 내 휘하이다. 나는 이자와 원금을 얼굴만 다른 나에게 다 받았지만, 그가 갚아야 할 금액은 이제 네 배 이상 불어나 있다.

어느 정도 정신이 들자 거미줄로 묶여 있는 바윗덩어리 밑에 있는 것처럼 위태로워져 있는 자신을 발견한다.

재차 강조하지만 대개 인간들은 식량을 구하기 위해 또는 노름과 방종으로 죽을 만큼 빚을 지지 않는다. 태평성대에는 술과 여자와 노름이 빚은 원흉이었고 알기도 쉬웠다. 지금은 다르다. 살아남기 위해 혹은 더 잘살아 보기 위해 빚을 짊어진다. 빚은 편리성이 주범이다. 빚은 인간에게 덧칠해진 순박한 감정에서 파생되어 구르다 보면 자연스레 구르는 눈덩이처럼 커진다. 간혹 도박이나 고깃덩어리에 불과한 여자의 껍데기에 빠져 빚을 지는 희귀한 경우도 나오지만, 프로들은 취급하지 않는다. 쓰레기에서 건질 수확에는 얼마나 많은 품이 드는지 나도 계산이 안 선다.

쓰레기는 우리도 귀찮다. 그들은 썩기 전에 신속하게 재처리된다. 쓸만한 것만 골라 넘기고 그제야 그들은 스스로 자신의 처지를 깨닫는다. 남는 것도 얼마 안 된다.

진정한 빚은 고릿적이나 있을 법한 부모 봉양으로 생기지 않으며 오직 자식의 병원비와 상승기를 탄 중소기업이나, 우후죽순으로 난립한 자영업자가 경기침체로 인한 투자한 본전이 흔들리면 빚의 구렁텅이에 우르르 빠진다. 병원은 빚의 광산이다. 어떤 경우든 빚의 그물에 걸려들면 본인과 관련된 법률상 관계인도 줄줄이 걸려 나온다. 그 수렁의 인력은 지구의 중력과 맞먹는다.

장편소설 빛

몇 달 전 형식이란 놈을 작업했다. 대통령이 바뀌자마자, 그래도 예전 독재자는 취임 후 일 이년이 지나서야 분탕질을 시작했었는데 이번 대통은 그 수하들이 입성하는 대로 임진왜란이 벌어지기 전 일본 해적처럼 공식적인 노략질을 마음먹고 퍼질러 댔다. 마치 선조 시대와 똑같았다. 왜구의 분탕질로 남쪽 백성의 살 껍질이 벗겨지고 있었으나 탐관오리는 기생의 가랑이 품을 벗어나지 않았다. 심지어 공자 왈 맹자 왈의 대가인 율곡과 퇴계마저 주리설이니 주기설이 맞네 틀리네 하며 이빨 싸움을 하고 있었다. 당연히 그 시대와 닮은 지금 전국은 냉동고에 전원을 켠 것처럼 급속히 얼어붙었다. 형식의 사업이 그 한가운데 있었던 모양이다.

사업의 흥망이 개인의 성실과 능력에 좌우되는 시대는 끝났다. 예전이라면 바보도 운으로 입지적인 인물이 될 수도 있었겠다. 하지만 지금 이 시대에는 누가 대통령이고 국회의원이고 어떤 종류의 악 덩어리인 판검사가 법을 조정하는 방향으로 움직이느냐에 따라 불운이 들러붙는다. 형식은 멍청해서 그런지 잘나가던 시절을 순전히 자기 능력이라 믿었던 철없는 어린이였다.

관상만 척 봐도 빤한 견적이 나왔다. 동공은 초점을 잃었고 눈가에 짙은 음영으로 회백색 빛이었다. 썩은 동아줄이건 지푸라기건 주는 대로 잡겠다는 의지가 활활 타오르는 좀비였다. 막다른 골목까지 몰린 그는 처음부터 삼천을 요구했다. 형식의 재정 상태를 보니 다 턴다고 하더라도 마이너스였다. 다만 잘 먹어서인지 몸뚱어리 상태는 좋았다. 사업은 내리막을 타고 있어 빨리 손대지 않는다면 먹을 게 없었다. 공장과 부지는 이미 세 군데 은행에 근저당 설정되어 있고 아파트는 이미 사글세로 바뀌어 있었다.

나는 형식에게 분명하고 또렷하게 말했다. 그는 알아들었을망정 말뜻을 이해하지 못했다.

"여기는 은행이 아니고 우리는 영세 금융업자입니다. 고객님이 달랑 주시는 알량한 이자로 저와 우리 직원들은 생계를 근근이 이어갑니다. 라면은 부식이 아니라 우리의 주식이지요. 돼지갈비는 냄새로 만족하지요."

형식은 나의 줄인 설명에 군말이 많다며 되냐 안 되냐만 딱 잘라 말하라고 했다. 가소로운 놈이다. 자세히 듣고 신중히 결정하라는 말을 어떻게 간편하게 나누란 말인가. 이런 놈은 나중에 다루기가 아주 쉽다. 과거의 미몽에서 빠져나오지 못한 상태로 망령이 든 놈들은 알아서 그물 안으로 들어온다. 일하기 편하다. 올챙이 시절을 반은 몰라도 일부만 기억했었다면 최악의 상황으로 몰리지 않았을 것이다. 그들은 이런 회귀본능조차 퇴행 현상으로 단정하고 무조건 직진이다. 건방이 하늘을 찔렀다. 훌륭한 먹이감이었다.

"빌려는 드릴 수 있습니다만, 저희만 위험 부담을 안을 수는 없지요. 나누어지시겠다면 오 분 안에 빌려드리겠습니다. 이자는 복리로 월 10%입니다. 단골이시니까 말이지 동종 업계에서는 무척 싼 이자입니다."

대부분 인간은 복리의 위력을 모른다. 백만 원이 월 10% 이자와 원금에 붙는 복리로 계산하면 8개월 후에는 갚아야 할 돈이 이백만 원이 넘는다.

이런 계산을 하지 않는다고 해도 모든 빚은 복리로 늘어난다. 지불해야 할 돈에 생활비가 얹히면 수입이 배로 늘어나지 않는 한, 사는 동안 갚을 빚은 까마득해진다. 게다가 경제가 불안하면 일할 놈은 남극의 얼음이 녹는 것처럼 지상에 넘쳐난다. 막바지에 몰린 고용의 수요조차 빚의 시대에는 복리가 붙는 것이다. 몸으로 때우는 일은 당연하지 않게 값이 헐하다. 당신이 투 잡, 쓰리 잡을 하는 철인일지라도 늘어나는 빚을 감당하기 어려울 것이다. 골병까지 덤으로 붙으면 당신의 소원은 살자고 일에 매진했던 것이 아니라 도돌이표를 찍으며 사는 기간을 단축했으면 하는 간절한 바람이 생긴다. 이런 인간형은 환자가 귀한 지방 정형외과에 가면 보험 사기에 혈안이 되어 구더기로 변신한 이들이 지천이다.

형식은 복리란 말은 뇌에서 제거하고 이자가 10%라는 사실, 즉 싸고 감당할 수 있다는 상상력에 환호성을 지르고 음성이 나긋해진다. 이런 타입은 산수를 못 한다. 월 10%라는 말은 연 120%라는 뜻이고 복리를 포함하면 원금의 세 배로 뛴다는 뜻이다.

"한 달 안에 갚을 수 있습니다. 제발 좀 살려주십시오. 지금 당좌를 막아야 합니다."

재기를 꿈꾸는 자는 발등에 떨어진 불에 강박이 있다. 주위를 살피지 못하는 건 미련해서가 아니다. 곶감의 매력과 달콤함에서 벗어나지 못해서이다. 형식은 지금 발등에 떨어진 불을 기름으로 끄려 하고 있다. 나는 형식을 진정시켰다.

"지금 사장님의 재정 상태가 별로군요. 삼천만 원은 우리 식구들이 힘을 합해 일 년을 벌어야 하는 거액입니다. 잘 생각해 보시고 이 각서에 싸인을 해주시면 당장 빌려드리겠습니다. 대신 갚으실 시기를 육 개월로 충분히 연장해 드리지요."

형식은 말로만 듣던 신체 포기각서를 보고 잠시 망설였다. 법적인 효력이 발생할 서류일 리가 없다. 멍청한 놈들. 그는 잠시 저울질을 하더니 마약중독자처럼 무엇이든 다 들어주겠다며 미친 눈으로 돈을 달라고 했다. 형식의 손이 떨리고 있었다. 우리는 손님의 빠른 결정을 위해 선이자 같은 건 떼지 않는다.

당연히 그는 육 개월이 지나도 내 돈을 갚지 못했다. 그동안 그를 주시하고 있었다. 맥없이 자살하거나 부주의한 사고사는 큰 손실을 유발한다. 그는 살아 움직이는 금덩이였으니까. 움직이는 금은 유실 가능성이 있다. 이 나라에 얼마나 많은 가장이 행방불명 된다는 것을 알지만 자세한 수는 다들 모른다. 알면 사연을 캐물어야 하고 그럼 동정이든 공포든 느껴야 하니까. 아수라도 빚의 뒷면을 알고 싶지 않다. 내 일이 아니면 모르는 척하고 싶은 게 방관자의 심리다. 그래서 꾹꾹 묻혀있다.

어쨌든 도망치면 귀찮고 가외 비용이 든다. 죽음을 예감한 짐승은 막다른 골목으로만 도망친다. 그들이 길을 몰라 막다른 골목으로 뛰어들었을까? 그럴 리가! 세상의 오래된 의지로 악의적으로 살아 있는 빚의 오래된 계획에 따른 무의식이 저지른 것이다.

그는 그제야 자신이 갚아야 할 빚에 복리의 마법사가 숨어 있는 걸 발견했다. 벼랑 끝에 몰린 형식은 체념하듯 천만 원을 더 요구했다. 그 심정을 안다. 자신을 끝장내기 직전 눈물의 파티를 한 번 더 열고 싶었겠지. 그는 자신의 요구가 사형 집행 직전 즐겨 먹었던 된장찌개를 원하는 것과 같은 심정이라는 심리를 모른다. 나는 그것을 뿌리칠 수 없다. 우리 세계에 남은 집행 전 마지막 담배 한 대였으니까.

필요 없으나 간과 안구를 포기한다는 노골적인 각서를 한 장 더 받아뒀다. 생에 미련을 갖지 말라는 묵시적 권고였다. 그 당시 형식은 그것으로 자신의 최후를 짐작했었을 것이다. 형식은 스스로 싸인할 곳을 찾아 성명 세 자를 그렸다. 포기각서를 쓴 이상 그는 길어야 삼 개월 시한부 생명이었다. 덧없는 자의 인생은 잔혹하다. 안 그런가?

결국, 그의 장기를 사서 수요자에게 소매로 판 셈이다. 그리고 삶이 무자비하다고 파악한 형식은 아이러니하게도 마지막 휴식을 위해, 누구는 살기 위해 갖은 애를 쓰는데 그는 죽을힘을 다해 내 아파트 옥상으로 기어 올라갔고 보여주기 위한 듯이 떨어져 죽었다. 나름 소박한 상징적 의미가 있었을 것이다. 그의 마지막 연출이었지만 난 아무런 감동을 못 느꼈다. 실은 그가 무언가에 기대 악착같이 살까 봐 살짝 겁이 나긴 했었다.

다음 차례는 덩굴처럼 걸린 형식의 아내 박미경이었다. 나는 은행에서 옴니암니 연결된 하수인을 통해 미경의 손실 처리된 부실채권을 과자값 정도로 샀다. 은행은 더는 발라낼 것이 없는 뼈다귀와 가시뿐인 잔반을 손비(損

費)처리 했다. 썩은 고기조차 감지덕지하는 들개들은 재활용 전문가이다.

정말 벼룩의 가슴을 열어 간을 내먹고 모기 팔뚝에 빨대를 꽂아 피를 빨아대는 고급기술이 장기인 은행이 오죽하면 채권을 포기했었을 것인가? 반면 우리 또한 만만치 않다. 자고로 법은 구멍이 많다. 우리는 송사리로 회를 뜨고 그 나머지로 매운탕을 장만하는 요리사이다. 박미경은 형식에 딸려온 매력 있는 먹이감인 것이다. 게다가 암컷은 수컷에 비해 재활용 가치가 높다.

미경은 모진 세월에 피부가 적잖이 거칠어졌긴 해도 아직 유효기간이 많이 남은 인기 상품이다. 네온이 번쩍이는 서울에서야 별 가치가 없겠지만 오후 8시만 되면 온통 먹물투성이인 위성 도시에서는 관리만 잘하면 국산차처럼 십 년을 우려먹을 수 있겠다. 더구나 출산 경험이 없으니 모지락스럽지도 않을 것이다. 그리고 그 년은 이미 차용증을 썼다. 법으로도 유리한 위치에 선 것이다. 어떤 거짓말도 문서로 가꾸어 놓으면 준칙이 된다.

법대로 해야 한다. 법은 길고 지루하며 찬란한 거짓말이다.

낚시하듯이 찌를 바라보며 기다리면 된다. 이제 그 년은 먹을 게 많은 대어이다. 쌓인 서류를 뒤적인다. 이게 돈으로 환산되면 내 사업은 바람둥이의 성기처럼 더욱 단단해지고 제대로 갖추어진 제2막이 시작될 것이다. 물론 받아내야 하는 절차는 복잡하고 피가 섞여 고단하겠지. 나도 이 짓이 다음 단계를 위한 성을 쌓는데 일부라는 점이 지긋지긋하다. 재벌이 자산의 증식에 만족하던가? 벌면 벌수록 사나워지는 게 부자다. 나도 그런 점에서 공통된 특성이 있다. 이 나라는 좁고, 교활한 놈은 많다. 그리고 붕괴되어 가는 중이다.

개싸움을 전문으로 하는 투견처럼 살의가 불타오른다. 발을 디딘 이 세계에서는 오로지 상대를 죽여야만 살아남는다. 그렇지 못하면 오르기는커녕 스스럼이 없는 그들의 톱니바퀴에 맞물려 조각조각 찢어질 것이다.

꿀단지에 붙은 개미 떼처럼 늘어난 빚의 배경에는 경기침체의 짙은 그림자만 있는 것은 아니다. 사람들은 궁핍 정도로 자살하지 않는다. 인간은 들개와 마찬가지로 배가 고파지면 사나워지고 살려는 의지는 맹렬해진다.

그 무엇인 몇 가지가 더해져야 한다. 무리로부터 격리되어야 하고 가족 개념이 해체되어야 한다. 매일 희망과 기대에 속고, 파란 하늘이 까맣게 보여야 사람들은 자살을 그리게 되어있다.

거리에서, 역에서, 지하도에서 서식하는 것들은 뇌 일부가 제거된 것들이다. 또, 소위 나는 자연인이란 치들이 산이나 한적한 곳에서 하루 한 끼나 처먹으면서 병이나 마음을 뉘려고 산천을 찾았다고 해도 실상 만나보면 빚에 화상을 입은 것들이다. 오죽하면 사람 하나 볼 수 없는 음침한 곳에 기어들었겠는가.

극한 상황에 다다르지 않으면 그곳은 짐승도 살만한 곳이 아니다. 산속은 외롭고 이 땅에서 억울하게 죽어간 귀신이 주로 나오는 곳이다. 도를 닦는 사람은 시장에 있다 하질 않던가. 고고한 채식주의자와 청승을 떨며 조악한 음식을 고수하는 자는 채취부터가 다르다. 물론 미친놈이 전혀 없다는 건 아니다.

실상 이 나라 전체 인구의 8할이 위험 수준의 은행 빚에 시달리고 있다. 빚은 외부기압에 의해 장착된 시한폭탄이며 정권의 이기와 탐욕에 의해 터지는 시간만 불확정됐을 뿐 언젠가 터지게 되어있다. 빚진 사람들의 모임이 있어 설마 이 많은 수를 어쩌겠냐는 허무맹랑한 믿음과 김대중 정권이 농가의 빚을 일부 탕감해주었듯이 다음 정권도 같은 선행을 베풀 것이라는 믿음을 가졌다면, 평생 개돼지로 살다가 자연사를 못 하고 죽어갈 것이다. 가능성이 있어 보이는 대통령을 당신이 얼마 전에 죽이지 않았던가? 착하기만 하면 대부분 안일하고 어리석으며 대책이 없다.

　도살을 기다리는 계류장의 돼지를 보라. 그 수가 얼마든지 상관이 없지 않은가. 아니, 모자라서 탈이고, 대기표를 뽑고 기다리면 다 알아서 시간 차로 죽여준다. 역사적 시각으로 봐도 총명한 탐관오리는 차고 넘쳐 국민을 얼마든지 파국에 몰아넣었다. 설마? 하지 마라. 나라가 없어지는 것도 남 일인데 하물며 그들에게 버러지로 보이는 사람이 얼마가 됐던 무슨 상관이랴.

　행여 나는 젊고 병들지 않았으니 늦은 순번을 탔다고 자위하는 놈이 있다면 속담을 예로 들어 모질게 충고하고 싶다. 매는 먼저 맞을수록 공포감이 덜한 다.

　그렇듯 빚은 유기적 인과관계가 있다. 빚의 가속도는 정치가 조정하는 경제 무능과 그들의 탐욕 상수와 밀접한 관계가 있다.

　물론 빚을 진 대개의 보통 사람도 탐관오리의 생리에 대해 잘 알고는 있다. 잘 알고만 있다고 생각할 뿐이다. 알면서 코를 꿰이는 것이다. 마치 그들의 탐욕은 선사시대 때부터 내림이 있어왔고, 그 가혹한 정치가 이 나라 이 땅에서 단 한 번도 제대로 해결된 적이 없었기에 체념하고 있다.

　그러나 그 악에 기생하는 다른 종의 악은 그렇지 않다. 그들은 탐욕이 만개하고 분열하는 시기를 잘 알고 있으며 무르익는 적기를 골라낸다. 작은 악의 집단은 숫자가 많은 만큼 끈질기다. 모기는 잡아도 아무리 잡아도 끝이 없지 않은가. 그저 평상시 소문처럼 우리 옆의 누군가 자살하고 실종되고 알게 모르게 사라진다.

　슬리퍼를 끌고 담배 사러 나간 가장이 부산에서 잘 있다며 울며 전화가 오고, 시장 간 아내가 아무 이유 없이 삼 일째 돌아오지 않으며, 일류대학을 어떻게 해서 졸업한 아들이 간신히 직장은 얻었는데 여전히 궁색한 삶을 살고 있고 등록금 융자를 갚을 길이 막연해, 한 달 후면 신용 불량자가 될 판이다. 그런 아들이 어느 날 술 처마시고 신세 한탄을 하다가 비슷한 환경의 젊은이와 다툰다. 그날 바로 합의금이 필요해진다. 이렇듯 일상의 이유로 곰팡이가 스는 것이다.

심지어 치질처럼 속으로 곪아 있는 부부의 맞바람조차 빚과 관련되어 있다. 인간은 묘한 구석이 있다. 불안정한 핵(核)의 융기, 심리적으로 불안하고 생을 포기할 지경에 꼭꼭 숨겨둔 성욕이 발효와 부패로 터져 쏟아진다. 옴이 오른 듯 가려움증으로 미칠듯한 성욕은 오직 도를 닦은 승려만 제외하고 누구든 견뎌내지 못한다. 인간의 처절한 본능일까? 아니면 막다른 골목에 이르러야 시한폭탄처럼 터지게 되어있는 조물주의 설계 중 하나는 아닐까?

상대가 늙든 어리든 상관없다. 하마를 연상케 하는 몸집을 가졌거나 성형수술이 간절히 필요한 상대에게도 성욕이 솟구친다. 사내가 원하는 것은 여자의 일부분이며 여자의 경우 성기가 달린 수컷이면 자석의 원리로 쩍 붙게 되어있다. 이상한 전례적 파국의 시작이다.

현진건은 시대가 술을 권한다고 통탄했다. 하지만 그 시대에는 춥고 배고프고 헐벗어서 그럴 만했다. 지금은 시대는 다르지만, 더 잘살아 보자는 배면에 있는 더 많은 소비와 고도의 쾌락이 동체(同體)가 되어 같은 등식이 성립한다. 이른바 '빚을 권하는 사회'이다.

오늘날, 담보가 없는 지극히 가난한 자를 빼고 다들 빚으로 연명하고 있다. 직장에서 얻어지는 봉급은 붕괴의 가능성에 받침목 역할을 할 뿐이다. 빚이 아니고서는 숨을 쉴 방도가 없다. 이제 빚은 사람들 몸에 심겨 있어 투 잡 쓰리 잡으로 바쁘게 살아야 해서 우울할 틈이 없다.

장편소설 빛

빚은 무지 공격적이어서 인간을 야수로 만든다. 아니 야수가 인간이 되면 더 순해 보일 정도로 사납고 더럽다. 늑대가 우울증을 앓는 것을 본 적이 있는가. 삶 자체가 도박판이 된다. 도박판의 정의는 끗발이다.

한겨울, 시베리아 복판에서 한 달 가까이 굶주린 늑대는 먹이를 놓고 감히 호랑이를 공격한다고 했다. 병들고 지친 동료들은 조금 더 건강한 동료들에 의해 1차 먹잇감이 된다. 인간도 마찬가지다. 극한의 빚을 진 사람은 죄의식이 단락된 맹수이다. 친구는 위장이고 제비뽑기는 운을 전제로 정해진다. 자발에 의한 선택은 없다. 가장 험악한 자의 공모대로 세월이 흐르는 것을 그들은 대세라 부른다.

양수는 훈련된 개보다 말 잘 듣는 뚱이와 정우성이 마음에 들었다. 그들은 양수의 의지로 움직이는 흉기와 같았다. 예전에는 막대한 보수와 미래를 보장하지 않는 한 부릴 수 없는 고가의 장치였다. 지금은 그들조차 아주 많이 싸졌다. 개 값 정도로.

돈이 피와 등가가 되는 시대에 일할 놈들이 저들 말고도 얼마든지 쌓여 있다. 쓰고 당장 버려지는 개꼴이 됨을 알면서도 하루를 연명할 보수 정도면 그들을 마음껏 부리게 했다. 충성심은 자신들이 바로 용도폐기 되더라도 돈의 양으로 결정된다.

사람이 흔해진 것도 이유 중 하나이지만 그 보다 돈의 가치가 위대해진 것이다. 이제부터 대부분 직업군은 법적으로 일용직화 됐다. 빚에 저당 잡혀 있는 잡부들은 방패와 흉기 대용으로 쓰인다. 양수의 수첩에는 그런 버러지가 빼곡하게 차 있다. 언제든 연락을 하면 빛의 속도로 달려와 무릎을 꿇는다. 직접 자기 손에 피를 묻히지 않는 한 법은 항상 내 편이다. 양수는 이런 용병을 많이 가지고 있다.

반면, 이 나라에 살지 않는 외국인들이 놀러와 경이로운 눈으로 한국인을 본다. 도대체 이 사람들은 기계도 아니면서 왜 쉬지 않고 늙어 죽을 때까지 부지런을 떨까? 아니, 이제 충분히 벌었으니 정년퇴직해서 낚시나 하고 살라는데 왜 두려워 떨어야 하는 제도일까? 젊은이조차 결혼식이 끝나면 섹스는 하지 않고 각자 일만 한다. 희한한 나라 아닌가?

하긴 외국인들은 모를 만도 할 것이다. 너희들은 투쟁이 관례화되어 있는 정의로운 국가에서 살았으니까. 말로만이 아닌 진짜로 권력에 기생하는 공손한 공무원의 설계대로 살아왔으니까.

이 나라에서 외국이라는 단어가 다른 나라라는 의미보다는 우리하고는 체질이 전혀 다른 종의 이상한 나라 사람들이라는 의미가 더 깊다. 프랑스는 국민 폭동이 빈번하다고 한다. 그 나라는 폭동에 예쁜 이름이 붙여진 혁명으로 자유와 평등을 획득한 나라이다.

만약 이 나라에서 개돼지들이 더는 개같이 안 살겠다고 폭동을 일으킨다면 혁명으로 이어질까? 철없는 의문이다. 지금까지 그래왔듯이 악은 반성하는 것이 아니라 더 많이 베기 위해 잠시 칼날을 가다듬는 휴지기였다가 배를 두드리며 불평하는 순간, 순한 지도자가 물러나면 반드시 악의 상징인 독재가 물밀어 닥치듯 숨돌릴 여유조차 안 주고 목을 눌러왔다. 차라리 악의 연속성 안에 근근이 사는 게 편했을 것이다. 우리는 항상 정의로운 지도자를 무능력한 인간으로 멸시해왔다.

악이 창궐하면 국민은 위태로워진다. 범사에 감사하는 버릇이 없어지고 아귀다툼에 익숙해진다. 혁명이 불가능한 나라에서 모든 선은 악마화되거나 악에 편입된다. 거악을 해체하면 순식간에 작은 악들로 쪼개져 사람들은 심장 부근에 그나마 가지고 있었던 동정심도 사라지게 된다. 무서운 정부에 거지 같은 국민이다.

대한민국 국민은 부지런하지 않으면 안 되게 진화됐다. 오늘 주어진 일용할 빚을 당장 갚지 못하면 산소 호흡기는 가차 없이 떼이게 되어있는 식물인간형이기에 그러하다. 사람 간의 의리, 직업에 대한 충성은 가슴에 자

장편소설 빛

리 잡았다가 입 밖으로 사라진다. 그들은 양심에 관련된 죽은 말들을 태연하게 내뿜고 안 그런 척하고 있을 뿐이다.

돈이 말하면 짐승은 침묵하게 되어있다. 거기에, 받기로 한 돈에 몇 푼의 팁을 얹어 주면서 귀에 대고 속삭이면 된다. 죽으라면 죽는시늉만 하는 것이 아니다. 빚의 최면에 걸려 있는 이들은 누구든 죽일 각오로 환장해 있다. 따라서 이 사회에서 모든 고용인은 백골단이자 킬러이다. 빚이 지배하는 사회에서 미래란 존재하지 않는다. 그래서 죽기 살기로 일을 한다.

일할 놈을 고를 필요가 없다. 길거리에서 아무나 잡고 돈을 쥐여 주면 그들은 벌거벗고 나와 내가 지명하는 자를 죽이게 되어있다. 법은 표적 살인을 하고 양수는 청부 살인을 한다. 양수는 그런 식으로 조직에서 미운털이 박힌 놈들을 제거해 나갔다.

양수는 매일 신났다.

양수는 옷장에서 파란색 슈트와 밝은 밤색 체크 바지를 입었다. 손아귀에 들어온 채무자를 만나러 갈 때 주로 입는 유니폼이어서 뚱이는 양수의 차림만 보고 오늘 갈 목적지를 추측했다.

양수가 방으로 나오자 두 사내는 미리 기립해 있었다. 그들의 움직임은 센서가 부착된 기계 인형의 그것이었다. 두 놈이 양수를 향해 머리를 조아렸다. 양수는 두 사내의 턱을 만져주고 싶었다.

양수가 잠시 머무르려고 사는 집은 오백만 원의 채무가 삼천만 원으로 불었고 시간이 지지부진 흐르자 일억 이천만 원이 돼서 단돈 천만 원을 보태 손가락 하나 자르지 않는 특혜 형식으로 인수한 곳이었다.

집 명의는 양수 이름으로 되어있지는 않았으나 자신의 소유로 삼억은 충분히 받을 수는 있었다.

뚱이는 양수에게 교양 있고 정중한 목소리로 말했다. 배경만 믿고 설치는 부잣집 도령을 대하는 경험 많은 웨이터도 뚱이의 정교한 집사 같은 태도와는 비교되지 않는다.

"수유리로 모시겠습니다, 선생님."

양수는 고개조차 끄덕이지 않았다. 말 없음이 승낙인 셈이다. 그들의 조직에서 제비라 불리는 정우성은 율동을 타듯이 운전했다. 제비는 이 짓을 하기 전에 덤프트럭을 몰았다. 그 습관으로 우회전이 항상 큰 원을 그렸다. 양수는 제비의 버릇이 고쳐지길 바랐지만, 옆좌석에서 휘두르는 뚱이의 주먹이 대가리에 닿을 때뿐이었다. 제비는 우회전할 때마다 뒤통수가 항상 싸늘했다. 빚도 습관과 상관이 있다.

양수는 말의 학명을 딴 자신의 고급 승용차가 수유리에 도착할 때까지 거리에 시선을 멀거니 두었다. 나다니는 행인의 표정은 항상 어둡고, 칙칙했다. 이 도시에서 대낮에 돌아다니는 사람들은 멀쩡한 사람이 적다. 신경정신과 병원에서 병명을 달지 않은 사람이 몇이나 될까? 양수는 그들 속에서 좀비와 사람을 구별할 수 있었다. 무작위로 찍어도 제대로 된 사람이 몇 없다.

수유리에 있는 '정경이 좋은 아파트'에 도착하자 경비원이 제지했다. 뚱은 너그러운 웃음을 보이며 곧 이 아파트 주민이 될 거니 잘 기억해 두라고 만 원짜리 한 장을 건넸다. 늙은 경비원은 만 원으로 황송해 더는 묻지 않았고 과잉친절의 표시로 안전하게 주차할 곳을 가리켰다.

엘리베이터에 오르자 뚱이 13층을 눌렀다. 양수는 주머니 한쪽에 손을 넣은 채로 엘리베이터 안에 CCTV가 어느 쪽에 숨겨져 있는지 확인했다.

13층. 재수 없는 숫자라고 양놈들은 꺼렸으나 양수에게는 행운의 숫자였다. 특별한 이유는 없다. 사람들이 피하는 건 무조건 자기에게 좋다는 식이다. 그는 12층에 사는 채무자를 13층 밑에 사는 고객님이라 부를 정도였다.

뚱이는 복도 중간에 있는 현관에 서서 주저 없이 비밀번호를 누르고 키

장편소설 빚

가 풀린 상태를 확인했다. 문은 더는 비밀이 아닌 듯 열렸다.

망하는 중의 집구석은 어두침침한 공통성을 갖고 있다. 색채감으로 따지자면 그리 어두운 것은 아니지만 사람의 기운을 아래로만 잡아당기는 묘한 느낌이 분명히 있다. 이곳의 인력은 지구 중력의 열 배이다. 게을러서 움직이지 못하는 것이 아니다. 이해한다.

집 안은 며칠 동안 청소를 못 했는지 지저분했다. 차용증을 쓰기 전 집과 전혀 딴판이어서 제대로 찾아왔는지 의심이 들 정도였다. 집 안의 청소 상태로 주인의 정신 상태를 훤히 알 수 있다.

손끝으로 중력에 눌려 쌓인 먼지를 더듬었다. 최하 일주일 정도는 손이 안 탔을 거리고 짐작했다. 양수는 신발을 신고 들어가야 할지 잠시 갈등하다가 양말을 갈아 신을 작정을 하고 신발을 벗었다. 나머지 둘도 따라 했다.

한 달 전 차용증을 쓴 그 날 시민 박미경은 인격적으로 사망했다.

방문을 살며시 열자 모든 것을 포기한 여자가 살해당한 피사체처럼 바닥에 널브러져 있었다. 바닥에 꼿꼿이 서 있는 술병과 안주라고 하기에는 민망한 말라빠진 김치에서 여자의 앞날을 보는 듯하다. 하긴 돌팔이 점쟁이라 하더라도 이 여자의 미래는 확실히 점칠 순 있으리라.

여자의 자는 모습에서 잠자는 숲속의 공주를 연상할 수는 없다. 하지만 그 모습에서 세상 물정을 모르는 철없음이라든가 천진함은 확연히 보였다.

도시 근처에 서식하는 괴수들의 특성은 한눈에 알 수 있다. 늘 마시고 기름진 음식에 취해있는 것을 기본으로 하여 수컷은 암컷의 전신을 성기로 보고, 암컷은 수컷의 사냥 기질과 근육에 감탄하여 접근한다. 그들 모두 배설과 쾌락이 한군데 뭉쳐져 있는 기관을 빠짝 독오르게 하려고, 운동이든 그램으로 따져도 금덩이와 비교 안 되는 고가의 약으로 처바른다. 그리고 주로 낮에는 아랫것들의 조인트를 까거나 귀싸대기를 갈겨, 사디즘에 온몸을 부들부들 떤다. 하지만 막다른 골목으로 몰린 암수에 유일한 도락은 수면이다. 양수는 이런 모습이 좋았다. 양수의 성기가 오랜만에 발기할 기미가 보였다.

사람들이 왜 정상에 오르기를 즐기는지 아는가? 정상에 서면 뻐근한 성욕이 발끝에서부터 차오르기 때문이다. 위험수당이 높을수록 강도는 더 짜릿해진다. 산만 그런 게 아니다. 나는 제물(祭物) 앞에만 서면 늘 그런 증세를 느낀다고 양수는 생각했다.

눈치챈 똥이가 정우성을 끌고 거실로 나갔다. 똥과 정우성은 청소 도구를 찾아 먼지를 털어내고 버릴 것을 모아 문 옆에 놓았다. 그들의 움직임은 기계적이어서 분주하지 않았다. 양수는 정리정돈과 결벽 습관은 병적이었다.

죽은 듯이 움직이지 않고 자는 미경을 한참 보았다.

양수는 하고 싶었지만 하지 않았다. 왜 저 여자는 침대를 내버려 두고 딱딱한 바닥에서 저 모양으로 자는 걸까? 양수가 대신 침대에 누워 천장 무늬를 바라보며 배열을 세웠다. 정적이 들끓자 미경의 조용한 숨소리와 입에서 새어 나오는 안 좋은 냄새가 양수의 발기를 무력한 상태로 만들었다.

양수가 똥을 부르는 소리에 미경이 놀라 스프링 튕기듯 일어나 앉았다. 입가에 묻은 침을 닦고 미경은 연속극에서 극중의 인물이 으레 하는 포즈를 몸에 익혔는지 과장되리 괜한 가슴을 부여잡고 구석으로 가 안 질러도 되는 비명을 질렀다.

겁에 질린 미경의 초점을 잃은 맹한 눈빛이 마음에 들지 않았다. 사람들의 습관과 버릇은 학교 교육 탓이 아니다. TV의 매일 연속극과 멜로 영화에서 보배운다. 하다못해 섹스의 표정마저. 그래서 여자들의 불행한 모습은 한결같았다. 양수가 미소를 띠며 말했다.

"오늘이 한 달이 되는 날입니다. 세월이 더럽게 더디 가는군요. 약속대로 제가 왔습니다. 돈은 준비되셨겠지요. 오랜만입니다. 고객님."

양수는 시선을 창밖으로 둔 채 하수를 상대로 바둑을 두듯이 말했다. 창밖에는 애새끼와 유부녀 무리가 무심하게 꼬물꼬물 움직였다. 양수가 뭔가 생각이 난 듯이 인상을 찌푸렸다. 호칭은 미경이 어느 정도 정신이 들었을 거라 단정하고 의도적으로 고객에서 호갱으로 바꿨다.

"호갱님 이빨 좀 닦으세요. 여자가 그게 뭡니까? 술을 그렇게 드시면 안 되죠. 과음은 간에 매우 안 좋습니다. 호갱님은 자신의 간을 잘 돌볼 의무가 있습니다. 미경씨 간은 이제는 호갱님의 것이 아니거든요. 너무 하시는 거 아닙니까? 이만큼 편의를 봐 드렸으면 오가는 게 있어야지요. 안 그렇습니까?"

양수의 말이 끝을 맺기 전에 똥이가 미경을 번쩍 들어 화장실로 옮겨 놓았다. 미경은 변기에 머리를 처박고 헛구역질을 했다. 간밤에 먹은 게 없었으니 누런 똥물만 찔끔 나왔다.

어리둥절한 미경은 자신이 문을 열어 놓고 잤다고 착각했다. 요즘 무언가를 자주 빠트리거나 놓치곤 했다. 왜 이리 정신이 없는지 모르겠다. 화장실 문을 열고 멍하니 있다가 뇨기를 느껴서야 이유를 안 적이 한두 번이 아니다. 왜 문을 잠그지 않았을까? 아무리 집어갈 것이 없다 하더라도 그걸 알 리가 없는 강도를 피하고자 도어록 장치는 채워 두어야 하는데 말이다. 미치지 않았다면 바보가 되어가는 중일 것이다. 자신이 주의를 조금 더 기울였다면 황당한 불청객의 무례한 방문은 받지 않았을 거라고 중얼거렸다. 미경은, 이 고생을 하고도 자신의 부주의한 습관에 비관했다. 그렇지 않으면 남편밖에 몰랐던 비밀번호와 이중 잠금장치를 어떻게 열었겠는가. 미경은 다시 한번 자신의 퇴행성을 자책했다.

미경이 화장실에서 미적미적 나오자 양수는 새삼 고개를 숙였다가 세웠다, 그렇다고 양수의 행동이 고객에 대한 존경의 표시는 아니었다. 그리고 미경의 코앞에 서서 밝은 인사의 말을 대사를 읊듯이 건넸다.

"요즘 무슨 안 좋은 일이 있으십니까? 얼굴이 꼭 한 달 전보다 많이 상했어요. 부군이 무척 그리우셨나요. 그래도 그렇지, 보통 여자들은 하늘이 두 쪽 나도 자기 전 기초화장을 하잖아요? 어젯밤 화장을 안 하셨군요, 그쵸, 내 말이 맞죠? 그럼 안 되죠. 특히 호갱님은 그러시면 안 됩니다. 제품에 하자가 생기면 손해가 이만저만이 아니죠. 나이도 꽤 처먹었던데, 그럴수록 포장이 예뻐야 해요. 꼭 알만한 사람이 이런다니까. 특별히 보약 한 재를 해드려야겠네요." 그리고 밖을 향해 소리쳤다.

"야! 호갱님이 어제 약주가 과하셨는 갑다. 간을 보호하는 술약과 어디가서 얼큰한 해장국 좀 사 와라."

미경은 악질 사채업자가 말하는 건강, 간, 제품이라는 문맥에 잠시 어질했다. 잠시 후 어느 정도 정신이 돌아오자 그가 한 말이 무슨 뜻인지 알고 경악했다. 그의 말에 따라 죽은 남편의 일그러진, 가장 참혹한 모습이 낙인으로 찍힌 얼굴 여러 장이 지나갔다. 묘한 연상작용이었다.

빌어먹을 술 탓이다. 미경은 자신의 처지를 알았지만, 해결 방법은 단 한 가지도 갖고 있지 않았다. 무슨 말인 든 해야겠는데 말로 되어 나오지 않았다. 어질러진 머릿속이 무엇보다 문제였다. 아스피린을 어디에다 두었지.

돈이 있다면 당장이라도 주고 싶었다. 아니 갚고 싶어 미치겠다는 생각은 어떤 욕망보다 강렬했다. 방법만 있다면 세상에 있는 돈을 퍼다가 사채업자의 쌍판을 돈으로 후려치고 싶었다. 그렇듯 미경은 돈을 갚고 싶은 마음은 굴뚝같았지만, 대책이 없어 단 한 푼도 내어줄 수 없었다. 가진 돈은 주머니에 든 천 이백팔십 원이 전부였다.

미경은 이미 이러한 형편을 사채업자에게 반은 울먹이며 하소연을 했다. 양수는 고개를 절레절레 내저었다. 양수는 때에 따라 참을성이 많은 사내였다. 한 시간이 넘는 미경의 읊소를 듣고 있던 양수가 무언가 잊고 있었다는 듯이 정우성을 급히 불렀다. 양수의 으르렁거리는 목소리에 다급함을 느낀 정우성이 다가오기 전에, 뚱이를 빨리 찾아보라고 했다.

양수의 표정이 심각해졌다. 미경의 눈물 없이 들을 수 없는 하소연이 설득력이 있어서 그런 것이 아니었다. 천천히 다가오되 위압적인 불안이 밀려왔다. 양수는 두 뼘 길이의 섬뜩한 칼을 품에서 꺼냈다. 미경이 새어 나오려는 비명을 스스로 막았다.

정우성이 나가고 한참이 지난 거 같은데 고작 오 분이 지나갔다. 핸드폰에 신호가 왔다. 뚱이가 삼층 계단에 쓰러져 있다는 것이다. 뚱이 대가리가 깨지기만 했을 뿐 정신을 차리는 중이라는 장황한 설명이 오갔다. 양수는 고개를 갸웃했다.

목표물을 알고 공격한 것이 분명한데 더 이상의 후속 치명타를 입히지 않은 것이다. 죽일 수 있는 상황에 죽이지 않은 건 물음표가 있다는 것이다.

왜 순간 멈칫했을까? 동종 업계라면 있을 수 없는 일이고 원한 관계이면 서툴렀거나 손에 정이 남아 있는 놈이다. 어쨌든 불시의 공격은 자주 있는 일이었지만 최소한 병신이 되지 않은 공격은 처음 있는 일이었다. 양수는 이 점이 수상했다.

습격당한 뚱이, 가벼운 경상만 입혀 놓았다. 경고 외에 다른 복잡한 뜻이 있는 것이다. 누굴까? 원한 관계가 하도 많아 누구를 떠올려야 할지 몰랐다. 양수는 냉철해지기 위해 숫자를 세었다.

뚱은 계면쩍게 웃으며 이 정도쯤은 모기가 무는 정도라는 걸 과시하듯 눈깔 빠질 뻔했다며 투덜거렸다. 제대로 맞았다면 정말 눈알이 튀어 나왔을 것이다. 양수는 뚱이의 계산 없음에 가가 찼다. 습격 경로가 궁금했다.

실수에서 제대로 복기하지 않으면 같은 실수가 반복된다. 양수는 어떻게 당했냐고 물었다. 뚱은 양수의 진지한 표정에 잔뜩 긴장했다. 뚱은 말의 순서를 밟아가며 정황을 조리 있게 보고하려고 애를 썼다. 해장국을 사서 아파트 단지에 들어오면서도 충분히 사주경계를 했는데 계단으로 올라오는 순간 눈앞이 번쩍했다는 것이다. 문제의 키는, 뚱이가 혼자일 때는 다소나마 운동 부족을 털어 보려고 계단을 이용하는 습관이 있는데 그 점을 상대가 미리 알고 공격했다는 점이다. 뚱이는 한동안 이런 일이 없어서 당했으니 용서해 주시길 간절히 빌었다. 조심성이 많은 뚱이가 당한 것이다.

양수가 뚱이의 사과를 불편해하자 두 놈이 바짝 긴장했다. 책을 통해 배운 적이 없는 뚱은 자신이 심사에 대해 요리조리 설명할 능력이 없었고, 그저 한 대 맞았을 뿐인데 지나치게 경계의 눈초리를 보내는 것에 어리둥절했다. 그렇더라도 뚱이의 부주의에 양수가 쓸모없음으로 분류한다면 바로 장기가 제거되는 시술대에 오를 것이다. 양수는 어떤 상상이나 추측에도 항상 다른 길을 내놨다.

양수는 불시에 당한 습격으로 미경과 더 이상의 대화를 할 마음에 사라졌다. 양수는 미경에게 수일 내 다시 찾아올 것이니 더는 술 처드시지 말라고 싸늘하게 일렀다. 지갑에서 만 원짜리를 되는대로 꺼내 바닥에 뿌렸다. 건강에 유의하라는 경고 표시였다.

양수는 뚱이가 습격당한 장소에 한동안 앉아 있었다. 그리곤 나름의 추측을 뚱과 정우성에게 말했다.

"당할만한 위치야. 그 뜻은 그 자식이 너의 일상을 읽고 이 자리에서 너를 기다렸다는 말이다. 그런데 너한테 휘두른 연장질이 의심스러워. 상처로 봐서 망치는 아니지. 오함마라면 슬쩍 스치기만 했어도 넌 병신이 됐을걸! 그런데 왜 그걸 쓰지 않았을까? 너를 공격한 놈은 치명타를 배려한 감상적인 놈은 아니야. 죽이고는 싶은데 죽이지 않은 이유는 다음에 얼마든지 널 죽일 수 있다는 뜻이자 경고야. 나를 향한 메시지일 수도 있어. 앞으로 뒤통수에 눈을 달고 다니도록 해. 그리고 가장 손쉬운 상대인 제비를 고르지 않은 것도 신경이 쓰이네. 경고라면 제비가 제격이 아니겠어?"

뚱과 정우성은 양수의 트인 추리에 진심으로 존경을 표했다. 그의 예측은 거의 요즘 일기예보 수준이었다. 다시 한번 먹물 먹은 놈의 무서움을 깨달았고 앞으로 영원히 양수의 심복으로 편입되어 살아남기를 간절히 원했다.

양수는 이년 전에 이미 두 명의 졸개를 잃었던 적이 있었다. 다만, 경상은 처음 있는 일이었다.

막다른 자의 복수 08

　정혁은 악질 사채업자인 양수를 근 칠 년간 주시해왔다. 쳐다만 본 것은 아니나 아무 행동도 못 했으니 아무 일도 하지 않은 셈이다. 그나마 그의 곁에 서성거리지 않았더라면 예전에 간편한 길을 택했으리라. 아침에 눈을 뜨는 그 순간부터 떠올린 인물은 한결같았다. 열정이라면 열정일 수 있다. 정혁에게 있어 복수는 살아 있는 이유이자 꿈틀거릴 연료였다.

　양수를 제거할 수만 있다면 자신의 생명은 물론 더한 것도 번제물(燔祭物)로 내줄 수 있었다. 항상 어항 속 금붕어가 눈을 뜨고 숨을 쉬듯 그의 주변에 시선을 던져두고 있었지만 확실함을 위해 어떤 행동도 아껴두었다. 그저 상상으로 수없이 난자해 죽였다가 가까스로 깨어났다. 하지만 깨어난 현실이 아닌 꿈에 양수가 나타나면 앞뒤를 못 가리고 뛰쳐나가 제어되지 않는 분노와 공포로 칼을 휘둘러 간단히 죽이거나 천천히 죽임을 당했다. 양수는 꿈에서조차 영화 주인공과 똑같이 찔려도 곱게 죽지 못했고 고통도 느끼지 않았으며 노상 느끼하게 웃었다.

　꿈에서 깨어나면, 그 방법이 턱없이 단순하고 고통이 없어 종일 분했고, 반면에 그놈에게 당할 때는 자신도 모르게 애처로운 눈으로 살려달라고 간구했다. 만약, 양수에게 잡힌다면 놈의 발바닥을 핥으면서 고통 속에 놓여나기를 애원할 게 분명해 정혁은 자신의 무모한 계획의 실현 가능성에 진실로 두려웠다.

　몸은 점점 쇠약해져 가고 정신은 세월의 무게를 이기지 못하면서 물러져 갔다. 복수에 대한 집념은 날이 갈수록 활활 타오르는데 어째서 몸이

　　　　　　　　　　　　　장편소설 빛

정신과 화합하지 못하는가. 힘들고 괴로웠다. 갈수록 간격이 멀어지는 거 같아 자신에 대한 증오로 진화가 막 시작한 새로운 형태의 생명체로 바뀌어감이 느껴졌다. 매일 아침 피 칠갑을 한 듯 식은땀을 흘리며 깨어나는 것이 무슨 증후인지 정혁은 알고 있었다. 신도, 남은 시간도 내 편은 아니다. 두통으로 깨어나는 아침마다 자괴로 괴로웠다.

악마를 죽이기 위해 더한 악마가 되어야 한다는 말은 어떤 놈이 피력했는지 몰라도 정혁 또한 책을 읽지 않고서도 동일한 깨달음을 얻었다. 나 또한 사람이 아니다. 정혁은 늘 양수를 떠올렸다. 시일은 얼마든지 걸려도 좋으니 반드시 죽이고야 말겠다는 일념으로 잔병조차 앓지 못했다. 복수에는 어느 정도 즐거움이 있다. 고통도 위안이 된다.

식욕이 없어도 먹어야 한다. 먹는 것도 복수의 일환이었다. 때에 맞춰 억지로 쑤셔 넣었다. 아령과 악력기는 늘 곁에 붙어있었다. 육체의 리듬과 기동력은 최상의 상태를 유지해야 한다고 정신이 늘 몸에 주문했다. 몸이 감당하지 못하면 정신은 바스러진다. 먹기 위해 사는 게 아니다. 먹는 행위가 바로 제의(祭儀)이다.

양수는 철옹성이었다. 날개가 달려 담을 넘은들 무슨 소용이 있으며 광부가 되어 땅굴을 판들 양수 곁에 슬며시 다가가는 건 불가능했다. 이대로 끝나는 건 아닐까? 정혁은 실의에 빠지지 않았다. 누구에게나 기회는 있다. 기다리면 반드시 기회가 올 것이다. 신도 실수를 하는데 저놈이 별수 있겠는가?

정혁은 최선을 다해 먹고 몸을 다스리려 노력했다. 실력을 닦아 주먹으로 어찌 해보자는 게 아니라 정혁에게는 체력이 관건이었다. 그런 노력에도 불구하고 타고난 체질 탓인지 힘은 점점 줄어갔다. 계획은 의지를 따라잡지 못했다. 실행 전 계획을 점검하면 하도 허술해서 벽에 머리를 찧곤 한 적이 한두 번이 아니었다. 이나마 몸 상태를 유지하는 것도 복수에 대한 정열 덕분이 아닐까 하는 생각이 들었다.

정혁은 늘 양수를 죽일 계획을 생산에 성실한 암탉처럼 품었다. 양수 근처에 칠 년간 서성거렸지만, 도무지 틈을 찾아내지 못했다. 빈틈이 아예 없는 건 아니지만 대규모 병력을 동원하지 않고서는 털끝 하나 건드리지 못할 것이다. 매일 불안하다. 양수의 조직은 날로 커지고 규율은 섬세할 정도였다. 아무리 생각해봐도 너 죽고 나 죽자는 깔끔한 방법조차 양수의 옷깃을 스치는 정도만 가능했다. 나는 죽을 수 있어도 양수는 죽일 수 없는 상황만 그려졌다.

백에 하나, 이상하게 척척 맞아떨어지는 엄청난 행운이 따른다고 하더라도 양수를 곱게 보낸다면 의미 없는 일이었다. 형과 형수가 살아생전 당했던 고통을 그대로 전해져 잘잘못이 뇌세포 하나하나에 새겨져야 한다. 제발 죽여 달라고 빌어도 정혁이 껄껄 웃으며 못 들은 척해야 제대로 된 형벌이었다. 양수의 죽음은 사고로 위장되어서도 안 되는 것이다. 법으론 응보가 불가능하다.

그래, 지나고 나니 칠 년이 가버렸다. 대견하기보다는 나조차 어떻게 견뎌냈는지 신기하다. 하지만 다시 칠 년을 덧없이 보내야 한다면 미치기 전에 무작정 석유통을 지고 쳐들어가는 게 훨씬 나으리라.

몇 번 기회가 전혀 없었던 것은 아니었다. 다만 확신이 없었을 뿐이다. 그놈이 조준선 안에 들어오기는 했으나 잡힐 듯 말 듯한 환영이었다. 도대체 뭐가 부족한지. 점점 지쳐간다. 반면 분노의 선은 한계를 넘고 있었다. 마치 재능이 없는 작가가 자신의 이야기를 밤낮으로 고치다가 인생의 판이 끝나는 것처럼 정혁은 늘 자책했다.

중학교밖에 다니지 못했지만, 그 이유를 허구한 날 쌀겨를 쪄먹어 실제 똥구멍이 찢어지게 가난했던 당시 형편에 떠넘길 수밖에 없었다. 학교를 맥없이 왔다갔다 하는 것도 지겹고 공부 잘하는 급우의 엑스트라 노릇을 하는 것도 자존심을 구기는 일이었다. 선생들은 하나같이 정혁의 모자란 학습능력을 매와 조롱으로 다스렸다. 당시에는 선생의 교육이 부의 편향이 좌우됐던 시대였다. 정혁도 그런 의문을 까닭 없이 조롱과 함께 맞을 때마다 떠올렸으나 강약의 차이는 있을지언정 가난하고 공부 못하는 놈은 떼로 맞았다. 그랬어도 아마 머리가 나쁜 탓이 더 컸을 거라는 자괴가 더 심한 시절이었다.

쉰이 넘은 나이에도 노름방의 천덕꾸러기인 아버지와 노상 마을사람들에게 미안해하며 맥없이 살았던 엄마를 따진다면 그 유전자가 어디 가겠는가. 신이 정혁에게 준 배역은 일만하다가 아무 때나 죽어도 좋을 행인 1, 2, 3, 중 하나였다. 그렇다면 평생 복수는커녕 양수 주변을 어슬렁거리면서 계획만 하다가 종 치는 것은 아닐까? 하는 자문으로 자신의 의지를 일깨웠다. 마치 아버지가 땅 한 뙈기 못 가져봤으면서, 빌빌거리다 죽을 때까지 노름방 주위를 서성였던 전철을 말이다. 아, 안 된다. 정혁이 요즘 더 초조해진 것은 자신 말고도 양수를 제거하려는 광명파의 조짐을 보았기 때문이다. 세력다툼과 이권의 향방을 놓고 보면 양수의 앞날은 정혁이 먼저 선수 치지 않으면 다른 야수 아가리에 넘어갈 우려가 엿보였다.

시간이 많지 않았다. 그들의 손에 처치되기 전에 서두르지 않으면 머지않은 뒷날 형과 형수를 만나 무슨 말을 할 것인가? 양수는 정혁 외에 다른 손으로 죽어선 안 되었다. 반드시 형과 형수의 재단에 돼지 대가리 대신 양수를 제물로 바쳐져야 한다.

정혁은 급우들을 주위에 빙 둘러쳐 놓은 다음 마음 놓고 폭력을 휘둘렀던 수학 선생의 그로테스크한 얼굴이 떠오르자 얼른 고개를 흔들어 현실로 돌아왔다. 차렷 자세에서 엄청난 힘의 질량을 받아내는 건 불가능한 일이었다. 당시 정혁의 체구는 수학 선생의 꼭 반이었다. 그의 가격을 왜소한 다리로 버텨내는 건 수학적으로 제로가 되지 않았다. 정혁은 휘청거렸고 정 자세를 유지할 수 없는 물리학적 이유를 선생은 반항으로 간주하여 두 손과 오른쪽 발을 재량껏 휘둘렀다. 그런데 수업 시간에 선생의 짓거리를 보고 웃었다고 그게 그렇게 맞을 일이었을까? 그 후 대놓고 찍힌 뺀질이 수학 선생의 매질은 정혁을 얼어붙게 하는 주술(呪術)이었고, 그가 한 저주로 인해 폭력에 대한 불안감을 정수와 형수가 자살할 때까지 시달렸다.

그 트라우마가 복수를 결심하자 사라졌다. 양수에 대한 복수의 일념이 수학 선생의 폭력 정도는 장난질 정도로 새기게 되었고 오히려 그의 매질로 터득된 교훈이 자양분으로 작용하고 있었다. 이미 그전부터 자기보다 약한 것들을 밟아주면서 터득된 교훈이었다. 지금껏 살아남은 습성으로 끝까지 물고 늘어진다면 최소한 양수한테는 너 죽고 나 죽을 수 있는 장면이 연출될 거라고 정혁은 믿고 있었다.

정혁이 서울이라는 늘 겨울인 도시에서 거의 이십 년 이상을 살아남으며 깨달은 구호 같은 게 있다면, '기다리면 반드시 기회는 온다.'였다. 이 모토는 가난한 자의 합리적인 경험치였다.

버티기만 하면 마지막 패를 볼 수 있다는 확신이 정혁을 지치지 않도록 했다. 승패는 운이 아니다. 내가 얼마나 좋은 패가 들어왔다가 아니라 상대의 패가 죽기 알맞은 패가 들어왔느냐의 시기에 찌가 움직이면 챔질을 하면 되는 것이다. 함부로 걸지 말고, 기다리는 시간을 조급해하지 않으면 기회는 온다. 저 악마는 내 손에 죽을 거라는 계시 같은 게 요즘 생겨났다. 뭐라고 설명할 순 없지만 확실한 느낌이 있었다.

처음에는 복수하겠다는 생각이 있었지만 다짐하지 못했다. 욕망보다는 두려움 속에 어떻게든 살고 싶다는 본능이 앞섰다. 쥐새끼가 어떻게 고양이에게 그런 푸념을 품을 수 있단 말인가. 굳이 역사를 들추지 않더라도 이 나라에서 민초가 버둥거리기만 해도 뜯어내져 잡초처럼 태워졌다. 흘

장편소설 빛

깃거리기만 해도 강자에게는 자존심이 상하는 일이어서 살아 있었던 흔적마저 지워지는 백성은 악이 성장하기 위한 밑거름이었고 심심풀이였다. 형과 형수의 죽음은 세상 살기의 취약한 자의 본보기이자 역사의 되풀이였다. 그들에게는 형의 죽음은 하찮은 일이었을 것이다.

이 나라에서 자살은 4대 사망요인 중 하나일 만큼 흔한 일이며, 세계 자살률 2위보다 두 배 반이나 높은데, 죽은 본인을 제외하곤 주목받지 못하고 있다. 이웃의 참극은 듣기 지겨운 일상인 것이다. 국민은 살고 싶은 게 아니라 죽고 싶어 미칠 지경이 된 것이다.

많은 사람이 설명이나 유서 없이 일년초(一年草)처럼 죽어가고 있다. 형과 형수는 나란히 손잡고 그들과 같은 과정을 밟았다. 얼마든지 죽어도 통계로 나온 숫자인 일 년에 만 오천 명이 자살해도 순번을 기다리는 대기자가 까마득히 밀려 있는 하찮은 불상사였을 뿐이다.

형과 형수의 죽음 후, 정혁은 창문이 없는 골방에 틀어박혀 허구한 날을 술로 밝혔다. 얼굴은 단무지 색깔이었고 눈깔은 핏줄이 서 있어 늘 뻑뻑했다. 일어서는 것과 앉는 것에 애를 낳는 것처럼 갖은 기를 써야 했다. 이런 식으로 죽는 걸까, 라는 예정된 앞날과 아무도 자신의 시체를 거두는 이가 없어 도시의 음습한 곳에서 형조차 세상에 없으니 거두는 사람이 없을 것이고, 무명씨(無名氏)로 썩어갈 거라는 기시감으로 몸서리쳤다.

연이어 자신의 막막한 처지에 기가 막힌 암시를 받았다. 이왕 비참하게 죽어갈 운명으로 정해진 이상 나 혼자만 이렇게 썩어갈 수 없다는 오기가 작동한 것이다. 그래, 형과 형수의 죽음이 지렁이가 밟히는 정도의 장난질이었겠지. 너의 죽음도 그러하리라. 그 상상이 정혁의 동력원이 된 것이다.

정혁은 하루 일정을 정해 놓고 그대로 살기 시작했다. 시합을 앞둔 늙은 무명의 권투 선수처럼 먼저 술과 담배를 끊었다. 보다 강해져야 했다. 달

앉던 철공소 문을 열고 대구 어딘가에 있는 사회에서 처음 알았던 친구를 불러 일을 다시 시작했다. 군자금이 필요했다.

일은 예전에 비해 삼 분의 일로 줄었고 수입은 최저 생계비 수준이었다. 먹을 수 있고 움직인다는 것으로 훗날을 기대할 수 있었다. 악질 사채업자 양수를 죽이지 못하면 이와 같은 생활은 두고두고 악몽이 될 것이다. 양수는 반드시 죽어줘야 했다.

형인 정수나 정혁은 서천군에서 한 시간을 더 들어가야 논과 밭이 거북이 등껍질처럼 보이는 시골에서 살던 깡 촌놈이었다. 아버지는 가난하고 의붓자식이던 시난고난한 처녀를 색시로 맞이하고는 바로 이른 망령에 빠졌다.

형인 정수를 낳고 몸이 더 약해진 엄마와 근 십 년 만에 모처럼 장땡을 잡고 이른 귀가를 한 아버지가 그날 밤 정혁을 만들고는 엄마의 생산이 끊겼다. 거의 십년이라는 형과 정혁의 터울 안에 스며있는 많은 사연은 그대로 지옥이었다. 형 정수는 정혁에게 엄마이자 보호자였다.

지독한 가난과 잠자는 시간마저 함부로 쓸 수 없던 엄마는 독한 노동으로 생을 앞당겼다. 정혁은 엄마 젖을 보름 남짓 먹었을 뿐이다. 엄마는 형편없는 산후조리로 삼 년 동안 방바닥을 기어 다녔고 밥이며 빨래 그리고 정혁을 살리는 일은 고작 열 살인 정수가 해결해야 했다. 틈틈이 몸이 추슬러지면 엄마는 악전고투의 노동으로 그나마 더 망가져갔다. 엄마는 어깨에 걸린 노동으로 사고의 기능을 잃었다. 아니 대부분 평범해진 가난에 휩쓸린 농민은 비슷한 처지였을 것이다.

그럼 아버지는? 뒷날 아버지는 뭐 했냐고 정혁이 묻자 엄마와 형은 비실비실 웃으며 '몰러!'라고 동시에 대답했다. 멀리서 보면 코미디도 이런 코미디는 없었다. 형과 엄마는 아버지의 방기를 설명할 수 없었을 것이다. 그래, 차라리 망각의 늪에 아버지를 놔두는 게 편했을 것이다.

장편소설 빛

그런 탓인지 정혁의 몸은 엄마의 자궁에 빠져나온 지 이레 만에 약해 빠졌고, 잔병으로 그 후 십여 년을 동네 이야깃거리였다. 대부분 둘째가 첫째보다 생활이 나아짐에 따라 강골로 커야 함에도 그들의 가정은 살면 살수록 척박해져 정수와 정혁은 현격한 차이가 났다. 아무도 정혁이 십 년을 넘길 거라고 기대하지 않았다.

그런 이웃들의 예측과 달리 바보같이 잘 웃는 형은 정혁이 약골인 원인을 자기 탓인 양 안타까워하고 반성하며 정혁을 열심히 돌봤다.

가난한 집이 늘 그렇듯이 엄마를 닮아 심성이 좋은 정수는 심 봉사가 젖동냥해 심청이를 키워내듯 정혁을 길렀다. 그런 가운데 낮잠에서 깨어난 아버지가 기운이 없어 빨간 지렁이처럼 비비 꼬는 정혁을 멀거니 바라보며 이거이 뭐냐고 엄마에게 물었다.

가난한 집은 지금도 그렇지만 아버지는 늘 취해있거나 나머지 시간은 빈둥거렸고, 남은 거리고는 삼줄보다 질기디질긴 모성뿐인 엄마는 가장으로서의 직무와 책임감이 남달랐다. 아버지는 엄마보다 일할 힘은 있었지만, 가까스로 남은 힘을 오로지 성욕을 채우는 데 급급했고 그 기억은 아버지의 생에 비루한 한 장면이 되었다. 다들 아버지에 대해, 비리비리한 몰골로 정수와 정혁을 만든 사실이 믿기지 않는다는 투로 빈정거렸다. 너도 씹을 하는구나! 서천 양반이라 불리는 점잖은 재구 씨가 둘만 있자, 한 말이었다. 아버지는 그 나머지 시간을 노름방을 전전하다가 개평꾼으로 삶을 마감했다.

집 안은 늘 먹을 것이 부족했다. 재수 없게 정혁의 집에 터를 잡은 쥐새끼조차 굶주려 있었으니까. 형과 엄마는 품을 팔거나 남의 땅을 전전하며 먹을 것을 가려냈다. 솟증으로 도장 부스럼이 가라앉지 않는 정혁의 유년이었다.

다른 뼈아픈 기억으로는 새마을 운동의 일환으로 둘만 낳기 유행이 번져 있었을 때였다. 새마을 운동은 말만 풍성했던 체면치레로 차려진 사돈 집 잔치였다. 정부는 멀쩡한 초가지붕을 독재자의 뼈에 새겨진 굶주려야 했던 유년 추억과 같은 침실을 쓰는 미희의 입에서 튀어나온 결정적인 흉이, 미관 핑계를 달고 초가지붕을 얄궂은 슬레이트 지붕으로 갈아야 한다며 빚을 주었다. 그것도 정부가 나서서 빚을 준다니 모친은 나라 백성으로서 진심으로 대통령의 건강을 절에서 쌀 한 되를 시주하며 축수했고 은혜를 알아야 한다는 강박에 헤어 나오지 못하는 백성은 표를 몰아주었다. 시골에서는 보답할 게 그것밖에 없었다.

그 빚이 동네방네에 번드르르한 생기를 불어넣었다. 그렇지 않아도 외상이라면 씨소도 잡아먹을 판이었는데 정부와 농협이 편을 짜 선뜻 빚을 준다니, 동네는 빚을 내고 내년에도 풍년이 들 거라는 어이없는 생각으로 없는 나락을 팔아 신기한 TV를 집집이 장만했다.

이 경이로운 장난감은 있는 집과 없는 집에 확연한 위화감을 조성했고, 다들 농협 빚이 많을수록 부자라는 평판을 받았다. 그리고 다음해부터 효과가 나타났다. 해마다 한 두 집은 빚에 몰려 단봇짐을 싸 동네를 떠났고, 인심은 맞보증에 물려 원한 관계를 만들어 사나워졌다. 아무리 종씨라 하더라도 위아래가 돈이 아니고선 위엄이 서지 않았다. 아마 그때부터 닭서리가 절도에 포함되었을 것이다.

다 쓰러져가던 정혁의 집도 이장의 반협박과 정부의 사탕발림으로 얄궂은 파란 생철 지붕은 얹었지만, TV까지는 언감생심이었다. 정혁은 밤마다 잠을 쫓아가며 친구 집 마당에서 서울 놈들이 흥청망청 노는 것을 문명의 이기를 통해 목격했다. 저런 세상이 같은 땅덩어리에서 일어나고 있구나. 안골 무당보다 백 배는 예쁜 아가씨가 서울에서는 식모로 나오는구나. 우리 집은 아무리 지붕을 씌웠어도 그놈들 뒷간만 못했다. 그러자 정혁의 생각을 읽었다는 듯이 옆에 있는 친구 놈이 받았다. "지미 우덜은 서울놈 개만도 못하다니께." 옆에 졸던 누군가 맞장구를 쳤다. "씨발 거, 씨부랄놈의 선상한테 매타작이나 당하고 집에 오면 소 봐야지, 깨 털어야지, 아바지 술 신바람 해야지 이게 뭐당가?" 하면서 서울로 튀자는 의견이 순식간에 모아졌다.

맨날 하루 평균 매 스무 대는 맡아 놓고 학교에 다니던 정혁의 의견으로는 감히 떠들 말이 아니었다. 동네 친구들은 그런 의견을 낸 정혁을 새삼 우러러보았다. 하지만 정혁의 생각은, 허구한 날 처맞고 엎드릴 줄만 알았지 단 한 번도 불평하지 못했던 우리들의 연결된 생각이자 표결이었다. 논 한 뙈기도 없으면서 하늘만 바라보며 가뭄 걱정 홍수 걱정하는 엄마가 거슬리기는 했어도 늘 근심에 절어 있는 엄마가 오히려 더 지긋지긋했다. 엄마는 곰 인형 화(化) 된 순한 형이 맡을 것이고 입 하나 줄면 형편은 그만큼 나아질 것이다. 그 후 정혁의 생각은 기준점이 돼서 다들 군입을 줄이기 위한 가출의 좋은 핑곗거리가 됐다.

막막한 앞날에서 벗어나고 싶었다. 아니 본능 같은 거 아닌가. 어차피 공부는 자질도 그랬지만 돈이 만들어지는 대로 술 푸는 아버지를 봐서도 글렀다. 꿈꿀 수 없는 미래는 일찌감치 접는 게 상수였다.

아주 먼 친척이자 따지고 보면 남만도 못한 족보상 친척이자 친구인 광수와 정혁은 작당을 해 간이 작아 찬물도 눈치를 보며 마시는 친구들을 뒤로하고 서울로 튀기로 했다. 정혁은 집에서 물을 데우는 역할밖에 하지 못하는 솥단지 하나 들고 오지 못했지만, 광수는 나락을 팔아 마련한 제 동생 중학교 입학금을 들고 나왔다. 찜찜한 가출이었다.

실제로 본 서울의 첫인상은 뭐랄까? 좌우지간 다소 무모한 설계와 자신감으로 가슴이 뛸 만큼 천국에 편입된 착각을 일으켰다. 한 십 년쯤 부리나케 일만 하면 나도 저 빌딩 중 하나를 차지하지 않을까? 하는 포부를 가졌다. 하지만 그런 환상이 깨지는 건 하루가 채 지나지 않은 뱃구레의 하소연으로 정신을 차렸다.

　우리를 쳐다보는 말쑥한 차림의 신사와 예쁘긴 한데 묘한 구석이 있어 보이는 요살스런 무리의 여자들이 더러운 것을 보는 듯한 눈길에 주눅이 들었고, 자신과 비슷한 처지 아이들의 적대적인 눈길에 선생으로부터 맞을 매를 기다리는 때와는 다른 종류의 무서움이 생겼다. 빌거나 움츠리는 정도로는 넘어갈 곤경이 아니었다. 역시 서울은 만만한 곳이 아니었다. 내 친걸음이기도 했다.

　서울 분위기를 계속 탐색하기에는 우리 차림이 개똥에 섞인 보리 알처럼 유독 눈에 띄었고 거리의 차마저 함부로 경적을 올러댔다. 어떻게든 잘 버텨 보려고 하루에 한 끼만 먹었어도 준비한 돈은 찬물에 좆 줄 듯이 바닥을 보였다. 뭐가 문제일까? 기획력 부족일까 아니면 담대하지 못해서일까? 정혁은 처음으로 애당초 서울에 태어나지 못한 걸 조상과 하느님의 차별을 욕했다. 여긴 패티 킴이 노래에 나오는 꿈의 마을이 아닌 호랑이 굴이었고 도시 전체가 거대한 함정이었다. 정혁과 광수는 서울에 발을 디딘 걸 머리를 찧으며 후회했었지만 돌이킬 수 없는 일이 됐다.

　초봄이었음에도 이런 추위는 난생처음이었다. 아마 배가 고파서 더 추웠을 것이다. 서울 어둠 속에 익숙해지자 보이지 않던 것이 보이기 시작했다. 위압적인 도시에는 높은 건물과 악의적인 차도 많았지만, 그 주변에는 항기상(恒飢相)을 한 추레한 이들이 더 많이 게딱지처럼 붙어있었다. 아니 그런 사람들만 눈에 띄었다. 그들은 밤과 낮 할 거 없이 잘난 사람들을 피해 이처럼 스멀스멀 나와 다녔으며 보이지 않는 사람들이었다. 그들은 살아갈 이유를 몰랐고 그렇다고 본때 있게 죽을 생각도 못 하는 바보 멍청이였다.

　차츰 사물이 눈에 익자 워낙 선생 놈한테 맞고 살아와서인지 도시에 빌붙어 사는 사람들에게 당하는 시달림은 선생한테 하루도 빼놓지 않고 맞

　　　　　　　　　　　　　　　　　　　장편소설　빛

아서인지 그들의 주먹은 선생의 매에 비해 별것 아니었다. 상대가 강하면 한 쪽 귀퉁배기를 내어주면 되었고 만만하면 이판사판으로 덤비면 되었다. 광수와 정혁은 그런 면에서 자웅이 잘 맞았고 터지는 데는 이골이 났었다. 그러다 광수의 돈이 다 떨어질 무렵에야 둘은 체념하듯이 철공소에 취직했다. 척 보기에도 쉽고 편해 보이는 소굴은 아니었다.

웬만한 노동에는 내성이 생겼음에도 쇳덩이를 만지는 일은 팔다리 허리가 아우성을 지르는 걸 달래기 힘들었다. 그런 데다 숙식은 거리에서 자는 것과 별반 다르지 않았고, 개도 안 먹는 음식에 월급은 고작 삼천 원이었다. 당시 짜장면 육십 그릇값이었다.

정혁이 사람 몸뚱이를 별 신경 쓰지 않고 기어 다니는 엄지손가락만 한 바퀴벌레를 잡아 광수에게 보여주자 요상한 생김새에 질겁했다. 그래도 살아 있는 것과 세 끼를 꼬박 먹는 걸 감사했다. 감사는 했는데, 정혁은 늘 스스로 불쌍히 여겼다. 자신이 바퀴벌레처럼 오만 년 전에 적응하여 태평스럽게 살았다는 사실에 마음을 다져 먹었다. 꼴은 비 맞으며 처마 밑에 있는 개새끼보다 처량했는데도 말이다.

이장하고 팔촌인 광수는 철공소 일을 팔 개월도 버티지 못하고 뛰쳐나갔다. '씨벌, 동네북도 이렇게 두들기진 않을 거여. 허구한 날 맞고 위치케 산다냐! 우리 저 조장 씨벌놈을 조져불고 뜨잔 말이여. 존만한 게 한 주막도 안 되는디 싸납기는 개차반이여. 똑 부잣집 광 지키는 개새끼보다 독하다니께. 동네 같으면 벌씨 배 갈라놨다!'

정혁은 광수와 달리 돌아갈 곳이 없었다. 매일 처맞더라도 여기선 세 끼니를 해결할 수 있고 끝내 버틴다면 기술을 배운다는 유혹이 있었다. 여기선 기술이 창이나 칼이고 마지막에는 희망이었다.

아버지의 주정과 엄마의 한숨 소리가 맞는 것보다 더한 고문이지, 넌 모른다, 고 속으로 읊조렸다. 광수는 정혁이 때문에 곱게 나갔고 정혁은 남은 세월 내내 고향 대표로 조장과 동료의 발길질을 묵묵히 견뎌냈다.

누가 우리와 비슷한 처지에 있는 자를 동료라 부르던가? 어디든 그렇지만, 가장 나쁜 놈은 서로 속사정을 아는 놈이다. 정혁이 서울에 올라온 후 처음 뼈에 새긴 교훈 일조(一條)였다.

광수와는 서울에 틀어박힌 지, 팔 개월 만에 헤어졌다. 눈물 바람으로 찢어지긴 했어도 그래도 참았어야 한다고, 말하지 못한 걸 그 후 십 년 내내 후회했었다. 어쨌든 정혁은 철공소에 그대로 남았고 광수는 월급도 많고 신간도 편하긴 했으나 옷감 보푸라기가 폐에 쌓이는 청계천 직물 공장으로 몸을 옮겼다. 그 후 철공소보다 천 배 만 배는 적성에 바르다고 말했던 광수는 그 후 무슨 짓을 했는지 몰라도 소년원에서 일 년쯤 살다가 부모에게 알려졌다.

정혁은 때리면 맞고 엎드리라면 엎드리고, 온갖 욕을 처먹으며 악착같이 버텼다. 그 적응력의 기저에는 집의 가난과 학교에서 묵묵히 당하곤 했던 선생의 폭력이 아이러니하게도 살아남는 데 도움이 됐다. 느닷없이 떨어지는 발길질은 정혁에게는 별일이 아니었다. 가끔 이 정도의 적응력에도 불구하고 못 참은 적이 있었는데, 주로 나이를 계급장으로 치는 이들이 철공소 주변에 널려 있는 쇠붙이로 정혁의 머리에 흠집 내기를 아무렇지 않게 여길 때였다. 잔가지로 맞는 것과 연장으로 맞는 건 자존심의 1과 10의 차이만큼 현격했다. 단순한 교육이 아니었다. 참긴 참았지만, 우발적인 살인은 아마 그런 욱하는 감정으로 생겼을 것이다. 하여간 월급은 조금씩 올라갔고 세월이 가니 노상 다가오는 매에 이력이 생겨 버틸 만했다. 인생에 봄바람이 불었다.

살다 보면 시어머니 죽는 꼴도 보는 법이다. 평생 부드러운 짐승의 생식기에 갇혀 죽는다면 복상사일지 알았는데, 대통령이 수하에게 총 맞어 죽자 다들 잠깐 길들여진 때를 벗지 못해 혼란 속에 있다가, 이내 세상이 좋아질 거라고 기대에 차 있었디. 실제로 그런 일이 벌어졌다. 반면 그렇게 버러지로 살았으면서 살아도 정신을 차리지 못하는 인생들은 대한민국이 곧 망할 거라고 공포감을 조성했다. 이런 비슷한 증상과 참극은 지금까지 내내 반복됐다.

살기는 자꾸 좋아졌지만, 불알 두 쪽뿐이어서 불안감은 떨칠 수 없었다. 경기는 좋아졌고 일거리 단가는 높아졌다. 그리고 그 비슷한 놈이 우두머리가 되자 세상이 미쳤는지 그것과 상관없이 태평성대가 높아졌다. 고개만 숙이고 산다면 삶도 그리 나쁘지만은 않았다.

무슨 일인지 하루가 다르게 번들거렸다. 정부는 노골적으로 섹스를 장려했다. 섹스가 싫다는 뜻이 아니다. 대통은 국민을 바보로 만들려는 군 작전을 펼치는 것 같았다. 그리고 사람들을 깊은 그늘로 몰아넣어 어둠 속에서 음흉한 눈이 번득이게 했다. 그럼 습기가 많은 곳에 저울의 한쪽 추가 무거워지면 노동이라든가 배움의 가치가 낮아지는 게 반쪽짜리 경험이나마 당연하게 느껴지지 않던가? 삶은 비정상이 정상이었다. 도시 전체가 곰팡이로 휩싸였다.

사람이 확 줄어든 게 아닐 터인데 일거리는 늘고 월급은 일 년에 여러 번 올랐다. 주인에게 거드름을 피워도 전처럼 망치를 휘두르지 못했다. 사는 거야 예전과 비슷했는데 기분 좋은 세월이었다. 여전히 잠은 모자랐고 동료의 손가락은 프레스 기계에 자주 잘려나갔다. 정혁은 나이 열여덟 살에 받는 월급으로 양동 창녀들과 긴 밤을 몇 번 잘 수 있었다. 보통 여자보다 비용은 낮고 시간 관계상 서울역 양동 창녀가 훨씬 나았다. 자신을 거지발싸개 정도로 여기는 일반 여자는 쳐다보기도 싫었을뿐더러 불편했다. 결코, 오르지 못할 나무가 아니라 기회비용이 많이 드는 대상이었다. 머리에 똥만 들은 여자와 씹은 더러워서 안 하는 것이다.

정혁은 매년 생일날 창녀와 하룻밤을 보냈다. 창녀의 마른 가슴과 흐벅

진 배를 만지며 보내는 밤의 편안함은 묘한 자신감을 곧추세웠다. 그런데도 무엇을 먹어도 허전함은 채워지지 않았고 억울함은 여전했다. 젊은 날은 번민으로 항상 온몸이 뒤틀렸다.

정혁은 젊지도 늙지도 않은 창녀와 보낸 다음 날 고향을 떠나온 지 근 육 년 만에 서천 시골집에 자신이 서울에서 잘살고 있다는 안부 편지를 썼다. 일주일 후 형 정수로부터 아프리카 원주민한테서 온 듯한 답장을 받았다. 형식에 치우친 편지였으나 눈물이 아니고선 읽을 수 없는 가련한 글이었다.

'살아 있으니 고맙다.' 형의 첫 문장은 이랬다. 질문도 아니고 대답도 아닌 이 거대한 감정의 느낌에 누군가는 내가 살아 있음을 축수하고 있었다. 정혁은 정수의 첫 마디에 눈물을 쏟았다. 이어 어떻게 알고 물어봤는지 모르겠지만 팔과 다리가 성한지 물었다. 다음, 병든 노모는 뒤뜰 빈 장독대에서 정혁의 성성함을 위해 천지신명에게 매달린다고 했다. 정혁은 형의 절절한 문구에서 직접 소리가 울려 귓속으로 말이 들리는 착각으로 눈물을 줄줄 흘렸다. 뒤이어 아버지가 도박판에서 싸움을 말리다 삼 년 전에 횡사했다는 것과 엄마는 제대로 걷지는 못하지만 어느 때보다 평화롭게 지내시며 편지를 쓰는 이 순간에도 정혁을 위해 두 손을 모으고 있다는 사실과 형이 벌써 내년이면 서른넷이 된다는 처지였다.

정혁은 엄마가 걷지도 못하는데 평화롭게 사신다는 말의 행간에서 아버지가 진짜 죽었구나를 읽어냈다. 그 시절 서른에 장가 못 가는 인간은 병신 소리를 듣는 노총각이었고 무능력한 가장은 알아서 빨리 죽어야 가정이 행복해지는 시대였다. 형의 무의식중에 그 나이임에도 짝이 없는 외로움을 토로한 것에 큰애기들이 도시로 몰려 촌에 아가씨들이 씨가 말랐다는 방송을 떠올렸고. 어차피 형은 그들 눈에 애당초 부적격자임을 모르는 형이 우스웠다.

장편소설 빛

피같이 모은 돈 절반을 보내야겠다는 결정을 선뜻하면서 정혁은 죽도록 고생한 대가를 오히려 받는 기분이었다. 도대체 사람에게 가족이란 의미가 무엇인지, 내 모든 것을 다 주어도 하나도 아깝지 않은 유대가 자신의 가슴에도 펄펄 뜀을 난생처음 느낌이 왔다. 자기가 보낸 고래 힘줄 같은 돈의 총량이 어떤 의미인지 형이 몰라 주어도 상관없었다.

한편 정혁이 보낸 큰돈은, 고향에서 전혀 다른 의미였다. 칠 백만 원은 시골 사람들이 실재하나 만져보지 못한 상상의 금액이었고, 소문이 수풀처럼 무성해져, 앉은뱅이인 엄마가 펄쩍 뛰어오르는 기적을 보였다. 엄마는 그날 밤을 꼴딱 새워 생각에 잠긴 뒤 오래 묵어 망령이 든 수탉이 이른 회를 치자마자 이웃이지만 떡 한 덩어리 제대로 얻어먹지 못했던 병순네에게 돼지고기 반 근을 돌리면서 수줍어하지 않으며 말했단다. '마음 같으면 벌떡 일어날 거 같은디 그게 안 되네유. 쩌번에 김주사가 노름빚으로 내 논 논값이 얼마라 그류!' 그제야 동네에서는 말로만 잘살고 있는 것이 아니라 정혁이 텔레비에서만 보던 서울 한복판에서 정말 잘살고 있다는 사실을 명순네는 잔뜩 부풀려 옮기고 다녔다. 아, 엄마도 자식 자랑을 하고 싶었다. 다만 그럴 기회를 만들지 못했을 뿐이다.

엄마는 동네에서 천치 취급받던 아버지에게조차 반편이었고 꼬리 사린 욕받이였지만, 감춰 두었던 사실인즉슨 사람이었다. 이리저리 빌려 쓰임을 당하되 임금마저 제대로 받지 못했던 형도 짐승이 아니라 사람이었다. 정혁을 포함한 가족 모두 사람이었다. 다만 사람 취급을 하지 않았던 마을 사람만 잊고 있던 사실이었다.

소문의 진원지인 정혁은 동네에서 충실히 농사를 짓는 청년들을 쓸모없는 사람 취급을 하게 만들었고, 그 가슴에 불을 질렀다. 면서기가 되어 늘 목이 뻣뻣한 황부자 아들마저 별 볼 일 없는 인간으로 전락해 김빠지게 했다. 그 당시는 땅값이 헐해서 정혁이 보낸 황소 일곱 마리 값의 돈으로 천수답 이십 마지기 논을 장만했다. 정혁은 스물네 살에 어른이 됐음을 실감했다.

동네에서는 난생처음 비록 황폐한 논 이십 마지기를 소유한 우리를 함부로 대하지 않았다. 가끔은 돼지 껍데기일망정 고기 굽는 냄새를 풍겼었다. 이제는 형을 동네 궂은일을 습관적으로 시키면 미안해하며 고구마라도 가져다주었다.

정혁은 학력 미달로 그해 읍내에서 방위를 받았다. 지루하고 편한 병역의 의무였다. 정혁은 그 기간 무려 체중을 열 근이나 불렸고 뒤늦은 성장으로 형의 키와 비슷해졌다. 그리고 만 일 년 만에 복무를 마쳤다. 한결 의 젓해진 정혁은 시간이 정지된 시골에 머물 이유가 없었다. 지금도 그렇지만 그곳은 외롭고 서러운 곳이었다. 또래가 없어서가 아니라 젊은이들이 시골을 뜨는 건 쌍수를 들어 환영하나 새로운 놈이 들어오는 건, 늙은 토호세력인 악머구리가 타인의 근접을 낫을 휘두르며 막는 곳이었으니까. 젊은이들이 왜 고향을 등지는지 아는가? 더럽고, 치사해서이다.

정혁은 팔 년 전과 달리 보무도 당당하게 서울에 재입성했다. 쇠를 깎고 맞추는 기술자는 턱없이 부족했고, 공장 창고가 아니더라도 몸을 눕힐 방은 도시에 넘쳐났다. 일자리는 싸고 맛없는 낙과(落果)처럼 얼마든지 선택이 가능했다. 그러나 낯을 익히는 데 어려움을 겪는 정혁은 옛 자리를 택했다. 그런 후에 얻은 행운을 생각하면 아주 잘한 일이었다. 형과는 8년 더 떨어져 살았다.

정혁은 월급이 아닌 사장에게 팁처럼 받는 보너스만으로 여자의 밤을 살 수 있었다.

일은 밤을 패도 쌓였다. 세계가 들떠 있었고 중국이 기어오르는 정도의 기술은 보잘것없어 정혁이 같은 당당한 기술자는 희귀했다. 월급은 예전에 받는 것에 비하면 열 배가 넘어 있었다. 받는 돈이 자부심이었다. 대한

장편소설 빛

민국은 아시아의 용이라 불리웠는데 정혁은 마치 자신이 용새끼라도 된 기분이었다. 그런데 이걸 전성기라 불러도 괜찮은 걸까?

주문량은 미친 말처럼 폭주했다. 공장장은 넥타이를 몇 번 고쳐 매더니 자신의 직책을 정혁에게 넘겨주고 사장으로 올라앉았다. 스카우트 제의를 받을 때마다 사장의 말은 공손해졌고 수줍게 뽀찌를 건넸다. 정혁은 사장이 버는 돈에 비해 월급이 형평에 맞지 않는다고 생각은 했다. 그러나 또 다른 내가 옆에 빠짝 다가와 속삭였다. 그걸 내면의 소리라 하던가? 더는 욕심이라고 과거의 고생이 가르쳐주었다. 이런 행복한 세월이 대통령이 두 번이나 바뀐 끝 무렵까지 이어졌다.

IMF가 터지자 일거리는 마술사가 상자에 든 미녀를 보자기로 감추듯 줄 거나 사라졌다. 그것으로 끝난 것이 아니라 은행은 철문을 영업시간 이전에 닫았고, 수금해야 할 대상이 슬금슬금 잠적하자 기미가 잔뜩 끼기 시작했고 받은 어음마저 공중에 떴다. 물건과 돈을 모두 떼인 사장은 발기도 제대로 안 되는 나이에 쇠망치와 선반 기계를 다시 잡았다.

열 명이었던 직원은 기술이 아닌 충성도에 따라 사장을 포함한 세 명으로 줄었다. 사장이 침울한 표정으로 정혁에게 전에 받았던 월급의 반밖에 주지 못하겠다고 하자 정혁은 울며 겨자를 먹을 수밖에 없는 상황이라 인지하고 승낙했다. 그전 세월은 한여름 밤의 꿈이었다.

그 당시에, 성기가 예쁜 부드러운 짐승을 안고 백 년 묵은 포도주를 마시며, "이대로!"를 외치는 도시의 1%를 제외한 모두가 전쟁 상황이었다. 삼십 육 도를 넘나드는 혹서기에도 양복을 입었던 놈들은 등산화가 아닌 구두를 신고 북한산 등정을 했다. 많은 사람들이 전철이 오면 철로를 뛰어들었고, 산이나 바다에 몸을 던지는 사람들은 자살이 아닌 실족사 처리를 해 통계에 잡히지 않았다. 그제야 사람들은 잘못하지 않아도 습관적으로 빌어야 하거나, 병들지 않아도 아플 수 있음을 깨달았다.

속고 속이는 일은 아무렇지 않거나 당연했다. 그래도 다행인 것은 창녀의 공급이 많아져 등급이 낮은 것들은 거의 반값 이하로 하락했으므로 화장품 달력 광고를 보며 청춘의 시위를 자위로 해결하지 않아도 됐었다.

반면, 어떻게 알고 은행에 돈을 쟁였던 부자들은 이자로 원금이 몇 배나 자라났으므로 환희에 가까운 함성을 지으며 축제의 장이 계속되기를 역신(疫神)에게 빌었다. 이자는 돈 소나기였다. 가진 자는 꿈속에서 일어나듯이 돈 비가 현실에서 마구 내렸고, 기울어진 저울에 놓인 사람들은 맥없이 죽어 나갔다. 죽을 결심은 짧았다. 주범은 돈이었지만 빚은 흡혈귀였다.

맑은 하늘에 날벼락이 되어 떨어진 IMF 시기가 그랬던 것처럼 활황 또한 그랬다. 다들 어리둥절했다. 주가가 수직으로 치솟고 돈을 가진 자들이 깨춤을 추자 경기가 황홀한 쪽으로 뒤집히기 시작했다. 정신을 못 차릴 정도로 좋은 패가 돌려지고 환호성이 교성으로 바뀌었다. 성실한 자는 바보 취급을 받았다.

얼마 전까지만 하더라도 죽을 생각을 했던 몸과 마음이 가난한 사람들은 돈벼락을 아주 세게 맞은 것처럼 바로 이년 전의 황당함을 잊고 흥청거리기 시작했다. 바닥까지 떨어졌던 부동산 가격이 꿈틀거릴 때마다 밀가루 반죽에 이스트를 넣은 듯 부풀어 올랐다.

게다가 은행 이자는 거의 공짜로 의심이 들만하게 대폭 낮아져 집만 있으면 은행을 자기 금고인 양 마음껏 가져다 써도 부담을 느끼지 못했다. 아, 이 나라는 대통령만 바뀌어도 부자가 되는 환상을 일으켰다. 하지만 오직 가진 자의 부동산과 주식만 무대에 올라 춤을 추었을 뿐이다. 실물 경기는 크게 나아지지 않았다. 가난한 자에 의해 선출된 대통령을 가난한 자만 골라 허리를 꺾었지만, 못 먹어서인지 건망증이 심한 가난한 백성은 의심병이 도져 그다음부터는 노인을 제외하고 누구에 투표할지 까다로워졌다.

장편소설 빚

철공소는 명칭이 창녀에서 내연녀로 기망한 것처럼 기계 공작소로 명칭이 바뀌자 대우가 달라졌다. 기계 공작소, 노름판이 투자 회사로 둔갑한 것과 똑같았다. 마치 머슴을 회사원이란 이름으로 창씨개명한 것처럼.

사람들은 신용카드를 일회용 휴지로 사용했다. 한 달에 삼십만 원을 받는 시로도 조차 카드를 열 장 이상 갖고 현금 인출기에서 돈을 뽑아냈다. 다행이라면, 정혁은 짜디짠 서울 생활 경험으로 신용카드의 앞머리에 붙은 신용이란 접두사를 믿지 않았다. 경험상 내가 어느 누구도 믿지 못하겠는데 어찌 그들이 나를 언제 봤다고 무슨 이유로 신용한다는 개소리를 하는가. 더욱이 은행이.

은행이란 예쁘고 대가리가 빈 여자와 같은 것이다. 돈이 없으면 성기는 사용 가능한 신체 기관이 아니다. 정절은 돈의 유혹을 막아내지 못하고 의리는 이익과 안전 보장이 있어야 발견되는 성정인 것이다.

정신 차릴 수 없었다. 다시 얼마 가지 않아 새로운 타격이 어리석은 국민에 가해졌다. 생각의 기능이 제거된 자의 신용불량, 마약을 주면서 마약중독자가 되지 말라는 정부의 사주인 신용카드, 돈이 떨어지고 새로운 카드를 받지 못하면 누구나 신용 불량자가 되어 숨죽이며 지하 세계에 살아야 했다. 반지하 방의 30촉짜리 전구가 유일한 광원(光源)이었다.

많은 인간이 새로운 유형의 낭떠러지에 섰다. 현재는 예전 대통령이나 요즘 대통령에 있어 다른 건 구두를 신고 등산하는 게 구식이 됐다. 아직 자살률은 세계 2위 밖에 안 됐고, KBS 뉴스는 경기 활황 국면을 계속 나불거렸기에 다른 한쪽 눈은 감고 모르는 척 살았다. 눈만 찔끔 감으면 보이는 것을 안 볼 수 있는 법이다.

정혁의 보수는 그 전 수준을 회복했으나 돈의 가치는 부동산이라는 거울에 비추면 반 이하로 떨어졌다. 사람들은 알게 모르게 죽은 이웃의 이야기를 전적으로 본인 탓으로 평했다. 그들은 마음 놓고 한숨을 쉬기 위해

술을 마셨다. 국회의원을 보좌하는 놈이 이런 말을 했다고 들었다. 의식이 없는 식물인간이 어떻게 병원의 의료비리를 따지겠는가. 우리는 그들을 개돼지라 부른다.

그리고 노란 저금통으로 새로운 대통령이 뽑혔다. 불평은 여전했지만 살만한 세상이었다. 가난한 자들을 사람으로 대접했던 조선 정조 이래 유일한 시대였다. 정혁은 그저 양옆을 가린 경주마처럼 앞만 보고 돈을 차곡차곡 모았다. 정혁이 어느 정도 기반을 잡자 홀아비로 늙어가는 형을 떠올렸다. 정혁은 의지할 피붙이가 그리웠다. 다들 그의 당선으로 들떠 있는데 정혁은 까닭 모를 불안에 조급해졌다. 정혁은 포기하듯이 다짐했다. 돈을 모으자!

누구에게도 말은 못 했지만, 정혁은 늘 가족을 가슴에 얹고 살았다. 가족은 핥아야 하는 상처이자 잘살아야 하는 현재 진행형의 이유였고 보상이기도 했다. 주위 사람들은 짜장면도 안 사 먹고 작업복 차림으로 버티는 정혁을 보고 지나치게 철이 든 놈이라 했다. 철이 들었다는 뜻은 착하기보다는 돈에 윤리적 감정을 섞었다는 말이었다.

하나뿐인 형, 정혁이 강퍅한 아버지를 닮았다면 형은 착하기만 하고 남 탓을 전혀 할 줄 모르는 엄마를 오롯이 닮아 늘 그리운 존재였다.

정혁이 사준 이십 마지기 논은 천수답이어서 하늘이 심술을 부리는 해의 소출은 생활에 거의 도움이 되지 못했다. 게다가 사람다운 생활 유지 비용을 생산에 내야 하는 곡가는 모래 정도의 가치로 하락했다. 그런 판국에 묵정논은 형의 노동을 가중했고 농협 빚으로 담보 짐을 싼 이의 농사를 대신 지어 주면서 하릴없이 늙어가고 있었다. 거기까지였으면 그래도 시골에 사는 게 도시보단 낫다고 참을 만했는데 주민이 하나둘씩 줄자 늘어난 동네 일거리에 전속 머슴이 되어 도맡아 하였다. 반면 형을 고마워하거나 걱정해 주는 고향 사람들은 망령이 든 노인네 말고는 단 한 명도 없었다. 여기서 태어나고 자랐는데 왜 이방인으로 겉돌아야 하는지 형은 몰랐다.

형은 동네 공동 소유의 새경 안 받는 전속 머슴일 뿐이었다. 그 형이 애처롭게도 마흔을 일 년 앞두고도 장가를 못 가고 있었다. 중이 아니고서 성기를 쓰지 않는 이의 숨은 분노를 이해할까마는, 말로만 형 결혼을 주선하거나, 일 시킬 때만 나불거리는 마을 사람들은 오히려 형이 홀아비로 살기를 바라는지도 모른다. 나중에 형한테서 직접 들은 말 중 정혁의 가슴을 찢어 놓는 한탄이 있었다. '예전에는 할머니만 봐도 하고 싶어 미치는 줄 알았시야!'

정혁이 어느 정도 여유를 찾자, 죽은 엄마 무덤 옆에서 청춘이 쉬도록 한숨만 뿜어대는 형을 불러오기로 작심했다. 가까운 친척 하나 없는 고향이란 곳은 믿을만한 구석도 없었고 어차피 없는 놈에게는 처외삼촌 집 같은 동네였다. 그런 땅을 용서할 수 없었다. 주눅 든 강아지처럼 머뭇거리는 형을 설득하는 건 어렵지 않았다.

"형 되지도 못하게스리 항렬만 따지는 동네 지겹지도 않우. 결혼도 하고 때 빼고 광내면서 우리 같이 한 번 살아봅시다."

형은 특유의 사람 좋은 웃음을 입가에 담았다.

정혁은 빌린 세단을 타고 엄마 없는 고향 동네를 가서 보란 듯이 형을 데리고 왔다. 거금을 내고 차를 빌려온 허세였지만 꼭 그러고 싶었다. 그리고 옷가지 하나 남겨두지 않고 동네 사람들에게 마지막으로 술과 고기를 베푸는 마당에서 우리 식구가 화났음을 시위하듯이 깡그리 태워버렸다. 동네 사람들은 형을 부러움 반 동네 일거리 걱정 반을 남겨두어서 몹시 기분 나빠 했다. 형이 눈물을 질질 짜며 판 논 이십 마지기는 거의 불지 않았다. 이 나라는 서울과 경기도 그 외 놓인 곳에 따라 가치가 다르듯이 다 같은 땅이 아니다. 나머지 곳의 땅은 소출이 있어도 불모지인 것이다. 그때가 형 나이 마흔둘이었다.

형은 동네일을 하며 구박을 받고 자란 습관이 있어 웬만한 시로도보다 눈썰미가 좋았다. 머리가 나쁜 것은 절대 아니었다. 나쁜 일만 한 번에 몇 가지씩 오는 게 아니다. 일이 잘되려고 그랬는지 당시 밥을 대어 먹는 음식점이 있었는데 형과 비슷한 과(科)의 여자가 마침 밥집에 새로 들어왔다.

정혁은 밥집의 구박 덩어리인 그 아줌마를 본 순간 형과 요(凹)와 철(凸)임을 한눈에 알아봤다.

서로의 깨지고 모난 부분을 합쳐 놓으면 묘하게 하나로 들어맞는 것 같은 느낌이 거의 이십 년간 쇠붙이를 만져온 감각이 속삭였다. 상처를 입은 것 끼리끼리의 만남이 아닌 윤회의 자기장이었다. 묵묵히 일만 하는 말 없음과 푸짐한 주걱질을 하는 담긴 정에서 공통점을 끌어다 댈 수는 있지만, 아무튼 형 정수와 그 아줌마가 별스럽게 끌렸다. 정혁은 그 아줌마에게서 엄마의 모습을 찾았는데, 어쩜 그렇게도 생김새마저 형과 비슷해서 엄마의 친척은 아닐까 하는 의심이 들 정도였다.

같은 자리에 앉혀 놓으면 둘은 자석처럼 붙을 거라는 믿음이 생겼다. 형은 고향을 떠난 지 삼 년이 된 마흔다섯이었고 정혁은 옆의 누군가를 간절히 그리워할 나이인 서른다섯이었다. 형은 선결해야 할 과제였다.

그 아줌마는 생산 경력이 있었지만 무슨 이유인지 몰라도 자신의 과거를 읊으려 하지 않았다. 그럼 침묵해야 한다. 여자의 묵비권이 불안하긴 했는데 정수가 괘념치 않았기에 정혁은 이의를 달지 않았다. 어디 흠이 없기를 바라는 자체가 시대적 무리는 아닐까. 하여간 평생 남들의 지청구를 들어 가지가 축 처진, 척 보기에도 과거 정수의 모습이었던 그 둘은 천생 연분이었다. 때론 상흔이 동류의 표식이 됐다.

이제야 제자리를 찾은 사람들끼리의 인연이었다. 그들은 사람들의 교만과 이기에 상처를 받은 원앙이었다. 치유는 서로 인력만으로 충분했다. 아, 그들의 애틋함은 천상의 기적이었고 삶의 의미였다. 그들은 사랑만으로 먹고 살 수 있음을 입증했다.

다들 이들의 결합을 꼴값으로 비하했다. 버러지 같은 인간들, 고결함을 빙자한 사랑은 엿이나 먹으라 해라. 영국의 로미오와 줄리엣이나 평생 등골이 빠지는 이 나라에서 백성은 굶어 오늘내일하는데 사랑 타령이나 했던 춘향이와 이몽룡은 똥이나 먹어라. 영화나 연속극에 나와 떨어질 줄 모르는 것들을 보며 마른 눈물을 짜내는 것들이 하는 짓을 사랑이라는 건 착각이다. 과연 사랑이 그런가? 일일 연속극 속 재벌 2세의 바람둥이와 줄곧 일등만 했던 예쁘장한 비서의 사랑이 정혁의 형과 밥집 아줌마와의 사랑보다 어디 고결하고 진솔하단 말인가. 물론 형과 형수의 사랑은 배운 것도 없고 관찰할 기회가 전무해서, 애무는 미숙하고 짧디짧은 섹스가 아쉽기는 했다.

예쁘고 잘생긴 것들의 결합은 하룻밤 어울림일지 몰라도 사랑은 아니다. 그들은 미끼와 선물 공세로 잠시 과대망상에 빠졌을 뿐이다. 첫눈에 깜빡 가버리는 것들의 결합은 어울림일지 몰라도 정밀한 계산에 의한 욕정에 지나지 않는다. 첫눈에 깜빡 가버리는 것들의 불붙음은 정신병자의 넋 나간 발정일 뿐이다. 감히 말하건대, 완벽한 짝 맞춤만이 사랑인 것이다.

이 시대에 마지막 남은 사랑이 이루어졌다. 이후 이 시대에 사랑의 원형(原型)은 한낱 야수에 의해 멸종된다.

정혁은 자칫 사랑이 서둘러 휘발되기 전에 형과 밥집 아줌마와의 자리를 마련했다. 둘은 바보처럼 웃기만 했으나 말을 하지 않아도 다른 촉수의 접속으로 둘은 서로에 대해 전부를 알아갔다. 마치 더듬이로 서로의 표피를 쓰다듬는 곤충의 의사 표현처럼.

"그럼 결혼합시다." 이대로 있으면 영혼을 얼려버릴 시간만 흘려 그 방해물을 깨고, 벙어리 가슴만 치는 형을 대신해 정혁이 말하자, 형이 소웃음을 지었고 아줌마가 붉어진 얼굴을 숙였다. 정혁은 형수가 행여 감추어 두었던 선녀 옷을 챙겨 입고 날아갈까 봐 식을 서둘렀다. 빈말이 아니라 형수가 원하는 것이 있다면 다 해주겠다고 여러 차례 물어도 뻔뻔함의 극치인 일반 아줌마의 대명사와 다르게 그 나이에도 형수는 수줍게 다문 입을 열지 않았다가 정혁이 거의 미칠 지경이 돼서야 입을 열었다.

"그냥 살게요! 그 돈 아꼈다가 더 좋은 데 쓰셔요." 했다.

그날로 철공소 주인을 불러 증인과 주례를 부탁했다. 그야말로 작수성례였으나 분위기는 난로를 동서남북 사방에 깔아놓은 듯 훈훈했다. 주인 영감이 거금 이십만 원을 형과 형수에게 축의금으로 내놓았다. 엄마가 하늘에서 이 광경을 보고 있을까? 정혁은 '다 이루었다!'는 예수의 말뜻을 이해했다.

그것 뿐만아니다. 행운은 몰려다녔다. 형수가 복덩이였는지, 일하던 곳의 철공소 주인 영감이 골치 아픈 아들 문제로 공장을 내놨다. 전셋집을 빼고, 악착같이 모은 돈을 합치고 그동안 쌓인 정으로 하소연을 하면 가능할 거 같았다. 조심스레 구매 의사를 전하자 주인은 아들에게 물려주는 셈치고 쾌히 철공소를 양도했는데 그 마음만은 진실이었다. 그리고 기특하다며 솔선해서 살림방을 꾸밀 재료비 정도를 남겨주었다.

철공소 소유권이 정혁에게 넘어왔을 때 정혁은 형과 형수를 부여잡고 펑펑 울었다. 그 느낌은 말로는 제대로 표현되지 못한다. 인정머리란 눈을 씻고 찾아보려야 볼 수 없는 서울이란 얼음 도시에 진짜로 말뚝을 박았다는 실감이 났고, 이제야말로 가족을 위해 뼈가 부서지라 일해도 보람이 있을 것 같은 기분으로 셋은 훨훨 날았다. 죽은 엄마가 미친 여자처럼 춤추는 환상도 보였다.

고향의 중학교 선생과 마을 사람들의 의도적인 조롱이 질시로 바뀌는 장면이 눈앞에 선했다. 정혁은 이 모든 게 순하고 착한 형이 자기 옆에 있어 하느님이 처음으로 봐준 것이라 믿었다. 우리는 이곳에 서울 시민으로 자리를 잡았다. 이제는 죽을 때까지 그저 이렇게 살기만 하면 고분고분한 생이 지겹도록 이어질 거라고 스스로에게 속삭였다. 자, 고생 끝 행복 시작이다.

형과 형수와 함께 살면서 모든 일이 실꾸리 풀리듯 풀렸다. 겨울에도 난로에 나무를 집어넣지 않아도 공장 안은 늘 소처럼 웃는 형 내외 때문에 찡그려 떨 일이 없었다. 경기는 계속 호황이었지만 빚에 몰려 벌거벗은 사람들과 정권을 잠시 놓친 정치꾼들은 단군 이래 최악의 불황이라고 핏대를 올렸고, 일제 식민지 시대부터 권력에 불붙는 성정이 탁월한 언론은 맞장구쳤다. 대통령을 조롱하는 정국은 불안했고 북을 치든 꽹과리를 울리든 정혁이 상관할 바가 아니었다. 정혁의 평생 그날보다 행복한 적이 없었다.

형과 형수는 공장 안에 베니어합판으로 꾸민 살림집에서 살았다. 둘은 기름때가 묻은 손을 정성스레 씻고 그 안으로 들어갈 때 성소에 들어가듯 겸허하게 입장했다. 정수는 정혁이 또한 자기와 같은 짝을 만나길 진정으로 바랐다. 정혁은 공장 안 난로 옆에 군용 침대를 썼으니 거의 같은 방에서 함께 사는 착각을 받았다. 그들은 소리를 죽여가며 사랑을 했다. 그런데 이상한 건 정혁의 몸에 아무런 변화를 느끼지 않은 것이다. 흐뭇했고 돈으로 주고 샀던 여자들을 떠올리지 않았다. 다만 자동차 소음과 폐에 차곡차곡 쌓이는 벤젠 화합물을 내뿜는 이 더러운 장소에 둥지를 마련해 줄 수밖에 없는 형수에게 미안했다.

형과 형수는 전생에 소였던 존재처럼 새벽부터 밤까지 제지하지 않으면 손에 일을 놓지 못했다. 쇠와 쇠가 깎이는 소리와 그들의 웃음소리가 늘 공장 안을 가득 메웠다. 정혁이 고맙고 미안해서 천천히 좀 합시다, 하면 그들은 화음을 넣는 것처럼 말이 동시에 나왔다. '아우님이나 쉬시게.'

형수는 일만 악착같이 한 게 아니라 모든 물품을 아꼈는가. 심지어는 화장지조차 쓰지 않고 자기들은 신문지를 사용했다. 모든 식구가 하도 밥과 김치로 나열된 반찬만 먹어 TV에 나오는 고기 먹는 프로를 보면 넋이 나가기도 했다. 우리도 돼지고기 좀 먹읍시다 하니까 그다음 날 종지만 한 그릇에 고기가 담겨 나왔다. 형과 형수는 정혁을 생각해 그나마 젓가락을 대지 않았다. 지독했다. 그렇게 해서 돈은 계획보다 많이 모아졌다.

출산 이력이 있었던 형수는 사십 중반의 나이에도 어렵지 않게 임신을 했다. 형수는 아들을 낳았고, 세상으로부터 당한 고문 후유증으로 자궁을 들어냈다. 정혁은 마지막일지 모를 그들을 위해 은행 융자를 간신히 받아 작은 집을 전세로 얻었다. 당시 형편에 무리인 줄은 알고 있었으나 하나뿐인 조카를 시끄럽고 화공약품 냄새가 코를 찌르는 곳에 살게 할 수는 없었다. 갓 태어난 조카는 정혁에게도 희망이었다. 신으로부터 받은 모든 동물의 욕구와 충동의 산물인 2세, 그걸 종족보존이라는 진화학 용어로 단정할 수 있을까? 그렇다면 인간은 언젠가 유해한 바이러스인 것이다. 조카는 그렇게 태어나지 않았다. 예수와 비슷한 시대의 기대와 찬양을 받으며 이 땅에 온 것이다.

아기 울음소리를 들은 적이 있는가. 이상하게도 기억이 나지 않았다. 살아온 세월이 있으니 숱하게 보고 들었을 터인데, 조카가 울음소리를 내자 깜짝 놀랐다. 정혁의 귀는 조카의 울음으로 천문이 열렸다. 정혁이 들은 것은 성욕의 찬조로 탄생한 나와 같은 하류 인생이 될 소모품의 고성이 아니었다. 찬란한 생명이고 고귀한 생명의 환희에 찬 오페라였다.

지금처럼 일이 많고 열심히 하면 은행 빚 정도는 예상보다 빨리 갚을 수 있을 것이다. 그렇게 생각했다. 게다가 형과 형수 그리고 정혁은 봄 논갈이를 앞둔 황소처럼 튼튼했다. 이처럼 완벽할 수는 없었다.

정혁은 이런 삶이 계속 이어질 것으로 믿었으나 5년마다 시국이 바뀌면

장편소설 빛

서 시대가 음산해지고 여러 조짐이 나타나기 시작했다. 도대체 이런 나라가 있을까? 왕좌에 앉아 있는 놈에게 국민은 어떤 존재일까? 대통령에 의해 국민의 삶이 널뛰다니. 탐욕 덩어리가 정권을 장악하면 잔인한 보복의 잔치가 연일 계속되었고 악마가 마구 부화하여 거리마다 쏟아져 나와 기승을 부렸다. 이 땅의 온도는 한여름에도 급속히 영하로 떨어졌다. 내가 무슨 죄를 지었는가? 드디어 대한민국은 자랑스러운 자살률 1위 국가가 되었다, 그런데도 노인들은 대통령이 무슨 잘못이 있는가. 그 밑에 있는 놈이 나쁜 놈이지, 하면서 여러 가지 방법으로 스스로 죽어 나갔다. 그들은 늙어 죽는 게 얼마나 큰 행복인지 서까래에 목을 매면서 깨달았다.

유독 의식이 마비되고 정권을 찬양하는 사고 능력이 저하된 사람만 골라 지옥으로 끌고 갔다. 그들은 마지막까지 항거는 못 해보고 제 식구들이나 괴롭히다 식구를 나락으로 떨군 후 무연고로 죽어갔다. 그들의 죽음은 정혁의 식구에게 경계석이 됐다. 돈이 없으면 피가 모자란 것과 마찬가지다. 누굴 탓하겠어.

자수성가는 평범한 세계에서 가능한 결과치였다. 비정상이 정상인 사회에서는 막살다가 함부로 죽는 게 평범한 삶일지도 몰랐다. 경기는 다시 처박혔고 은행 이자는 대폭 올랐다. 빌린 돈의 원금은 단 한 푼도 갚을 수 없었다. 그저 목구멍에 거친 음식일망정 넘길 수 있음을 감사해야 했다.

항상 조마조마하며 살았다. 좋으면 좋아서 불안했고, 일거리가 줄면 내 일이 끝일까 불안이 또렷해졌다. 그리고 그런 불안 덩어리가 끝내 악몽으로 현실화했다.

노산이긴 했지만 무병한 부모의 피를 받아 어느 집 아이보다 튼튼했던 조카가 갑자기 아프면서 조짐을 알려왔다. 아이는 잘 놀다가 운동장에서 쓰러졌다고 했다. 그리고 보니 조카는 예전에도 가끔 코피를 흘렸고 밤에 느닷없이 열이 올라 잠투정이 심했다고 형수가 정혁에게 말했다. 정혁은 이게 다 형수의 지나친 절약 정신에서 비롯됐다고 나무랐다. 가난한 자의 병은 고기가 약인 것이다.

뭐든지 아끼려고만 드는 형수와 그 옆에 철썩 붙어있는 형이 늦게 본 자식이라 그런지 잠자코 정혁의 말을 따랐다. 자기는 먹지 않으면서 조카의 밥상에 풍성한 고기를 올려놓았다. 그런 처방에도 조카는 픽픽 쓰러졌다. 동네 의원은 감기 초기 증상이니 걱정할 거 없다고 했다. 한 달이 가도 환자 수를 늘리기 위해 오진을 난발하는 젊은 의사가 진단한 감기는 낫지 않았다. 정혁은 가족 모두 난생처음 대학병원을 소풍이라도 가듯이 가게 됐다. 정혁은 정수의 어깨를 다독였다.

조카의 병은 우습게 봤던 감기가 아니라 급성 백혈병이란 진단을 받았다. 그 병명을 듣고도 형과 형수가 놀라지 않자 의사는 영어를 섞어가며 장황한 설명을 했다. 그래도 형이 눈만 껌뻑거리자 의사는 너털웃음을 터트리며 죽을병이라 말해 형수를 기절시켰다.

의사의 반협박에 가까운 죽을병이라는 경고로 형과 형수는 이미 살아 있는 사람의 모습이 아니었다. 퀭한 눈과 입술 점막이 양파 껍질처럼 일어났으며 까맣게 타들어 간 얼굴은 중증의 환자였다. 정혁이 잠깐 눈을 붙이고 병원에 왔을 때 형은 어디선가에서 천만 원을 구해왔다. 알 수 없었다. 융통성도 없고 이 도시 누구와도 유대관계가 없는 형이 어디서 저 큰돈을 빌려왔는지 짐작은 갔지만, 상황이 상황인지라 물어보진 못했다.

아, 그때 야속해 보일지라도 돈의 출처를 캐물었어야 했다. 모든 것을 다 털어 그들로부터 덜미를 잡히지 말았어야 했다. 하지만 어느 정도 짐작을 하면서 당시 분위기상으론 형에게 묻지 못했다. 지푸라기라도 잡아야 하는 형의 처지를 바꿔 놓고 말하지 않더라도 정혁 또한 그 수순을 밟았으리다. 실은 알고도 막지 않은 셈이다. 눈에 빤히 보이는 함정에 가족 모두를 담그는 것을 알면서도. 하지만 지금이라면 형제의 연을 잠시 끊더라도 막

장편소설 빛

앉을 것이다. 불변의 진리인, 사랑이 밥 먹여주지 않는다. 하지만 우리에게 사랑 말고 남은 게 또 뭐가 있을까? 망각에 묻히지 않는 사랑도 있다.

우리는 진짜로 서울에 편입된 것이 아니었다. 이 정도면 충분하다고 믿었던 공장과 작은 전셋집으로는 아이를 지키기 위해 턱없이 부족했고, 건강과 성실로 쌓은 탑 정도는 얼마든지 사회의 구조적인 장난에 쉬 허물어지는 것이다. 네가 이 개 같은 도시에서 자리를 잡았다고? 가소로운 일이다. 없는 놈은 불의의 사고가 아니더라도 조기에 죽는다. 당장은 술이 약이었다. 아니 마시다 죽었으면 원이 없겠다.

이 도시에서 돈은 피의 직유가 아니라 돈이 바로 피였다. 우리는 녹색 피의 수혈이 필요했다. 아이는 돈의 수혈을 받자 의사의 선고에도 불구하고 잠시 호전되는 듯하다가 중간 정산으로 그것마저 자취를 감추자 상태가 급격히 나빠졌다. 형은 어디론가 다시 달려갔고, 반나절 후 혼을 빠뜨린 채 돌아왔다. 형은 통곡하면서 형수를 미친 듯이 때렸다. 다들 미쳤다.

그로부터 석 달 후 형과 형수의 침묵 속에 조카는 여섯 살의 기한을 마치고 지긋지긋한 이 땅을 떠났다. 막대한 병원비와 은행 빚 그리고 알게 모르게 얻어 쓴 사채, 우리 주위를 서성이는 악마의 무리가 우리마저 쓰러지기를 주위에 서성거렸다.

바로 아이를 묻자는 형을 설득해 장례 절차를 밟았다. 정혁은 중을 불러다 염불을 부탁했다. 조카가 이 땅에 왔다 간 흔적을 하루 만에 치울 수는 없었다. 조카는 병원에 있는 동안 연일 지독한 두통과 속병에 시달렸다. 단 하루도 고문에 벗어나지 못했다. 이럴 줄 알았다면 정혁이 스스로 목졸라 보냈을 것이다. 짙은 자주색으로 변한 입술이 모진 겨울을 예고하는 이른 낙엽처럼 떨어졌던 아이는 형수의 간절한 소망에도 불구하고 살아나지 못했다.

조카가 죽었다. 형과 형수의 조화로 탄생한 작은 신이 죽었다. 형은 침몰

했다.

정혁의 가슴엔 조카가 죽기 전 고통의 신음이 알알이 박혔다. 이런 결말을 맞이할 수밖에 없다면 고통의 늪에 허우적거림을 멈춰줘야 했다. 그러나 우리는 요행수를, 복권에 당첨될 확률을 기대하며 매달렸다. 신이여! 내 아이 말고 돈 많은 다른 아이를 데리고 가시오. 결국은 두 손 두 발 다 들고 피를 빨릴 때까지 빨리고서야 병원의 볼모에서 풀려난 것이다. 그리고 그 기간 정혁을 비롯한 가족 모두가 조카와 함께 더한 고통을 겪어야 했다. 하지만 다른 신과 세상은 딴 척을 했다. 무엇을 바라자는 것은 아니다. 이따위로 버려진 것에 원망하고 싶은 것이다. 없는 놈들은 신을 원망하기라도 해야 한다. 신은 가난한 자에게 저주의 대상이지 숭배의 대상이 아니다. 어떤 개새끼의 외침이 아니더라도 신은 대통령 편이다.

정혁은 살아 있는 채로 오장 육부를 긁어내는 처절한 고통을 함께했다. 죽은 조카와 살아 있는 그들을 위해 제의(祭儀)는 치러야 했다. 조카의 영혼은 건조하고 나른한 기름진 중의 염불을 들으며 이승을 떠났다. 형수의 울부짖음은 죽기 직전 산비둘기의 앙칼진 날갯짓이었다.

정혁은 형과 형수와 그리고 전율 덩어리인 조카와 새마을 운동 표어대로 잘살아 보는 게 평생 목표였다. 그들은 누구보다 더 열심히, 그러면서 남의 거는 좆만큼도 탐내지 않고 도덕적으로 살아왔다. 이 지구상에서 정혁은 형과 형수 위주로 살며 그 둘을 그대로 닮은 천사를 늘리려는 포부를 가졌다. 이런 소박한 소망이 조카가 허무하게 이승을 뜸으로써 출발점으로 돌아왔다. 세월은 펑펑 다 썼는데 말이다. 공든 탑이 무너져도 이보다 허탈하지는 않을 것이다. 어떤 늙은이가 조문을 와서는 이렇게 지껄였다. '아직 젊으니 다시 시작하면 돼!'라고 말한 송 씨의 주둥이를 찢어 놓고 싶었다.

조카가 가버리고 남은 빈자리는 사 분의 일이어야 수학적으로 맞는데,

장편소설 빛

둘러보니 그들에게 남아 있는 자리가 없었다. 우주에는 태양이란 별이 수억 개이지만 지구에서는 태양이 전부이듯이 형과 형수에게는 남은 것이 없었다. 휑뎅그레 했다. 형과 정혁은 잘난 친척이 없었고 형수는 소외된 곳에서 탈출한 이였다. 조문객이라고는 마지못해 왔거나 형의 비극적인 사정에 호기심이 많은 지인과 서울에서 살아남은 동료가 전부였다. 더구나 아이의 죽음이어서 그런지 약간의 관심을 덜어내고 금세 돌아갔다.

정혁은 사람들로 북적이는 옆쪽 장례식이 부러웠다. 이 살벌하고 개 같은 나라에서는 형과 형수 정혁뿐이었고, 형수마저 하늘에서 뚝 떨어진 것처럼 아무 친척이 없어 넓지 않은 장례식장의 한 칸조차 텅 빈 주차장을 연상하게 했다. 그 안에 셋이 조카의 쓸쓸한 영혼과 함께 갇혀 있었다. 조카의 장례식은 어둡고 허전했다.

그런 장례를 치르는 중에 얄망스레 생긴 사내가 어울리지 않는 작은 가죽 손가방을 들고 새벽 두 시에 나타났다. 그리곤 바로 판에 박힌 행동을 개시했다. 썰렁한 빈소에 사나운 개 몇 마리가 풀려 영정을 깨부수고 설명 없이 막무가내로 뒤집어 놓았다. 축적된 피로로 정신과 육체가 분리된 정혁은 가만히 그들의 허가받은 난동을 눈앞에서 보는 연극무대의 한 장면을 망연자실 지켜보았다. 나간 정신이 돌아올 듯하다가 그들의 과장된 행태에 다시 정신의 맥락을 놓쳤다. 그러다 형수의 악에 받친 비명이 들렸다.

형수의 멱살을 잡은 놈을 밀치자 놈은 바람에 휩쓸린 봉지처럼, 슬랩 스틱 코미디를 연출하는 광대처럼 어처구니없게 나동그라졌다. 도대체 이게 무슨 상황인지 깨닫기 전에 그들은 알 듯 말 듯한 미소를 지으며, 쓰러져 억지 신음을 흘리고 있는 동료를 부축하며 한꺼번에 쓸려나갔다. 이 모든 동작은 오 분도 채 흐르지 않았다. 형이 웅얼거리며 설명을 했는데 하나도 알아들을 수 없었다.

몽롱한 상태에서 주위를 정돈하고 제사상을 다시 꾸렸다. 형수의 통곡이 진혼곡을 대신했다. 형수는 벌거벗겨져 그들의 상에 놓인 셈이었다. 인정 없는 세상의 채찍이 형수의 등판에 떨어졌다. 아, 가혹한 현실이었다. 이런 세상이, 이런 일이 있다.

그런 와중에 놈들이 형수의 울음을 헤집으며 얼빠진 경찰을 대동하고 보란 듯이 나타났다. 아까와는 다른 표정이다. 겸손을 가장해도 저런 겸손의 연기는 다시 보기 힘들 것이다. 악은 얼마든지 선을 가장할 수 있으나 선은 서툴렀다.

넘어진 놈은 한 놈이었는데 한 눈에도 중상으로 보이는 두 놈이 대가리에 붕대를 칭칭 감고, 팔과 다리에 깁스하고 쩔룩거렸다. 정혁과 형과 형수는 그다음 장면을 전혀 예상하지 못했다.

벌어진 입이 다물어지지 않는 황당함과 누가 보기에도 상대에게 덤터기를 씌울 의도가 다분했음에도 경찰은 아랑곳하지 않고 일방적으로 이유나 과정을 생략한 채 결과만을 물었다. 아무리 그들이 깽판을 쳤어도, 상황은 이해가 간다만, 다 그만두고 폭력 상해는 중대 범죄임을 강조했다. 했어? 안 했어? 무조건 발뺌을 해야 했다. 정혁은 강간을 당하면서 강간을 하는 자가 요구하는 체위를 들어줘야 했다.

아무리 당시 상황을 하소연해도 뭐든지 귀찮아하는 경찰 조서는 증인은 없고 확실한 상해 사건으로 몰아갔다. 이럴 수 없다고 항변했으나 상해 진단서가 피해자를 가해자로 보증했고 법은 정혁의 하소연을 투덜거림으로 간주했을 뿐만 아니라 초범이긴 해도 개전(改悛)의 여지가 없다며 법정 삼 개월 감치를 선고했다. 게다가 추후 일 년 육 개월 내 폭행 재발이 있을 시 가중 처벌을 받을 거라고 못된 시누이가 얻어맞는 올케에게 속삭이듯 넌지시 알려주었다. 세상에 이런 법이 어디 있는가. 수두룩했다.

폭행죄로 삼 개월을 법무부 지정 수감시설에서 꼬박 살고 나오니 형과 형수가 집기 하나 없는 공장에서 기둥을 세워 놓은 다음 거기에서 동반 자살을 하였고, 그 시신은 정부의 지저분한 배려로 화장되었다는 말을 듣게 됐다. 화장터 한쪽 구석에 쟁여져 있는 유골 상자에서 형과 형수를 찾아들고 공장으로 돌아왔다. 정혁은 이 일을 처리하면서 눈물이 나오지 않았다. 서울에 편입했다고 믿은 지 이십 오 년의 결과였다.

찾아왔기에 망정이지 그 둘은 한 달이 지나면 무연고 묘지 근처에 뿌려질 순번이었다. 세상에 연고가 없는 사람이 어디 있는가. 하지만 어떤 이유로든지 사람으로 가치가 없다고 판정되면 연고가 끊기기 마련이다. 시설에서 둘을 찾아오면서 정혁은 처량했다. 무더기로 쌓인 뼛가루 상자들이 빌어먹을 동생이나마 있는 형 내외를 내심 부러워했다. 시설에 모인 사자(死者)는 비 오는 날 등산을 하다가 엉뚱한 벼락을 맞아 바짝 그슬린 등산객을 빼고는 다들 형과 비슷한 사연을 갖고 있었다.

조카가 병으로 죽기 전만 하더라도 공장은 형 내외의 웃음소리와 쇠와 쇠가 부딪히며 천상의 노래가 만들어졌던 곳이었다. 그런 곳이 쓸만한 집기는 다 없어지고 형과 형수의 원귀가 사는 터로 변했다. 유골함을 한쪽 구석에 놓자 비로소 정혁은 눈물을 쏟아냈다. 거의 십 년 동안 세 명의 노동력을 퍼부어 완성한 공장이 허무하게 말라버린 것이 안타까워 피눈물을 흘린 것은 아니었다. 정혁의 곡소리에 맞춰 수줍어하는 형수 귀신이 너울너울 춤추고 있었다.

예전에는 형과 형수의 사는 모습이 고마웠다. 장담하건대 세상의 어느 사랑도 그들보다 완벽한 사이를 보지 못했다. 그러나 끝이 이러할진대 무슨 사랑이 이러냔 말이다. 사람으로서 겪어서는 안 될 처절함으로 붕괴된 그들에게 과거의 행복을 떠올린들 무슨 위로가 될 것이며 추억은 무슨 얼어 죽을 추억이란 말인가. 안타까움만 더 할 뿐이다. 어떻게 이런 운명이 다 있단 말이냐! 정혁은 자신의 속삭임을 몇 번이고 되뇌였다.

복기하니 첫수부터 문제가 있었다. 시골에서 온갖 괄시와 천대를 받으며 사는 형이 항상 식도에 걸려 내려가지 않았다. 비록 어둡고 습한 곳이지만 다소 무시를 당하더라도 도시에서 허리를 펴고 사는 것이 낫다는 생각이 섰다. 결과를 두고 보면 그게 아니었다. 이럴 바엔 차라리 시골에서 늙은 총각으로나마 외롭고 길게 사는 게 나았을지도 모른다. 개도 시골에서는 이렇게 가지 않는다. 분하고 억울해서 숨이 컥컥 막혔다. 석유통을 보면 분신(焚身)을 작정했고, 부엌칼을 만지면 온몸을 찢어발기고 싶었다.

주위에서 들려준 형의 마지막은 끔찍함의 범위를 넘어섰다. 정혁이 감옥에 가고 웬 사내들이 방문에 있었던 날은 병든 짐승의 울음이 들려왔고 묵묵히 형의 매를 견디는 형수의 신음이 함지박 물이 넘치듯이 간헐적으로 새어 나왔단다, 그리고 배운 기술로 벽을 가로지르는 튼튼한 기둥을 만든 다음 정혁에게 빚을 넘겨주지 않으려고 형수가 목을 매단 것이다. 왜? 왜? 앞으로 행복하게 살 순 없겠지만, 그냥저냥 살아도 되지 않을까. 이놈의 나라에는 그런 가정이 셀 수 없이 많지 않은가 말이다. 다 끝난 게 아니니 남은 빚이 얼마나 됐건 살살 갚아나가면 되는 일이 아니던가. 나중에 안 일이지만 형 빚의 변제 조건에 많은 덫이 설치되어 있었다. 정혁이 자신의 빚을 대신 짊어져선 안 된다고 결정했다. 과연 형은 바보 같은 결정을 했을까? 정혁의 머릿속에는 의문부호가 끝없이 메아리가 되어 떠돌았다.

두 내외의 주검을 발견한 자가 말하길 형은 형수 곁에 나란히 목을 매달지 않았단다. 형은 형수에게 자신의 설치물을 보여주었다. 잠시 후 형수의 죽음을 확인한 후 녹을 벗겨내기 위해 조제한, 한 주전자나 되는 묽은 양잿물을 막걸리 마시듯 들이켜고 오장이 끊어지는 고통을 받으며, 신음이 새지 않도록 혀를 물었다. 얼마나 고통스러운지 끊어진 혀가 입 밖으로 삐져나왔다. 왜? 왜? 왜?

몇 번의 계절이 바뀌어도 정혁은 바뀐 계절을 알지 못했다. 앉으나 서나,

장편소설 빛

잠이 와 누워있으면 형과 형수가 귀신이 되어 나타나 죽어가는 과정을 현장 재현했다. 눈을 감아도 소용없었다.

형은 특유의 표정으로 철봉에 걸린 형수를 바라보며 묽게 탄 양잿물을 마시고 또 마셨다. 쓸쓸하게 웃는 형의 모습을 정혁은 같은 웃음을 지으며 바라보았다. 그들은 형제였다. 술이 아니고선 하루를 이겨내지 못했다. 술은 겁쟁이에게 최고의 명약이었다. 형과 형수는 죽고 정혁은 생지옥에 남았다.

정혁이 뭘 어떻게 하자는 작정 없이 사채업자인 양수 근처에 도사리며 독수리의 눈으로 지켰다. 그들의 동선을 따라다니다 보니 얼마 전 낚은 여자 집에 가는 게 분명했다. 한참 후 돼지가 나왔다. 정혁은 자신이 엉성하게 만든 쇠 글로브를 가방에서 꺼냈다. 돼지가 코너를 도는 순간 정혁의 묵직한 쇠뭉치가 놈의 뒤통수를 가격했다.

돼지는 푸줏간에 걸린 고리에서 고깃덩어리가 빠져나오듯 바닥으로 주저앉았다. 머리에 맞은 타격보다는 정신을 잃고 중력에 넘어가는 충격이 더 컸을 것이다. 희열이 아닌 자신감으로 정혁은 들떴다. 정혁은 놈의 숨통을 끊어 놓을 수 있었으나 이놈 또한 형의 고통을 제대로 느껴야 한다고 생각했다. 정신을 잃은 상대에게 고깃덩어리 다지듯 해봐야 무슨 고통을 느끼겠는가. 그리고 이놈은 정혁이 원하는 장소에 옮기려면 크레인이 필요했다.

정혁은 아파트를 빠져나오면서 잠시 반성했다. 자신의 장비가 얼마나 효과적인지 실험해 본 것이지만, 앞으로 이런 기회가 오지 않을지도 모른다. 덫들여 놓은 것이다. 앞으론 놈들의 후각은 더욱더 예민해지고 눈은 적을 노리는 대상을 찾을 것이다. 어설펐다.

거의 칠 년 만에 정혁의 첫 공격이었다.

미로학습   09

공기 중에 떠도는 가래침 같은 습기가 반쯤 벗은 몸에 찐득찐득 달라붙는다. 밖은 저주에 가까운 열기로 살의를 내뿜었다. 그래도 까닭 없이 서로 증오하는 거리에 있고 싶다. 그 열기로 화상을 입는다고 해도 그 폭염을 고스란히 받아들여 살덩어리에 불과한 이 몸이 더위에 대한 반응으로 살아 있는지 확인해 보고 싶다. 뉴스의 끝마무리는 살인적인 더위를 밭으로 출근한 노인이 익어 죽었다는 사실을 새삼 알려왔다.

뉴스가 아니어도 지금 얼마나 더운지 안다. 하지만 지금 몸의 감각은 추위는 느껴도 더운 것에 둔하다. 대기실 에어컨 탓은 아니다. 이 알맞은 서늘함은 불결하면서 말로 표현되지 않는 슬픔의 가시 같은 것이 있다. 취하듯 자고 싶다. 그것조차 내 마음대로 안 된다. 까무러치듯 잠을 자면, 어떤 굶주린 짐승이 내 목을 물어뜯을 거 같은 불안감으로 자주 깨어 비명을 지른다. 이곳의 시간은 정지되어 있거나 이곳 터의 눈치를 살피면서 이 장면에서 저 장면으로 바뀌듯 잘려나간다.

8월이 달력 끝부분에 걸려 있다. 강 약 약, 중 약 약의 리듬 안에 애를 태우듯 시원한 바람이 공기 중에 섞여 있다. 그런들 나아지는 건 없다.

대기실 벽면에 붙어있는 스케치북 한 장의 크기의 창문에서 바람과 왁자한 거리 소음이 실려 왔다. 나는 그 잡음에서 클랙슨 소리만 골라낸다. 차야말로 자유다. 밖에는 이곳과 다른 대기가 떠다닌다. 유혹하듯이, 약을 올리듯이 차 소리가 들린다.

갈 곳이 없고 숨을 곳이 없음을 모르는 것이 아니다. 양수가 이랬다.

           장편소설 빛

"미경아, 넌 이년들이 도돌이표를 찍으면서도 왜 도망가는지 아냐? 잡히는 맛에 들려서야. 낚싯바늘에 고기가 걸리는 이치지. 미끼 때문에 고기가 잡히는 게 아니야. 고기들이 잡히고 싶어 안달이 나는 거야. 낄낄낄."

똥이와 정우성은 레이더를 차고 태어난 놈이다.

미순이란 여자가 이곳에서 도망가다 잡혔다. 어떻게 이곳을 빠져나왔는지는 시간차란 요행이 있었겠지만 어떻게 잡혔는지는 자신도 모른다고 했다. 힘에 닿는 대로 뛰었고 아무도 모를 으슥한 골목에 있는 삼층 건물 화장실에 숨었는데 숨돌릴 사이 없이 똥이가 나타나 머리채를 잡혔다고 했다.

그놈들은 도주한 이유를 묻지 않았다. 다만, 그 대 악마는 대기실에 남은 7명의 여자를 한자리에 불러 집행 장면을 보게 했다. 미순이는 문이 열려 있자 자신도 모르게 갈증처럼 터져 나온 욕구를 못 참았을 뿐이라고 주절거렸다. 턱 보기에도 미순은 정상이 아니었다. 이해한다. 정지된 시간의 늪에 서식하면 누구나 그런 선택은 당연하다.

변명! 이런 거 지옥에서 통하지 않는다. 구실은 얼마든지 만들어진다.

요식행위로만 본다면, 교양과목으로 들은 생물학 실험실 분위기와 비슷했다. 포르말린으로 마취된 개구리를 핀으로 고정시킨 다음 실험실 조교는 학생들에게 기계적이고 무료하게 해부 과정을 설명한다. 하지만 실험 대상은 개구리가 아닌 마흔한 살의 미순이었다. 미순이는 현재 자신의 처지를 믿지 못하겠다는 눈빛이었고, 그걸 순서대로 봐야 하는 여자들은 꿈인지 생시인지 구분하지 못했다.

의자의 네 발은 단단한 볼트에 의해 바닥에 고정되어 있고 그 의자에 가냘픈 체형에 기형적으로 가슴이 도드라진 미순이가 벌거벗긴 채로 묶여 있었는데, 신체에 이차적인 고통을 주기 위해 손목과 발목 허리에 끈이 아닌 철사로 감겨 있었다. 움직이면 철삿줄이 살 속으로 파고든다. 예를 들면 이렇다. 칠십 년 전 보도연맹을 빙자하여 죄 없는 사람들을 수장시킬 때 열 명

단위로 손목을 철사줄로 묶었다고 한다. 한 사람을 바다에 밀어 넣으면 줄 줄이 바다로 떨어지게 된다. 이는 앞 사람의 무게로 다음 사람이 연달아 떨어지는 게 아니라 철삿줄에 묶인 통증으로 함께 빠지는 원인이 된다.

가엾은 성기에 거웃이라도 무정했으면 다른 의도로 보였겠다. 겁에 질린 미순의 눈을 똑바로 보는 게 힘들었다. 그런 그녀에게 뚱이가 아무렇지 않게 전선을 휘둘렀다. 전선의 용도는 무시무시했다. 그저 평범한 굵고 까만 선인데 공기를 가르는 소리가 신경을 갉아댔다. 미순의 여과 없는 비명은 지금껏 들어봤던 어떤 비명보다 의식을 마비시켰다. 산채로 가죽을 벗겨내는 듯한 음절에 소름이 끼쳤다. 철삿줄에 감긴 손목에 피가 흘렀다. 양수가 비명에 단점이 있다며 소리를 질렀다.

"아직 아냐, 이건 그런 비명을 지를 정도로 아프지 않아. 야, 칫솔을 사용해봐. 이게 진짜지."

이번엔 정우성이 부러진 칫솔을 들고 미순의 등과 허리, 발가락 사이를 순서대로 돌아가며 쑤셔댔다. 미순의 입이 딱 벌어지고 동공이 커졌다. 비명조차 컥컥거리는 미순의 몸짓이 기괴했다. 팔목에 감긴 철사가 미경의 몸부림에 살 속으로 파고들었다. 그 고통은 그대로 우리에게 옮겨졌다. 이 장면은 시청각 교육이거나 단순한 경고가 아니었다. 다음 차례는 누구일까? 그걸 묻고 있었다.

"회초리는 따끔하지만, 칫솔은 백만 볼트의 전류가 문자 그대로 각인되지. 각인이 무슨 말인지 무식해서 너흰 모를 거야. 뼈에 새겨진다는 뜻이야. 많이 아파! 그리고 여운도 깊어. 난 지루해서 갈 테니까 세 번 정신이 나갈 때까지 계속하라고."

미순이는 딱 세 번 기절했다. 물이 뿌려졌어도 미순이 정신은 돌아오지 않았다. 미순이 좋지 않은 냄새를 흘렸고, 뚱이와 정우성이 투덜거렸다. 그들은 점심 메뉴로 짜장면은 물린다고 짬뽕으로 바꿔야 한다고 투덜거렸다.

장편소설 빛

그동안 나를 포함한 모두가 예외 없이 소소한 폭행을 당했다. 하지만 영업까지 중단시키고, 하물며 삽입된 성기마저 뽑아내고 모이게 한 것은 처음이었다. 이곳을 이탈했다고 사태가 이런 식으로 연출될지 몰랐다. 미순의 죄는 도망이 아니다. 모두를 향한 도살 예시였다.

교육한다며 드는 매는 어딜 겨냥해서 휘두르는 몽둥이가 아니었다. 뚱이는 얼굴이나 가슴과 관계없이 마구잡이로 각목을 휘둘렀다. 뚱이는 이곳 여자들 얼굴이 일종의 상품이므로 날씨 탓이든 교육 차원이든 얼굴은 피해서 때렸다. 그런 이유를 알고 있는 여자들은 아픈 곳을 피해 맞으려고 주먹을 향해 얼굴을 디밀었다. 뚱이의 주먹은 예민한 센서가 부착된 것처럼 안면에서 정확히 멈췄다. 그런 폭력이 도망에 한해서는 예외규정이 있는 것이다.

그런 사정에도 정말 미친 건지 며칠 후 다른 여자가 얼마 전 광경을 보고도 도주하다가 미순이와 같은 경로로 붙잡혔다. 우리는 다시 대기실로 끌려와 먼저보다 더한 폭행을 보게 됐다. 두 명의 신입은 보는 것만으로 오줌을 지렸다.

밖으로 나가고 싶다는 욕망은 죽음을 초월했다. 밖과 연결된 문은 보는 것만으로 가슴이 두근거렸다. 한 번 사용된 실험체는 폐기처분 됐다.

하도 사용해서 사람의 때와 기름이 발라져 번들번들한 몽둥이는 벗겨놓은 여자의 전신을 두들겼다. 이빨이 부서져 나왔고, 등이며 허리 신체의 각 부위를, 개를 때려잡듯이 두들겼다. 무지막지한 매질이었다.

옆에 서 있던 정우성의 얼굴에 피가 튀었다. 앞에 앉아 있던 악마가 손짓하며 죽었는지 살았는지 모를 여자를 그만 치우라고 손짓했다. 뚱이는 아쉬운 표정으로 여자를 둘러매었고, 기절한 여자의 흰 엉덩이를 귀엽다는 듯 살짝 두들겼다.

그날 이후 정원이 다시 채워진 우리 여덟 명은 잠을 제대로 자지 못했으며 연실 악몽을 꾸었다. 그리고 옆에 누군가가, '도망치자마자 덤프트럭에 바로 뛰어들어야 해! 잡히면 미순이나 그년 꼴 나는 거지.' 했다.

에어컨 바람은 욕정에 쏠린 수컷을 받을 때만 쐴 수 있었다. 죽고 싶은 게 아니라 죽이고 싶은 생각이 드는 무더운 여름밤에는 지겹더라도 수컷을 받는 게 좋았다. 그 개 같은 여름이 막바지였다.

그놈들은 내가 무슨 생각을 하는지, 뭘 할 것인지 다 안다. 반면 나는 그들의 생각을 한치도 읽지 못했다. 사육당하는 가축인 철저한 수동형으로서의 존재였다.

양수는 사람을 대할 적마다 맞춤 가면을 뒤집어쓴다. A라는 인간에게는 굶주린 늑대로, B라는 인간에게는 배부른 고양이가 권태롭게 쥐를 다루는 야비함으로, C에게는 뙤약볕에 나와 신경질적으로 그림자를 끌고 다니는 생산에 지친 암캐의 나른한 모습이다.

생각해 보니 공통점으로는 음흉한 작은 짐승이다. 그리고 고문을 즐기는 악마다. 전에 그에 대한 의문은, 인간이 어떻게 저럴 수가 있을까? 이었고, 지금 그에 대한 의문은 이 세상에 저런 종류의 악마가 얼마나 많이 서식하고 있을까이다. 사는 게 두려운 것이 아니고 이 나라에서 산다는 게 두려움 자체였다.

무엇을 당하건 최악이 아니다. 최악이 선진화된 나라인 것이다. 시대가 굶주림에서 빠져나왔다고 희희낙락한 노인들은 모른다.

잘 살펴보아라. 누가 악인가. 당신은 평범한 행인 중에 악을 골라낼 자신이 있는가? 부풀어 오른 술빵과 비교되지 못할 돼지를 악으로 판단하겠는가? 스스럼없이 다가가도 괜찮게 생긴 양수를 한 눈에 완벽한 악으로 판단할 수 있을까? 관상으로 판독이 불가능한 정우성은 어떤가? 평범함을 가장한 악은 누구든 경계하지 못한다. 우리는 그런 악의 평범함으로 조련당하는 것이다.

장편소설 빛

살찐 악의 무도회. 사용 가능한 언어는 주의, 경계, 금지의 경구만으로 존재한다. 누구나 공격성을 갖춘다. 그저 그런 얼굴이 고만한 크기의 범죄를 스스럼없이 저지른다. 아니, 도저히 악하게 생기지 않은 허약함의 도를 벗어나 쥐새끼처럼 살아가게 생긴 양수란 놈이 대 악마란 사실을 겪어보지 못했다면 악을 구별하지 못할 것이다. 그 후론 관상을 믿지 않는다. 우리는 쥐새끼를 얕본다. 하지만 크기의 문제다. 그 쥐가 황소만 하다면, 그 쥐는 괴물이란 뜻이다.

상상을 불허하는 그의 감정에 알맞은 걸 찾아보려 해도 매번 실패다. 그저 존재 자체로 섬뜩하다. 뒤로 퍼지는 광기의 불길과 함께 지금까지 본 적이 없는 형상으로 둔갑하면 누구도 공포에 휩싸이게 된다. 누구든 그 앞에서 단 한마디도 하지 못했다. 불가마에 들어앉아 있는 기분이 드는 방에서 우리는 모두 얼어붙는다. 덥고 춥고를 느끼지 못한다. 아, 그 웃음. 웃음이 비수가 되어 파고든다.

그가 웃는 건 오늘의 운세나 날씨가 좋아서는 아니다. 습관처럼 웃는 것도 아니다. 저 웃음은 수천 가지 함의를 품은 기호인가. '도대체 나한테 왜 이러는 거예요?'라고 이곳에 끌려오기 전에 묻자 그놈의 눈초리가 올라갔다. 양수는 의미와 목적 없이 함부로 질문하지 말라고 했다. 나한테 왜? 내가 너에게 뭘 어떻게 했다는 거지? 그게 아니야. 네가 나에게 뭘 한 거지. 너는 내게 진 빚을 안 갚았어. 네가 여기에 살며 빚을 갚아야 하는 이유를 모른다면 특별 지도를 받아야 할 거야. 뼈다귀에 새겨질 정도로.

그 당시는 특별 교육이 무슨 말인지 몰라 당혹스러웠다. 묻기 전에 생각하란 말인데 아무 질문도 하지 말라는 뜻으로 들렸다. 정확하게 묻지 않으면 얻어터진다. 귀에 걸면 귀걸이고 코에 걸면 코걸이인 양수의 논리에 기호성에 맞는 적확한 단어를 찾아내기란 난감했다. 양수가 말하길,

"너한테 뭐? 정확히 말하자면 네가 아니더라도 내게는 상관없는 선택이

173　　　　　　　　　　　　　미로학습 · 09

지. 너는 먹이감에 연결된 먹잇감일 뿐이야. 너는 그저 걸려든 무작위야! 그냥 벌레지."

그놈은 눈깔을 떼굴떼굴 굴린 다음 가늠쇠를 조정하며 말했다.

"제발 좀 진부하고 비상식적인 질문을 하지 마! 넌 아직도 네가 대단하다고 생각하고 있잖아. 그렇지 않아. 넌 그저 세상의 구더기야. 앞으로 고상하게 물어. 넌 대학을 나왔잖아. 지금은 대학이 술집처럼 흔하지만 네가 다녔을 때만 해도 개나 소나 들어갈 수 있는 곳은 아니었지. 내 주변에는 깡그리 무식한 연놈투성이야. 나도 한 번쯤은 고급스러운 대화를 하고 싶다."

놈이 앉은 채로 의자를 끌고 왔다. 작고 평범한 그가 다가올수록 점점 확대됐다. 의지와는 다르게 입이 붙어 저렸다.

"자, 내가 가르쳐 줄게. 그렇게 두루뭉술하게 말하지 말고 구체적이고 합리적으로 말해. 전 지금까지 밥만 하고 밤이면 대주기만 해서 아무것도 몰라요. 나는 그냥 씹 팔 년이에요. 방법을 알려 주시면 주일 날 성전에 헌금하듯 십 프로를 드릴게요, 라고 물어봐. 너의 진정성에 따라 무료로 가르쳐 줄 수도 있어. 자, 시작."

이렇게 되면 할 말을 잃는다. 놈은 자신 앞에 놓인 누구든 의식이 없기를 원하는 것이다. 대화하다 보면 하고 싶은 말이 섞여 나오기도 하는 법인데 그 전희를 생략하라니 무슨 말이 나오겠는가. 양수는 무조건 자신의 지시에 의문을 품지 말고 그저 순응하라는 것이다. 그러다 용도폐기 되면 어디론가 버려진다.

그렇듯 이 작자의 앙증맞게 생긴 손을 보고 만만하게 봤단 큰코다친다. 먼 곳을 바라보는 눈빛과 잔인성을 드러낸 입꼬리가 싸늘한 냉기를 뿜어낸다. 양수는 생각하고 그 휘하의 두 놈은 행동에 옮긴다.

간절한 소원이 있다면 저놈이 정한 빚을 청산하는 일이다. 내 빚은 방죽에 가둬진 물처럼 정확하게 수위를 유지하며 일정한 수량을 방류하고 있다. 놈의 말대로 남편이 돈을 썼던 누가 갖다 버렸든 상관이 없는 일이었고, 내 이름으로 콱 박혀있으니 그건 고스란히 빼도 박도 못 할 내 빚인 것이다. 여기에 억울함을 하소연한들 무슨 소용이 있을까? 그가 말하길 사람은 빚을 지기 위해 태어났단다.

그렇다고 내가 무슨 수로 늘어가는 칠천만 원을 갚는단 말인가. 아니지, 뚱이는 내 빚이 뙤약볕에 엿가락처럼 늘어져서 일억 이천만 원이라 했다. 게다가 한 달 이자가 삼백육십만 원이고 육 개월 후 차용증을 새롭게 쓰는 날이 돌아오면 일억 사천 이백만 원이다. 복리로 빚이 늘어나니 월 천만 원씩 칠 년을 갚아도 우수리가 남는다고 했다. 그러다 세월로 쓸모가 줄어들면 빚의 방죽이 터질 것이다.

양수는 매일 밤 책상에 앉아 계산기로 빚을 늘렸다. 그다음 지시를 받은 뚱이가 밑 품을 열심히 판 대가로 들쑥날쑥한 빚의 액수를 뼈에 새기도록 했다. 빚이 불어나면 교육을 받는다.

이곳 여자들은 월급이 아닌 성과급을 받는다. 하는 것만큼 먹는데, 말로는 화대의 반을 챙겨준다고 했다. 물론 돈으로 직접 주지는 않고 이자와 원금에서 뺀다. 하루에 열 명을 상대한 적도 있으니, 그럴 가능성이 한 달 내내 열리면 월 천 오백만 원이 내 수입이다. 이 짓을 열성을 갖고 하는 것도 우습지만 그럴 의도가 있다손 치더라도 요즘은 씹도 불황인 것이다. 그리고 축축 처지는 나이는 어쩌란 말이냐. 결국, 당나귀 귀 빼고 대가리 빼고 좆 빼면 먹을 게 없다는 뜻이고, 새로운 것을 밝히는 수컷의 사회적 관습 탓에 수명이 짧다. 게다가 이 짓도 몸이 성해야 겨우 이자 정도 가리는 것이다. 결국은 열린 문을 향해 뛰어들게 되어있는 구조인 것이다.

머리 나쁜 년들은 이 소굴에서도 희망을 품는다. 타일러봤자 소용없는 일이다. 그놈들이 이곳에서 우리에게 먹을 것과 입는 것을 공짜로 주는 이유는 유통기간이 짧기 때문이다. 이런 생리를 알아도 별 뾰족한 수가 없는 건 마찬가지였다. 그놈들이 인정이 많아 우리에게 과일과 비타민을 주는 것이 아니다. 밑 품을 팔기 전 껍데기가 멀쩡해야 유인할 수 있기 때문이다. 상품은 싱싱하고 신선한 상태를 유지하지 못하면 지옥의 다음 단계로 넘어가게 되어있다.

나는 이곳에서 월 오백만 원 이상의 수입을 올리고 있다. 양수 말대로라면 세상의 어떤 년이 타고난 밑천만 가지고 이 정도의 수입을 올릴 수 있냐고 격려한 다음, 왜 결혼이란 걸 해서 사내만 바라보며 독립적으로 살지 못하는지 개탄했다. 그러면서 너희들은 세금 한 푼 안 내는 고소득자이므로 희망이 있다는 것이다. 이곳의 몇몇 여자는 빚 갚을 희망으로 눈빛이 이글거렸다. 다들 정상이 아니었다.

이자의 왕성한 번식력을 알고 있는 나는 속으로 고개를 흔들었다. 우리는 그저 아무 소리 없이 씹만 팔면 됐다. 계산은 양수가 한다. 도살장에 모인 모든 가축의 운명인 것이다.

빤한 답 같지만, 새겨 볼수록 고개를 끄덕이게 하는 진리가 있다. 세상 모든 가난한 자는 먹을 수 있을 때 먹어둬야 하고 죽을 수 있을 때 죽어야 한다. 그럴 기회가 온다면 말이다. 건방지게 희망을 품는 일은 없어야 한다. 내가 숨죽은 배추 같은 표정을 짓자 놈이 거의 오 센티 앞으로 당겨져 왔다.

"한 번 더 말하지만, 내가 물으면 너는 반드시 빠르고 정확하게 대답을 해야 해. 나는 너를 찢어 죽이고 싶지 않아. 곱게 죽고 싶거든 내 명령어를 머릿속에 꼭꼭 심어둬, 알았어?"

양수의 말이 떨어지기 전에 돼지와 정우성의 자세가 떠올라 빠르게 네라고 대답했다. 악마는 나의 빠른 적응에 흡족했는지 말투가 다시 부드러워졌다. 놈에게는 말투의 진폭과 감정의 고저가 자주 판을 벌이는 폭력장과 전혀 상관이 없었다. 뚱이는 양수의 상태가 날씨에 따라 변하지 않는 걸 감사하라 했다.

장편소설 빛

"좋아, 예절에 대한 학습은 나중에 더하기로 하고 오늘은 사업 얘기만 하지. 전에도 말했지만 나는 자선 사업가가 아니야. 푼돈을 벌어 쓰는 영세 금융업자야. 게다가 허가나 면허 같은 건 없으니 야매지. 약간 불법이다 보니 광고는 하지 못하고 알음알음으로 하는 사업이다, 이 말이야. 좌우지간 돈을 빌려주고 이자를 받는 건 여타 금융권과 다름이 없어."

악마의 표정은 전혀 진지하지 않았다. 그렇다고 장난기가 엿보이는 것도 아니다. 그것이 뚱이와 양수의 차이다. 양수는 악을 부화시키는 자이고 뚱이는 악을 육성하는 자이다. 논리를 자기식으로 이끌어가는 자가 대 악마이다.

"다만, 음, 돈을 회수하는 방법이 다르고 차이는 있지만, 우열을 가릴 수 없어. 은행은 대량으로 길고 지루하게 피를 말리는가 하면 우리는 영세업자여서 소수만 화끈하게 살을 발라내지. 피도 흘리지 않고 말이야. 누가 더 나쁜 놈인지 순위를 맥여봐!"

표정은 그대로인데 웃음소리가 들렷다. 눈물도 나오지 않는다. 두 집단 모두 인정과 사정이 통하지 않는다. 그렇다고 하늘이 천벌을 내리겠는가? 예수의 형상에 통성기도를 한들 그가 나를 구원하겠는가?

그들이 처음 이곳에 나를 데리고 왔을 때 더할 나위 없는 부드러운 음색으로 이랬다.

"자, 여기가 너의 직장이야. 직장이니 일을 제대로 못 하면 잘리는 곳이지. 손님은 두 당 십만 원이야. 능력만 되고 경기가 좋으면 하루에 백만 원도 벌 수 있어. 그중 반이 네 몫이지. 이 세상에 직원에게 이 정도로 복리후생에 배려하는 자상한 사업가는 나 외 없어. 과일은 얼마든지 먹을 수 있어. 유니폼이 있으니 옷 살 필요가 없고, 기초 화장품은 공짜야. 대부분 거저야. 벌면 버는 대로 고스란히 남아. 너는 도 닦듯이 씹을 팔아서 네 빚을 부지런히 털어내는 거야. 내가 무슨 말을 하는지 잘 알 거야. 넌 대학을 나왔으니까."

소름 돋는 웃음소리가 대기실을 가득 메웠다. 귀를 막고 싶었지만, 매에 익숙해지다 보니 악마의 손짓이 더 두려웠다.

나락. 무명(無明)의 세계. 과거 현재 미래가 없는 곳이다. 아무 생각이 없다. 가족은 생각나지 않았다. 이유는 모른다. 오히려 혈육을 비롯한 과거의 인물이 말끔하게 지워져 있어 만난들 타인보다 못할 것이다. 꿈틀거리는 생각을 멈춰야 한다. 난 이미 죽었다.

아, 그래서 남편은 해와 달님의 이야기 속 떡장수 엄마처럼 고개를 넘을 때마다 팔 하나를 떼어주고, 희망이 사라질 무렵 끝내는 모조리 내어주었구나. 남편은 빠져나갈 방도가 없었다.

당시 따끔한 맛을 보지 못한 나는 이판사판이어서 그럼 내 몸에서 떼어갈 수 있는 건 모조리 떼어가라고 악을 썼다. 내가 양수의 바짓단에 매달려 악을 쓰고 몸부림을 쳤는데 놈은 아주 감정 없이 표정 하나 변하지 않고 뱀처럼 말했다. 속삭임이 소름 끼쳤다.

"바로 그게 내가 하려는 말이야. 역시 여자는 사내보다 똑똑해. 배운 년은 쉽게 알아듣지. 내가 수십 년 동안 알아낸 공통점이야. 말이 통한다니까. 그런데 아직 네 몸통은 유효기간이 많이 남아 있어. 몇 년 더 뽑아먹은 다음 척출해야 된다구. 땅에 묻힌 것만 자원이 아니지. 사람에게는 그런 천연자원이 있어. 보석만큼 비싸! 하지만 사내새끼들은 간이 멀쩡한 놈도 적고 제대로 관리하지 않아 쓸모가 없는 경우가 많아. 무슨 말인지 알겠지? 비타민은 꼭 챙겨 먹으라구."

무슨 말인지 알 거 같다. 하지만 싫다고 했다. 나는 거절의 의미로 또렷하게 말했다.

"차라리 눈을 파가!"

"안 되지. 턱없이 부족해. 내 오늘은 첫날이니 특별히 봐주겠어. 다음부

　　　　　　　　장편소설 빛

터 말 까지 마. 요즘 여자들은 희소성 때문에 버르장머리가 없어. 그런데 처음부터 세게 하니까 오히려 겁이 없어지더군. 적응되도록 서서히 데워 야지. 여자의 성적인 특성 아니겠어? 뭐든지 급한 건 부작용이 생겨. 야, 이 색끼들아, 알아들어?"

움찔한 뚱이는 받아 적을 태도였다. 악마가 주위를 뱅뱅 돌며 소름 끼치 는 웃음으로 방안을 가득 메웠다.

"창녀는 역사적으로 가장 오래된 전문직이야. 그리고 이 시대에 수컷의 역할이 적어지고 있어. 전쟁도 없고, 기계가 힘센 놈을 대신하던 시대가 몇 세대를 넘겼지. 미래엔 식량난을 고려하고 순수한 생산을 위한다면 불 필요한 놈은 다 제거해버리고 일부다처제가 합리적이지. 여러 가지 조건 이 갖춰지지 못한 사내들은 진즉 재생산 공장으로 보내야 한다는 게 내 주 장이야. 안 그래? 그런데 그게 내 생각만이 아니더라구. 짝을 못 찾는 소외 된 수컷들이 넘쳐나잖아. 전쟁이 터진 것처럼 창녀의 수요가 무궁무진하 다는 말이야, 인마!"

손가락으로 총을 쏘듯이 나를 가리킨 다음 방아쇠를 당겼다.

"너는 거부권을 행사할 권리가 없어. 넌 식민지 유민이니까. 넌 영혼의 일부를 제외하곤 이미 모든 걸 양도했어. 그리고 만약 영혼이 육체의 부분 이라는 의학계 학설이 정설이라면 그것마저 내 소유지. 악마에게 저당 잡 힐 영혼마저 없는 셈이야."

놈의 웃음소리가 흐드러졌다. 악마는 신체 포기각서를 흔들며 연극에 나올 법한 억지웃음으로 귀를 막게 했다.

나는 이렇게 해서 전속 창녀가 됐다. 여기 위치가 어딘지 모른다. 다만 불행한 나라의 도시 한 구석이라는 사실은 안다. 이곳에 도착했을 때 나와 꼭 같은 처지의 여자 여덟 명이 거울에 비치듯 내 앞날을 보여주었고 내가 도착한 직후 절망적인 표정이 완연한 여자가 퇴역했다. 정원은 최대 수익을 위한 영업 구조에 맞춰 정해져 있어 누군가 들어오면 누군가 사라졌다. 그렇다고 여기에 수용된 여자들이 서로 경쟁 관계 이거나 전우애가 있는 것도 아니었다. 반면 신입이 왔다는 사실은 누군가에게 날벼락이었다.

우리는 같은 대기실에 있었지만, 서로 간의 말은 간단한 의사 표현 수단으로나 사용했다. 뚱이가 금기 사항으로 수다 금지라 써 붙인 것도 아닌데 각자 세운 무릎에 고개를 처박거나 벽을 향해 돌아누워 서로의 접근을 막았다. 그리고 보니 우리는 서로 마주치는 것조차 꺼렸다. 지루해서라도 감방 안 동기로서 처지와 과거가 궁금할 텐데 왜 그러지 않는 이유를 모르겠다. 동지애, 그런 거 여기에 없다. 친구를 대신할 개도 없다. 생일도 없다.

단골이 찾지 않는 한 차례는 순번으로 이루어졌다. 가끔은 삶의 의지가 불타오르는 신입이 먼저 원하면 얼마든지 모두의 환영을 받았다. 이론상으로는 많이 하면 많이 벌 수 있다. 그렇다고 빚이 눈에 띄게 줄어드는 것이 아니어서 다들 순번이 불리면 지겨운 장소에 끌려가듯 싫어했다. 한때 가슴을 설레게 했던 섹스가 이 정도로 지겨울지 누구도 상상하지 못했다. 다들 수녀나 비구니가 얼마나 좋은 질의 삶을 살고 있는지 부러워했다. 이 직업이야말로 청소부 다음으로 최상의 3D 업종임을 일반 년은 짐작도 못 할 것이다. 여기서 한 번 누워서 팔아봐라! 여름 한 철은 빚이 늘어나는 계절이었다.

시간이 나면 시간이나는 대로 불안했다. 그런지 불면은 일상이었다. 이곳에서 불면은 과거의 상황을 되씹어야 했으므로 최악이다. 눈을 뜨고 있는 자체가 얼마나 불행한지 모르는 팔자 좋은 사람에게 불면이 다른 형태의 암 임을 강조해봤자 입만 아프다. 잠, 심한 변비에 걸린 것처럼 아무리 용을 써도 나오지 않는 잠이 눈가에 매달려 떨어지지 않았다. 그것조차 지옥이었다.

나는 하루에 평균 5회 정도 짐승을 다뤄야 했다. 친절하지 않으면 큰일 난다. 뚱이가 고인 정액을 처리하고 나가는 손님에게 고객 만족도 조사를 했다. 빈말이라도 다음에 또 오겠다가 아니라 반드시 오겠다는 말을 들으면 평점은 올라간다. 태형은 평점과 깊은 관계가 있었다. 누구든 서비스 정신이 투철하지 않으면 큰일 난다. 그런데 이렇게 살면 이곳 삶도 습관이 됐다. 가끔 시큰둥하고 불친절한 계산원이 어쩌다 한 번쯤은 친절하지 않던가? 우리도 그런 교육을 가끔 받았다. 다른 점이 있다면 우리는 말로 교육받지 않는다.

벌써 이곳에서 사계절을 맞는다. 이곳 여자들에게는 드문 일이었다. 사실은 그 계절 감각도 긴가민가하다. 그놈이 그놈 같은 수많은 수컷이 나를 사용했다. 물든 것인지 익숙해진 것인지 몰라도 견디다 보니 나를 찾는 놈도 내 처지와는 다르긴 한데 처량해 보이긴 마찬가지였다. 아니, 다 불쌍하고 한심한 중생이다.

매일 사는 게 힘들어 죽겠다는 한심한 어린 영혼들이 몇 날 며칠의 일당을 모아 살만한 눈빛으로, 어쩔 수 없다는 표정으로 나를 안았지만, 돈이 새어나간 며칠 동안 빵이친 허무함으로 비틀거리며 후회와 반성으로 이곳을 빠져나갔다. 그들도 돈의 중요성을 모르는 것은 아닐 것이다.

나머지는 외로움과 말년의 허탈에 헤매면서도 가까스로 고인 성욕을 처리하려 찾아온 늙은것들이 주 고객이었다. 반면 술 마시다 넘치는 흥을 제어하지 못해 찾아오는 것들은 지랄이었다. 이런 치들은 다들 힘들어했으나 운이 나쁘면 하루에도 몇 번은 마주해야 했다. 근무 평점은 아무리 높아도 거부권 행사는 막장 인생에게 포기된 권리였다.

풍이는 사육되고 있는 여자들의 건강을 유지하기 위해 매일 각종 영양제와 주어진 음식을 잘 받아먹는지 확인했고 오전 열 시가 되면 주인의 행동 방침에 따라 뇌 한 부분이 썩지 않은 년만 골라 돼지와 함께 산책을 시켜 주었다.

애완견 산책시키듯 목줄을 맨 것은 아닌데 아무도 도망갈 생각을 못 했고 모범적으로 생긴 큰 덩치의 사내가 지나가도 도와달라는 소리를 못 지른 게 아니라 안 질렀다. 그런 건 누가 가르쳐주지 않아도 다들 알고 있었다. 훈련된 개가 목줄이 풀렸다고 어디 도망가던가?

　나도 이렇게 이 생활에 적응될 줄 꿈에도 몰랐다. 밤이고 가끔 낮에 하는 그 짓만 그만둘 수 있다면, 평생 뚱이와 함께 있어도 빚에 시달렸던 일 년 전과 비교하면 참을만한 삶이었다. 이 시대에 부자와 특권층이 아님에도 과일을 양껏 먹을 수 있는 것만 해도 더할 나위 없지 않을까? 언제쯤 돼야 씹에 굳은살이 박인 도가 트인 창녀 씨에게 묻고 싶다.

　고기도 삼겹살 빼고는 선택 식품이었다. 양수는 지방은 무조건 혐오하고 경멸했다. 여자들은 살이 찌면 뇌에 비계가 낀다는 게 지론이었다. 어쨌든 살찌지 않을 자신이 있다면 지방이 제거된 고기 또한 얼마든지 먹게 해주었다. 남편이 죽고 난 뒤 누리는 이 호사는 아주 오랜만이다. 이 모든 게 계산된 전략일지라도 다들 양수의 배려에 한편으로 고마워하고 있었다. 다독거리며 사는 인생도 나쁘지 않다. 그렇듯 사람의 몸은 씹 빼고 사육되는 형편에 적응하게 설계된 것이다.

　우리 무리 중에 사교성이 매로 교정되지 않는 둘을 제외하고는 고정적으로 찾아오는 수컷들이 몇 있었다. 소위 단골로 취급되는 손님과 그들을 잘 다루어야 하는 여자에게는 덤으로 주어진 시간의 여유가 있어 뚱이로부터 재촉을 받지 않아 그 시간 동안이나마 편안함을 확보했다. 나를 비롯한 눈치 빠른 몇몇은 지랄 맞은 서비스로 단골을 챙겼다. 질척거리는 대기실에서 뚱이와 한자리에 있는 것만 피해도 제대로 숨을 쉬는 거 같았다. 항상 차악을 택하는 것이 적응의 한 방편인 것이다.

　말로 하지 않는 그들의 지도에 덜 당하는 요령을 터득하고 나서 이곳 생활 여러 달 만에 평균 이십 명의 단골을 잡았다. 돼지의 주인인 양수가, 확실히 대학 나온 년은 달라도 뭐가 달라! 라고 빈정거림과 칭찬을 동시에

했다. 내가 선택당한 단골은 다소 숫기가 없어 보이고 돈마저 없어 보이는 놈이지만 위로만 제대로 해준다면 과부 쌈짓돈을 훔쳐 월 2회 정도는 올 놈들이었다. 내가 여기에 있는 이년들보다 우위에 있다면 이런 전략을 짤 수 있다는 것뿐이다.

나를 찾는 사내들의 손바닥은 바위 표면처럼 거칠었다. 거친 손은 이곳 도시에서 낮은 계급이어서 무시해도 괜찮은 표식이다. 아마, 결혼했더라도 자기 마누라조차 공용으로 돌려야 하는 운명이리라.

나는 이 남자들에게 자신이 한 번도 받지 못했을 위안을 돈을 받은 만큼의 이상으로 베풀었다. 그 무리 중 한 명이 박정혁이었다. 살다 보면 그런 거 있지 않던가. 생판 처음 보는 얼굴임에도 정이 가고 마음이 흔들리는데 그게 성이 아닌 묘한 꼴림 말이다. 전생에 내게 무엇이었던 상흔을 가지고 있는 침울한 사내였다. 나는 그걸 낯선 곳에 던져진 초식동물의 수줍음으로 착각했었다.

그는 항상 어둠을 두껍게 뒤집어쓰고 나를 찾아왔다. 혼자 살게 되면 내리눌리는 압력으로 찾아들긴 왔는데 왜 왔는지 모를 표정과 과녁을 뚫어지게 보는 눈빛이 슬퍼 보이는 사내였다. 술을 마신 상태에서 나를 찾은 적이 한 번도 없는 이상한 놈이었다. 열흘에 한 번꼴로 나를 찾는 사내는 다급한 적이 없었다. 나는 그의 기름 냄새가 나는 작업복을 왕의 관복처럼 벗겼는데 그는 보기와 달리 의젓했고 황송해하지 않았다. 이 자는 가난하나 뻔뻔한 자가 아니었다. 나는 그를 벗기고 가운을 입혔다. 이쯤 하면 얼굴은 계면쩍고 성기는 사나워져 있어야 할 터인데 그러질 못했다. 병든 자는 아니었다.

아, 초장부터 힘든 하루가 되겠군. 그는 건넨 담배를 받았다가 협탁 테이블 위에 살포시 놓았다. 그는 벗은 내 몸은 신경 쓰지 않은 채 그대로 침대에 누웠다. 내가 옆에 누워 그의 순박한 성기를 찾자 그가 아까와는 다른 얼굴로 조용히 말했다. 그의 조용한 목소리가 양수의 목소리에 겹쳐져 깜짝 놀랐다. 세상에 만만한 놈은 단 한 놈도 없는 것이다.

"아뇨, 오늘은 잠만 자러 왔습니다."

지상에 잠만 자기 위해 고래 심줄 같은 돈을 지불하는 놈은 존재하지 않는다.

"당신과 잠자리가 싫은 건 아니지만 따로 속셈이 있습니다. 앞으로 당신과 하고 나면 떡정이 생겨 속을 털어놓을 수 없을 겁니다. 미경씨, 개인적으로는 당신을 무척 좋아합니다. 형편도 이해하고 있지요."

천정이 폭삭 주저앉은 것처럼 깜짝 놀랐다. 미경씨? 뭐, 떡정? 그가 내 이름을 알고 있다. 어떻게? 말투는 어학연수를 시작한 동남아 외국인 놈인 듯싶다. 그러고 보니 그의 말끝에서 양수의 잔혹함이 깃들여 있다. 나는 소름이 돋은 팔뚝을 싹싹 문질러 가라앉혔다.

"그렇게 놀랄 거 없습니다. 나는 당신의 구원자일지도 모릅니다. 나 또한 당신을 구세주로 믿고 있습니다. 당신은 나를 지옥으로 안내할 유일한 동아줄입니다. 나를 무서워하지 마십시오. 당신을 해코지할 인간이 아닙니다. 피곤하실 텐데 돈만큼 주어진 시간 동안 쉬다 나가세요. 나처럼 말입니다. 온몸이 쑤시는군요."

그가 말하는 도중, 양수와 이어서 돼지와 정우성이 떠올랐고, 벌거벗겨져 의자에 묶일 내 꼴이 그려졌다. 늑대가 나타났다고 소리쳐야 한다. 수상한 놈이 나타났다고 소리쳐야 한다. 나는 처형 장면만으로 죽음을 생각했다. 별 볼일 없게 생긴 사내는 어두운 구석 소외된 도시에 성욕으로 충만한 자가 아니었다. 진작 꿍꿍이가 있는 놈으로 분류하지 못한 어리석음으로 떨었다. 그가 내 이름을 알고 있다. 무슨 뜻일까?

"똥이의 고문을 떠올리셨군요. 침착하세요. 미경씨가 어리석은 짓만 하지 않으면 아무 일도 일어나지 않을 겁니다. 그리고 훗날 반드시 댁을 풀어드리겠습니다. 어쨌든 내 경험으로 보건대, 나를 그들에게 알리면 당신은 미순 씨 꼴 나는 겁니다. 그럼 처형장을 거쳤던 많은 여인네보다 더 가중된 고문으로 아무것도 아닌 이유를 캐내기 위해 양수가 직접 할 겁니다. 그는 괴물입니다.”

미순이까지! 일단 그가 시키는 대로 옆에 누웠다. 관상으로 파악되지 않는 의외의 인물이 있다. 관상에서 제일 먼저 보는 건 목소리이다. 신중하되 갈라지지 않아 묵직하고 정직할 거라는 믿음이 음성으로 나타났다. 나는 성급하게 그의 거친 손을 잡았다. 감촉만으로 내 편에 서서 분노를 터트렸다.

“고맙습니다. 앞으로 말을 더욱 조심해야 할 겝니다. 돼지와 정우성아 하는 말 중 중요하다고 생각하는 말을 골라 내게 얼려주셔야 해요. 정보가 부실하면 나는 처절하게 죽을 겁니다. 그렇다 하더라도 미경씨의 안전은 보장해드리겠습니다. 지금 양수는 광명파의 알력으로 미래가 심상치 않습니다. 난 양수와 그 휘하 놈들을 광명파가 집어삼키기 전에 없애려고 애쓰는 중입니다. 일일이 설명할 시간은 없습니다만, 그 세 놈이 내 형과 형수를 죽였습니다.”

나는 단박에 이해했다. 그의 간략한 말들이 귀속에 들어와 종을 울렸다. 그런데 당신이 뭘 어떻게? 개 한 마리 때려잡지 못할 그 몸으로? 세 악마는 폭력의 효과를 알고 길들여진 기술자이다. 양수는 생각하고 두 놈은 기계적으로 주먹을 놀린다. 아무리 높게 쳐도 정혁에게는 승산이 보이지 않았다. 살려면 그들 편에 서야 한다. 아니 입을 꿰매야 한다.

나는 자신의 이름을 정혁이라 밝힌 자에게 하소연했다. 당신은 그들을 모른다. 그들은 사람이 아니라 악마다. 어떻게 인간이 악마를 상대하겠는가. 아무 말도 듣지 못했으니 다시 오지 않으면 좋겠다. 그만두시라. 정혁은 태평스레 자고 있었다.

골치 아픈 손님을 받았다. 돈을 주는 사내에 대한 몸의 관성은 이미 생겼고 투철한 직업의식으로 사뭇 적응되어 가는 판이었다. 그런데 이제 와 이곳에서 나를 도망치게 해주겠다니. 정혁의 말에 찔리자 가슴이 벌떡벌떡 들썩였다. 아, 그게 내 처지를 일깨웠다. 간신히 잠재웠는데 희망의 씨가 발아되려 했다.

나는 정혁의 옆에 누워 쿵쾅거리는 가슴을 진정시키려 애를 썼다. 정혁이 나를 살포시 안았다. 습관적으로 그가 하려는 줄 알고 그의 성기를 잡았다. 그의 눈가에 어린 눈물, 그따위로 진정되진 않았지만, 확신을 주는 느낌이 전해지긴 했다. 그와 주어진 한 시간과 단골 특혜로 베풀어진 이십 분이 지나갔다는 신호로 전화벨이 울렸다. 정혁을 배웅했다. 그는 열흘 후에 보자고 말했다.

정혁은 이곳에서 일어나는 대부분 장면을 알고 있었다. 어떻게? 내부에 호응하는 자가 있는 걸까? 계속 살폈으나 짐작이 안 간다. 그리고 또 뭐라 했지? 양수가 알력 싸움에 말려 있다고 했다. 그리고 보니 정우성과 돼지가 광명 어쩌고저쩌고하는 소리를 듣긴 들은 거 같다. 아, 한 박자 늦었다. 백 번 천 번 생각하고 기회를 잡는다면 이곳을 빠져나갈 수 있지 않을까? 미경은 생각만으로 겨드랑이에 날개가 솟는 듯했다.

그는 여전히 열흘 간격으로 찾아와 잠만 잤고 간혹 누군가 이름을 부르며 잠꼬대를 했다. 내가 무슨 말을 하려면 나를 꼬옥 안았다. 언젠가부터 내 심장은 사람의 눈물에 반응하지 않을 정도로 무뎌지고 탄탄해졌다. 그렇게 알고 있었는데 그가 나를 녹여냈다. 연애 모드가 작동됐다는 말이 아니다. 정혁은 자기가 한 말을 잊어버린 듯이 태연하게 자고 또 잤다. 정혁은 마사지 시술소에 오직 자는 목적으로 왔다. 대체 뭐 하는 놈이기에 여기까지 와서 잠만 자는 걸까?

내가 누구를 닮았다고 했다. 그가 아니라면 웃었을 것이다. 기포처럼 떠오르는 궁금증과 아픈 불안이 섞여서 불면을 유도했다. 하지도 않을 거면서 나를 골라 찾았을 때 진작 알아봤어야 했다. 동료에게 아무렇지 않게 사실을 털어 놓으려해도 몸에 밴 생래적 본능이 입을 막았다. 의문과 불안감으로 온몸이 가려웠다. 반면, 다른 함정이어도 뛰어들고 싶은 이 변태적인 감정은 뭐란 말인지. 뚱이가 손에 전깃줄을 감고 다가와 휘둘렀고 비명을 지르자 꿈이었다. 저울은 아직 어느 쪽으로도 기울어지지 않았다.

불안 증세야 다들 몇 개씩 차고 있는 것이어서 내 불안은 누구에게도 스스럼이 없이 묻혀 들키지 않았다. 양수는 여자들이 불안감을 생리대와 함께 차고 있도록 조장했다. 식욕이 사라졌다. 뚱이로부터 주의를 받았다. 이 몸뚱이는 살이 쪄서고 안 됐지만 빠지면 쿠션 부족으로 경고였다. 그렇게 먹히던 과일마저 무맛이거나 입안에서 겉돌았다. 돼지가 가슴을 쿡 찌르더니 바로 경고했다. 이런 경고가 모이면 돼지의 기분에 따라 엉덩이를 전선으로 맞는다. 나는 놀라는 척했으나 속으로 웃었다. 이제 말로 하는 경고는 무섭지 않다. 낭떠러지가 보이면 망설이지 않고 바로 뛰어내리련다.

주기적으로 찾아오는 그림자처럼 생긴 사내가 행위 도중 자꾸 떠오른다. 순한 눈초리만 빼면 이곳 악마 대장과 비슷한 느낌을 풍기는 사내였다. 그가 나의 구원자가 될 수도 있다는 말은 무슨 뜻일까? 설마 내 빚을 갚고 이 지옥에서 끄집어내겠다는 뜻일까. 그저 베푸는 점심에도 공짜가 없듯이 대가 없는 보답은 없다. 수상한 건 그자의 눈에 성욕이 없다는 점이다. 신경 쓰지 않으려 했으나 누르면 누를수록 부력을 갖고 떠올랐다. 더는 망가질 데도 없으니 이판사판이었다. 다만 살점을 뜯어내는 고통은 싫다. 고통 없이 가는 게 얼마나 행복인지 일반인을 모를 것이다. 곱게 죽고 싶다고 일종의 욕망이다. 죽음에 곱다는 형용사가 붙는 게 아이러니기도 하지만 고통이 사라진 표정을 곱게 해서 죽을 수만 있으면 그것도 행복한 말로이다.

언젠가부터 그를 기다리고 있었다. 엄밀하게 따져보면 그를 기다리는 것이 아니다. 이 빌어먹을 도시에서 같은 감정을 갖은 나와 비슷한 대상을 기다리는 것이다. 열흘이 지나 정혁이 또 나를 찾았다.

정혁은 잘 벗겨지지 않는 가면을 애써 벗으려 했다. 그에게 향했던 첫인상은 말끔히 씻겨나갔다. 이 자는 슬퍼도 슬퍼 보이지 않고 즐거워도 즐거워하지 않았다. 겨드랑이에 손을 넣어 간지럼을 태우고 싶은 그의 표정은 사악한 기운만 없었다. 정혁은 그림자에서 일부분이 떨어져나와 만들어진 자였다.

아, 저 얼굴, 삶에 대한 희망이 전혀 없는, 그러면서도 어딘가에 활활 타오르는 전의가 타인의 접근을 막았다. 그리고 그는 양수와 마찬가지로 읽히지 않는 자였다.

정혁은 객실로 들어오기 전 문밖의 기척을 살폈다. 그리곤 기억 회로에 문제가 있는지 처음 만난 사이인 덜떨어진 놈처럼 자기소개했다.

"내 이름은 박정혁입니다. 뚱이란 놈과 정우성이라 불리는 놈 그리고 살인귀인 양수를 해치우기 위해 태어난 사람입니다. 벌써 칠 년째 공을 들이고 있죠."

뭐라고? 사람을 죽이기 위해 태어났다고! 그렇다면 시대를 잘못 만났고 태어나지 말았어야 했다. 누군들 죽이고 싶은 자가 없겠느냐마는, 힘없는 자는 복수를 꿈꾸지 못한다. 복수에는 많은 비용과 정열이 요구되지. 법에 기대는 것조차 일 년 혹은 수 년 치의 생계비가 들어가고 승소한다 치더라도 상대는 혜택에 가까운 양형으로 죄에서 벗어나 떳떳해진다. 그런 후 꿈에 나올 정도로 보복을 당하게 되어있다. 네가 그런 복수를 꿈꾸고 있다고? 차라리 다른 보통 놈처럼 너와 비슷한 타인에게 엉뚱한 총구를 겨냥하는 게 정신건강에 이로울 것이다.

"지금 박미경 씨께서,"

간이 덜컥 내려앉는다. 내 이름이 정겹게 불리지 않은 지가 언제인지 기억조차 아물거린다. 나는 양수의 관리된 의도로 성을 미스 민으로 창씨 개명을 했다. 그런 나도 이젠 내 성이 민 씨인지 박 씨인지 헷갈린다. 그런데 이 사내가 서랍 깊숙이 넣어둔 예전 성씨를 꺼내 부르고 있다. 그럼 나에 대해 아는 것이 더 있을까?

"내 계획이 무모하거나 어리석게 들리겠지요. 그들은 단순한 인간이 아니니까요. 하지만 저 또한 그들과 같습니다. 다른 게 있다면 난 어둠 속에 있고 그들은 표적 안에 있다는 겁니다. 이제는 걸으면서도 꿈을 꿉니다. 그 열망이 결실을 맺게 됐습니다. 도움이 필요합니다. 거절하지 마세요."

커진 내 목소리에 서로 놀랐다. 정혁의 눈이 휘둥그레졌다.

"그걸 왜 나한테, 나는 아무것도 모르는 사람이에요. 제가 사람으로 보이나요."

정혁의 표정이 침울했다. 그리고 고개를 저었다.

"일단 목소리부터 낮추십시오. 물론 두려운 바를 모르는 건 아닙니다. 지금 양수의 돈줄이 막혔습니다. 그 엄청난 양의 돈줄을 제가 감춰뒀죠. 그런데 아무리 생각해봐도 내부자 도움이 없으면 실천은 고작 뒷골목에서 불쑥 나타나 전처럼 놈들의 뒤통수를 치는 방법뿐이 안 떠오르더군요. 이 놈들은 그렇게 처리해서는 안 되는 악마 집단입니다."

정혁의 입에서 내 이름이 다시 거론되자 아예 기절할 정도가 됐다.

"그렇다 치고 제 이름은 어떻게 아셨죠?"

"양수를 그림자처럼 따라다녔습니다. 여기 계신 분 대부분을 알고 있지요. 예전 당신이 살던 아파트 수취함에서 이름 정도는 알았습니다. 당신 남편 사건도요. 다시 말하지만, 그놈을 좇은 지 칠 년이나 됩니다. 그동안 겪어보셨으니 이곳 생활을 잘 아신다고 생각하겠지만 아직 멀었습니다. 나는 미경씨가 보았던 그 이상의 괴물을 목격했습니다. 여기 수용된 여성분들은 둘 빼고 다 만나봤습니다. 그중 당신이 적격입니다."

칠 년이라 말하지 않아도 정혁의 이마에는 그 이상이라고 쓰여 있었다. 그의 증오는 수면에 드러나지 않는 깊이 흐르는 강이었다. 가만히 보니 그는 잔잔히 흐르는 눈을 가졌다. 조용한 그믐에 일렁이는 바다가 보였고, 폭풍이 몰아치는 태풍에 아우성치는 대나무가 쏟아져 나왔다. 나는 그의 시선을 안타깝게 털어내며 못한다고만 했다.

그가 상대할 인간은 호머 사피엔스가 아니다. 그저 사납기만 한 짐승이 아닌 신의 형상을 한 악마인 것이다. 나는 너를 안다고 해도 신뢰하지 못한다. 그가 짐작한다는 듯이 말했다.

"나를 못 믿겠지요. 그들의 악행을 눈을 부릅뜨게 하고 지켜보게 했으니까. 아니 미경씨는 내가 억대의 돈을 싸 들고 와서 당신의 빚을 청산해야 믿을지 모릅니다. 하지만 그럴 돈이 내게 없습니다. 돈은 부자한테나 흔하지요. 내게 남은 건 앞으로 쓰라리게 펼쳐질 세월뿐입니다. 잘 생각하시면 믿을 수도 있습니다. 미경씨 아파트에 양수와 그 일행이 쳐들어간 두 번째 날 뚱이란 괴물을 공격한 사람이 바로 나입니다."

설명할 순 없지만, 그일 거라 짐작은 했다. 이 사실이 발각 난다면 이 자리에 있는 사실로만, 정혁이 죽는 거야 당연하겠지만 나 또한 끔찍하게 토막이 날 것이다. 그리고 당신의 공격은 미미했다. 당신과 손잡을 수 없다.

"계획은 이미 섰습니다. 다만 시기가 필요하고 미경씨의 역할이 필요합니다."

계획? 그까짓 채권자 한 명을 숨겨두었다고 양수의 철옹성에 흠집이라도 낼 수 있단 말인가. 게다가 양수는 잘 훈련된 사냥개를 많이 거느리고 있다. 더욱이 역할이라니. 구경만 하래도 어려운 일이다. 그들 앞에 서는 것만으로 거울 앞에 선 것처럼 모든 것이 완연히 드러날 텐데 나보고 무슨 역할을 하란 말인가. 그러면서 궁금해졌다. 남편의 죽음을 떠올린 건 아니

장편소설 빛

다. 지금까지 당한 꼴을 생각하면 이가 갈리지만 그 심정보다 여기서 놓여 나기만 한다면 복수는커녕 모든 걸 꿈이려니 하고 양수를 잊을 수 있다. 그렇다 하더라도 이곳을 나가면 분명 또 다른 형태의 지옥을 경험하게 될 것이다. 삶을 유지하는 자체로 고용한 자에게 대가를 지급해야 한다. 다만 여기만 아니면 덜 고통스럽지 않을까? 하지만 당신은 왜 생긴 대로의 삶을 선택하지 않고 소굴 속으로 뛰어든단 말인가?

정혁은 조카가 병에 걸린 이후 벌어졌던 상황을 무덤덤하게 늘어놓았다. 아이는 완성된 집을 허물고 죽어갔으며, 아이가 죽고 자신이 감옥에 있는 동안 사랑의 대명사였던 형과 형수가 가장 고통스러운 방법으로 자살을 택한 장면을 그리듯 보여주었다. 아, 사랑, 여기서 사랑이라니. 이제 사랑은 상상의 영역이다.

그래 억울하겠지. 그런 일을 당하고 억울하지 않은 사람이 어디 있겠는가. 그렇다고 바위에 달걀을 던지겠다니. 당신이 상대할 인간은 그저 사납기만 한 포유동물이 아니다. 그 인간은 인간의 가장 악질 유전자 조합으로 완성된 악의 결정체인 것이다. 사람은 상대가 되지 못한다. 사람이기 때문이다. 나도 이 고통이 지긋지긋하다. 꿈 깨, 우리는 안 된다고, 그런 생각을 하면서도 정혁의 말에 귀를 기울였다.

"먼저 제일 약체인 정우성이란 작자와 친해지시면 계획은 시작되는 겁니다. 더 알려 줄 수도 있습니다만 그러면 당신의 얼굴에 내 계획이 드러날 겁니다. 나를 믿지 않아도 좋습니다. 계획이 아니더라도 적응의 한 방편으로 정우성이와 친해지도록 노력해 보십시오. 구멍이 난 이상 빈틈을 보일 겁니다. 고통스러우시겠습니다만, 설혹 우리의 계획이 발각 나 사지가 찢어져 죽더라도 나중에 묘한 곳으로 팔려 가거나 중국으로 건너가 장기의 대부분을 빼앗기고 시궁창에 묻히는 삼 년 후의 미래보단 나을 겁니다.

나는 그들의 악행을 처음부터 끝까지 지켜본 사람입니다. 여기서 쫓겨

난 여성이 어디로 갔을 거 같습니까? 당신조차 조금 더 늙고, 아래쪽을 찾는 손님이 줄면 그 시기조차 당겨질지도 모릅니다. 나는 이곳 여성들이 삼 년 이상 버티는 걸 보질 못했습니다. 삼 년이 최대 기한입니다. 그들은 모든 상품의 유통기간을 철저히 지키는 편입니다."

더 나은 삶을 계획한 건 아니었다. 다만 아무리 묶인 세월을 살아야 해도 이보다 더할 거로 생각한 건 아니었다. 지옥은 여러 단계가 있는 것이다. 다음 단계는 사람이 드문드문 박혀있는 곳에서 북극곰만 한 러시아 놈을 받다가 끝내는 중국으로 가서 그 꼴을 당해야 한다고? 거기는 이놈들보다 무겁다.

상상은 그것만으로 끔찍한 미래였다. 일상에 물들면 처지를 낙관한다. 내게 확정된 미래가 그거라면 악이 받친다. 나도 모르게 고개를 끄덕였다.

굳이 박정혁이 계획을 들먹이지 않더라도 잠시나마 이곳에서 몸 성히 살아남으려면 상황에 적응해야 했다. 몸이 시킨 일이었다. 가보지는 않았지만 군대가 그렇고 감옥이 그렇지 않을까? 그런데 미련하게도 이곳 여자들은 양수를 우러러만 볼 뿐 감히 쳐다보지 못했다. 그의 졸개인 돼지나 정우성을 무서워할 뿐 친하려 들지 않았다. 사나운 개는 길들여야 물지 않는다. 어차피 가야 하는 길이었고 정혁의 계획과 상응됐을 뿐이다.

누구든 자신이 미래를 결정하지 못한다. 그 많은 경우의 수는 수순대로 움직여주지 않는다. 하지만 과거도 현재도 없는 사람은 미래도 없다. 돼지가 사육되고 있다면 돼지의 미래는 결정되어 있다. 빤히 보이는 나의 미래, 이용가치 면에서 유통기간을 생각해 본다. 여기를 나간 나의 다른 모습의 여자들은 어디 있을까. 상관없다고 생각한 일이 훗날의 일이질 않은가. 방안은 에어컨으로 쾌적한 23도였지만 냉동고 안에 들어선 것처럼 오한으로 떨렸다.

잊고 있었다. 아니 누군가의 힘에 밀려 망각하고 있었다. 남편인 형식의

장편소설 빛

장기가 적출됐었고 리모컨 콘트롤 당하듯이 자살했다는 사실을 까맣게 잊고 있었다.

나는 남편의 죽음에서 여러 장기가 제거된 바로 다음 날 초인간적인 극한의 고통을 참으며 아파트 옥상으로 올라간 이유는 빼고 형편상 남편의 죽음을 이해했다. 당시는 도저히 공감되지 않는 연결고리였다. 이곳에서 내가 당할 수도 있는 두 여자의 매타작을 눈으로 보고 나서야 남편이 왜 그랬는지 상상이나마 그릴 수 있었다. 어떻게 그 사실을 살아 있으면서 레테의 강으로 떠내려 보냈을까. 이렇게 살면 그 처절한 과거도 희석되는 것일까? 그리고 길어야 삼 년이라 했다.

시한부 삶을 선고받은 것이다. 일 년이 지났으니 내게 남은 기한은 이 년이란 말이다. 죽고 싶지도 살고 싶지도 않았던 기간, 삼 년. 나는 고개를 끄덕였다. 악마가 되어야 산다. 다짐하며 말했다.

"그 새끼와 친해지도록 할게요. 동태만 살피면 되는 거잖아요. 알겠어요. 친해질 수 있을지 몰라도 친해지도록 노력해 볼게요. 나도 정혁 씨의 계획이 표정으로 나타날까 봐 더 듣고 싶지 않네요. 부탁이 있어요. 어디서 청산가리 좀 구해주세요. 얼마 전 어떤 여자가 맞아 죽었거든요."

정혁은 알고 있다고 했다. 만약의 경우를 대비해 정혁이 구해 냈다고 했다. 그 여자는 죽지 않았고 불구가 됐단다. 머리에 심한 충격을 받아 바보가 됐다고 했다. 정혁은 뜨거운 숨을 뿜어냈다. 죽어가던 여자 옆에 흑기사로 나서서 구해 냈다고 하질 않은가. 저 불꽃은 희망이 아니라고 생각하고 싶다. 지금까지 희망은 조롱에 지나지 않았다. 차라리 불운과 가까이 있으면 기대하지 않으니 속는 일은 없었을 것이다.

정혁의 손을 잡았다. 그렇다고 그를 구원자인 예수로 여겼던 것은 아니었다. 처음 엄마 병원비로 궁지에 몰리자 형식을 남편으로 택했던 이유와 목적이 같은 것이었다. 다만 이 수렁에서 빠져나오고 싶었다.

악의 부화

김. 양. 수. 양수를 아는 두목과 중간보스 몇은 그를 어찌 평가해야 할지 고민했다. 관상과 통계 그리고 오랜 경험으로 그는 일반인과 공통점이 단 한 가지도 없었다. 당해봐야 어둠에 가려진 정체를 알게 된다. 사이코패스란 검사방식으로는 이해되지 않는 악이었다. 그는 감정이 말끔히 제거된 배부른 승냥이가 사람으로 형상화된 채로 백 배나 커져 완성된 신종 괴물이었다.

흔히 보이는 그저 그런 얼굴, 평범 이하로 보이는 저런 체구에서 뿜어져 나오는 지략과 잔인함에 모두 혀를 내둘렀다. 그를 아는 놈들은 다들 입을 맞춘 듯이 양수를 께름칙하라 했다. 조직의 누구는 그를 제거해야 할지 망설이다가 그 흉계를 눈치챈 양수에 의해 쥐와 새만 아는 도시 곳곳의 쓰레기통에 나누어져 버려졌다.

예전 광명파 안에서 상당한 서열에 드는 김양수는 많은 직함을 가지고 있었다. 물론 주렁주렁 매달린 직함은 양수의 취향과 거리가 멀었지만, 그 바닥이 워낙 훈장처럼 달린 직함을 좋아하는지라 어쩔 수 없이 받았다. 게다가 여러 가지 명패는 많은 전투에서 혁혁한 공을 세운 훈장 구실을 하기도 했다.

양수가 광명파에 입사하기 전 그 조직은 잔혹한 폭력에 기반을 둔 방만한 집단에 불과했다. 양수는 반열에 오른 지 육 개월 만에 술집과 성매매, 초라한 몇 채의 건물과 아직은 일수놀이에 불과한 대부업에 체계를 세웠고 수익을 몇 배로 불려 놓았다. 그마저도 양수의 허기는 메꾸어지지 않았다.

효율성을 빙자한 조직이 회사 면모를 갖추자 대가리의 눈깔이 커질 정도로 씩씩하게 돌아갔다. 광명파의 일인자인 두목은 그 보답으로 양수의 새로운 명함에 몇 가지 이름을 추가했다. 연애 기획사 상무 겸 광천 빌딩 전무에다 햇살 금융론 대표로 새겨 주었다. 양수는 살포시 웃으며 고개를 숙였으나 우러러 나온 것은 아니었다.

하지만 당시 양수에게 맡겨진 사채업은 광명파의 방만한 다른 조직과 같이 번드레하지 않았고 그다지 실속이 없는 편이었으나 도시의 암울한 미래를 계산에 넣어야만 탐낼 자리였다. 그때까지만 해도 광명파의 사채업은 적은 돈을 뿌려 그 돈이 부풀어 오르기를 기다리는 제과업 정도의 규모였다.

두목이 모질지 못했던 것이 아니었다. 제3 금융을 이용하는 고객은 이미 갈 데까지 간 막바지 삶을 사는지라 아무리 쥐어짜도 빼째라는 족속이 섞여 있었기에 평균 수익은 뿌린 원금에 배 정도에 지나지 않았다. 그것도 장시간과 엄청난 공임을 기울여야 했으므로 계산해 보면 삼국지에 나오는 조조가 중얼거렸던 '계륵'에 불과했다. 그 사업은 일인자의 취향에 맞지 않았다. 날마다 피를 보는 것도 그렇고 궁지에 몰려 고객이 자살이라도 하면 한 며칠은 꿈자리가 뒤숭숭했다. 무엇보다도 두목은 보배운 게 없어 말로 표현하지 못했으나 인과응보나 사필귀정을 부르짖는 재래신앙 신봉자였다. 그는 신내림을 받은 점쟁이를 자주 찾아가 정신과 상담을 받았다.

두목은 자신의 계열사 중 점쟁이 충고를 염두에 두고, 사채업을 접을까 말까 장고에 들어갔다. 그렇다고 버릴 수도 없었고 계속 묵히기도 곤란했다. 이 바닥 생리상 사채업은 구색으로 필요했으며 위험을 나누는 수단이자 자금 세탁을 위한 금고이기도 했다. 아무에게나 맡겨서도 안 되었다. 자칫 영업 생리상 말썽이라도 일으켜 경찰의 꼬리잡기에 걸려든다면 조직 안전이 위험했다. 조직의 사채업은 그런 고민이 있었다. 그대로 놓아두면 냄새가 나고 만지면 종양이 되었다. 무엇보다 맡길 인재가 없었다. 일손은 넘쳤으나 제대로 된 인간이 부족했다. 이른바 인재난이었다.

그런 중에 금융 대부업을 맡길 인재가 제 발로 굴러들어 온 것이다. 김양수는 대부업의 운명을 타고난 자였다. 어쩜, 그런 적성도 있는 것인지, 두목은 기가 막혔고 미적지근한 감탄을 했다. 수건돌리기 식으로 던져 준 것은 아니다. 음지에 자라난 조직은 일반 대기업이나 하는 요행수를 바라지 않는다.

눈에 띄는 성과는 더 두고 봐야겠지만. 직접 손에 피를 묻히지 않는 것만으로 감지덕지했다. 지금 거느린 방계 업체만 잘 굴러다니면야 이 직업이 야말로 왕후장상이 부러울 것인가. 미친개고 사나운 개이고 상관할 바가 아니었다.

양수는 두목과 전혀 다른 계산을 하고 있었다. 사채업은 만지면 만질수록 커지고 단단해지는 십 대의 싱싱한 자지 같다고 판단했다. 채무자가 돈이 없지 몸이 없는 건 아니니까. 양수 손에 넘겨진 광명파의 햇살 금융은 음지에서 상식을 벗어난 도약을 했다. 그리고 증식은 정작 햇살이 비추는 곳에서 일어나는 일이 아니어서 양수 이외에 얼마나 실속이 있는지 아무도 추측하지 못했다.

양수는 광명파의 중간보스이면서 전략적으로 광명파의 식구들을 거느리지 않았다. 인건비 절약 차원이 아니라 문신을 뒤집어쓴 무리를 혐오하는 성격과 뿌리에서 뻗어 나온 가지의 습성을 믿지 않는 원론 탓이었다. 두목은 양수의 이런 참신한 성격이 아직 조직의 생리에 어두워 전략상 실수하는 거로 생각했다. 반면 양수는 깡만 세고 멍청한 인간은 눈에 띄는 골칫거리였기에 폭력이 필요할 때만 서슴지 않고 외주를 주었다. 자본주의에서 용병은 얼마든지 있었다. 그래도 형식적으로나마 양수에게 정예 인원을 붙여 주겠다는 두목의 후의를 정중히 고사하자 다들 안도의 숨을

장편소설 빚

쉬었다. 피튀기는 작업은 깡패에게도 3D 업종이었다. 더구나 양수를 겪어 보니 독거미 같은 놈 밑에 있고 싶지 않았고 양수 또한 그들 몸에 그려진 용 문신이 눈살을 짓프리게 했다. 양수는 고객을 상대할 적에 첫인상을 중요시했다. 겁먹은 노루는 일단 뛰기 때문이다.

사업에 품위와 방침은 매우 중요한 규칙이다. 상대가 험상궂은 모양과 악취가 풍기면 먹잇감이 경계한다. 그럼 시간과 경비가 늘어난다. 거기에 어울리는 놈은 문신이 아닌 자칭 정우성이의 모양새였다. 그놈의 전직은 덤프트럭 운전사다. 비 오는 날에는 알바로 제비를 겸직했다. 서툰 제비인 정우성은 오히려 꽃뱀을 건드려 막대한 빚을 뒤집어쓰게 됐다. 정우성은 그 악연으로 양수의 손아귀에 굴러들어온 놈이었다. 양수가 정우성의 손가락을 자르지 않은 건 다 이유가 있었다.

양수는 자신의 빚쟁이 중에서 사원을 직접 채용했다. 구하기 쉽다는 장점보다 수단으로, 어느 천재의 말대로 숲을 해치는 건 도끼가 아니라 그 숲에서 나오는 자루여야 한다. 즉, 반드시 조련사는 빚의 생리를 아는 그들 중에서 나와야 했다.

두목은 양수에게 대부업의 인계 조치가 끝나자 자신을 부르는 호칭을 큰형님이라 부르지 말도록 지시했다. '큰형님, 이거 이상해. 흑곰이 나보다 두 살이나 많잖아. 그런데 그 새끼가 나보고 큰형님이라 부르니 무슨 버르장머리 없는 집안 같아. 안 그래? 내가 독립군 시절 만주학교에서는 대빵을 두목이라 불렀어. 무슨 시대착오적인 발상이겠냐마는, 시대도 변했고 했으니까 영어 이름으로 바꿔 볼까 해! 보스라고 말이야. 앞으로 나보고 큰형님이라 부르는 놈은 지옥에 먼저 가게 해서 정말로 큰형님으로 만들어 주겠어, 알았어?'

그 전에 양수는 여러 준비 과정을 마친 다음 광명과 두목에게 사채업을 몽땅 맡아 해보겠다고 먼저 제의를 했었다. 그 소리를 듣자마자 두목의 눈깔이 커졌다. 두목은 깜짝 놀랄 정도로 속이 뻥 뚫렸으나 가까스로 내색하지 않았다. 한참을 뜸 들인 후 젊은이의 야망을 격려한다며 책을 읽는 목소리로 허락했었다. 항상 그렇지만, 약은 고양이가 밤눈이 어두운 법이다. 두목에게 대부업은 냄새가 심하게 났고, 지저분하고 껄끄러웠으며 오랜 세월로 단련된 몰인정에도 상처를 받았다. 중간 보스에게 순번제로 맡기거나 보낼 놈에게 떠넘길 작정이었는데 뜻밖에 양수가 자청해서 지뢰를 밟은 셈이었다.

그걸 모르는 양수가 직접 나서서 거두겠다니 불감청이면서 고소원이었다. 게다가 그렇게만 해주면 자기가 직접 자기 모가지에 개목걸이를 채우는 셈이었다. 또 인원도 필요 없다고 하질 않는가. 이 바닥은 생명이 짧다. 관계가 틀어지면, 심리적 비유가 아닌 진짜 모가지를 자를 핑계가 되는 것이다. 두목은 최대한 호의를 베풀며 느끼한 목소리로 격려했다.

"그래, 하고 싶으면 해야지. 상납금은 전에 내는 만큼만 내. 나머지는 직접 챙겨도 좋다. 나중에 말이지 잘 되기라도 하면 애들 관 값 정도는 후하게 내라고. 함 잘해 봐. 사내라면 야망이 있어야지. 자네는 잘해나갈 거야. 대학을 나왔잖아."

두목은 주위 수하를 둘러보며 잘 보고 배우라고 호통을 쳤다. 눈치 빠른 누군가가 손뼉을 쳤다. 격려가 아닌 조롱의 의미였다.

양수는 대부업을 온전히 맡은 지 일 년 만에 두목의 기대를 반대로 저버렸다. 두목은 젊은 객기만 믿고 철없이 달려드는 양수에게 혹을 떼어주었다고 판단했었는데 실제로는 호랑이에게 날개를 달아준 꼴이 되어버린 것이다. 예상 밖의 일이 벌어졌다. 양수를 호출했다. 양수가 하는 대부업이 잘 되는 비결을 알고 싶고 그걸 그대로 전수 받는 게 가능하다면, 양수를 잘라낼 궁리를 하기 시작했다.

양수는 두목과 달리 짜낼 대로 짜내어 받을 길이 막막한 악성 채무를 깡

그리 받아낸 것뿐만 아니라 새로운 사업 아이템을 두 개나 더 만들어 낸 것이다.

그것은 광명파 두목이 몰라서 손을 안 덴 종목이 아니었다. 장기매매는 경찰과 여타 조직의 표적이 되는 묵계 상 금기 영역이었고, 자칫 잘못 건드리면 벌집을 건드리는 정도가 아니라 조직 전체가 몰살될 수도 있었다. 간혹 물색 모르는 작은 조직이 건드려 보기는 했어도 유통 구조가 워낙 은밀해 거래 관계가 오가는 흔적은커녕 그림자조차 찾을 수 없었다. 여자 문제만 해도 그렇다. 알게 모르게 소수를 데리고 하는 구멍가게 정도는 큰 무리가 없지만, 누가 숙련된 성 전문가들을 고용해 규모 있게 시술소를 운영하고 싶지 않겠는가. 그런 막대한 이익 뒤편에 성 전문가들은 선금을 줘야 치마를 내렸고, 진드기처럼 기생하는 짭새에 상납 건은 생각만 해도 남는 장사가 아니었다. 선금으로 떼이고 달아나면 나중에 찾아내기 위한 추가비용이 들었고, 이익이 남 건 아니건 송금해야만 하는 짭새 상납금으로 성질만 더러워지는 구조였다. 그런데 양수는 빚을 이용해 양쪽 다 해결하여 사채업을 황금알을 낳는 거위로 변신시켰다.

이론상 방법은 간단했다. 빌려준 돈을 원칙에 따라 지옥 끝까지 쫓아가 받아내면 되는 것이다. 또 배째라고 뻗대는 놈은 배 째면 된다. 양수가 승냥이무리에 섞인 호랑이 새끼인지 모르겠지만 쥐새끼가 아닌 것은 확실했다. 두목은 양수를 제거 대상 1호로 승격시켰다. 감시를 붙였다. 아뿔싸, 그놈들이 지금 어디 있는지 모른다.

양수는 부자가 취미로 정원을 가꾸듯 자신의 업무를 즐겼다. 조직의 그 누구도 양수의 일 처리 방식에 대한 잔인성에 혀를 내둘렀다. 천진난만한 아이가 별생각 없이 개구리 똥구멍에 바람을 불어 넣거나 파리의 날개와 다리를 떼어놓고 버둥거림을 즐거워하듯이 사람을 함부로 죽였고 그 아랫것들조차 양수를 제왕으로 철저히 받들지 않으면 소문을 내고 사라졌다.

그것을 본 두목은 헛웃음만 흘렸다. 저게 사람 새끼일까? 두목은 그것이 궁금했다.

무슨 저런 놈이 다 있을까? 사람이 즐기는 것 단 한 가지도 취미가 없는 놈이다. 여자를 가까이하지 않았고 고급차를 사거나 미식을 즐기는 것이 아니라 혐오했다. 하다못해 가오잡는 일조차 의식하지 않는다. 연약한 수 컷의 항문을 탐내는 변태적인 행위도 하지 않는다. 사람의 손가락을 자르는 것은 그저 일에 포함되어 있을 뿐이다. 오직 남은 시간에 양수는 음흉한 거미처럼 어두운 방구석에 앉아 전자계산기를 애무하며 처박혀 있다.

그 특유의 습관이 다들 궁금했지만 두려워 묻지 못했다. 질문은 호기심을 채우는 수단이 아니라는 것이다. 양수는 참을성이 강했는데 유독 생각 없는 질문을 받는 것에 못 견디는 습성이 있었다. 일단 두목은 무르익을 때까지 간섭하지 않겠다는 결정을 했다. 두목은 양수의 그런 마음가짐에 사이코나 소시오패스란 어휘를 떠올리려 했지만, 머리를 흔들어 골치 아픈 상상을 떨쳐냈다. 모든 건 시기가 있다. 흥하는 것도 시기가 있고 무르 익어야 망하는 법이다. 무식한 두목은 속이 탔다.

기분 나쁜 놈이었고 잠자는 방안에 독사를 둔 것처럼 꺼림칙했다. 상부 (相扶)는 할 수 있지만, 상조(相助)는 못 할 놈이었다. 두목은 시기와 양수 의 빈틈을 기다렸다. 대부분 악은 낚시꾼 기질이 있다. 무작정 확신하고 기다린다. 기회는 날씨와 같은 것이다.

양수가 방에서 슬그머니 나오면 모두 긴장했다. 채무자의 사진을 멀거 니 보다가 서랍에서 전지가위를 꺼냈다. 그리고 주소를 돼지에게 건넸다. 상황이 어떻게 바뀔지는 양수만 알고 있었다. 보여주기 위한 누구의 손가 락이든 무료하게 잘리긴 할 것이다. 마치 나무의 불필요한 성장 부분을 잘 라내듯이. 그렇게 해놓고는 겨우 두 달 치의 이자를 행정적으로 탕감해 줄 것이다. 다시 이자는 새살이 돋아났고 잘린 손가락은 자라지 않았다.

악마성이 표면에 떠오르기 전에 한때 김양수는 학자가 되기 위한 계단을 오르는 평범한 학생이었다. 그는 소싯적부터 작고 약한 편이었지만 그 단점이 눈에 띄지 않을 정도로 명석하고 교활했다. 그는 교활함마저 남의 눈에 보이지 않도록 누를 만큼 놀라운 조심성도 타고났다.

그는 무엇이 되겠다는 욕망이 강렬했으므로 늘 시간이 아쉬웠다. 가족이 거추장스러웠고 자발적인 외톨이를 자청해 속 모르는 부모에게 늘 근심거리였다. 양수는 친구들로부터 겉모습이 물뱀 비슷한 왕따였다. 그건 의도된 자발적 왕따였다.

양수는 아침마다 옥상에 올라 자신의 건재함을 활활 타오르는 눈으로 과시했다. 꼬물꼬물 움직이기도 했고 팔을 휘휘 내두르며 자기만의 스트레칭을 거르지 않았다. 양수는 초, 중, 고를 학원 한 번 다니지 않고 우수한 성적을 유지하였고, 계획에 적힌 대로 일류대 경제학과에 입학했다. 그는 시간 손실을 막기 위해 타인이 자신의 주변에 얼씬거리지 못하게 경계했다.

양수는 오래도록 가꾼 훈련으로 문자를 읽고 해독하는 데 자신이 있었다. 그는 밤을 패며 수많은 경제 서적을 반복하여 탐색했다. 내린 결론으로는, 학문으로는 별 뾰족한 수가 없다, 였다. 다만 세상을 보는 눈이 달라졌을 뿐이다. 이 나라의 돈은 어느 돈벌레 말대로 경제학 이론을 파고든다고 해서 캐내지는 것이 아니다. 일류대 학벌이라는 것은 고작 좋은 직장에 면접 볼 자격과 입사한다고 하더라도 과로사할 가능성이 컸다.

대기업에 입사한 놈치고 강대국에 입대한 졸병처럼 목에 힘주지 않은 놈이 없고, 세월에 부대끼며 살아남는다고 해도 이내 시들어갔다. 그런 곳에 들어간 선배치고 골병들지 않은 놈 없고, 뇌의 한 부분이 썩어들어가 진보에서 쓰레기로 변절했다. 만약 양수가 일반 범재였다면 그러한 발자국을 알면서도 따라갔으리라. 게다가 학벌은 돈이란 배경 없이는 주연이란 배역이 주어지지 않았다.

 양수는 평범하지 않아 심각한 고민에 빠졌다. 뭐 한 몇 년 정도 골방에 틀어박혀 머리털을 뽑으며 연구하면 틈새를 찾아낼 수야 있으리라. 그러면 뭐하냐고! 기득권은 금성철벽이었다. 자본주의는 세습된 신분 계급 사회였다. 양수는 도서관에서 참담했다.

 이 나라는 청렴도 하위, 인권은 바닥, 부정부패 등의 순위가 노골적으로 높았고 좋은 건 다 하락 추세였다. 더구나 국가 간의 고기 등급에 매겨져 있어 아무리 버둥거려 봤자 갈 길이 아득했고, 교과서 경제학은 글러 먹었다. 요즘 경제는 그릇된 정치와 시대의 도박판 흐름과 밀접하게 관련되어 있었고 확률과 예측은 과학이 아닌 미신의 영역이었다.

 오직 소수 권력의 그날그날 기분에 따라 법이 개정됐다. 경제학은 그저 숫자만 헤아리는 은행원이 되거나 재벌의 머슴이 되기에 맞춤한 학문이었을 뿐이다. 학자가 되어볼까 하다가도 그것조차 교수 따까리이거나 그나마도 충성도에 좌우됐고 부모 찬스가 별 볼 일 없으면 함정에 빠지는 꼴이었다. 양수의 계획은 대학을 삼 년 정도 다니면서 서서히 뭉개지고 있었다.

 김양수는 명석했으나 이 나라는 미국이 아니었고, 세상을 뒤엎을만한 천재도 아니었다. 경제학의 순박한 성실성은 아무런 소용이 되지 않았다. 양수는 자신이 선택한 학과에 회의와 한계를 느꼈다. 선거철이 끝나자마자 근 법조계의 많은 괴물이 앞뒤를 가리지 않는 무모해 보이는 방법으로 돈벼락을 맞은 듯이 떵떵거리며 사는 사실을 알면서 법학 쪽으로 이전을 심각하게 고민하는 중이었다. 문제는 시간도 시간이었지만 쓸 돈이 문제였다. 판 검사가 되는 거야 숙련된 공부 기술로 어려울 건 없었으나 집안 처지를 생각하면 암담한 현실이었다. 오르고 보니 이 산이 아니었다.

 다시 태어날 수 있다는 확실한 물증만 있으면 이판사판으로 살아도 좋을 것이다. 윤회는 의견이 분분하고 확실치 않은 추론이다. 일단 태어난 이상 어쩔 수 없는 일이고 기회는 한 번뿐이어서 신중해야 했다. 실험적인 삶은 없는 것이다. 그런데 쟤네들은 뭐가 그리 신나는 걸까. 대학은 사계절 내내 봄이로구나. 양수에게 대학은 군 생활처럼 인생의 치명적인 낭비였다.

그러던 중 손위 형에게 문제가 생기게 된다. 양수 형인 양태는 주식으로 푼푼이 모았던 돈을 모두 미국의 9.11 테러로 단 몇 시간 만에 모두를 잃었을 뿐 아니라 막대한 빚을 지게 됐다. 게다가 만회하려는 어리석음으로 가족의 주민등록 등본과 신분증을 훔쳐 카드를 여러 장 발급받았고, 그 돈을 그대로 호랑이 아가리에 밀어 넣었다.

그 당시 진보를 주장하던 국민의 희망인 대통령으로 바뀌자 그가 처음 한 일이 소비를 진작시키기 위해 신용카드를 삐라처럼 뿌렸다. 그 짓이 IMF 난국에서 헤어 나오기 위한 당연한 조처였을지 모르겠지만, 그건 자본주의 속성상 외상이라면 소도 잡아먹고 공짜라면 양잿물을 마시겠다는 심리를 선동하는 조처였다. 그 후 아이러니하게도 진보 대통령에 의해 빚의 시대가 개장됐다.

희망은 초라한 장롱 깊숙이 넣어졌고 소비는 탐욕의 흉계에 빠져 날개를 달았다. 본인이 아니어도 서류만 갖춰지면 누구에게나 공여되는 신용카드로 전 가족이 빚더미에 앉았다. 알면서도 빠지는 함정이었다. 당시 세상은 부자의 교성과 빈한한 자의 아우성으로 몹시 시끄러웠다.

주식 광풍. 그건 열풍이 아니었다. 모두가 미쳐 돌아갔다. 주식은 안 하는 이는 지진아 취급을 받아 대화에 낄 수도 없었다. 멈출 줄 아는 자가 없는 의자 빼앗기 놀음은 세상 사람 대부분을 미친놈으로 만들어 놓았다. 모두가 조증 환자였다.

그 와중에도 목사인 아버지는 그저 기도로 쥐덫에 몰려드는 세태에 오염된 양태의 죄를 사하여 주실 것을 은행이 아닌 신에게 빌었다. 아버지는 평범한 목사로 생을 마감하겠다는 소박한 소원이 있었다. 그저 기도만 열심히 하면 범사에 감사하는 소원 정도는 하느님이 들어주실 것이라는 확신이 있었다.

그런 목사의 확신은 하느님의 특별 배려로 적어도 자기 자식인 양태의 죄상만 면죄부가 주어질 거라는 종교적 믿음을 가지고 있었다. 다 그만두고 그저 기도만 열심히 하면 신이라는 작자가 자기를 세 번이나 부정했음에도 용서하고 베드로의 소원을 들어주었듯이 자신의 자식에 대한 하찮은 죄쯤은 하늘과 땅에서 가볍게 용서할 것이라 확신에 확신을 더해 믿어 의심치 않았다.

양수는 나이를 처먹어도 똥구멍으로 먹은 철딱서니 없는 형보다 순둥이인 부모가 어처구니없었다. 아무리 평생 삼십여 명의 신도를 데리고 도란도란 살았다 치더라도 이 정도로 물정을 모를 수 있는지. 어떻게 환갑에 가까운 세월을 보냈음에도 수십 년 동면에 들었다가 깨어난 것처럼 돈에 대한 개념이 저런지, 빚을 돈이 아닌 얼토당토않은 기도로 해결할 수 있다고 철석같이 믿고 있는지, 양수는 아버지 목사가 순수한 게 아니라 정신과 치료를 받아야 하지 않을까에 대해 살짝 의심했었다.

엄마와 아버지 목사의 절절한 새벽 기도는 해가 열 시를 가리도록 끝나지 않았고 빗발치는 은행 독촉에 상관없이 이어졌다. 아니, 부모의 질긴 기도는 신에 대한 실망의 증후일지 모르겠다. 왜 아버지는 형의 귀싸대기라도 갈기지 않았을까? 그는 속으로 그러고 싶었지만, 목사로서 근엄함을 유지하려 해서 화는 내지 못했다. 양태가 매로 교정되지 않은 건 교육방법이 달라서가 아니라 하느님과 그의 외아들인 예수님의 가르침 덕이었다. 목사인 아버지는 그저 은행에 오른쪽 뺨과 왼쪽 뺨을 번갈아 내밀었고 은행은 존경과 경멸을 섞어내며 한숨만 푹푹 내쉬었다.

그 일로 가족이 뿔뿔이 흩어졌음에도 부모님은 형으로 인한 가족 전체의 불행을 순교자가 되기 위한 훈련 과정의 하나인 광야의 수난쯤으로 여겼다. 아버지는 신에 대한 믿음을 버리지 않았지만, 결과로 보면 아버지의 신은 그를 보기 좋게 배반했다. 빚은 신의 창조물이 아니어서 그 정도 잘못은 기소유예로 끝났다.

양수는 장학금을 받고 있어 남은 한 학기를 마치는 건 사소한 문제였다. 하지만 빚의 한가운데 놓이고 보니 자신의 진로에 많은 웅덩이가 파여 있음을 깨달았다. 어떻게든 살 수는 있다. 하지만 앞으로 자신이 대가리는 비어있고 몸 전체가 욕망 덩어리인 부자들의 호령에 녹아내리면서 평생을 꾸려나가야 한다고 생각하니, 차라리 자살로 마감하는 편이 나을 거라는 쪽으로 기울고 있었다.

그 시절에는 지금과 달리 공권력으로 유도된 국민의 불행이 어느 정도 제어되고 있는 태평성세였다. 없는 놈에게 막막하다는 무게는 지금과 다를 것이 없었다. 양수는 빠져나갈 구멍을 오히려 빚을 추심하는 놈들에게서 출구를 발견했다.

양수는 도망 중인 양태를 대신해 스스로 사채업자를 찾아가 협상을 벌였다. 협상이란 말이 일방적이긴 했지만, 양수로서는 착오가 있는 계획은 아니었다. 광명파 조직은 자신이 생각한 만큼 허술하지 않았으나 그렇다고 체계적으로 견고해 보이지도 않았다. 협상에 기초 상식이 없었던 두목은 양수를 꼭 죽지 않을 만큼 기술적으로 초다짐을 했다.

초벌 다짐은 그들의 대화 관례였고 자진신고는 감형의 이유가 아니었다. 양수의 몸에서 양태의 빚 대신 신장을 캐내려 했지만 간당간당한 영양실조로 부적합 판정을 받았다.

광명파 큰형님은 헛웃음을 터트렸다. 어떻게 돈도 없고 기타 장기도 팔 만한 게 깡그리 없는 존재가 있단 말인지 기가 찼다. 큰형님의 나름 교활한 참모가, 정부 나서서 하위 국민에게 무료 급식을 하지 않는 한 고리대금업은 사양산업이 될 거라고 예언했다.

큰형님은 깨끗이 손절매하기로 했다. 맞는 표현인지 모르겠지만 한 번 손해는 병가지상사라 하지 않던가. 사업을 하다 보면 손해도 보는 거겠지. 그들은 양수를 전혀 쓸모가 없다고 판단해 손절매하기로 했다. 멍하게 쓰러져 있는 양수에게 바닥에 보일까 말까 정도로 남아 있는 측은지심을 발휘했으니까. 동정심은 아무에게나 베풀어지는 것이 아니었다. 이때 양수가 한 말은 전설로 내려오고 있다.

"나를 두목 ― 이때 그는 큰형님을 두목이라고 부르는 것만 봐서 양수의 천재적인 교활함을 뜯어 봤어야 했다. ― 곁에 두십시오. 내가 일류대를 다녔거나 두목보다 똑똑하다는 장점을 활용해 보라는 뜻이 아닙니다. 맞으면서 생각해 본 건데, 이렇게 다루어서는 돈 못 받습니다. 나 같으면 죽여서라도 사체를 의료 실습용으로 병원에 팔겠습니다. 이 시대에 고기소가 아닌 일소는 필요하지 않습니다. 젖소 또한 우유를 생산하기에 유용한 것입니다. 예뻐서 비싼 먹이를 주는 게 아닙니다. 사람도 쓸모를 찾으면 젖소만큼은 아니겠지만 비슷한 가치를 뽑아낼 수 있을 겁니다. 맞으면 바른 생각이 떠오르는 법입니다. 이곳은 내가 두목보다 적성에 맞을 겁니다."

맞으면서 생각했다고? 사람은 개와 달리 맞으면 생각이 빠릿빠릿 돌아가기는 한다. 황당한 광명파 큰형님은 아랫것이 양수의 입을 찢으려는 것을 말렸다. 장고에 들어갔다. 큰형님은 자신을 지칭하여 '저'라고 하지 않고 '나는'이라는 말투에서 자신을 무시하는 느낌을 받았다. 반면 큰형님을 두목이라 올려붙였다. 생각하는 걸 못 견디는 큰형님은 양수의 결론을 별생각 없이 받아들였다. 짱돌에서 수석을 골라내는 건 아무나 하는 일이 아니었다. 일단 손해날 일은 아니다. 모든 인간은 가치를 지닌다. 비루먹은 저 체구는 학벌로 가려진다.

장편소설 빛

큰형님은 버릇대로 헛웃음을 흘리며 그를 거두었다. 큰형님은 오랜만에 보는 살쾡이 눈빛과 일류대 학력이 마음에 들었다. 어쨌거나 일류대! 그거 아무나 들어가는 곳은 아니니까. 있는 놈이야 아버지 찬스도 있고 족집게 훈련만 받으면 척척 들어가는 문턱이지만 이 땅에서 없는 놈은 그들만의 그룹에 들어가기 위해선 온갖 성실성과 남다른 자질이 필요하지 않던가. 다 그렇지는 않겠지만 회사는 충실한 머슴 양산소이고 노예 십장을 출고 하는 공장일 뿐이다.

큰형님에서 두목으로 돌아온 그는 양수가 신기하고 기특했다. 그리고 칼날을 잡은 듯 섬뜩했다. 그의 기형적인 품성은 자기가 보기에도 이쪽 생리에 어울렸다. 하지만 양수는 작고 말랐다. 이 바닥은 주먹과 힘이 기본 예의다. 저 치명적인 단점을 양수가 앞으로 어떻게 보완할지 그것이 궁금해졌으나 양수는 순식간에 보완했다. 두목은 뒤로 들은 소리를 듣고 기가 막혀 버릇대로 헛웃음을 계면쩍어하며 흘렸다.

난세에 영웅이 나오는 건 드문 일이다. 실상 난세에는 악이 무한 증식하는 것이다. 상고 출신의 대통령이 쓸쓸히 퇴임하고 국밥조차 잘 먹는 다음 대통령이 입성하자 손님이 물을 쏟아붓듯이 밀려왔다. 양수는 괴물로 재탄생했다. 썩은 것들을 노리는 구더기들이 대거 양산됐다.

정권은 악을 방기한 것이 아니라 조장했고 권력을 쥔 정치꾼들은 극히 소수를 제외한 모두가 재물을 긁어모으기 위해 눈깔이 벌겠다. 새로운 정치꾼의 등장은 매관매직의 노골적인 신장개업이었고 누구나 대놓고 사기를 쳤다. 사기 공화국이 정식 출범하자 정직은 일종의 지적장애였다.

장에 별 탈이 안 생기면 썩은 고기나 먹다 버린 음식을 노리는 것이 생존에 유리하다. 이 나라에는 빈사 상태로 죽어가는 것들이 차고 넘쳤다. 때를 노려 야쿠자를 배경으로 한 일본 돈놀이 대부업체들이 투자 명목으로 대거 몰려들었다. 그들이 진입에 정부는 남의 일이었고 오히려 독려했다.

악의 부화 • 10

세계 어느 나라도 한국 시장만큼 먹이가 널려 있는 곳이 없었다. 맹수가 모여드는 곳에는 반드시 잔치가 벌어진다.

정책과 법이 악을 보장했다.

양수는 사채 대부업이 산업혁명 이후 전망이 가장 밝다는 것을 몸으로 깨달았다. 은행은 먹기 편한 살코기만 노린다. 나는 다리 한쪽만 들어낸다고 하더라도 살판나는 것이다.

양수는 빚으로 옭아맨 뚱이와 정우성 두 놈을 무릎 꿇리고 말했다. 지시 사항을 반드시 그러한 자세로 들어야 했다. 양수 철칙 중 하나였다.

"모든 금융권에서 씹다 버린 쓰레기들을 최종적으로 보내는 곳이 우리 회사다. 여기로 분류된 짐승은 곪고 상처가 나서 상하기 쉽다. 유통기간 내 바로 고기로 팔아야 조금 남는다. 재빠르게 상태를 파악하고 옮겨지면 돈이 된다. 스피드가 생명이다."

양수가 여기까지 알아들었는지 눈으로 물었다. 뚱이가 짧게 대답했다. 정우성이 따라 했다.

"물론 살코기가 없는 짐승을 처리하는 일이 더럽고 존심이 상하기는 해도 자본과 면허가 없으니 어쩔 수 없다. 기아의 시대에 굶주리지 않는 것만 해도 행운인 것이다. 명심할 것은 너희들의 양심은 신체 포기각서와 함께 내가 맡아두고 있다는 사실이다. 지시이행에 멋대로 가책을 느끼거나, 해서 신속함에 지장을 준다면 그날 바로 너희들의 여유분 간을 꺼내겠다. 빚진 놈은 이미 사람이 아니다. 너희들이 살아 있긴 해?"

양수가 하는 말은 단 한마디도 허투루 듣지 말아야 했다. 잘 들어도 듣는 이의 수준이 달라 손가락이 잘리는 경우가 있다. 한마디라도 흘리면 쇠몽둥이가 뼈와 머리를 가리지 않고 파고들었다.

"너희는 수명이 다한 건전지인 것이다. 우리는 쓰레기장에서 쓸만한 것을 찾는다. 그들의 장기를 척출하여 재활용하고, 고객이 육회를 원하면 기술상 회 뜨는 작업은 외주를 주면 된다."

양수는 중간중간 말을 끊어 두 놈이 받아 귀를 거쳐 뇌에서 소화할 시간을 주었다. 말의 끊김은 다 이유가 있다.

"내가 지시를 하면 따르되 생각은 하지 마라. 네 놈 대가리는 그저 장식품인 것이다. 의문도 품지 마라. 네 놈은 충실한 개인 것이다. 현명한 개새끼는 반응만 한다. 만약 고객에게서 신장을 받을 수 없다면, 예비 부품인 너희에게 저장해 둔 것을 꺼내 대신할 것이다."

뚱이와 정우성은 파블로프의 개처럼 움찔했다. 그들은 경험으로 양수의 말을 단순한 경고로 받아들이지 않았다. 양수에게 삼 세 번은 자신이 만든 규칙 안에 들어있지 않았다.

"한 번 더 말하지만, 너희는 광명파 식구도 아니고 엄밀히 따지면 내 수하도 아니다. 보험도 없고 치료비는 자부담이다. 너희는 그저 순번 대기조일 뿐이다. 내 일을 충실히 도우면 뼈다귀는 너희들 차지이고, 있는 원금은 자라지 않는다. 월급은 이자 대신으로 한다. 만약 지시를 어기거나 근무 태만이면 바로 광명파 멍멍이들을 불러 너의 심장을 꺼내겠다. 기회는 단 한 번뿐이고 용서는 없다. 술은 절대 금지다. 오직 내 앞에서만 취하지 않게 마신다. 경비는 마음대로 쓰고 반드시 적어라."

양수가 말을 습관적으로 끊고 뚱이의 얼굴을 천천히 살폈다. 뚱이 얼른 고개를 숙였다.

"나는 너희들을 도끼에 달린 자루로 생각한다. 그렇다면 쓸모없게 된 연장은 어디 있을까? 힌트라면 깊은 산이나 바다는 아니다. 거긴 너무 멀고 귀찮다."

양수는 눈앞에서 가족과 가정을 치웠다. 형제애라는 정서는 아예 타고나지 않았다. 생물학적 대리인이고 신의 목동으로 전향한 부모는 도의적으로 마지막 걸림돌이었고 형은 애물단지여서 별 의미가 없었다.

양수는 숨통이 트일 정도의 돈을 꺼내 놓으며 이것으로 할 일을 다 마쳤다고 생각하며 부모에게 가르치듯 말했다. 목사는 그 돈이 어디서 나왔는지 무서워 묻지 않았다. 다만 감격에 절은 눈이 감사 헌금을 보듯 했다. 목사는 신의 심부름꾼으로서 아들의 돈을 담담하게 받았다. 양수가 일없이 교회를 빠져나가자 성수를 소금 대신 뿌리고 감사의 눈물과 통성기도로 화답했다.

양수는 이미 생물학적 아버지에게 진심을 담아 말했다. 이번 대통이 들어와 새로 선언한 신이 바로 돈입니다. 앞으로 여기다 대고 기도하세요. 아버지는 아들의 불손한 말에 참회의 기도를 올렸다. 더는 찾아오지 못합니다. 그리고 옆에 쭈그려 앉은 형에게 경고했다. 앞으로 식구한테 부담되지 말고 신세 망치는 일은 하지 마라.

삼십이 넘은 나이에 직장을 가져본 적이 없는 양태는 양수에게 어렸을 적부터 수차례 경고를 받았음에도 천성적으로 미련함을 타고나서 그런지 양수의 말에 빈정거리듯 코웃음을 쳤다. 아버지가 권위적인 만큼 형은 전통적인 장남이어서 양수가 자신의 빚을 처리해준 일에 전혀 고마워하지 않았다. 양수가 자기 빚으로 인해 조직 안으로 발을 담글 수 있는 사정을 자세히 말하지는 않았지만, 양태에게 있어 양수는 심청이가 공양미 삼백 석에 몸을 판, 심청이의 팔자에 따른 선택이었을 뿐이다. 깡패로 사는 것도 나쁘지 않겠지 하며 빈정거렸을 뿐이다. 오히려 그것 또한 줄이 아닌가 하며 이로운 쪽으로 생각했었다. 그래도 자기가 형이니 동생은 겸손해야 하는 거 아닌가? 하는 껄끄러움으로 마음이 상했다.

하지만 양태는 양수를 도발시키듯 당시 유행하기 시작한 인터넷 도박에 손을 대고 허술한 부모의 명의로 카드빚을 다시 냈다. 양태는 양수의 지시로 직접 폐기처분 됐다. 양태는 끌려가면서 설마 하는 눈빛을 보냈으나 양태를 바라보는 양수의 눈빛은 다음 계획에 골몰해 있었다. 양태의 장기를

장편소설 빛

판 대금은 한푼도 덜어내지 않고 그대로 부모에게 전해졌다.

두목은 양수의 친형이자 호적상 형을 장기 수거업자에게 넘겨진 사실을 보고받고 경악했다. 조직원 대부분은 소문으로 들었기에 긴가민가했다. 뚱은 나중에 그 사실을 듣기만 했어도 마치 자기가 끌고 가서 처리한 것처럼 충분히 믿었고, 양수를 다시 한번 진정한 선생님으로 모셨다. 좌우지간 양태는 매년 이 도시에서 발생하는 천 명 이상의 행불자 중 한 명이 되었고, 벽제 어딘가에 있는 무연고 묘에 무명씨(無名氏)로서 묻혔다. 그제야 양태의 빚지는 후천적 버릇이 멈췄다.

두목은 나중에 양수가 장기매매로 끌려 들어갈 우려와 연루 혐의에서 벗어나기 위해 광명파에서 양수를 분리하고 로열티를 받기로 했다. 그러자마자 양수는 점점 발군의 실력을 보였다. 두목은 나날이 양수의 새로운 면모를 발견할수록 무슨 저런 인간이 있나, 하며 신기해했다. 고작 오 년이었다. 관상으로서 판별할 수 없는 인간형이었다. 삼 년쯤 데리고 있자 그는 오른팔로서 여러 분야에 충분한 역할을 했다. 약(藥)이자 독(毒)인 놈이었다. 경계 수위를 높였다.

처음부터 알아봤어야 했다. 양수에게 맡긴 이래 술집과 하우스 도박장은 실속으로 부상했고 허름한 건물에 든 악착같은 세입자는 매로 다져진 똥개처럼 순해졌다. 떼였어도 그만인 외상 술값은 양수가 정한 기일 내 또박또박 입금됐다. 그럼 단골이 떨어져 나가야 하는데 새로운 스타일의 서비스가 흡인력으로 작용했다. 이제는 자릿세나 보호비 명목으로 안달하지 않아도 조직은 아직 잔고장이 발견되지 않는 새로 산 지 삼 년 된 자동차처럼 잘 굴러갔다. 좋아서 손뼉을 칠 일이 아니었다.

조직 회의를 간만에 열었더니 친근한 얼굴 몇이 보이지 않았다. 보여야 할 놈이 보이지 않으면 조직 내 균열이 생기는 법이다. 자른 것도 아니고 자진 사퇴를 받은 것도 아니다. 그렇다고 팔자 좋게 유람을 하는 것도 아니다. 그럼 어디 있을까? 두목이 이 기이한 사실을 묻자 양수는 폼으로 옷 깃을 여미며 말했다.

"다리 달린 짐승입니다. 가고 싶은데 갔을 겁니다."

긍게 거기가 어디냐고, 두목은 물어보고 싶었지만, 본능적으로 말을 삼 갔다. 뭐라, 족제비하고 강 형사가 너에겐 그저 다리 달린 짐승이란 말이 지. 두목은 순진무구해 보이는 양수의 눈에서 살의를 발견하지 못했다. 두 목은 중얼거림을 멈추고 여기까지라고 선을 그었다.

다시 생각해 보니 그것도 불편했다. 양수가 없는 조직은 여기저기 쑤시 고 고장 나기 시작하는 노인이었다. 예전으로 돌아가면 될 거 아니냐는 놈 도 있지만 그게 그렇게 간단한 문제가 아니다. 한번 늘린 규모는 더 늘릴 수는 있어도 줄이면 사망이다. 바보 같은 놈들, 어떻게 이미 큰 키를 다시 깎아 낸다는 말인가. 명석한 놈이 필요하다. 그런데 저놈은 감당이 안 된 다. 이걸 어쩐다! 물러설 것인지 나설 건지 결정해야 했는데 두목은 생각 을 깊고 길게 하지 못하는 타성으로 머리를 흔들고 말았다. 조직이 개편되 기 이전에 양수는 광명파를 노인의 뻑뻑한 질(膣)로 조롱했었다.

양수가 어리광을 부리는 말썽꾸러기 아들의 표정으로 말했다. 그렇지, 저래야지!

"저는 피부가 민감한 편입니다. 누구든 내 피부에 생채기를 내면 기분이 더러워집니다. 해서, 족제비하고 강 형사 형님께 간곡히 말씀드린 적은 있 습니다만 워낙 지능지수가 낮아 내 말을 못 알아듣더군요. 천지신명께 맹 세하지만, 나는 정말 두 분을 모릅니다. 바쁘거든요. 수소문해 볼까요, 두 목님?"

두목은 다시 기분 나빠졌다. 이놈 말버릇은 늘 이렇다. 감히 내 앞에서 '제가'가 아니고 '내가'라니. 있는 곳이 아니라 존재를 아예 모른다고 부정 하고 있다. 이 바닥의 말투는 대개 반어법이다. 천지신명께 맹세하며 자기가 제거하지 않았다는 말은 용병을 시켜 꼭꼭 심어 두었다는 말인데, 근데 족제비란 놈은 자신도 어려운 대상이었다. 각종 운동으로 단련되어 있고, 한번은 칼빵을 일곱 번이나 받고도 다음 날 모임에 나타날 정도로 독한 놈이다.

게다가 강 형사까지! 전직 비리 형사인 강 형사는 몸 전체가 감각기관인 놈이다. 어떻게? 낚시로는 잡을 수 없을 텐데. 두목은 양수 앞에서 동전을 던졌다가 잡았다. 어떤 면이 나오든 제거하기로 작정했다. 양수가 두목의 표정을 읽고 이 빠지고 발톱이 흐물거리는 네가 내게 무엇을 어떻게 하겠느냐는 표정으로 말했다. 그리고 바로 긴 가뭄에 물고를 자기 논으로 대는 것이 뽀록이 나자 삽을 고쳐 쥐는 농사꾼으로 바뀐 양수는 어쩔래? 라고 표변했다.

"그분들을 길고 지루하게 보내기 전 보스와 상의하며 했는데, 워낙 총애하셔서 먼저 지르고 나중에 결제 맡으려 했습니다. 변수도 고려해야 했고, 조용히 처리했습니다. 개성이 강하고 엄청 까다로운 분이더군요. 비용이 아주 많이 들었습니다. 한 일 년쯤 헛고생한 셈 치겠습니다. 두목님과 나는 떼려야 뗄 수 없는 관계입니다. 난 그렇게 결정했습니다. 어쨌든 내 안전을 보장해 주시면 보스 자리는 누구도 넘볼 수 없습니다. 강 형사가 마지막에 흥미로운 제안을 했습니다만 내가 감히 보스를 넘보겠습니까? 저를 이뻐해 주십시오. 그럼 보스는 수표로 밑을 닦고 종이비행기 날리듯 하셔도 처치 곤란한 부자가 되는 겁니다. 업종을 보스 생각대로 분리했으니 보스 안전에 하자가 없는 거 아닙니까? 어차피 책임은 내가 지고 수익은 반반이니 보스는 처갓집 안방에 있는 거와 다름이 없죠. 지금부터 어떤 문제가 생기면 아무 때나 전화를 주십시오. 바라는 건 없습니다. 다만 내가 하는 사업에 궁금증을 갖지 마십시오. 그럼 난 보스의 다른 사업에는 인력도 없고, 좆만큼도 관심이 없습니다."

두목은 언어해독 능력이 낮았다. 초등학교를 시골 벽촌에서 나와서 그런지 노상 자습만 해서 배운 것이 사실상 없었다. 두목은 초등학교 4학년이 돼서야 한글을 간신히 깨우쳤다. 게다가 말보다 주먹이 먼저 나오는 선생의 가르침이 두목을 독하게 만들었다. 두목은 양수의 말에서 부자로 만들어 주겠다는 말만 골라 받아들이기로 했다. 하지만 본능 깊숙이 새겨진 위험 신호들이 쟁쟁하게 들렸다.

양수에게 두목은 당골 무당집에 설치된 사천왕상인 구색일 뿐이었다. 원래 간략하고 명료한 말만 골라 쓰는 양수는 두목 앞에서만 복잡하고 우회적인 표현을 골라 써 혼돈을 유도했다. 위협인지 배려인지 잘 판단해야 할 양수의 말을 들으면 두목은 곧잘 두통이 생겼다.

두목은 자신이 영화 속 한 장면에서처럼 폼나는 조직의 보스인지 아니면 막판 무렵에 꼴사납게 돼질 운명의 두목이 될 것인지 예측이 어려웠다. 중국 대륙의 보스 말대로 까만 고양이면 어떻고 흰 고양이면 어떻단 말인가. 기어오르지 않겠다고 하지 않던가?

족제비와 강 형사를 치워버린 양수는 이후부터 조직에 눈도장을 찍지 않고 전화로만 보고했다. 오히려 이런 양수의 결정에 두목과 그의 야비한 수하들은 두 손을 맞잡고 환호했다. 그들은 양수 옆에만 있으면 어쩔 수 없이 맡아야 하는 생의 막바지에 놓인 것들의 불행한 냄새를 혐오했으며 느닷없이 사라지고 싶지도 않았다.

언젠가 두목이 친절을 가장하며 물었다.

"너 도대체 몇 살이냐?"

물리적인 나이를 몰라서 묻는 말이 아닌 줄은 알았다. 양수를 만나면 십 분 안에 드는 생각이지만, 저게 인간이 맞을까 하는 의심이 들 정도로 양수가 뿜어대는 기운에 판단이 흐려졌다. 분명 옳지 못한 결론인데 하도 설득력이 강해 자신도 모르게 기울어졌다. 대부분 양수의 결론은 '삭제'였다.

장편소설 빛

사람은 그대로인데 느낌은 매번 다르다. 나이가 뜻하는 경험으로 습득할 수 없는 천성이 소름으로 배어 나왔다. 좌우지간 옆에 두고 싶은 스타일은 아니다. 두목은 양수를 빤히 보면서 자신의 언어 표현력에 한계를 느꼈다.

무슨 샤워 꼭지를 만들다 망한 형식이란 놈을 그렇게까지 처리할 필요가 있느냐고 물은 적이 있다. 그동안 토해낸 이자로 원금의 두 배를 거뒀으니 각막 한쪽으로 충분하지 않았을까. 모조리 긁어낼 정도는 아니지 않냐고 추궁에 가깝게, 다음부터는 그래도 사람이니 식민지 백성을 다루듯 간까지 빼낼 필요가 없지 않냐는 의도로 다그쳤다. 양수는 천진난만한 표정으로 대답했다.

"일하다 보니 그렇게 됐습니다. 지옥에서는 시간이 흐르지 않더군요. 그리고 언제 시간이 나시면 내 나이를 정해주십시오. 정말 내 나이를 모르겠습니다. 세월이 너무 빨라 들쑥날쑥합니다."

양수는 자신을 겁박했던 조직 내 두 걸림돌을 제거하면서 양수파의 탄탄한 입지를 구축했으며 막강하고 확실한 제2인자의 자리를 확보했다. 마치 날이 선 작두를 타는 절정에 오른 처녀 무당처럼 신이 나 보이기도 했다. 그의 말은 무당의 공수였고, 두목을 포함한, 양수의 주박에 걸린 누구도 그대로 땅바닥에 붙어 버렸다.

양수의 선택은 늘 옳았다. 자신이 대부업을 선택한 것이 아니라 이 업이 자신을 선택했다고 다들 믿게 했다. 좌우지간 진작 이 업을 택하지 못해 쓸데없이 대학을 들어가기 위해 낭비한 시간과 정열이 기억에 걸려 늘 신경질이 났다. 그는 가끔 두목에게 전화를 걸어 자신의 존재를 확인시켰고, 많은 돈을 보내며 주의와 암시로 흐름을 환기했다. '당신의 존재 또한 내가 없으면 사회의 거머리에 지나지 않는다. 내가 존재해야 당신은 마음 놓

악의 부화 · 10

고 숨을 쉬는 것이다.' 란 암시를 강요했다. 마치 욕심 많은 장남에게 월정액을 받으며 뒷방으로 물러난 무력한 회장님 취급을 당했다.

양수는 자기 앞에 놓인 성찬에 흡족했다.

민중! 허황한 집단이다. 아니 신기루 같은 존재일지도 모른다. 실제 존재하지 않지만 존재한다고 믿는 추상적인 계급, 권력의 동력원이자 항상 타의에 의해 원격조정 당하는 거대한 흐름, 분노하기 전까지는 개돼지로도 과분하고 그저 버러지 집단과 다름이 없다. 평생을 주려온 그들의 움집은 권력자의 오줌발에 그대로 녹아버린다. 민중은 항상 모리배의 가벼운 입김만으로 운명이 좌우되는 상처를 입지. 그들은 서로 싸우고 서로 잡아먹는다.

민중에 의해 완성된 주의나 체계는 엄중해 보이지만 탐욕의 곰팡이가 슬게 되는 순간 힘없이 무너져 내리게 되어있다. 이 나라는 지금 붕괴의 과정을 밟고 있다. 권력을 쥔 놈들끼리 이 나라 곳간에 아예 퍼질러 앉아 마구 처먹고 있다. 비밀스럽게 1억을 먹기 위해 길옆에 길을 깔고, 물이 아닌 돈을 가두기 위해 댐을 만들어 생명의 근원인 물을 죽이고 있다. 그러다 언제쯤 붕괴 조짐이 보이면 권력을 쥔 자들은 민중의 소용 속으로 숨으면 되는 것이다. 양수는 그럴 경우를 대비해 피난처로 필리핀이나 태국에 가서 같은 사업을 벌일 계획하고 있었다. 대신 피는 끝까지 봐야 할 것이다.

지식인은 역사의 참극에서 억지로 교훈을 꾸며 내지만 그때뿐이다. 그저 몰락하는 게 대중의 운명이라면 그들의 몰락이 양수에게는 기회이자 행운일 것이다.

양수는 여권상 무용수로 분류된 노랑머리 러시아 여자의 밝은 웃음을 기억한다. 그녀는 공산주의 체제 붕괴 후 심각한 경제난을 겪었을 것이다. 자기와 피부색이 같은 나라로 피신을 하고 싶었겠지만, 유럽 사회체계의 그물망을 뚫기 어려웠을 것이고 비용은 많이 부족했었을 것이다. 따라서 아시아 용이란 전적을 믿고 만만해 보이는 한국 땅을 밟았을 것이다. 와보니 다른 형태의 지옥이었다. 여기저기 널린 일자리는 타고난 밑 품을 팔아야 하는 곳이었다. 그래서 그녀는 기꺼이 천부적인 자원을 팔아 금의환향의 꿈을 꾸었겠다. 꿈일 뿐이다. 톨스토이 조국에서 온 여인은 창문이 없는 골방에서 팬티와 브래지어만 걸친 채 밝게 웃었다. 양수는 물들이지 않은 천연 노랑머리의 밝은 웃음 뒤에 숨어 있는, 언뜻언뜻 비치는 슬픔에서 결심을 새롭게 다졌다. 어느 나라를 막론하고 망해가는 국가는 인격체가 아니고 정부는 결코 국민을 돌보지 않는다.

예전에는 전쟁이 아니고선 나라가 망하는 일이 없었다. 쿠데타와 국민의 봉기로도 근본이 바뀌지 않는다. 돈만이 망조의 모든 조짐이다. 톨스토이를 존재하게 했던 러시아와 지금 톨스토이의 흔적을 지워낸 러시아는 다른 조직의 나라이다. 이후에 태어날 러시아는 전설만 간직하는 것이다.

그 공산주의 여자는 조국으로 돌아갔을까? 아니면 창녀로서 자질을 부산항 어디쯤에서 굳히고 있을까. 그녀는 잘 다니던 모스크바 의대를 돈이 떨어져 중퇴했다고 양수의 배 위에서 서툰 한국말로 말했었다.

또 양수는 폐차장에서 오함마를 휘두르는 근육질의 젊은 러시아인을 기억한다. 시베리아 벌목장에서 힘깨나 쓰던 사내는 조그만 양재기에 담긴 불어터진 라면을 서툰 젓가락질로 허겁지겁 먹고 있었다. 그에게 사연을 묻자 사내는 잘난 영어로 유랑민의 기억을 털어놓았다. 전쟁터에 가면 병사의 호주머니에 항상 있는 애인의 사진을 꺼내듯 양수에게 아내의 사진을 보여주었다. 그도 서울대와 비교도 안 되는 모스크바 공대를 나온 재원이었다.

양수는 러시아 평원에서 칼을 휘두르며 독일군이 목을 치는 역할로 맞춤한 얼음의 땅에서 온 청년의 쓸쓸한 젓가락질과 소주 한 컵에서 묘한 느낌을 받았다. 이방인의 이국적 설움이 아니라 돈의 색다른 의미였다. 술에 취해 오르자 그는 과거 조국의 영광에 대한 자랑질을 늘어놓았다. 아무리 도시 곳곳마다 푸시킨의 동상이 있고 문학과 철학이 온 세상에 퍼졌던 독보적인 나라도 돈의 마수에 걸려들면 황폐해지고 몰락하는 것이다. 엄동설한의 차원을 뛰어넘는 추위에 볼 한 땀 없이 지내야 하고, 의사나 박사도 술잔을 나르는 웨이터가 돼야 하며 일류 피아니스트는 레스토랑에서 오부리를 받기 위해 땀을 흘려야 한다. 돈은 인류를 악마화할 수 있는 전쟁 무기의 다른 용어이다.

그럼 젊지 않고 재능이 없는 평범한 인민은 살아남기 위해 어찌 살았을까. 반반하고 육덕이 풍부한 여자들은 도스토옙스키의 말대로 타고난 밑천이라도 가지고 있지만 늙고 병든 사람은 앉은 자리에서 죽음을 기다릴 수밖에 없는 것이다. 러시아 여자들은 여성이 아닌 밑 품을 바겐세일을 하는 국제적인 소비재로 전락한 것이다. 인터내셔날걸로 망한 러시아는 쓸쓸하게 날리고 있다.

남은 젊은이들은 살기 위해 마지막 보루인 노동력을 가지고 이국땅으로 떠돌아야 했다. 팔 것이 없는 이들의 주검을 방치한 채 태를 묻은 땅을 버려야 했을 것이다. 곧 위치가 바뀌면, 앞으로 러시아는 지구상에서 가장 독한 나라가 될 것이다.

감히 대한민국이 고작 십몇 년 전 톨스토이 조국인 러시아 전철을 되밟지 않을 거라고 장담하는 자가 누구란 말이냐. 러시아는 공산주의 체제 불만으로 저절로 붕괴됐다. 그런 결과물에 꿰맞춘 거창한 핑계일 뿐이다. 러시아는 함께 먹고 살자는 공산주의 붕괴가 아니라 관료 부패의 팽창이 초래한 인민의 비극인 것이다.

어떤 체제든 주의 자체가 문제 되어 붕괴된 적이 없었다. 그 안에 서식하는 곰팡이 같은 인간의 증식이 균열을 초래한 것이다. 세객(說客) 한비자의

장편소설 빛

지적대로 망할 징조가 계기를 만나면 반드시 망하게 되어있다.

딴 나라 이야긴 그만두자. 이 나라, 이 불쌍한 군상(群像).

이 나라 국민은 빚의 정체를 모른다. 각자 감당할 수 없는 빚을 짊어지고 있음에도 그 억눌림의 무게를 느끼지 못한다. 먹고 살 만한 30%의 국민을 제외하고 국민 한 가구당 빚이 무려 평균 3억이다. 거기에 어린 식구를 계산한다면, 그 아이가 커서 삶의 의지를 제대로 가꿀 수 있겠는가. 그들은 진작 포기했다. 되어가는 대로 살아가는 그림자일 뿐이다. 대다수 국민은 술 권하는 사회에서 빚 권하는 사회로 쓸려 왔을 뿐이다.

양수는 기지개를 켰다. 사회가 망하든 나라가 없어지든, 국민이 낙엽처럼 쓸려가 개골창에 쌓이든지, 후에 세계 모든 인간이 이상기후로 멸종해 인간이란 존재가 희미해진다고 하더라도 그건 말세가 뭔지 모르고 죽어가는 가난한 자의 말로가 아닌 그들과 상관이 없는 부자들의 재앙이다. 대중의 어리석음은 권력의 자산이다. 신나는 세월이다.

이제, 빚은 경제 용어가 아니다. 빚은 청소와 방역 정도론 제어되지 않는 정치가 낳은 똥이다. 자본주의와 권력 정치가 빚의 정체성을 모르는 척하는 이상 빚은 바이러스처럼 불어 날 것이다. 그래, 양수 앞에 놓인 먹잇감은 썩어 넘쳐날 정도로 무궁무진한 것이다. 오히려 너무 처먹어 비만으로 인한 정신병을 걱정해야 할 판이다.

되풀이하는 건데, 빚은 허영과 그리 깊은 관계가 없는 것이다. 미친년 놈을 제외하고 누구도 사치하기 위해 빚을 얻지 않는다. 무조건 생산을 하여야 하고, 쌓아두기 위한 생산을 하여야 하는 시스템이 돌아가고 그 생산물을 원격조정 당하여 대량으로 소비하려는, 억지인데 자연스럽게 작동하는 과정에서 빚은 쉬슬 듯이 저절로 발생한다.

쌀조차 지나치게 넘치면 모래값과 별반 차이가 안 생긴다. 하지만 생산

악의 부화 · 10

에 탐욕의 마술이 작용하면 모든 권력은 폭력적인 소비를 유도한다. 그 무모한 생산에 대한 탐욕이 빚을 낳는다. 사과의 수확량이 소비 한계를 넘어서면 주스 공장이 필요한 이치이다. 주스 공장은 미래의 가능성이지만 빚이 아니고선 지을 수 없다. 마치 포탄을 대량으로 만들어 놓으면 그것을 소비하기 위한 전쟁터가 조성되듯이 말이다.

생산에 파묻히면, 생산 자체가 성취이자 목표가 된다. 하지만 다들 생산에 헤어 나오지 못하기에 끝을 본 다음 서서히 제동이 걸리기 시작한다. 열심히 일만 하면 수익 구조가 바뀐다는 일반논리가 자기가 이루어 놓은 모든 것을 허무는 전조가 되는 것이다. 해서, 생산을 멈춰야 하는데 사람의 심리 구조가 그렇게 되먹지 못한다. 제 무덤 파는 짓은 어쩌다 일어나는 과오가 아닌 인간의 흔한 습성이다. 예수를 기만하는 자가 무려 이천 년 동안 종말론으로 장사해 먹고 있지만 그건 인간의 근성을 이용한 사기와 같은 원리이다.

쉼은 자신의 평생 스케줄에 없어서 빚을 대서라도 생산에 박차를 가하는 것이다. 일하고 싶어 미치는 게 아니다. 일을 중단하면 불안해서 미치는 것이다. 그렇듯 빚의 배후에는 무지한 성실성이 있다. 예전만 하더라도 생산은 곧 돈이었는데 생산해 놓은 그 많던 돈은 어디로 사라졌나? 하는 의문이 들면 당신은 곧 망할 것이다.

생산이 돈이 됐던 시대의 흐름이 바뀌자 가지런히 쌓였던 돈이 모래를 쥐듯 빠져나가기 시작한다. 당신은 더 열심히 해야 한다고 반성한다. 더 벌려고 생산했건 과거의 습관으로 은행의 잔고는 바닥나기 시작한다. 아, 거기서 멈췄으면 살아는 있을 것이다. 재고는 쌓이고 때맞춰 계획된 횡포를 시작하면 옛 영화를 떠올려 빚을 내기 시작한다. 그리고 올가미에 목을 넣는다. 도대체 문제가 뭐였을까?

빚은 노력하는 자가, 보다 잘살아 보려고 버둥거리는 자가, 자식의 미래

장편소설 빛

를 대신 보장하려는 염원을 지닌 부모가 지게 되어있다. 그러한 희망을 부추기는 정부의 정책이 쐐기를 박는다. 이제라도 그만 희망을 버려야 한다. 그 후 결과에 대해 인간의 불행이 아무리 지옥을 향해 치닫는다고 하더라도 지금까지 일어나는 모든 붕괴는 자연계에서 먼지에 불과하다.

양수는 그들의 속성을 골라 맥을 짚는 명의처럼 잘 감지하고 있었다. 이 나라에서는 속속들이 있는 채무자를 거두어 착즙기에 넣어 짜기만 하면 된다. 어려울 게 없다고 풍이에 반복 학습을 시킨다.

양수는 자신 앞에 펼쳐진 비전을 상상하면 가슴이 두근거렸다. 아, 얼마나 별천지인 나라인가. 아, 아, 대한민국. 신세계가 도래한 것이다. 머지않아 악성종양 덩어리로 변할 이 도시는 가로등이 집중된 몇 곳을 빼고 모두 사막으로 바뀔 것이다. 지금도 그럴 조짐이 있지만, 삼 년 가뭄에 하루의 삶을 연장하기 위해 아내를 팔고 자식을 양식과 바꾸는 조선 후기의 붐이 다시 일어난 것이다.

모든 인간이 절망의 벼랑에 매달리게 되면 지금껏 길들여진 이들은 혁명을 일으키는 것이 아니라 장기매매를 합법화하자고 공언하는 국회의원을 수장으로 받들기 위해 난리를 칠 것이다. 사실은 지금도 그렇게 하고 있다. 젊은이들이 열광하는 진보의 국회의원이나 마치 못해 삶을 연명하면서도 보수 국회의원의 발아래 엎드리는 골수의 늙은이들은 사실상 같은 결론이다.

양수는 그런 현실을 영상으로 떠올리며 낄낄거렸다. 이 도시의 한쪽에서는 얼간이들이 서로 어울려 공정거래를 맺고 돈에 환장한 동생이 누나들의 뚜쟁이가 되는 꼴이 우습지 않은가? 예전 베트남이 그랬다.

빚은 바이러스보다 전염력이 강하며 난치이다. 한 번 빠지기만 하면 지구 중력보다 강한 인력을 갖고 있다. 가뭄과 홍수가 번갈아 닥쳐도 온 인류가 먹고 남을 식량을 생산해내는 기술 축적의 시대에 궁핍은 어느 시대보다 극단적이지 않은가?

돈 주의의 독선이 탐관오리의 굳은 습관이 되어있는 한 내 세상은 주단이 깔린다고 양수는 확신했다. 양수는 자신 앞에 활짝 핀 무궁무진한 미래에 오르가슴을 느낀다. 이래서 양수는 여자의 필요성을 느끼지 않는다. 짬이 난 양수는 뚱이에 미경을 잘 관리하냐고 묻는다. 뚱이는 바로 대답했다.

"물론입니다, 선생님. 아직 철이 덜 들었습니다만 벌이는 괜찮은 편입니다. 더 다그치도록 하겠습니다. 저 또한 이 직업을 천직으로 여기고 있습니다."

양수가 묻지 않는 답에 눈을 치켜떴다. 뚱은 민망한 꼬리를 내리고 무릎을 꿇었다.

사랑아, 내 사랑아 11

근육과 중추 그리고 뼈들이 아우성쳤다. 가만히 있으면 한없이 까부러지는 몸을 다그치며 일깨웠다. 잠시라도 몸을 각성시키지 않으면 감각이 무뎌졌다. 나는 살아 있어! 라고, 속삭이자 저편에 있는 누군가가 증명하라 외쳤다. 이 고통이 미친 증거가 아닌가. 정혁의 육체는 복수의 정열이 아니고서는 수렁 표면에 꿈틀거리는 지렁이나 마찬가지였다. 열이 있는 것도 아니고 뼈에 이상이 있는 것 같지는 않은데 도무지 몸이 말을 듣지 않는다. 내 몸은 수수깡처럼 비어있되 절망으로 차 있는 공간이었다.

힘들다. 느낌만으로는 곧 죽을 거 같다. 그들의 주위에 서성이는 것으로도 두려워 의식이 떨려왔고 신체 기능이 눈에 띄게 떨어졌다. 이 일은 내가 원해서 하는 것이 아니다. 죽어간 자의 조정이다. 마지막 라운드에 선 늙은 권투 선수는 거의 환각 상태라 하지 않던가. 정신이 몸을 움직이게 하는 것이 아니다. 훈련된 손과 발의 허우적거림이 펀치를 유도하게 되어 있다.

몇 번이나 되뇌었던 생각이지만, 지금 이 불행의 시초는 어디서부터 시작됐을까? 정혁은 엉킴을 풀어보려고 죽은 형을 따라가 정신을 가다듬었다. 조카의 탄생은 조물주가 화들짝 놀랄만한 기적이었다. 형은 형수의 배가 봉곳이 솟을 무렵부터 둘은 분주해졌고, 더럽고 추한 것들을 경계하며 주문을 외웠다. 반면 나는 형수가 아기를 낳을 무렵 밤 그늘에 기대어 새벽이 오기를 기다리는 초식 가축처럼 눈알만 굴리고 있었으나 그들은 전혀 그렇지 않았다. 귀한 손님을 영접하듯 만남을 기대하다 알껍데기가 쩡

하며 금이 가자 암탉이 병아리를 조심스레 불러내었고, 아이가 기지개를 켜며 세상을 눈부셔하며 출현했다. 아직 잠이 들깬 조카가 하품했다. 탄생은 아무 잘못 없다.

대부분 사는 문제가 틀어짐은 가난에서 비롯되기는 한다. 그런 가난한 자의 결말은 지렁이를 닮은 인간이 모조리 죽고 신인류로 돌연변이 하지 않는 한 해결되지 않는 문제여서 대체 누구를 원망해야 할지 몰랐다. 아, 연결된 원인을 쫓다 보니 문제가 막연해진다. 자, 산불이 나서 당장 끄지 않으면 다 죽게 되어있다는 상황이 벌어졌다고 보자. 산불을 낸 불씨가 문제인가 아님. 때마침 불어오는 바람과 끌 물이 없음을 한탄해야 하는가.

불씨가 가난이라면 불을 일으킨 바람이 양수이고 이것을 제대로 진화하지 못한 나와 형 부부와 비극을 더 키운 의사가 합동으로 문제인 것이다.

이런 일이 생긴 후에 따져보면, 나라가 개인의 복수를 조장하는지 모르겠다. 수백 번을 생각해도 조카의 병은 이 모든 불행의 단초는 아니다. 지금까지 쭉 지켜본 결과로 이 나라의 대부분 백성은 몰락의 확률이 높다. 다만 우리는 그 행렬에 속해 있었다.

이런 와중에도 공작소 기계는 계속 돌아가야 했다. 양수의 움직임이 정지된 시간에 하루 몇 시간씩은 일해야 했다. 생명 유지를 위한 수단과 그들을 따라 다니는 것에도 돈이 필요했다. 더구나 월아리에 감춰둔 혹도 있었다. 예전 철공소 일은 언젠가 해본 퍼즐 맞추기 놀이처럼 무척 즐거웠다. 지금은 과정이자 고통이다.

정혁은 자신의 직업이 무척 좋았다. 자신이 아는 친구들처럼 재봉이나 중국집으로 팔려갔었더라면 복수는 염두에 두지 못했을 것이다. 철공소 일은 경험과 기술이 필요했고 위험한 일이었다. 누구나 쉽게 뛰어들 수 없는 만큼 밥벌이로는 최고였다. 조장의 충고가 살며시 기억난다. 그는 노상 쇠 국자로 내 대가리를 두들기며 말했다. 노가다! 그거 늙으면 골병들어서

장편소설 빚

못해. 짱깨! 그거 당장 배부르고 째지지. 근데 그 모양 그 꼴로 늙어가는 거지. 우리에게 흔하게 널려 있는 맞춤형 일자리가 그것뿐이지만, 이 일이 최고라고 생각한다. 넌 나 같은 스승을 모시는 걸 평생 감사하며 살아야 해. 왜냐구, 기술이 평생 밥 먹여준다. 운이 따라 준다면 기술자도 고위층이다.

그럼 그렇게 말한 놈은 지금 어디 있을까. 진작 죽었다. 네 손가락이 잘리고 만성 늑막염을 앓더니 이 일이 지긋지긋 하다며 부산 어디론 가에서 그 성질을 못 이겨 맞아 죽었다는 소문을 들었다. 우리 같은 놈은 아무리 기술이 있어도 젊음을 함부로 소진하면 그렇게 간다. 어쨌든 조장의 충고는 약이 됐다. 지금 사는 데는 큰 무리가 없다. 물론 계속 몸이 팔팔해야 한다는 단서가 붙는다.

정혁은 자신의 잘린 검지와 중지를 자세히 살폈다. 깜빡 졸았다가, 프레스가 슬며시 등골를 파고드는 통증에 정신을 차려보니 손가락 두 개의 반토막이 떨어져 있었다. 묘한 환각으로는 잘린 손가락이 끊어진 도마뱀의 꼬리처럼 떨어져 꿈틀거린다는 환시로 잠시 어리둥절해져 헛웃음이 나왔다. 며칠이 지나고 나서야 제대로 눈물을 흘렸다.

고통 때문에 운 것은 아니다. 처지가 하도 한심해 눈물이 나왔다. 사장이 과거에 잘린 자신의 잘린 손가락을 내밀며 격려가 아닌 같은 병신이 됐다는 물귀신 같은 동질감으로 말했다. '인마, 훈장이라 생각해. 쫌 지나면 그거 없이도 일할 수 있어. 한동안 푹 쉬어라.' 지금은 그 시절조차 그립다.

누구 말대로 나는 공부 머리는 없어도 기술 습득은 무리 중 가장 빨랐다. 불량률은 거의 없어 동료의 까닭 없는 시기와 사장은 불황일 때에도 말을 함부로 하지 않았다. 나중에는 검지와 인지 두 마디가 사라졌음에도 정상인과 현격한 차이가 날 만큼 기술을 인정받았다. 농담이겠지만 오히려 손가락 병신이 되니 기술이 더 정교해졌다며 자기도 손을 프레스에 디밀어야겠다는 놈도 있었다. 공작 기계는 자연스레 몸 일부가 되었다.

말은 안 했지만, 예민한 손놀림이 둔해지긴 했어도 요구하는 부품을 깎고 다듬는 것은 다져진 경험으로 자신 있었다. 이 땅에서 먹고 살려면 손가락 두 개쯤은 충성도의 표시로 바쳐야 한다. 사고는 늘 도사리고 있었다. 정혁의 주변에는 작업 중 튄 쇠 부스러기에 눈 하나쯤 없는 사람이 부지기수였다.

정혁은 자신의 처지에 깊게 빠져든다. 아무리 생각해도 조카의 탄생은 축복이었지 우리 불행의 원인은 아니다. 지지 않겠다는 오기로 이름을 지은, 조카 승리는 형의 모든 희망이자 부부의 피로 개선제였다. 이를 악물고 살아가도 되는 이유였다. 우리는 부자 발바닥을 핥아도 치욕을 느끼지 못하는 멍텅구리였다.

의사 새끼의 말이 옳다면, 형과 형수가 너무 무식해서 승리 병의 심각성을 간과했다는 것이다. 그저 고등교육 정도를 받은 일반인이었다면 조카가 보내는 신호를 진작 감지해 조기 치료가 가능했을 거라고 함부로 지껄였다. 동네 약국과 삼류 의대를 나온 의원의 말을 믿고 방치한 게 아이 병을 키웠다고 했다. 하지만 의사는 원인을 묻는 게 아니라 핑계를 대고 있었다. 의사는 고래 심줄 같은 돈을 뭉텅이로 갖다 바치는데도 우리를 깔보고 있다.

그런 지식과 위치를 권력으로 아는 의사의 양형 이유에 형 부부는 충격을 받았다. 아들의 병이 내가 하도 무식해서 걸렸구나. 돈 많고 똑똑한 부모를 만났더라면 퍼런 입술로 죽어가지 않았을 터인데. 형과 형수는 서로 부둥켜안고 폭포수 같은 눈물을 쏟아내며 서로의 만남을 후회했었고 우리 같은 사람은 끼리끼리 결혼하면 결국은 불행해진다는 운명에 대해 회개의 방언으로 울부짖었다.

아니다. 형이 못 배웠을망정 멍청하진 않았다. 팔이 안으로 굽어 칭찬하자는 게 아니다. 형은 하나를 알려주면 그 하나만큼은 제대로 해냈다. 고등기술자로서 의사인 너나 종일 처박혀 쇠를 깎는 나나 무엇이 다른가. 나는 일거리를 준 손님을 존경하고 너는 손님을 개 똥구멍에 묻은 보리 알만큼도 여기지 않는 점이 다를 뿐이다. 의사면 함부로 짖어도 된단 말인가? 못 배우고 무식하다고 해서 지능이 떨어지는 건 아니다. 정혁은 고개를 저었다. 형과 형수는 겨드랑이에 날개가 없을 뿐 이 세상에 마지막 남은 천사였다. 너는 하나밖에 남지 않은 인류를 말살시키는데 양수와 함께 공조했다.

형은 아버지의 이른 망령 탓으로 초등학교 졸업장이 다였다. 생전 엄마는 형의 재능을 묻을 수밖에 없는 가난에 대해 한숨으로 연명했다. 세월이 더 흐르고 백성을 수확물로 여기는 권력층의 주머니가 엔간히 차자, 나는 중학교를 의무 교육의 혜택을 받았다. 돈이 덜 들어간다는 사실에 엄마는 시대에 맞춰 태어나지 못한 형을 쳐다보며 눈물을 흘렸다.

형의 똑똑함이 남달랐다는 것이 아니다. 평범한 재능마저 드러내지 못함이 억울하다는 추측을 한 것이다. 자식을 아는 어미의 눈으로 적어도 형만 한 아우가 없다는, 심성으로 보나 재능으로 보나 형이 나보다 낫다는 걸 느낄 수 있었다. 더욱이 하나뿐인 조카, 자기 생에 이런 아이가 나왔다는 아들의 아버지로서 형은 둔한 편이 아니었다. 형은 생명의 신비를 몸으로 느끼는 위대한 인물인 것이다.

배운 놈은 선이고, 무식한 놈은 권력층의 밥인 줄 안다. 우리가 다루는 작업을 0.01mm의 간극을 다투고 기계의 신경을 잇는 일이다. 공간 지각 능력이 뛰어나지 못하면 해낼 수가 없는 일인 것이다. 너는 그럴 수 있겠는가? 너는 처먹고 접붙이는 수퇘지이다.

그래 형이 무식한 건 맞다. 무식해서 자기 생각을 말로 풀어내지 못했고, 하고 싶은 말을 삼갔으며, 양보는 습관이 됐다. 그러면서도 자기들끼리 있으면 천사의 본능을 드러냈다. 감추어두었던 날개를 펴고 천상의 언어로 노래를 했다. 세태에 물든 사람은 알아들을 수 없는 언어였고, 듣는 귀가 사악하면 들을 수 없는 언어였고, 욕망으로 묶여 있으면 들리지 않는 생명의 노래였다.

그들 셋이 한 방 안에 있었을 때 몰래 들여다본 적이 있다. 평소 염소 같은 멍청한 눈빛이 아니었다. 원래 본 모습으로 돌아온 형이 자기 분신을 바라보는 표정은 보석 감정사의 그것이었다. 그대는 어떻게 가진 것이 없는 자만 골라 함부로 말하는가? 이 사회에서 가난한 자에게 의사라는 작자는 병을 키워 죽음으로 몰아넣는 악마의 사촌이다.

정혁은 의사에게 무식하다고 미련한 것이 아니며, 배우지 못했다고 자식의 건강 상태를 모르는 것이 아니라고 항변했다. 조카는 그 둘이 숭배하는 우상인 것이다. 정혁의 강렬한 눈빛을 태연하게 쳐낸 다음, 의사는 볼펜을 고쳐 쥐고 줄이 쳐진 종이에 낙서했다. 화투판에서 낮은 패를 던지듯 '아니면 말고,' 라는 식으로 대답했다. 만약 오늘이 인류의 종말을 맞는 마지막 날이었으면 그날 너는 죽었다. 시간이 더 할애 된다면 너는 양수 다음이다.

가난한 사람이라면, 희한한 병은 걸려서는 안 되는 재앙이었다. 의사 말대로 돈만 있으면 죽을병이 아니었을지도 모른다. 하긴 애초 돈이 있었다면 양수 같은 놈의 덫에 걸려들 일도 없었겠지.

그럼 가난이 문제겠군. 그게 원인이라면 시간을 되돌려 봤자 소용없는 일이었다. 많은 성공담이 가난하고 배우지 못한 진창에 산다 해도 노력과 열정으로 이렇게밖에 살 수 없는 운명의 사슬을 끊을 수 있다고 선전하지만, 철이 든 사람들은 믿지 않았다. 가난은 숨 막히는 환경이다. 대물림되지 않는 가난이 어디 있단 말인가!

정혁은 이 수긍할 수밖에 없는 운명에 반기를 들었다. 조카가 병으로 죽

　　　　　　　　　　　　장편소설 빛

고, 그 책임으로 형 부부가 죽음을 햄릿의 비극으로 맞이해야 했다면 부부의 운명을 그따위로 쓴 작자는 반드시 같은 꼴을 당해야 한다. 아무리 세상이 지루하게 돌아가더라도 조연은 살려 둬야 한단 말이다.

이렇게 아쉽고 억울하게 죽어야 하면, 국민이 국가에 무엇이며 정부는 누구를 위한 조직이란 말인가. 의미 없다. 아무 데나 꿰맞추는 법이 제약과 구속, 악이어서 국민은 표적에 지나지 않고 평등을 보장하지 못한다면, 나를 죽였던 자를 죽이지 않는다면 정부가 국민에게 무슨 의미란 말인가. 정혁의 분노를 우주 삼라만상에 비추면 먼지 알갱이에 불과하지만, 복수는 서로에게 지구 역학이다.

다시 말하지만, 약자에게 사회 관습은 허울이며 자연법을 따르는 게 현명한 것이다. 어쩌면 나의 복수가 서로가 서로를 물어뜯어야 하는 인과응보의 법칙이고 무법 사회의 정의이자 메커니즘이라고 정혁은 단정했다.

타령만 하며 살지 않겠다. 대상도 모호한 세상을 향해 손가락질하거나 불특정 다수에게 괜한 주먹을 휘둘러 사회의 암적인 존재로 남고 싶지 않다. 정혁의 행동을 불평분자로 몰아가는 그들의 아가리를 찢어야 한다. 가난한 이들의 저주가 하늘에 원과 한이 되어 천지를 흔들어댄다. 태풍과 가뭄, 살인적인 더위와 뼈를 다지는 혹한에 그들의 저주가 알알이 맺혀 있는 것이다.

결국, 정혁의 삶에 양수에 대한 복수심은 무엇으로도 끊어지지 않는 사슬로 연결되었다. 양수야 알게 모르게 맺은 인과관계였지만, 그로 인해 정혁에게는 복수의 의지는 대단원이자 보람이 됐다. 정혁은 가진 모두를 걸게 됐다. 살고 죽는 건 중요하지 않은 불길이 일어난 것이다. 그러다 정 역부족이면 정혁 또한 의사의 빈정거림처럼 '아니면 말고'로 원점의 관점에서 분사(焚死)하면 되는 것이다. 정혁의 집념 안에 사회정의 그런 건 포함되어 있지 않다.

'그럼 죽여주마!' 정혁은 어둠 속에서 송곳니를 드러낸 자신에게 속삭였다. 복수는 당연하고 일말의 가책받을 사유가 없는 것이다. 미친놈이 아니고서야 바퀴벌레를 때려잡으며 생명을 손괴했다고 반성해야 하겠는가!

정혁은 제거할 사채업자를 오랫동안 주시했다. 정신을 차리고 계속 보니 좁쌀만 한 타깃이 콩알만 해졌고, 콩알만 한 것이 이제는 밤톨만 해졌다. 아직 시위를 당길 순 없었다. 빗나갈 우려가 지금까지 들인 공이 너무 아까웠다. 조금 더 치밀해야 한다. 항상 높은 패와 확률은 강자 편이다. 조금만 더, 거의 다 왔다. 성급해선 안 된다. 복수는 즐거움이다. 그런 게 다 힘이 되다니 희한한 일이다.

정혁은 식물학자가 엽면(葉面)의 세포를 현미경으로 살피듯 양수의 행동반경을 맴돌았다. 그들의 패턴은 잔혹했고 야수 무리처럼 결속력이 강했다. 빈틈이 없는 것은 아니었으나 전체와 연결이 돼 있지 않았고. 그저 노려보기만 했는데 낌새를 알아차린 하이에나처럼 목덜미를 곤두세워 서로에게 신호를 알렸다.

시간은 내 편이다. 정혁은 그놈들이 늙고 지칠 때까지 따라다닐 각오가 되어있었다. 다만 그들끼리 잡아먹는 생리를 알았기에 그 변수가 신경에 거슬렸다. 양수는 같은 종족의 손에 묻혀서는 안 된다.

지금 세상에는 늙으나 젊으나 순식간에 죽는 건 축복이며 누구나 바라는 소원이다. 부자만 선택하는 존엄사를 토의하자는 게 아니다. 죽지 못해 사는 사람으로서 버러지처럼 살아야 하는 삶이 얼마나 고통스러운지 알면서 내 마음대로 죽지 못하다니. 그래도 가족의 뒷날을 책임져야 하는 삶은 그중 낫다. 이를 갈며 살더라도 명분이 있는 삶이니까. 하지만 사는 내내 권력의 먹잇감으로 살아 있는 채로 살을 뜯기는 인간도 있다.

나는 그중에서 아무 고통 없이 죽여 준다는 광고를 내면 사람들이 벌떼처럼 몰려들 거라고 확신한다. 만약 이 가정이 합법화만 된다면 엄청난 벌

장편소설 빛

이가 될 거라고 확신한다. 정혁은 고개를 흔들어 상상이 다른 방향으로 번지는 걸 막았다. 부자 놈들이 돈벌이를 놓치는 경우가 있어 본 적이 있는가. 그런 의미에 있어 존엄사를 전 세계적으로 사업화할 수 없는 건 인간의 존엄을 지키겠다는 척이 아니라, 존엄사 붐이 일어날 시 권력의 파이를 나눠야 할 위험성을 우려하고 있다. 존엄사를 가장한 자살 무리, 전쟁 없는 인간의 떼죽음은 아무 이익이 되지 않기에 존엄사는 윤리에 어긋나야 한다. 얼마나 놀라운 일인가! 그들이 인류의 감소를 가장 우려하는 부분은 인두세가 적게 걷히는 거겠지!

그런 가정하에 양수 그놈 하나쯤 사라지는 건 사건이 아니라 타의 모범이 거나 경고조차 되지 않는 일일 드라마이다. 복수는 양심이 관할하는 영역이 아니다. 가책 없이 떳떳하게 그리고 엄마가 우리에게 먹일 닭을 잡듯이 아주 정성스레 진행되어야 한다. 한 번도 느껴보지 못했던 최악의 고통 속에 허우적거리면서 죽음의 수렁에 빠뜨려야 한다. 반성을 모르는 자에게 반성할 기회를 주어선 안 된다. 형과 형수가 살아 있었을 적에 받았던 고통을 그대로 전하면 되는 것이다. 정혁은 훈련된 감각으로 그 시기가 오래 기다리지 않아도 된다는 사실을 확신했다.

그들을 노려온 지 7년의 세월이 흘렀다. 속절없이 세월을 흘리는 건 아닌가? 하는 의문과 자괴로 숨쉬기 불편했다. 나는 약해지고 놈들은 채무자의 피를 빨며 점점 강해지고 있었다. 그런 상황에 체력은 한계에 다다르고 있었다. 정혁은 자신도 강한 이빨과 그들의 심장을 찢어발길 날카로운 발톱이 절실했다. 칼은 안 된다. 익숙한 도구가 아니다.

원하는 것이 극에 달하면 얻어지게 되어있다. 종교적 믿음을 말하는 게 아니다. 가난한 자의 소원은 간절해야 얻는다. 이년 전 TV를 보다가 내 주먹이 망치였으면 하는 탄식을 했다. 그럼 만들 수도 있지 않을까? 하는 도면이 연이어 떠올랐다. 생각이 천둥소리로 들렸다.

정혁은 자신이 잘하는 일에 관해서는 대한민국 일인자로 자부했다. 공학박사? 몇 번 그들과 공조해서 작업해본 적이 있다. 그들은 허무맹랑한 이론으로 무장된 뛰어난 개새끼일 뿐이다. 다행히 아이러니하게도 그들에게 도면을 보는 법을 배웠다. 정혁은 망치 주먹을 스케치하고 도면으로 부분 설계에 들어갔다.

삼 일에 걸쳐 만들어 낸 물건이 그럴듯해 보였으나 실전에는 여러 가지 문제가 생겼다. 무거운 건 체력으로 보완한다 치고 몹시 불편했다. 정혁은 쇠 장갑에 좀 더 부드러운 관절을 보강하기 위해 다시 도면을 그렸다. 만들었다 뜯어내기를 수없이 반복했다. 그 일은 오직 밤에만 했다. 놈들을 살피는 일은 게을리할 수 없는 일이었다.

육체는 나날이 피곤했고 회복되는 기간은 늦어졌지만, 정신은 점점 맑아졌다. 정혁은 수십 차례에 걸쳐 쇠주먹을 완성했다. 아직 완벽하다고는 자신하지 못했으나 무기로써 흡족할 만한 수준을 됐다. 수없이 휘두르며 중량을 조절했고, 벽돌과 목표한 표적을 부수며 강도와 탄력을 계속 보강했다. 쇠주먹의 바닥 부분은 얇은 스펀지와 양가죽을 덧대어 맨살에 가급적 무리가 오지 않도록 했다. 그의 연구는 복수 개시일까지 계속됐다.

관절과 관절이 닿는 부분에 독일제 스프링을 반작용으로 받는 충격을 완화하자 힘은 배로 늘었다. 손 전체는 잡힐 경우를 예상해 미세한 가시를 둘러 복어 독인 텍스트로 톡신을 발랐다.

개가 정신병자인 주인과 마주하면 공포를 느끼지만, 그 주인은 성적 흥분이 돋는다. 게다가 그 괴물과 마주 섰을 때 머뭇거림이 생기는 것의 실제는 공포가 아니라 통증이다. 주고받는 공격에 통증을 느끼지 않으면 자신감이 치솟는다. 손가락을 쥐락펴락 가볍게 하려고 비싼 미세한 베어링을 쓰자 약간의 무리 정도는 훈련으로 털어 낼 수 있었다.

처음 장갑의 무게는 한 족당 1.6kg이어서 강인한 힘과 훈련을 요구했다. 단련하기에는 체력도 달렸고 시간도 부족했다. 아무리 애를 쓰며 먹어도 근육으로 가는 양에는 한계가 생겼다. 정혁은 연구에 연구를 거듭하며 한 족당 무게를 720g까지 줄였다. 파괴력은 약간 줄었으나 근육의 피로도를 낮추자 스피드가 올라갔다. 이로써 완벽한 무기가 완성됐다.

정혁은 자신이 제작한 무기를 시험하려 양수의 똘마니인 돼지를 노렸다. 뚱이가 무언가를 사 들고 아파트 모퉁이를 꺾어 들어오는 순간 그동안 훈련으로 가늠했던 신체 일부분을 정확히 가격했다. 놈은 단 한 번의 주먹으로 세워 놓은 나무가 넘어가듯 나자빠졌다. 정혁은 이대로 뚱을 요절낼 수도 있었으나 이 정도로 끝내고 싶지 않았다. 지금까지 들인 공이 아까웠고, 죽은 형과 그의 가족의 고통의 전체 무게를 재면 이대로 보내기엔 터무니없이 모자랐다. 아쉬움이 남아선 시원한 복수가 아니다.

다음은 양수 네 놈 차례다. 뼈에는 신경이 붙어있어 부러지면 아이를 낳는 고통의 열 배라고 의사가 말한 것을 들은 적이 있다. 정혁은 뒤로 자빠져 있는 뚱을 전리품으로 바라보며 자신이 만든 작품에 뿌듯함을 느꼈다. 설렘은 있었으나 두려움은 없었다. 희열감으로 스프링처럼 튀어 오를 뻔했다. 이 쇠주먹을 상품화해서 나와 같은 복수로 타오르는 자에게 뿌린다면 돈을 벌 수 있지 않을까 하는 엉뚱한 생각을 했다. 서울 생활을 하면서 자연스레 배인 버릇이었다. 이 와중에도 돈벌이라니. 웃음이 나왔다. 돈을 생각하면 형과 형수가 함께 떠오른다. 정혁은 그들의 순한 웃음의 기억에 슬펐다.

아수라 시장   12

꽉 막혀 있는 시간. 이곳에서 시간은 목을 조르는 형태로 있어 좀체 흐르지 않는다. 시계와 달력을 보지 않고는 그 흐름을 짐작하지 못했다. 우리는 항상 볼 일이 있거나 찾아올 사람이라도 있는 듯이 오늘이 며칠이냐고 서로에게 물었다. 그리곤 이내 마주 보며 서로의 씁쓸한 웃음에서 놀란다.

텅 빈 시간이 남아 잠시 멍해 있거나 회한에 젖으면 시간의 웅덩이가 급속도로 메워졌다. 두 계절이 더 지났다. 가난한 이에게 가을은 짧고 긴 겨울이 오고 있다.

가난한 자에게 여름은 척척 달라붙는 습기와 옆 사람이 내뿜는 살의에 가까운 열기로 사람을 미치게 했다. 그래도 갇혀 있지만 않으면 견딜 만했다. 반면 지하철 밝은 동굴에 사는 이에게 겨울은 뼈에 새겨진다. 10월이 시작되면서 미리 두꺼운 옷을 두르게 된다. 따뜻해 보이고 수꿩을 연상케 하는 옷을 입은 것들은 고급 승용차에 앉아 살벌한 계절을 풍요로 떠벌이고 다소 수그러진 겨울 날씨에는 지구 온난화에 관한 토론을 얄밉게 했다. 그러나 겨울을 만끽하는 자는 이 도시에 1%도 안 된다.

비교적 높은 온도였던 작년 겨울은 슬펐고 혹독했다. 이상기후, 권력이 있는 자에게는 미래의 재앙이거나 유일한 걱정거리지만 늘 위가 비어있는 이에게 그런 상황은 그나마 축복이었다. 가난한 이에게 따뜻한 겨울은 있어 본 적이 없었고 훈기가 돌아본 적이 없었다.

벌거벗지 않으면 겨울의 정체를 과소평가하거나, 단지 꾹 참고 있어야

장편소설 빚

마지못해 넘어갈 굴종의 계절로 파악한다. 그들에게 있어 살벌한 겨울은 매년 찾아오는 세기말이었다. 다행히 마사지 시술소는 겨울이 없었다. 늘 죽는 방법을 연구하는 이 세상 반에 비해 아직 팔 것이 남아 있는 미경은 그것만으로 감사해야 할 것이다.

계절을 분간할 수 없는 실내에, 벗기 위해 편한 구조로 만들어진 단체복을 입은 미경은 밖에 놓이지 않은 것만으로 특권층을 누리고 있다는 양수의 평가를 기억하고 있었다. 그의 말대로 좌판을 벌여 놓고 촛불에 언 손을 녹이며 씹을 팔아야 한다고 생각해 보라. 생각만으로 죽고 싶을 것이다. 실제 러시아 인터걸은 아랫도리를 내놓은 채 춥지 않은 척하면서 모스크바 혹한의 거리를 활보하고 있단다. 미경은 그런 비교에 상관없이 죽음을 늘 염두에 두고 살아남았다.

집을 잃고 가정에서 밀려난 많은 홈리스들이 앞당겨 찾아온 추위에 겁 없이 노출된 채 혹독한 거리의 한 가운데에서 하루를 보내고 있다며, 그러니 셋방이라도 지붕이 있는 집에 사는 소시민은 얼마나 행복한지를 아나운서가 아무렇지 않은 소리로 위로를 전했다. 오늘은 올해 들어 겨울을 예고하는 날이니 홈리스는 박스라도 한 장 더 준비하라는 속뜻이었다. 그러거나 말거나 그들은 얼어 죽거나 병들어 죽거나 둔감함으로 일관했다. 둔감함은 일종의 마비 현상이었다.

8명의 여자가 평균 네다섯 차례의 수컷을 받는 일이 시나브로 줄어들고 있었다. 특별히 안절부절못하는 수컷에게 서비스 질을 떨어뜨린 적도 없고 시설에 문제가 있는 것도 아니었다. 계절 탓이거나 조선 시대부터 내리막이라 을러대는 불경기 탓일지도 모르는 일이었다. 돼지는 네 년들이 테크닉 연마를 게을리한다며 희떱게 한마디 했는데 그리 잡도리하지 않는 것으로 보아 우리 문제는 아닌 듯 보였다. 이자라도 꺼져 있으면 그저 서로 편한 계절을 보내는 중이었다.

정우성이가 자기를 상대로 실력 발휘를 해보라며 농지거리했다. 뇌물 차원에서 주고 싶었지만, 안 들킨다는 가정이 성립하지 않으면 안 될 말이었다. 한가로움이 여유를 뜻하지 않는다. 똥이가 아이디어를 내 보라고 다그쳤다.

여기서 무슨 방법이 있겠는가. 허가가 있어 떳떳이 홍보할 입장이 아니었고, 팔려고 해도 수컷들이 돈이 없어 야동으로 대체하겠다는 데 무슨 해결책이 있겠는가. 수컷들의 발기는 전적으로 돈 문제였다. 그들의 탐욕에 가까운 성욕도 돈이 없으면 언제 어느 때 도시에 웅크리고 있는 뒷골목에서 표변할지 모른다. 모두 돼지 눈치만 보고 있다. 양수가 자주 눈에 띄지 않자, 요즘 들어 이곳의 기강이 해이해져 보인다. 이 생각을 정혁에게 귀띔 해줬다.

이곳에서 같은 식구끼리 성교환은 금기였다. 그런데도 정신을 못 차리는 정우성이 한가해진 틈을 타 찝쩍거렸고 벌써 약삭빠른 몇은 번개 씹을 한 모양이었다. 나 또한 낌새나 생활의 편리성을 위해 모르는 척하며 정우성에게 두 번에 걸쳐 공물을 바쳤다. 반면 이곳 여자들은 무슨 징크스가 있는지 정우성의 접근에 손사래를 치거나 똥이에게 이른다며 겁박했다. 나머지 여자들은 살아남는 방법이 서툴렀다.

여기나 저기나, 여자들은 자기가 가진 걸 희소가치가 있는 상품이라 믿는 거 같은데, 그게 가진 게 없고 아쉬운 놈한테나 통용되지 부자들에게는 너무 흔하고 쉽게 살 수 있는 상품이어서 오히려 아쉬울 게 없다는 실태를 모른다. 성은 전략적으로 사용해야 한다. 지금 상황에서는 성은 생존의 방편이다.

뻐기지 마라. 네가 가진 성은 가난하고 어찌하지 못하는 외로운 사람에게만 인기 상품이다. 게다가 매도해야 할 성은 계층화되어 있으며 급이 낮으면 싸구려이고 유효기간이 정해져 있단다, 얘야.

장편소설 빛

지루한 시간을 잠으로 때우는 정우성에 비해 속을 알 수 없는 돼지는 생각에 잠겨 있었다. 양수가 어떻게 나올지 상상이 가지 않았다. 별 뾰족한 수가 떠오르지 않아 얼굴을 찡그리자 눈치를 보고 있는 여자들은 나를 빼고 불안해했다. 벌떡 일어나 앉은 돼지가 대책회의를 하자고 했다. 양수의 컴컴한 얼굴이 불안하기도 했고 수지타산이 계속 지지부진하다면 남의 일이 아니다. 하지만 머리에 든 것이 없고 거기에 철없음이 보태진 여자들은 대책회의란 말에 무슨 농담이라도 들은 듯 낄낄거렸다. 나는 아연 긴장했다.

대책회의란 잘 쓰이지 않는 어휘가 한가운데 놓이자 갑자기 실내 분위기가 훈훈해졌다. 여자들은 뚱이의 잔인성을 잊은 듯 옹기종기 모여 앉았다. 여자들이 싱글벙글 웃자, 그러면 그렇지 뚱이가 과일 쟁반을 집어 던져 분위기를 원래대로 얼려놓았다. 뚱이는 의식적으로 양수를 닮아가려 해서 단 일 초라도 자신의 처지를 잊는 행위를 용서하지 않으려는 경향이 뚜렷했다.

정우성은 무슨 재미있는 꿈이라도 꾸었는지 선잠에 깨어 투덜거리자 돼지가 이인자로서 보여주기 위한 주먹을 휘둘렀다. 정우성의 맞는 둔탁한 소리는 모두를 긴장시키는데 즉각 반응을 보였다. 그 소리에 놀란 순애 씨가 토끼 같은 눈으로 겁에 질려 얼결에 말했다.

"저, 바겐세일을 해보시죠?"

엉뚱하고 가당치 않게 들리는 순애 씨 말에 여기저기에서 자신의 처지를 잊게 만드는 웃음이 쿡 하고 터져 나왔다. 그리고 이내 상상이 되었던지, 신세 한탄이 절로 나오는 아이디어에 웃음은 찬물을 끼얹은 듯 사그라지고 야유가 쏟아졌다.

"야? 오래 살다 보니 내 보지를 바겐세일을 하는 날이 오는구나!"

저년이 드디어 미쳤나 봐. 야, 씹이 무슨 철 지난 조개냐? 네 보지나 경매에 붙여보~지 라고 은덕이 쫑알거렸다. 뜻밖에 돼지는 순애 씨의 경박함을 되씹어보듯 고개를 갸웃거렸다.

"아냐, 괜찮은데. 어떤 방법으로 바겐세일을 하지? 좋은 생각이야. 선생님이 좋아하시겠어. 백화점은 시도 때도 없이 하잖아. 과일가게도 무르기 전 저녁나절에 하고, 나 아까 사과 한 봉짓값에 두 봉지 샀어!"

돼지가 수첩을 들고 순애를 쳐다봤다.

"나도 얼결에 나온 거여서 깊게 생각은 안 해봤어요. 한 판에 십만 원씩 하던 걸 칠만 원으로 내리던가, 아님. 한 번 더 해주든지 하면 안 될까요?"

다시 웃음이 터져 나왔다. 모두 웃으니 대기실 안 분위기가 일순 들떴다. 모두 장난기 있는 야유를 보냈지만, 상상만 해도 끔찍했다. 가격을 내리면 내 이자는 올라간다. 그리고 두 번은 과로사 가능성이 있다.

"깎아주는 건 그렇다고 쳐. 근데 금방 했는데 어떻게 한 판 더 하냐. 네가 와서 대신 세워줄 거야? 요즘은 고삐도 그렇게는 안 서!"

감순이가 신경질을 내자 뚱이의 시선이 그녀를 향했다. 우리와는 다르게 그의 표정은 진지했다. 뚱이가 일장 연설을 하려고 배를 내밀었다. 바지 속에 있는 핸드폰의 진동음이 들렸다. 대책회의는 여기서 막을 내렸다.

폰을 받는 자세만 봐도 누구한테서 온 전화인지 짐작이 갔다. 그는 두 손으로 수화기를 무겁게 받쳐 들고 연신 고개를 조아렸다. 존경이 아닌 겁에 질린 태도였다. 뚱이의 둔해 보이는 몸이 공처럼 튀겨져 나갔다. 항상 뚱이는 양수의 지시를 받으면 그런 태도로 나갔다. 나갔다 들어오면 무슨 심각한 상황이 연출됐다. 다들 안절부절못하며 누가 무슨 잘못을 저질렀는지 서로를 살폈다. 돼지가 빠져나간 빈자리에 무거운 침묵이 고였다.

뚱이가 나갔는데도 넓어져야 할 공간이 조여들었다. 대기실 한 가운데를 휑하니 비워두고 서로 닿지 않을 만큼의 간격을 유지했다. 서로 친하는 것은 묵시적으로 금기시됐지만, 수다 떠는 것을 막지 않았음에도 알려고

장편소설 빛

하지 않았고 들으려고 하지도 않았다. 아니 그들은 서로 얼굴을 쳐다보는 것에 그 얼굴에 서린 불행을 엿보는 기분이어서 화가 났다. 그들은 서로에게 거울이었다.

한 지붕 아래 사는 여덟 명이 9개월 정도를 함께 지냈음에도 여자 특유의 수다가 빠지다 보니 데면데면했다. 이가 빠진 분위기는 항상 설익어서 친구라는 간격을 만들지 못했다. 그래도 가끔은 자신의 처지를 되씹는 버릇이 있어 같은 불행을 공감하려고 옆에 있는 여자의 사연이 궁금하지 않은 것은 아니었다. 옆에 있는 돈에 굶주린 동물의 사연이야 뻔할 터이고 빽도 없고 줄도 없으니 대책이 있을 리 없다. 막다른 골목에 몰려들어 왔을 것이다. 여기 사는 여자들은 나를 포함해서 체념이 습관화됐다. 지옥의 불길도 다져지니 견딜 만하다.

늦은 시간이 지나도, 돼지가 돌아오지 않자 다들 다음에 또 무슨 일이 벌어질까 싶어 미칠 지경이 됐다. 단골이 많지 않은 여자들은 항상 순간순간 심장이 벌렁거렸다. 나는 그 중간이다. 여기서 이런 말이 적합할 것인가만은, 정에 호소하거나 매달리면 봐주겠지 하는 밋밋한 성격을 가진 여자는 도태 일 순위였다.

그런데 박정혁이 본 것이 사실이라면 나는 언제 어떻게 되는 걸까? 몇 년 후 이곳 생활이 그나마 천국이었다고 되새긴다면 대체 나란 여자의 앞날은 어쩌란 말인가. 정우성에게 받는 후원 정도로는 깜깜하다. 일단 돼지의 눈에 들어야 한다. 난감한 일이었다.

정혁이 계획대로 그들을 없애고 나에게 자유의 날이 온다는 확장개념을 믿기에는 양수란 존재가 난공불락의 성이었다. 당장은 정혁이 잘 되기를 바랄밖에 선택의 여지가 없는 것이다. 행여 양수가 몰락한다고 해서 망가질 때로 망가진 몸과 물 쓰듯 지나간 시간을 물리적으로 되돌릴 방법은 없다. 다만 앞으로 개처럼 굽신거리며 살아도 이곳보다는 나을 거라는 비교와 잘살지는 모르겠지만 예전보다 뻔뻔하게 살아남을 자신감은 거의 확신 수준이다. 아니 버젓이 스스로 선택해 죽을 수만 있어도 그게 어디냔 말이다.

지금, 이 상황에서 지푸라기라도 잡아야 한다면 남은 것은 박정혁뿐이다. 그의 말대로 돼지와 친하면 이곳 생활의 연장 정도는 가능하긴 할 것이다. 정혁의 지시를 처음부터 반추해 본다.

이 수렁에서 빠져나오는 건 불가능한 일이라고 아무리 주입을 해도 자식이 있는 여자들은 신기하게도 남다른 희망을 암탉처럼 품고 살았다. 지옥에서 희망만큼 위험한 정서는 없다. 희망으로 인해 오히려 최악의 상황으로 치닫는 것이다. 만류하고 싶었지만, 옆에 누군가 수렁에 빠지면 상대적인 부력으로 나는 떠 있게 된다. 그 여자들은 내 눈치를 뿌리치며 자신에게 남은 마지막 보루를 이용하여 많은 수컷을 받기 위해 온갖 기술을 동원하다가 끝내 나락으로 굴러떨어졌다. 돼지는 아이가 있는 여자들의 생리를 이용할 줄 알았다. 양수와 달리 실무자로서 돼지는 나 같은 년보다 생산 경험이 있는 여자들을 선호했다. 하지만 길게 보면 혹이 달린 여자일수록 생각과 달리 쉬 물러 유통기간이 짧았다. 아무리 갖은 서비스로 빚을 줄여보려는 노력이, 날씨와 경기가 그녀들의 희망을 무산시켰다. 보유한 체위와 노력은 달이 가고 겨울의 색이 짙어질 때쯤 나와 그녀들은 별반 차이가 없어졌다. 그 기간이 팔 개월을 넘지 못했다. 오히려 이런 여자들은 냉장실에 넣어둔 고등어처럼 다만 기한이 며칠 연장됐을 뿐이지 머지않아 급격히 상하기 시작했고 냄새가 나기 전 치워졌다. 이곳은 어떤 의미에서는 옷가게와 마찬가지다. 신상품이 진열되어야 하고 선입선출(先入先出)이 원칙이다.

갑자기 쳐들어온 추위가 모든 싹을 죽여냈다. 노력이나 재능으로 안 되는 일이 어디 한두 군데인가? 이곳에서는 누구를 향한 기도도 효과가 적다.

여자는 수컷과 비교하면 명태 대가리처럼 잘 찾아보면 뜯어 먹을 게 많다고 양수 어록에 적혀 있다. 아무리 못생기고 돼지보다 더 뚱뚱한 년도 확실한 밑천을 가지고 태어났기에 자원이 무한정하다고 역설했다. 경기가 아무리 좋아도 굶어 죽는 잘생긴 놈은 있지만, 다 굶고 병들어 죽어도 여자만은 히로시마 핵폭발에서도 살아남은 쑥과 바퀴벌레의 유전자 조합으로 태어났기에 생존한다는 것이다. 유전(油田)이나 다름없다고 재차 강조했다.

그런 여자의 확실한 이용가치가 흔들리고 있었다. 경기 탓이었다.

어디서 빚을 내는지는 몰라도 정혁은 여전히 열흘에 한 번은 나를 찾았다. 특별히 달라진 점은 없었다. 아니 자세히 보니 눈빛이 누그러져 있다. 오히려 내가 그에 대한 경계가 풀려 있음을 알았다. 전에 정혁은 내게 있어 행인 중 하나였으며 내 몸의 한 부분을 떼어내 사가는 구매자 중 한 명이었다. 내 삶 속에 상관없는 자였다. 그가 아무 말을 하지 않아도 감정이 다가오는 느낌이 생겼다. 내가 잡은 손이 따뜻했는지 정혁이 억지 미소를 지었다. 그의 작위는 진심이었으나 다른 한쪽은 사무적이었다. 마치 양수처럼.

정혁은 전과 동일한 방법으로 밖의 동태를 살피곤 긴 이야기의 실꾸리를 풀었다. 그동안 있었던 양수의 행적을 늘어놓았고 동일 시간대에 일어난 세상 이야기를 했다. 누구의 지시였겠지만 뚱이는 뉴스 보기를 금지했다. 눈을 부릅뜨고 봐야 하는 것은 시청각 교육용으로 요란한 섹스를 하는 야동 화면이었다. 정혁은 내가 알고 싶지 않은 세상사를 그리듯 이야기했다. 사람들이 강에서, 바다에서, 산에서 그리고 제사상처럼 차려진 빌딩에서 우수수 떨어지고 있었다. 노인 자살수가 이 나라보다 3.8배 큰 일본을

앞질렀다고 했다.

젊은 여자들이 아깝게도 낙망해 약을 처먹고 죽는단다. 이래저래 죽지
못하는 인간들이 거리에서, 지하 술집에서 근육량이 적은 사람들을 향해
칼을 휘두른다고 했다. 세상은 미친놈 천지여서 잘 살피며 돌아다니지 않
으면 맞아 죽는단다. 말이 불특정 다수를 향한 분노이지 그 버러지에게는
확실한 화풀이라며 슬퍼했다. 양수와 그 휘하들을 해치우는 일이 비록 미
미할지라도 혁명의 불씨가 될 거라고 나에게 확신시켜 주었다.

수수깡처럼 가엾은 사람을 향해 분노를 터트리는 사람 또한 우리와 같
은 처지에 있는 사람입니다. 까라면 까는 인간은 모두 불쌍한 사람들입니
다. 그들이 짓는 죄는 자의에 의한 것이 아니고 원격조정을 당해서 벌어지
는 거죠. 바로 양수와 같은 악이 그들을 그렇게 만드는 겁니다. 그런 놈 하
나쯤 없앤다고 세상이 달라지겠냐고 의심하지 마세요. 보람은 있을 겁니
다.

이렇게 자살하는 사람이 같은 비율로 꾸준히 늘어난다면 도시 전체가
마누라 죽은 지 십 년 된 홀아비 곳간 비슷하게 텅 비지 않겠습니까? 빚은
자살자 수에 정확하게 비례하여 증가하고 있어요. 반대급부로 양수의 사
업은 날로 번창하는 중입니다. 그들의 성은 견고해지고 나의 창날은 무뎌
지고 있습니다. 사람들은 어떻게든 망하려고 노력하는 것처럼 보이고, 어
두컴컴한 바다를 항해하는 시대에 등대는 보이지 않습니다.

그리고 결론은 맨 끝에 내놓았다. 양수가 중국에 자주 가는 게 심상치 않
다고 했다. 장기매매에 본격적으로 손대기 전 마무리 짓지 않으면 우리의
일이 어려워질 거라고 침울하게 한탄했다.

다시 말하지만, 양수가 워낙 사교성 자체가 없는 놈이라 직접 접근하려
다 오히려 올가미를 쓸 염려가 있으니 주변부터 잠식해가는 방법이 덜 위
험하다는 이야기를 반복했다. 자기가 양수 주위를 서성거렸지만, 그는 자

발적인 외톨이처럼 방안에 틀어박혀 있고, 먹이를 채집할 때만 나오는데 그것도 불투명한 경로로 다니기에 타점을 결정지을 수 없었다고 했다. 얼마 전 양수의 돈 주머니인 채권자를 감춰 놓았다. 돈이 시급해진 상황이니 이번 건은 변수로 작용할 것이다. 그러기 위해선 그들의 다음 행동을 예측이 아닌 예정을 알아낼 방법만 있다면 양수는 자신의 손아귀에 들어온 거나 마찬가지라 했다. 그는 다음으로 자신의 새로운 계획을 투자자에게 프리젠테이숀을 하듯이 설득력 있게 늘어놓았다.

지금 양수는 중국 진출을 하기 위해 막대한 자금을 퍼붓고 있다. 다시 말하지만, 그러던 중 먹잇감으로 알맞은 채무자가 함정에 걸려들었다. 양수에게는 다시 한번 도약의 기회였다. 양수에게 자신에게 찾아온 기회가 스스로 무덤을 판 격이라고 정혁이 말했다.

양수의 거미줄에 걸린 채무자 이 씨는 양평과 홍천 중간쯤에 있는 월아리란 곳에 16만 평이 넘는 산을 소유하고 있다. 그 땅을 양수가 노리고 있는데 양수는 처음부터 그 작업을 광명파 두목에게 알리지 않고 독식할 작정이었다.

땅의 크기는 직접 가보지 않았으면 우리 같은 사람에게는 상상의 영역이다. 소인국으로 치면 광활한 영토였다. 대략 웬만한 동네 정도의 넓이였고, 바로 그 작업에 정혁이 고춧가루를 뿌린 것이다. 정혁은 양수의 채무자 이 씨를 그가 짐작할 수 없는 곳에 감쪽같이 감춰 놓았다. 지금 정우성이와 몇 놈이 이 씨를 찾아 헤매고 있다.

현재 양수는 사면초가에 있다. 중국으로부터는 자금 압박을 받고 있으며 광명파 조직에서는 제거 작업에 들어갔고. 실제 두목이 비밀리 일차 공격을 했으나 양수는 막대한 물리적 손실을, 두목은 기껏 길러놓은 차세대 중간 보스 두 명을 잃었다. 그 후로 두목의 눈이 뒤집혔다.

무뎃뽀를 깡으로 알고 있는 미련한 놈이 그렇듯이 두목은 노골적으로 전면전을 펼쳤다. 두목의 막무가내 공격에 양수는, 위험은 외주를 준다는 원칙에 따라 용병을 고용해 방어했으므로 두목은 상당한 인명이 손상됐고 양수는 피 같은 돈이 뭉텅뭉텅 들어갔다. 지금 서로 힘과 돈이 바닥을 드러내는 중이다. 작전이고 뭐고 없이 성질 하나만으로 밀어붙이는 두목과 치밀한 방어와 공격을 적절하게 구사하고 있는 양수의 자금력으로 당장은 막상막하였다. 분명한 것은 누가 이기고 지든 광명파의 존재는 희미해질 터이고 양수의 미래 또한 불투명해질 터였다. 다른 조직에서 그들의 내전은 볼만한 구경거리자 교훈이었다. 양수 이후로 똑똑해 보이거나 먹물은 결격사유로 작용했고 그나마 취직난인 시대에 채용은 끊겼고 일자리는 사라졌다.

내기로는 양수가 6대 4로 유리했다. 그 비율은 도박꾼에게 무의미했다. 누구에게나 한 방은 있다. 몰린다고 반드시 지는 것은 아니다. 하여간 지형이 바뀌는 싸움이어서 모든 조직의 이목이 귀추 됐다.

출혈로 서로의 목숨이 경각에 달려 있었고 쌍방 손해가 아직은 감당 못할 정도가 아니었기에 휴전은 가능하지 않았다. 양수가 조직을 광명파를 접수하여 영역을 넓힌다면 정혁의 복수는 물거품이 되는 것이고, 조직이 양수를 제거한다고 하더라도 기분만 좋아질 것이다. 지금 상황은 매우 급하게 돌아가고 있었다.

광명파 조직은 힘쓸 놈을 관대한 조건으로 징집했으나 배신과 협잡이 난무하는 시대 탓인지 그다지 쓸모 있는 놈은 소수였다. 모아진 놈은 여우 성향이 있는 비리비리한 늑대만 몰려들었다. 폭력은 즐겼으나 맞는데 한해서는 지독한 겁쟁이였다. 양수의 수비는 막대한 자금을 바탕으로 했기에 성과급 상승으로 지금 당장 돈줄이 말라가고 있었다. 양쪽 다 채무자이 씨가 사활의 열쇠였다. 양수가 성격답지 않게 허둥지둥하고 있었다. 지금이 유일한 기회였다.

양수는 장고형(長考型)이다. 그런 인간의 맹점은 속기에 약하고 서두르면 즉시 허점이 보인다. 그가 서두르고 있다. 우리는 바로 양수의 취약한 부분을 쳐야 한다. 미경씨, 내 계획이 어떻습니까? 지금 기회가 오고 있는 겁니다. 모처럼 운명이 우리 편에 섰습니다. 정혁은 멀리서도 양수의 거친 숨소리가 들린다고 했다. 말은 그럴듯했다. 예전에 남편도 잔뜩 들떠 자신의 사업계획을 늘어놓고 성공을 장담했다. 잘 되는가 싶더니 지금, 이 꼴이다. 신뢰하지 않는다. 다만 정혁의 눈빛이 남편과 급수가 달랐다. 고수의 착수(着手)라는 느낌이 오긴 했다.

정혁이 달뜨지 않고 자신의 계획을 전해 주어서 그런지 판단의 저울이 움직였다. 정혁이 남편처럼 강간에 가까운 섹스를 한 후 자신의 계획을 떠벌렸다면 이번에야말로 소리를 질러 돼지의 환심을 살 수도 있었을지 모른다. 밥 먹고 똥 싸는 순간에도 양수를 잊은 적이 없다는 정혁의 계획은 정밀한 톱니바퀴를 갖추고 있다. 게다가 높은 패를 쥐고 있다. 정혁은 황홀에 차 있는 내 시선을 흩뜨리지 않고 바로 보며 말을 계속이었다.

양수가 노리는 경기도 끄트머리에 있는 월아리 땅은 서울을 출발점으로 하면 강원도까지 정확히 반 정도의 도로상 위치했다. 하지만 도로가 서울에서 주문진까지 일직선으로 생기는 바람에 그 근처 땅의 매기가 확 줄어 이벤트가 없어져 팔아먹기에는 다소 불리한 위치였다. 고속도로 외곽에 있는 탓인지 국도는 얼마 전까지 고추를 넣어 말릴 만큼 한가했고 몇 가구 없는 마을은 늙은이들과 개들로 늘 고즈넉했다.

그런 상황이 얼마 전 바뀌기 시작했다. 다들 돈이 말라가고 있었는데 건강하게 살다 죽자는, 말도 안 되는 유행으로 골프 붐이 일어났고 경기도는 주변의 땅이 집터로 한계에 다다르자 새로운 골프장 건립이 어려워졌다. 들어주는 거 없이 민원이 허가의 중요한 요건으로 자리 잡자 월아리에 한적함이 장점으로 대두됐다. 채무자 이 씨의 땅은 질 좋은 스테이크로 바뀌었다. 주위 땅 몇 개를 굳이 흡수하지 않아도 골프장으로는 최적지였다.

양수는 작업하기 전 몇몇 구매자 의향을 물었다. 길게 설득할 필요 없이 구매자들이 매달렸다.

왜 부자나 권력자들이 땅을 사 모으는 걸까. 그건 힘을 가진 놈의 창고에 돈이 넘쳐나기 때문이다. 전략이니, 땅이 자신감이니 하는 아일랜드 속담은 나중에 꿰어맞춘 골계이다. 땅에 돈이 묻히면 동화의 콩 나무가 자라고, 지렛대로 작용한다. 그 주위로 길이 나거나 아파트가 솟아나는 것이다. 땅이 바로 권력이 된다. 권력자가 쥐고 있는 땅이 요지가 되고 그렇듯이 이 나라는 서울과 경기도를 제외하고는 모두 맹지에 가까운 처지에 있다. 사 놓은 땅이 경기도 어느 어처구니없는 곳에 처박혀 있는 땅이라 할지라도 정권이 바뀌거나 정치권의 탐욕에 부채질만 하면 얼마든지 요지로 바뀔 기회의 땅덩어리인 것이다. 더구나 대한민국이 망하지 않는 한 권력자를 위한 부지의 정책은 인구가 서울과 경기도로 몰려들게끔 각본이 짜여 있는 나라이다. 양수는 그 가능성을 믿었고 여기에 거머리처럼 붙은 물주는 확신했다. 양수는 웃다가 손에 든 컵을 집어 던졌다. 길 한가운데 놓인 거대한 바윗덩어리인 광명파 두목이 오버랩됐기 때문이다. 시기가 지금이 아니라면 문제가 될 놈이 아니었다. 상황이 돈으로 바뀌면 바둑판이 온통 사활문제가 된다.

월아리 땅을 답사했습니다. 불모지지만 산속 생활을 이상으로 생각한다면 좋은 곳이더군요. 우리가 빚의 수렁에 빠지지 않았더라면 형과 형수와 내가 그곳에서 생을 마치고 싶은 엄마의 품 같은 곳이었습니다. 정혁의 목소리는 아늑했다. 형과 형수와 살고 싶은 곳이라고? 의뭉스러운 생각은 들지 않았다. 미경은 정혁의 말을 붓 삼아 그림을 그렸다.

지금은 텅 빈 들과 늙은 여자의 젖가슴 같은 황량한 낮은 산이지만, 예전에는 아슬아슬한 사람들이 살고 있었나 보다. 야트막한 언덕에 신이 쫓겨난 교회가 버려져 있다. 멀쩡해 보이는 담에 비해 슬레이트 지붕은 누군가엔가 화풀이를 당한 듯 반쪽만 폭삭 가라앉아 거지 움막으로 보였고, 창문이 있었던 흔적에 십자가의 사내가 가엾게 매달려 있다. 그리고 그 주위로 오래 묵은 노숙자의 머리 모양을 한 잡초가 한때 성도들이 주 찬양을 했던 자리를 차지했다. 돈 뜯어낼 대상이 사라지면 신도 땡전 한 푼 없는 세입자처럼 쫓겨나는 것이다.

정혁은 그 자리에 신의 증거를 떼어내고 양수의 담보물을 숨겨 놓았다. 언제 양수가 걸려들 날짜만 알아내면 이곳 주위에 정교하게 제작한 덫을 수십 개 깔아놓을 계획이다. 양수를 그곳으로 끌어내기만 하면 된다. 그럼 우리는 셋 모두를 잡을 수 있다. 나는 그날 밤 그놈들의 심장과 탱탱한 간을 꺼내 형과 그의 가족을 위한 제의를 지낼 겁니다. 미경씨는 그날 족쇄가 풀리는 겁니다.

듣기만 해도 가슴이 뻐근했고 계획도 허술하지 않았다. 하지만 고양이 목에 방울을 달자는 간단하고 단순한 계획에 쥐는 모가지를 걸어야 했다. 듣고 보니 나 또한 이판사판이다. 이대로 맥없이 세월을 보내면 러시아의 섬이나 중국 어느 골짜기로 이전은 당연한 귀결이다. 수순대로 옮겨지기 전에 차라리 죽을 길로 뛰어드는 게 나에게도 괜찮은 선택이었다. 어떻게 하면 좋겠냐고 정혁에게 물었다. 그러자 어처구니없는 계획을 발표하는 대통령 대변인처럼 더듬더듬 말을 이었다. 정혁은 뒷말을 자신 없어 했다.

"저들의 완벽한 식구가 되어야 합니다. 그들의 결속은 의외로 강합니다. 식구가 되지 않고서는 적기를 알아낼 수 없죠. 그놈도 시간이 없거든요. 양수에게 제 이의 똥이가 되겠다는 각오를 보여주시면 되지 않을까요?"

그는 자신이 하는 말이 무슨 뜻인지 알고나 있을까? 말로는 제국을 허물 수 있다. 그런 걸 아는지 모르는지 표정을 보아선 자신이 정한 순서대로 행동하는 양수를 닮았다. 나는 양수가 돼지 손가락을 나뭇가지치듯이 잘라내는 것을 보았다. 그건 그들의 오래된 예정이자 정해진 습관이었다. 오히려 질리는 건 돼지의 태도였다. 그는 서슴없이 손가락을 내놓았고 성기가 아닌 손가락 정도로 빚을 감해주는 것에 황감해 하는 표정을 지었다.

양수가 돼지를 바라보는 눈과 돼지가 양수를 바라보는 눈은 다르다. 내가 양수의 눈에 들기 위해 해야 할 짓이 무엇일까. 감도 잡히지 않는다. 씹이라면 이제는 자신 있다. 하지만 양수는 황진이가 옆에 와도 눈길 한 번 주지 않을 놈이다. 그런데 뚱이처럼 이라니? 내 손가락을? 모든 악마는 인간의 속을 들여다본다. 내가 본 뚱이의 입장은, 보통 정서의 눈으로 보면 나와 비슷한 지옥에 살고 있다. 그도 꿈에서조차 양수에게 거짓말을 하지 못했다. 거짓말을 하지 않고 어떻게 상대를 속이겠는가! 손가락 몇 개가 없는 나를 상상해 본다.

정혁의 청을 곰곰이 따지자 소름이 돋았다. 불가능한 계획이다. 손님을 끌기 위해 한 번 하자, 해서 될 일이라면 알려진 체위를 모두 섭렵해 시연해 보일 수 있다. 하지만 그들 앞에 서는 건 타고난 자질 없이는 불가능한 일이다. 하수인이 아니라 악마가 되지 않으면 그들 편에 소속되지 못한다. 그들이 한 짓을 알고 있는데 무슨 수로 스스럼없이 친해진단 말인가. 또 저놈이 무슨 짓을 시킬 줄 알고 수행한단 말인가. 상상되지 않는다. 이렇게 살다가 되어가는 대로 당하는 게 나을지 모른다. 하지만 같은 논리로 마지막이 중국이나 러시아 산골짝에 처박혀 가랑이를 벌리다 죽게 된다면 참혹하기는 하겠지만, 덜 고통스러운 선택이 아닐지 모르겠다. 아, 두 개씩 있는 건 모두 한 쪽씩 떼어주고 살아 있는 시체로 무감각하게 살아야 하는 미래의 꼴을 생각하면 서둘러 죽고 싶다. 지금 저들의 품에 뛰어들지 않으면 안 되게끔 상황에 몰려 있다. 해야 한다. 아니, 해야만 하는 것이다. 이 판국에 내가 지금 뭘 못하겠는가.

양수는 항상 사람을 짜여진 미로에 가둔다. 사방은 막혀 있는 듯 보이지만 살 의지와 희망을 품고 쫓기다 보면 그가 설계한 대로 움직이는 나를 본다. 그의 설계는 현재 처지가 운명임을 착각하게끔 만든다. 몇 번이고 꿈에 나온 끔찍한 장면에서 알아챈 사실로는, 뚱은 스스로 손가락을 가위 위에 올려놓은 것으로 보인다. 뚱은 양수의 의도된 배려에 진심으로 감사했다.

그 후에도 이런 비슷한 상황은 양수의 계략하에 지치지 않고 연출됐다. 열 대를 때리겠다고 정해 놓고 용서하는 의미로 그 반만 맞으면 인간이란 포유류는 눈물을 흘리며 감사하는 습성이 붙게 된다. 대한민국 백성은 맞아야 정신 차려! 당해도 싸! 양수가 탄식했고 뚱이와 정우성은 지당하신 말씀이라 호응했다.

양수의 충실한 개가 되어야 그나마 살 수 있다는 전제가 성립하자 바로 상념의 늪에서 헤어나왔다. 못한다. 분명히 시도해 보기 전에 발각될 것이다. 울고 싶은데 눈물이 나오지 않는다. 거부 표시로 고개를 저었다. 정혁의 눈빛은 해야만 한다고 종용했다. 선택이 아니라 생존의 유일한 방법이라 했다. 당신이 직접 하시면 되잖아요, 라고 물었다. 정혁은 대신할 수만 있다면 백 번이고 천 번이고 하겠다고 한다. 손가락이 아니라 허리를 통째로 자른다고 해도 신이 그놈의 모가지를 떼게만 해준다면 수락할 거라고 말했다.

어떻게 그놈들 수하로 들어가죠? 당연한 나의 물음에 정혁은 어려운 문제를 지적받은 아이처럼 난처한 표정을 지으며, 그건 자기도 모른다고 말했다. 알아서 해야 한다고? 어떻게 무슨 수로 알아서 한단 말인가. 어떤 년 말대로 간절히 원하면 우주의 기운이 해결해준단 말인가.

아무리 돈이 최고이긴 해도 저렇게까지 돈이 좋을까? 양수의 모든 촉수는 정혁의 말대로 돈에 쏠려 있었다. 울상인 돼지는 우리 마사지 업소가 어떤 요인으로 흐지부지 망하면 우리 모두 단체로 수술대에 오를 거라고 진지하게 털어놨다. 어쩌면 지금이야말로 다가설 기회라 판단했다.

그 후부터 미경은 돼지의 시선을 모으기 위해 갖은 기교를 다했다. 자기를 찾는 짐승을 솔선수범해서 왕으로 맞이했다. 수컷을 대하는 다른 여자의 태도가 불손하면 냉큼 나서서 손님을 가로챈 후 정우성에게 고자질했다. 가장 나쁜 년의 역할을 맡은 나의 연기가 하도 진솔해서 영화 오디션으로 재능을 확인해 보고 싶을 정도였다.

날이 갈수록 그들과 비슷해졌고 악에 충만한 더러운 기운이 빙의돼 전율했다. 이건 뭐지, 관성이 생기다 보니, 이렇게 살면 남편처럼 등신같이 죽지는 않겠구나 하는 확신이 생겨났다. 진정 그들 편이 되고 싶었다.

인간에게는 사냥 본능이 남아 있다고 한다. 먹기 위한 사냥이기보다는 죽이기 위한 사냥. 꿈틀거리는 지렁이를 짓밟는 것을 보는 일은 징그러우나 직접 하면 도의가 사라진다. 차라리 늑대는 착한 짐승이다.

대기실에 앉아 있을 적에 가장 불쌍하고 만만해 보이는 순애를 먹잇감으로 삼았다. 순애는 두 딸의 엄마이자 남편 병원비로 2억을 빚진 처량한 아줌마였다. 포석은 이미 깔아놓아서 다짜고짜 덤벼들었다. 돼지가 순애의 머리카락을 움켜쥐는 내 손을 떼어내고 따귀를 살짝 갈겼다. 똥이 손에 정이 담겨 있자 연기력이 폭발했다. 이런 걸 메소드 연기라 하던가? 만용을 얻었다. 그가 인정하니 더욱 잔인해져야 한다. 이빨을 드러내고 사납게 짖었다.

"저 쌍년을 치워 주세요. 저년 때문에 영업장 분위기가 눅눅해지잖아요. 우린 돈을 벌어야 해요. 하지만 이렇게 공쳐선 벌기는커녕 빚만 늘어나겠어요. 이년들은 교육이 필요해요."

나를 제외한 여자들이 움찔거렸다. 똥이 눈이 말 대신 커졌다.

"뭐긴 뭐예요. 창녀로서 자질 개발과 전문가 육성이죠."

뚱이가 실망했다는 듯이 돌아누웠고 정우성이 낄낄거렸다. 모처럼 발언권을 얻었으니 생각해 두었던 말은 토해내야 한다.

"아니에요. 우리 영업이야말로 백화점만큼 서비스 정신이 투철하지 않으면 안 돼요. 손님이 고래 심줄 같은 돈을 비 오는 날 모처럼 씹 한 번 하려 온건데, 그런데 아무리 바짝 섰다고 우거지상에다 귀찮은 태도로 밋밋하게 가랑이를 벌린다고 생각해 보세요. 지금이 쌍팔년도냐고요. 오빠 같으면 학교에서 갓 출소하지 않는 한 삽질을 못 할걸요! 더군다나 쟤는 냄새도 나잖아요. 여기가 무슨 오팔팔이야 아님 작부집이냐고. 이러다간 정말 쿠폰을 발행해야 할지 몰라요."

뚱이 눈이 세모꼴로 바뀌었다. 순애는 뱀 눈에 쏘인 쥐가 되어서 바로 마비됐다. 뚱이가 순애의 작업복 치마에 코를 묻었다. 너 생리하니?

"그러고 보니 너 전에 손님한테 지적받은 적이 있지? 한 번만 더 클레임이 들어오면 시베리아로 가는 거야. 거기 시골 노인네들은 보지 썩는 냄새에 환장한다더군."

순애가 스르르 허물어지며 소리 없는 눈물을 흘렸다. 자세한 이야기를 들은 적은 없지만, 순애는 나와 비슷한 처지였다. 순애 남편이 아프기 전, 한 때 잘 나가던 제과업자였다. TV에 성공 사례로 나올 만큼 유명세를 치렀고 그 영향으로 빵은 오전 중으로 다 팔릴 정도로 장사가 잘됐었다. 거기서 멈췄으면 편히 살다가 죽는 건 문제가 없었을 텐데 성실하면서 미련하지 않은 남자가 이 나라에 백만 명은 되지 않던가?

그녀의 성실한 남편은 당연하게도 제과 분점을 세 곳이나 벌렸다. 그리고 그 불행은 시기를 맞춰 시작됐다. 전자 제품으로 유명한 대기업에서 제빵업계에 손을 댔고 상술까지 지원했으므로, 게다가 메이커 빵은 썩지 않아 보관에 유리했다. 이 업계는 늙은이의 성기와 마찬가지로 세우는 건 어렵지만 무너지는 건 방심하는 순간 신기루처럼 사라진다. 원가와 판매 전략면에서 순이네 빵집은 모래성이나 마찬가지였다.

순애 남편은 건강한 빵을 만드는 건 자신 있지만, 분별력을 잃은 소비자의 무분별은 순애 남편의 비전을 읽지 않았다. 버틴다는 것은 막대한 자본력을 요구했다. 끝내 대부업자에게 손을 벌리게 되었고 가벼운 밀물에 모래성은 흔적도 남지 않았다. 심약한 남편의 뇌는 바로 터졌다. 그렇다고 넘어갈 양수가 아니어서 순애 남편은 상하기 전 순서대로 장기를 꺼내 갔고 반신불수의 남편은 마지막 힘을 다해 비틀거리며 차에 뛰어들었다.

사망 보험금은 대부분 차에 장착된 블랙박스에 걸려 얼마 되지 않았다. 그것마저 양수에게 털리고도 빚이 남아 나와 같은 경로로 끌려온 위기의 40대 여자였다. 그녀에게 남은 경제 연한은 시한폭탄이었으며 어린 자식 둘이 담보로 되어있다. 순애는 자매를 치매 진단을 받은 친정엄마에게 맡겨두고 제 발로 걸어들어왔다. 아마 본능이 시켰으리라.

그녀의 빚은 2억에서 고작 삼십 만원 줄어들어 있었다. 오히려 빚은 퍼지 지능이 있어 알아서 줄거나 늘었다 하여 희망도 절망도 품지 못하게 했다. 내가 보기에 그녀는 하루라도 빨리 모든 것을 포기하는 게 자신을 위해선 좋으리라.

며칠 후 나는 불쌍하고 미래에 대한 희망을 버리지 못하는 순애를 잘근 잘근 밟고 있는 똥이의 작업을 방해했다. 할 말이 있었다. 휴머니즘이 동해 제지를 한 것은 아니었다. 똥이의 감정에 최고점을 찍을 타이밍이 중요했다. 똥이는 가만히 구경하지 못하고 금기를 깬 나를 몹시 기분 나빠 했다. 개는 주인을 닮는 법이다. 똥이가 양수의 표정으로 돌아다 봤다. 몸이 알아서 얼어붙으려 했다.

나는 고개를 빳빳이 세우고, 이건 셋이서만 당장 할 이야기라고 했다. 다 듣고 난 다음에 별것 아니면 나도 벌을 받겠다고 하자 시큰둥한 표정에 잔인한 웃음으로 대꾸했다.

장편소설 빚

뚱과 정우성이 나를 데리고 사무실 푯말은 있되 양수조차 사용하기를 꺼리는 곳으로 끌고 갔다. 사방의 벽면에 창문이 하나도 없는 숨 막히는 구조였다. 대체 어떤 멍청한 놈이 건물을 이따위로 지었을까. 이 건물도 양수가 빚 대신 건네받은 곳이다. 어쨌든 이 사무실은 이곳 여자들에게는 개미지옥이었고 온갖 비명과 울부짖음이 쌓여 있는 곳을 스스로 찾은 것이다.

첫날 한 번 끌려온 적이 있었지만 이렇게 자세히 본 건 처음이었다. 사방이 꽉 막힌 그러면서도 거미집을 연상케 하는 방 구조와 음험한 습기와 머리털을 곤두서게 하는 냄새. 곰팡이가 그린 벽화는 상상하는 대로 지옥의 불길을 연상시켰다. 한 맺힌 처녀의 얼굴로 보이고 모든 빛을 삼켜버리는 검은 숲이기도 하고, 난잡한 춘화로도 보이고 지옥도인, 곰팡이가 키 높이 정도로 벽면에 번져 있었다. 여기서 얼마나 많은 사람이 죽어갔을까? 하는 생각이 번쩍 드는 곳이었다.

가구는 탁자조차 없었고 초창기 모델로 보이는 브라운관 TV가 바닥에 달랑 놓여 전쟁터에 불쌍하게 끌려온 성노예처럼 보이게 했다. 여기서 살아 있는 것들의 뇌가 뽑혔다. 나는 이미 죽어본 경험이 있는 것처럼 담담해졌다.

정우성이 내 허리를 감아올리며 할 말을 아주 천천히 하라고 했다.

"이 자세로 쎅이나 하지 말이 나오겠어요?"

두 놈이 징그럽게 웃었다. 정우성이 던지듯 나를 구석에 떨어뜨렸다. 단도직입으로 말했다.

"이 상태로 내 빚은 늙어 죽을 때까지 갚을 수 없어요. 무슨 짓이라도 할 테니 나를 대장 밑에 있게 해주세요. 무슨 짓이든 하겠어요. 손가락이라도 자르겠어요."

뚱이는 손가락이라는 말에 민감한 반응을 보이다가 나의 간절한 표정을 보고 한숨을 쉬었다.

"낯이 익숙해져서 하는 말인데 너는 내가 하는 일이 쉬어 보이나? 나는 네가 하는 일이 무척 쉬어 보인다. 그냥 누워있으면서 노래하듯이 소리를 지르거나 좀 까다로운 놈을 만나면 접시 돌리면 되잖아. 내 일은 그리 간단치 않아. 힘든 일은 아닌데 적응이 안 돼. 그냥 지금 하는 일이나 열심히 하지?"

몇 대 얻어터질 줄 알았는데 뜻밖의 감정이 섞인 돼지의 평이한 말투에 고무됐다. 저놈이 맞는 사람의 피가 튈까 봐 포대를 씌워놓고 함부로 몽둥이를 휘둘렀던 놈이 맞나 하는 의문이 들 정도였다.

"알아요. 나도 내가 하는 일보다 뚱이 오라버님이 하는 일이 천 배는 힘들 거로 생각해요. 하지만 두 오라버님은 빚은 뭉텅뭉텅 갚고 있잖아요. 언젠가는 다 갚고 이런 사업체를 물려받으시겠지요. 전 매일 씹에 불이 나도록 팔아도 빚이 늘고 있어요. 일 이년을 더 있으면 내 가치는 더 하락할 거예요. 그럼 저는 어떻게 되죠? 지금 서른일곱인데 밑에 나이는 짐작조차 안 돼요."

뒷말에 언뜻 당황해하는 모습이 비쳤다. 뚱에게 미세하거나 사람의 모습이 남아 있는 유일한 기미였다. 얼 띤 정우성은 구석에 기대 졸고 있었다. 세상에서 가장 야비한 화상은 멍청한 인간일지 모른다.

정혁에게 들은 사실로는, 이곳에 묶인 여자들의 미래는 세상의 모든 불행을 섞어 비벼 놓아도 이보다 못하진 않을 정도로 끔찍했다. 이런 예정된 형량을 염두에 두고 막상 돼지를 상대로 하소연을 하다 보니 뒤로 물러설 자리가 남아 있지 않았다. 동료들의 내장을 파먹으며 산다고 할지라도 이곳에 남아야 한다. 나는 나오는 눈물을 부릅뜨며 말렸다.

위악적인 초보여서 그랬는지 연기가 거칠었다. 하지만 진심이었다. 스스로 만들어 낸 감정의 소용돌이에 휘말려 애써 참은 눈물이 터졌다. 이들

장편소설 빚

은 인정에 휘말리지 않도록 조련 받았다. 나는 이를 악물고 강한 눈빛을 그들을 향해 쏘았다. 날 식구로 받아들여 주세요. 대장을 위해 죽을 수도 있고 누구든 죽일 수도 있어요. 그 당시 마음가짐은 진정이었다.

"전 대학도 나왔어요. 자랑하자는 게 아니에요. 다른 쪽으로 쓸모가 더 있을지도 모르잖아요. 무슨 짓이든 할게요. 빚만 갚게 해주세요. 선생님께 제 청을 한 번만 말해줘요. 거절하시면 할복을 해 죽어버리겠어요. 개처럼 말을 잘 들을게요. 정말이에요, 오빠. 제발."

어떤 트라우마가 있었는지 모르겠지만 똥이는 눈물 흘리는 여자를 혐오 했다. 거짓말을 해도 넘어가는 수가 있었지만, 눈물은 오히려 매의 강도를 높였다. 분명 똥이는 아직 퇴화하지 못한 감정의 선이 남아 있을 것이다. 그의 황량한 눈에서 미묘한 감정을 느꼈다. 똥이는 한참 있다가 그 큰 눈 을 데굴데굴 굴리면서 말했다.

"알았어. 대가리 빵꾸 날 각오로 말씀드려 보겠어. 아마 거절하실 거야. 혹시 되면 대기하고 있어. 알았어?"

미로 찾기   13

고가의 물건 셋을 잃어버렸다. 바로 찾을 수 있을 거라는 예상은 뜻밖에 무너졌고 그 실종 뒷면에 의문부호가 여러 개 찍혀있다. 처음에는 대수롭지 않게 생각했다. 하루 이틀 정도 뒤지다 보면 냇가에서 가재 잡듯이 건져 올릴 수 있을 거라는 생각을 했다. 그 생각을 좇다 순간 등골이 오싹했다. 분명 내 먹이감에는 뇌가 없다. 그런 등신들이 발버둥을 치고 생각하기 시작했다. 원래 그들은 관행적으로 산다. 그런 그들이 사라진 것이다. 그물 안에 들어온 고기가 무슨 수로 도망을 할 수 있단 말인가. 그들은, 셋 모두 액수가 크다는 공통분모가 있어 처음부터 혹독하게 다루었다. 공포는 보이지 않는 빗장이고 면역치가 없는 육체의 메커니즘이다. 그럼 냉동되었을 텐데 어떻게 그 상태로 도망이란 걸 선택했을까. 일 년 전 돼지가 공격당했던 일이 오버랩 됐다. 혹시 관련이 있지 않을까? 배후가 있다! 그렇다면 내가 표적인 것이다. 과민반응이 아니다. 내 실수다.

양수는 어두컴컴한 방 안에서 전열을 가다듬었다. 무대 뒤에 있는 불안감이 자신의 천성인 침착함을 흔들어 놓았다. 어떤 예지나 파동에 기미가 있었던 것도 아니었으나 그런 거 없이도, 단순한 수성(獸性)으로 감지되는 냄새를 맡을 수 있다. 근처에 있는 자는 아니다. 나는 밝은 데 있고 나를 노리는 자는 어둠 안에서 번득인다.

채무자 가족을 생각 못 한 것은 아니다. 경험에 의하면, 불량 채무자들의 기가 막힌 공통점은 마치 돌림병을 앓는 것처럼 그들 주위에는 가족과 형제들, 친척은 있어도 없는 것과 다름이 없는 것처럼 주위가 황량했다. 게

           장편소설 빚

다가 주변에 사기란 사기는 다 쳐 놓아서 사막화되어 있다. 백주에 납치한 다고 해도 채무자를 도울 손길이 닿지 않는단 말이다. 그런 쓰레기이다.

아무리 생각해도 그쪽은 아니다. 초식 가축은 그저 당할 뿐 반항하지 못한다. 역사가 그래왔고 그건 그대로 자살 공화국에 반영됐다. 미늘에 걸려 끌려 나오는 물고기가 요동친다고 저항으로 인식되지 않는다. 소리를 지르고 고사리 주먹을 휘두른다고 그 행동이 저항일 리 없다. 그들은 간신히 끌어올린 저항조차 지나고 나면 후회 일색이었다. 물론 그것마저 용서하지 않았지. 작은 몸부림이라도 모아놓으면 구정물을 뒤집어쓰게 된다. 일벌백계는 미물에게만 적용되는 법이다.

그럼 대체 누구란 말인가. 양수는 자신을 노리는 존재를 확연히 느꼈다. 시간이 흐르면 드러나게 돼 있지만, 싸우기 전 상대의 전투력을 파악하지 못하면 예상외로 막대한 피해를 볼 수 있다.

불행은 논리적이다. 하지만 궁극이 죽음을 뜻하는 참변은 비논리적이다, 라고 양수는 생각하고 생각했다. 골치가 아팠다. 세 놈은 채무 생리상 반드시 잡히긴 할 것이다. 시간문제일 뿐이다. 반면 저벅저벅 다가오는 광명파의 조임이 느껴져 양쪽 다 동시에 해결하기에는 상황이 만만치 않았다. 광명파를 치려면 연료가 부족했고, 게다가 중국 쪽에서는 계약을 종용하고 있다. 돈을 만들기 위해선 세 놈을 반드시 잡아야 했다. 하루를 늦추면 끝에 가서는 부풀어 오를 게 틀림없다. 둘 다 해결하기 위해선 돈이 절실했다. 습관상 돈을 낭비한 적은 없었다. 광명파가 아닌 다른 누군가 내 주위를 돌고 있다.

양수는 계속 복기하고 다음 착점을 찾았다.

모든 게 불리했다. 수비하는 자신은 밝은 곳에 있고 정체 모를 놈은 검은 안개에 은닉해 있다. 방향조차 짐작 못 하겠다고 중얼거렸다.

세상은 점점 더 흉흉해졌다. 느낌으로 하는 말이 아니다. 정부와 모든 악의 진원지인 언론은 국민의 궁기를 덮으려고 전전긍긍했지만 해를 넘기자 그저 덮기만 했던 정부가 빚을 매개체로 썩기 시작했고 거기서 나오는 악취로 도시 뒷골목이 수런거리기 시작했다. 혁명이든 폭동이든 위기의식을 느낀 관료는 희생양을 찾는 모의를 매일 벌였다.

나랏빚은 누구의 빚도 아니어서 숫자로 존재하나 상상 속 괴수처럼 믿기 어려운 액수가 무려 이천 조를 넘겼다. 짐작하는 것과 다르기를 기도하는 국민 전체의 빚도 천 팔백조로 수면에 떠 올랐다. 기업 빚도 최하 그 정도는 됐지만, 그들은 나라가 국민의 세금을 끌어다 갚아 줄 것이어서 오히려 빚을 늘리기에 혈안이 됐다.

소문과 불길한 예언이 난무했고 재래시장 식료품은 유통기간을 넘기기 일쑤였다. 식품은 팔리지 않아 묵혀졌고 여름이 지났음에도 식중독 주의보가 발령됐다. 이를 폭동으로 잘못 보고한 수석 비서관이 본보기로 경질됐다.

이 나라 국민의 빚이 천 팔백조이다. 일조는 구천구백구십억에 일억을 더한 천문학적인 숫자이다. 이 어마어마한 크기가 무려 천 팔백 개가 넘는다는 말이다. 의식적으로 외면한 제2, 제3 금융 그리고 음지에 번지고 있는 나 같은 놈에게 목줄이 잡힌 빚은 포함되어 있지도 않고, 의식적으로 알려고 하지도 않는다. 어쨌든 양수는 만리장성 같은 국민의 빚에 머리 숙여 존경의 예를 올렸다.

이 세상에는 자신보다 뛰어난 놈이 존재하는 것이다. 양수는 경쟁이 된다는 사실에 누군가로부터 응원을 받은 거 같기도 하고 처갓집 안방에 있는 것처럼 세상이 편안해졌다. 그럼 내 나와바리에 경쟁자가 나타난 것일까? 지금 당장은 광명파 눈치도 살펴야 한다. 양수는 자신의 식탁에 놓인 채무자들을 떠올린다. 하여간 나중에 삼수갑산에 가더라도 일단 그들이 자살 충동으로 알게 모르게 뒈지기 전에 잡아야 한다.

장편소설 빚

양수는 비밀금고에 넣어둔 계획이 완벽하다고 믿었다. 그의 주도면밀한 실행은 타고난 교활함과 돈의 힘으로 조용히 그리고 차근차근 옮겨졌다. 이제 사랑을 구걸하던 늙은 애인처럼 광명파 두목을 믿었던 그의 수하는 몇 남지 않았다. 그나마 광명파는 자체 이권 싸움으로 흔들리고 있는 형편이다. 어서 중국 시장을 선점해서 패권을 움켜쥐어야 한다. 왕서방의 조국인 중국은 뱃구레만큼 인구가 무궁무진하다. 냉장고에 싱싱한 장기를 쟁여놓고 염가로 팔아도 한국과는 수준이 다른 부자가 되는 것이다. 하지만 교두보를 설치하는 것만으로 지금 거둬들인 돈의 몇 배가 필요하다.

광명파와 교전 중에도 계획은 착착 진행되고 있었다. 그랬는데, 찬바람이 거리를 식히기 시작하면서 조직에 느닷없는 구멍이 생겼다. 그 구멍의 크기는 자신이 타고 있는 배를 가라앉힐 정도로 위험했다. 어디서 시작됐는지 아무리 찾아봐도 정체가 파악되지 않았다. 그런 상황에 거친 파도가 밀려오듯 커진 판돈으로 한눈을 팔 수 없었고 다른 한쪽으로는 이런 아사리 판에 한 몫 단단히 잡지 못한다면 기회를 놓치는 것이 아니라 놓친 크기만큼 재앙을 맞이할 거라는 불안에 소름이 끼쳤다.

상의할 놈이 없다. 상황도 모르고 알아듣지 못하는데 하소연한들 속만 터질 것이다. 측근에 있는 것들은 인상만 더럽고 도무지 머리를 장식품으로 달고 다녔다. 하나부터 열까지 일일이 지시해야 한다는 것은 조직 확장에 걸림돌이 되었다. 그렇다고 신문에다 똑똑한 놈 구직 공고를 낼 수는 없는 일이다. 양수는 인재양성이 우선이고 그 문제가 해결되지 않으면 도약이 불가능할 것이라는 예상을 했다. 안타깝지만 중국 일거리가 해결되면 여기 일은 집어치워야겠다고 나름 판단했다.

어쨌든 그건 나중 일이고, 고액의 빚을 짊어진 세 놈을 문제가 더 커지기 전에 잡아야 한다. 흔적을 발견하고 따라가자 어느 지점에서 신기할 정도로 자취가 끊겼다. 날아갔는지 아니면 땅으로 꺼졌는지 추적물이 사라진 것이다. 뱀에 쏘인 쥐는 움직일 수 없는 법이다. 그런데 사라졌다. 독 안에 든 쥐가 감쪽같이 사라진 것이다. 복기해도 그 부분에서 행적이 묘연하다. 이건 누군가의 손을 타지 않고서는 생길 수 없는 경우의 수였다. 냄새가 난다. 하지만 미풍을 타고 건너온 냄새가 어디서 나오는 것인지 알 수 없다. 광명파 두목이 잔인하긴 해도 그럴 머리를 쓸 인간이 아니다. 그럼 누굴까? 돌겠다.

양수는 부지런했다. 아니 교활한 악은 선보다 자율적으로 부지런하다. 부지런함에는 탐욕이 깃들어 있고 그런 타입은 조심해야 한다. 양수는 막대한 경비를 펑펑 써가며 고액 채무자를 찾았지만, 흔적조차 발견하지 못했다. 양수의 지론은, 인간은 제한된 생활 반경이 있어 넓은 곳을 좁게 살며, 약한 것들일수록 생활 반경이 좁기에 날개를 가진들 영역을 벗어나지 못함을 경험으로 알고 있었다. 그런데 그들이 자신의 우리를 보란 듯이 벗어난 것이다. 양수는 똥과 정우성에게 매일 스트레스를 풀었고 그들 또한 죽을 맛이었다. 그들은 긴장의 나사를 바짝 조였다. 채무자가 사라진 건 양수의 금고가 털린 것이나 마찬가지였다.

수면에 띄운 찌는 움직이지 않았고 그만큼 팽팽한 긴장이 증폭됐나. 초읽기에 몰린 양수의 눈은 불면과 묵은 피로로 핏발이 섰다. 다들 그런 양수를 쳐다보는 것만으로 심장이 부르르 떨렸다. 이곳에서 정체는 죽음을 의미한다. 나중을 위한 일보 후퇴도 죽는다. 다들 그렇게 없어졌다.

어느 사회나 용서가 있는 법이다. 넘어가도 되는 잘못이 있기도 한 것이다. 양수는 그 용서라는 정서가 감정에 배제돼 있었다. 모르는 게 아니었다. 강경 일변도의 처벌은 반발력을 갖고 있다. 그것 때문일까? 나름 정략을 가지고 펼쳐왔던 순조로운 자신의 행보가 정상에 오르기 전 단 한 번도 느껴보지 못했던 힘으로 뒤로 밀리고 있다. 점검은 생활화됐다. 생각만이 살길이다. 그게 무슨 어려운 일이냐고, 다들 생각은 하고 산다고, 말하겠지만 대부분 인간은 갈라보면 장기에 생각이라는 게 없다. 따져보라, 내 말이 틀리는가? 아니면 옳은가? 내가 미처 자르지 못한 싹이 있던가? 누구를 또 제거해야 하지. 존재가 막연했다.

일감을 맡겼던 용병까지 점검을 해봐도 자신의 조직에 생각의 기능을 가진 인간은 자신 말고는 없었다. 미친개는 많다. 개도 품격이 있는 것이다. 주인만 알고 사납기만 한 개는 용도가 정해져 있다. 주인의 눈치를 살필 줄 아는 타고난 개새끼가 필요하다. 개만도 못한 인간은 사실적인 표현이다. 적어도 개만 한 인간이 필요하다. 내 소유로 된 뚱이는 사납기만 한 개이고 정우성은 전시용이자 비상시 버리는 말[馬]이다. 아, 답답하다.

탐욕은 새로운 차원의 엑스터시이다. 경박한 표현이긴 하나 어느 마약보다 중독성이 강해 탐욕에 젖어 있는 자는 정상이 아니어서 위험하다. 상상의 영역 안에 들어있는 돈을 쥘 수 있다면, 마약이나 성으로는 메울 수 없는 고급정서가 돈을 좇는 권력이다. 모든 힘은 탐욕을 기반으로 타오르고, 그 배경은 돈이다. 돈은 무한한 욕망의 수치이다. 양수는 그 욕망에 갇혀 있었다.

다소 위험하기는 했지만, 장기매매를 본격적으로 벌리다 보니 그 시장은 예상외로 초호황판이었다. 채무자의 손가락을 구질구질하게 자르지 않더라도 벌어들이는 액수의 차원이 달랐다. 게다가 영양 과잉이니 환경오염이니 하는 외부적인 요인으로 수요는 공급을 따라가지 못했다. 즉, 과열장이라는 말이다. 양수는 배운 놈답게 불랙마켓을 통해 중국인 브로커와 연결이 됐고 열여섯 번의 신중한 시도 끝에 안착했다. 대한민국은 해는 지고, 비는 오고 바람이 부는 파장의 장터처럼 더는 나올 게 없었다. 사람이나 짐승이나 들들 볶아대면 먹을 것이 없는 법이다. 권력은 그만큼 멍청하고, 빚은 그만큼 장기의 질을 떨어뜨렸다.

중국이란 거대 시장이 생겼다. 그 나라도 돈이 득세하면서 일반 계산기로 계산이 불가할 정도로 욕망이 철철 흘러넘쳤다. 혁명과 굶주림으로부터 인민을 굶주림으로부터 해방시키겠다는 약속은 진작 변명거리였고, 공산주의와 사회주의 이념은 예쁜 포장에 불과한, 실제로는 악의 제국이었다. 이런 국가 때문에 자본주의 횡포가 감춰졌다. 인민은 공개적으로 사육되는 소, 돼지, 닭인 소비재나 마찬가지였다.

수급과 공급이 원활치 않아 자리를 옮겨야 한다. 출발점을 공고히 하기 위해선 자금 필요하다. 월아리 땅은 중국 진출을 위한 전쟁 자금이다. 나는 그 자금의 일부만 빼고 모든 걸 갖추었다. 그런데 어떤 놈이 내 찬란한 미래에 고춧가루를 뿌리고 있다. 양수는 독이 잔뜩 올랐다.

그런 상념에 젖어 있는데 뚱이가 조심스레 노크했다. 그 조심스러운 움직임이 얼마든지 잔인해도 좋을 폭군의 감정선을 건드렸다. 응답하지 않으면 그게 무슨 신호인지 아는 놈인데 한 번 더 노크한 것이다. 감히 나를 방해해? 맞아야 생각하는 놈은 어쩔 수가 없다. 양수는 요즘 뚱이가 날이 갈수록 사고 기능이 떨어진다고 생각했다. 지금 수를 읽고 있으니 누구도 부르기 전엔 내 주위에 얼씬하지 말아야 한다. 앙칼진 폭력만이 기억 상실을 예방하는 것이다.

뚱이를 겨냥해 화분을 던졌는데 실수로 벽에 맞아 부서졌다. 그 파열음이 듣기 좋았다.

"뭐야, 누가 네 맘대로 들어오고, 내 시간을 방해하라고 했어? 색끼가 이제 간이 배 밖으로 나왔구나."

무조건 엎드리고 보는 뚱이가 청이 있다고 했다. 뭐라, 나한테 부탁할 일이 있다고, 감히? 양수는 길길이 날뛰며 절하는 자세로 엎드린 뚱이를 자근자근 밟았다. 땀을 흠뻑 흘리고 난 뒤 뚱이를 쳐다봤다.

"뭔데?"

"감히 말씀드리기 뭐하지만, 선생님께서 요즘 안색이 좋아 보이지 않습니다. 사업이 커지다 보면 저 같은 놈보다는 생각할 줄 아는 사람이 필요하지 않을까 싶어 인재를 천거하러 왔습니다. 오늘 심기가 불편하시면 다음에 말씀 올릴까요?"

뭐? 생각하는 사람! 이놈은 뭘 모른다. 사람은 처먹고 서로 싸우기만 하지 생각이란 게 없다. 혹시 모르지. 하지만 너 같은 놈의 눈에 든 놈이 어련할까? 아니다. 똥이 정도만 돼도 필요하다. 똥이는 생각이 없어도 덩치와 다르게 예민한 감각이 있다. 지금 일거리가 밀리다 보니 수금이 덜 걷히고 있다. 게다가 시대에 망조가 들어서인지, 막장에 몰린 채무자들의 앙탈이 심해지고 있다. 게다가 돈줄을 갖고 튄 세 놈을 추적하기 위해서도 충실한 개는 몇 마리 더 있어야 했다. 그런데 이 일은 적성이나 자질보다는 잔인해야 한다. 물론 목줄은 달아야겠지. 사납기만 한 개는 주인을 문다.

"누군데?"

"미스 민입니다."

아, 그년이 있었지. 궁지에 몰린 대부분 인간이 너 죽고 나 죽자는 식으로 덤벼들 거 같지만, 실제로 그런 일은 아주 드물다. 미경을 제외한 모든 채무자가 우리 안의 양처럼 배를 깔고 고분고분해졌다. 예전 미경의 눈빛이 흥미롭긴 했다. 익을 동안 시간을 던져 주었다. 잊고 있는 것은 아니었다.

똥이 설명 없이 일꾼 이름을 내놓았지만, 양수의 네트워크 안에 있는 여자였다. 양수는 박미경 이름을 듣자 뇌리에 빠른 영상이 돌아갔다. 한 때 잘 나가는 남편을 두었고, 그놈이 몽땅 빨리자 연결된 낚싯바늘에 따라온 그의 마누라였다. 그런 년이 처음에는 몹시 버둥거린다고 들었다. 죽지 않으려고 버둥거리면 누구나 질겨진다. 서울에서 대학을 나온 여자이다. 영문과라 했던가? 지금쯤 가랑이에 굳은살이 박여 있을 것이다. 지옥을 다녀온 여자에게 지능은 흉기가 된다.

263   미로 찾기 · 13

더 설명을 붙이라고 양수가 고개를 끄덕여 표시했다. 뚱은 이미 복안이 있는 듯 준비해둔 말을 꺼냈다.

"선생님 사업은 제가 입사하던 해에 비하면 눈깔이 팽팽 돌아갈 정도로 번영 일로에 있습니다. 웬만한 일은 외주를 주시는 거로 알고 있습니다만, 그 나머지 일만 해도 저희 둘로는 관리에 구멍이 생길 우려가 조금씩 현실로 나 타고 있습니다. 아무리 밤낮으로 뛰어도 날로 늘어나는 악성 채무자를 감당하기에는 한계가 있습니다. 그렇다고 전부 다 아웃 소싱을 하시면 남는 게 뭐가 있겠습니까. 비용 문제도 있고 저도 어느 정도------ 선생님 사업에는 사람이 중요합니다. 물론, 저도 포함되겠지만 믿을 놈이 드물죠. 아무나 함부로 쓰기에는 위험 부담이 크지요. 제가 곰곰이 생각하던 중에 박미경 씨가 스스로 우리 일꾼이 되길 자청했습니다. 지금까지 살펴본 결과로는 정우성보다 더럽고 소가죽만큼 질긴 년입니다. 심상치 않은 자질이 엿보입니다."

뚱은 여기까지 말하고 양수의 눈치를 살폈다. 다행히 양수의 표정에는 변화가 없었다. 뚱은 심호흡을 하고 바로 말을 이었다.

"박미경 씨가 저처럼 진 빚을 간절히 갚기를 원하고 있습니다. 딴 년처럼 그냥저냥 살지 않으려는 태도가 마음에 들었습니다. 시험 삼아 몇 번 써보시고 별 볼일이 없으면 상하기 전에 그쪽으로 보내는 것이 낫다고 생각해서 선생님께 어려운 청을 올리는 바입니다. 교육은 제가 직접 시키겠습니다."

박미경이라! 대학을 나왔다고 창녀의 등급이 올라가는 것은 아니다. 다만 다른 쓰임새에 따라 교육이 교활성과 환경 적응력으로 발휘되기도 한다. 구르는 소리만 듣고, 수박인지 호박이 구르는 건지 알아맞히는 재능은 세월 갖고는 안 된다. 시험해봐야 할 물건이다. 일반 창녀로 썩히기에는 뭔가 아쉽고, 첫인상으로 언뜻 비치는 전체적인 느낌에서 아깝다는 생각

장편소설 빛

은 했었다. 어쨌든 쓸만한 후보로 찍어둔 여자였다. 그럼 독기가 여물었을까? 아마 많이 독해졌을 것이다. 그 모습을 보고 싶었다.

"당장 데려와!"

뚱은 고개를 숙이고 바로 나갔다. 거리가 있으니 오후 늦게 올 것이다.

양수는 자신 앞에 놓인 판에 박미경이란 말[馬]을 놓았다. 나도 판이 이 정도로 빠르게 늘어날 줄 몰랐다. 이대로 놔두면 팽창하는 내부의 힘으로 자멸할지도 모르는 일이다. 요즘 과부하가 걸린 것인지 머리가 제대로 안 돌아간다. 하지만 이렇게 눈부시게 지랄하는 세상에 누굴 믿는단 말인가?

양수는 자신 앞에 놓인 말들을 보면서 다음 수를 고심했다. 장고 끝에 악수의 우려가 있다. 일단 말을 던져 놓으면 다음 수가 보인다. 게임에 진다 해도 내가 죽는 것이 아닌 장기판의 돌이 죽는 것이다.

잠시 잠이 들었던가. 양수의 핸드폰 진동음이 한참 울렸고, 받으려 하자 끊어졌다. 액정 화면을 보니 뚱이였다. 동작이 연결된 듯 문이 살짝 열렸다. 양수는 유독 노크 소리에 민감했다. 베토벤이 문 앞 누군가의 두드림에서 운명을 알아차린 것처럼 존재를 알리는 노크는 항상 신경 줄을 날카롭게 했다.

"죄송합니다. 전화를 안 받으시기에 무슨 일이 있는지 알고 무례를 범했습니다. 아무 일이 없으시면---"

뚱이 두 손을 정중히 받쳐 들고 밖을 가리켰다. 거실로 나오자 박미경이 얼음 덩어리 형태로 놓여 있었다. 미경의 어릿한 표정에 착각을 일으킨 뚱이가 손을 데려고 하자 양수가 하지 말라는 눈짓을 보냈다.

"하실 말씀이 있다고요. 요즘 사업이 잘 안 되죠, 사장님. 뭐 경기가 이 모양 이 꼴이니 그것도 그렇겠죠. 정권이 바뀌면 잘 될 겁니다. 진득하게 기다릴 줄 알아야 합니다."

미경은 자신을 부르는 호칭에 눈이 커졌다. 이게 무슨 수작인지.

"민 사장님 맞아요. 내가 제대로 부른 거 맞습니다. 모찌꾸미라고 아시려나. 회사에 자기 차를 스스로 지입시켜놓고 영업을 하는 화물차를 그렇게 부르지요. 그들은 뛰는 대로 먹고 사주는 수수료를 받아먹는 우리와 비슷한 사업 방식인데 우리보다 아주 악질적인 체계랍니다. 우리는 사는데 필요한 모든 걸 제공하고 버시는 수익의 반만 가져가지 않습니까? 그들은 기름값 빼고 찰 할부금을 제외하면 보기보단 남는 게 거의 없죠. 그런데 무슨 하실 말씀이라도."

양수의 거리를 둔 말에 할 말을 생각하느라 말이 나오지 않았다. 뜻밖의 바뀐 도전적인 눈빛이었다. 무슨 뜻이지? 양수의 뇌리에 불이 켜졌다. 미경은 처음 똥이나 정우성의 첫날에 비교해 전혀 긴장하지 않았고 비굴하지도 않았다. 낭랑한 목소리가 맹랑했다.

"저도 선생님이라 부를게요. 채권자와 채무자 관계로 어울리지 않는 호칭이지만 선생님이 그 호칭을 듣기 좋아하시더군요. 먼저 똥이 씨에게 선생님과 만남을 주선해 주셔서 감사드려요."

똥이는 미경의 오만한 연극적인 태도에 오금이 저렸다. 누구라도 양수 앞에서는 눈을 내리깔아야 한다. 곧 탁자가 뒤집히고 불똥이 튀리라. 양수는 지하실 맨 구석에 사는 비천한 여자의 당당한 목소리를 듣자, 이 년 전 불도 켜지 못한 채 아파트 방 한가운데 술에 취해 널브러져 있던 그 여자가 맞는지 멀거니 쳐다봤다. 아직은 여자의 태도에서 깨우쳐 달라진 모습인지 아니면 닳고 닳아서 날카로움이 드러난 것인지 확실치 않았다. 어쨌건 좋은 일이다. 사람은 섬뜩하도록 날이 서 있어야 한다. 양수는 장난기를 싹 거두었다. 널 살려, 말아?

"날 위해 무엇을 할 수 있지?"

양수는 단도직입으로 물었지만, 미경은 양수의 광의적인 질문에서 요지를 찾아야 한다고 판단했다. 모든 악마는 거짓말 탐지기를 장착하고 있다.

둘러대거나 부풀린 말로 놈에게 가까이 갈 수 없는 것이다. 미경은 자신이 답한 말에 스스로 놀랐다.

"당장은 제가 할 수 있는 건 아무것도 없어요. 하지만 선생님이 생각하시면 손과 발이 되어서 수행할 수는 있어요. 길 가는 행인 누구라도 지적해 간을 빼 오라고 하시면 간은 물론이고 보너스로 심장까지 훑어 오겠어요. 빚만 갚게 해주세요. 비록 음대를 나오긴 했지만, 머리가 돌아가지 않는 건 아니에요. 결혼 전에 십 년간 대기업 총무부에서 일했습니다. 가르쳐 주시면 악착같이 해내겠어요."

미경은 큰 회사가 아니라 보잘것없는 무역 오퍼상에서 근무했던 걸 부풀려 말했으나 아무 가책을 받지 않았다. 확인이 안 되는 거짓말은 참이다. 이쁜 체하는 것들조차 실물을 성형으로 부풀리지 않던가. 양수는 미경이 영문과 졸업으로 잘못 알고 있는 것에 실망은 했으나 경력이 있으니 그만이라고 생각했다. 나쁜 년이면 바랄 게 없었다. 부드럽고 유행에 맞는 옷을 고른 것처럼 흡족했다.

음대라고? 어떤 새끼가 영문과라 했지? 양수는 미경을 세워 놓고 먼저 두 다리와 허벅지를 샅샅이 만졌다. 미경은 단련된 탓에 움찔하지 않았다. 양수는 미경이 짐작하는 것과 달리 그런 쪽은 전혀 관심이 없었다. 강한 다리를 원했을 뿐이다. 사람에게는 천 명 중 하나 정도만 빼고 머리는 필요 없다. 사람은 개와 마찬가지로 종의 다양성으로 육종되어야 한다고 양수는 주장했다. 투견과 사냥개 그리고 주인의 눈치를 유독 잘 알아차리는 애완견만 필요하다. 시키면 시키는 대로 잘할 줄 아는 능력은 머리가 아닌 튼튼한 다리에서 나온다. 나는 그것이 필요해. 버티는 힘은 배가 아닌 다리에서 나온다. 생각은 내가 한다.

양수는 미경을 세워 놓고 뚱이에게 지시했다. 같이 합숙을 한다. 따로 지시사항이 있을 때까지 잘 먹이고 운동을 시켜라. 개는 튼튼해야지. 나머진 알아서 하고. 양수는 그들에게 나가라는 손짓을 했다.

양수는 거액을 품고 도망 중인 채무자 세 마리와 광명파의 도발적인 움직임을 주시하고 박미경에서 미스 민으로 탈바꿈을 한 사나운 개에 새로운 포석을 짜느라 하루 동안 장고에 들어갔다. 미경의 합류에 새로운 팀이 짜졌다. 세세히 알려 줄 필요는 없다. 나는 영원히 혼자이며 다른 것들은 버려지일 뿐이다. 양수는 밤이 깊기를 기다려 음모의 시간을 만들었다. 고급 포도주와 격식 있는 음식을 깔아놓고 셋을 불렀다. 이 분위기만으로 느낌이 올 것이다. 양수는 자신의 긴박한 상황을 대수롭지 않게 알렸다. 천장 조명으로 고깃덩어리가 번질거렸지만, 뇌에 비해 성기만 큰 정우성을 빼곤 아무도 식욕을 느끼지 못했다. 양수는 미경의 입을 주시했다.

그래. 지금 우리의 사업이 매끄럽지 못하고 정지되어 있다. 꽉 막힌 수챗구멍처럼 그 부작용으로 썩은 내가 올라와 미치겠다. 뚱이 네 놈 말이 맞다. 네가 끌려 올 때와 다르게 수치로는 정확히 마흔일곱 배 커졌다. 상상이 가냐? 복리 이자를 계산할 줄 아는 뚱이는 선생님의 성과에 감탄했다. 내 손으로는 제어가 안 될 정도지. 오늘부터 성과급을 도입하겠다. 무엇이든 설명해야 알아듣거나 그것도 잘못 이해하여 다른 길로 빠지는 정우성을 제외하곤 눈에 살기를 띠었다.

해결하면 빚 탕감은 물론이고 숨이 막힐 정도의 금을 줄 것이다. 대신 정한 기일 내 그들을 내 앞에 대령하지 못하면 너희들 장기를 단체로 꺼내겠다. 수요는 얼마든지 있어. 여섯 개의 눈이 왁스를 발라 놓은 듯 반짝거렸다. 동물의 기본 욕구만 있는 정우성조차 상으로 돈을 주겠다는 신호에 침이 흐르는 것을 자신도 모르고 있었다. 돈이란 신호체계에 무조건 침을 흘리는 조건반사는 생각을 못 해서 그렇지 비참한 처지인 것이다. 양수는 혀를 찼다. 나는 지금 너희에게 돈이 아닌 결과를 원하는 거야. 좌우지간 머리가 나쁜 것도 정신병의 일종이다.

미경은 불현듯 정혁의 얼굴이 떠올랐다. 그가 한 말과 배신에 또 배신이란 엉뚱한 검은 감정이 오버랩 됐다. 미경은 이 절체절명의 기회에 대해 가슴을 부풀리고 아랫배에 힘을 주었다. 다행히 양수의 눈길이 허공 중간에 머물러 있었다.

돈주머니 세 개가 사라졌어. 목에 줄을 걸어 놓은 것은 아니지만 그들의 뇌는 아이티란 섬나라에 있는 마법사의 주술에 걸린 좀비나 다름이 없거든. 그런데 신기하게도 스스로 영역 밖으로 도망친 것이다. 처음에는 그들의 일탈 행위가 갑갑증과 혼란이 겹쳐 당연하고도 대수롭지 않게 생각했다. 하여간 다른 손님과 마찬가지로 쉬이 찾을 수 있을 거라고 믿었지. 흔적이 묘연해. 무언가 있어. 분명히 뇌에서 의식을 제거했는데 엉뚱한 힘으로 새로운 희망의 싹이 돋아나 사라진 거야. 도대체 무슨 일이 생긴 걸까?

한 놈은 용산의 게딱지 같은 여인숙에서 흔적을 찾았지. 그런데 그놈이 편의점을 간다며 슬리퍼 차림으로 나갔다가 그대로 증발했다는 거야. 다른 한 놈은 잡을 뻔만 했지. 그 새낀, 신림동 고시원에 박혀있었어. 만일을 대비해 빠져나갈 구멍을 차단하고 들이닥쳤는데 바로 연기처럼 사라진 거야. 이게 가능하냐구. 마지막 한 년도 마찬가지야. 돈은 오억 뿐이 안 되지만, 얼굴과 몸이 김혜수야. 누구에게 줄 선물로 반드시 필요해. 이 년은 피난처로 도시 한복판 주차원 관리실을 정해 놓고 움직이지 않아 찾기가 힘들었어. 어쨌든 인원을 대대적으로 동원해 이 잡듯 뒤져 알아냈지. 거기도 신중을 기해 덮쳤는데 마치 우리가 도착할 시간을 알고 튀었는지 칫솔 하나 남기지 않고 모두 차에 싣고 날랐다. 차량번호는 알고 있으나 역시 수배가 되지 않는다. 모두 모아놓으면 무려 삼십 억 짜리고, 잘 풀리기만 하면 배가 넘는 수익을 창출할 수 있다. 돼지와 미경의 눈조리개가 커졌다. 일단 삼십 억이라니, 그게 존재하는 숫자일까?

알아볼 곳은 다 알아봤지. 괜한 노파심에서 예전 일로 알고 지내던 광명파 부두목을 음 소거하는 바람에 혹만 하나 더 붙였어. 혹시나 했던 대로 그쪽은 아니어서 마음은 놓였는데 광명파 약만 올린 셈이야. 괜한 경비가 왕창 들어갔다. 아까도 말했지만, 인간들은 물고기와 비슷한 습성이 있어 영역성이 강하지. 회귀의 자기장을 벗어나는 인간은 얼마 되지 않아. 일단 인원을 풀어놓고 기다리고 있지. 마치 낚시꾼처럼 말이야. 기다리면 반드시 출발한 자리로 돌아오게 되어있어. 근데 변수가 생겼어. 중국 쪽에서 독촉이 심해진 거야. 이제는 내가 급해졌어. 해외로 진출하려면 자금이 급히 필요해. 그리고 조직을 재정비해야 하는 상황도 동시에 벌어졌어. 야, 어떻게 하면 좋겠어? 양수가 무릎을 '탁' 쳤다. 그제야 셋은 최면에 깨어나듯이 '억'하고 서서히 현실로 돌아왔다.

셋을 보내놓고, 말을 다 토해 놓았음에도 시원하질 않았다. 기대를 건 게 아니라 지푸라기라도 잡는 심정에서 한 말이었다. 전체 액면은 백 이십 억이고 요즘 떨어진 시세로는 삼십 억이다. 만 원은 만 원의 절대적 가치를 가진다, 는 믿음은 허구이다. 그 가치는 믿음의 허상이다. 그 가치는 시장의 힘이 아닌 권력의 조정에 따라 얼마든지 들쑥날쑥한다. 만 원의 가치가 천 원으로 떨어지면 급작스레 계절이 바뀌어 낙엽이 지게 된다.

양수는 자신에게 명령했다. 그들은 나의 광산이다. 금맥을 발견한 이상 물러날 상황이 아니다. 어떤 희생을 치르더라도 누구에게든 빼앗기지 않을 것이다. 너희들은 그 총알받이이다.

세상은 지저분하게 진화하고 있다. 적게 가진 자의 늘어난 탐욕이 늘 지뢰를 만든다. 서로 만든 함정에 걸려들면 안전장치가 없어 회복은 불가능하다. 나? 살짝 긁히는 정도다.

먹잇감으로 전락한 인간은 가축에 불과하다. 말로는 고귀한 생명체이나 가진 자의 영양원에 지나지 않는다. 농부가 쌀을 만든다고 자부심을 품던 시대는 아득히 멀어져 갔다. 지구상엔 인류가 먹고 남을 식량이 생산되고

장편소설 빛

있기는 하나 전 인류의 20%가 영양실조 상태이다. 아이러니로 생각하겠지만 인간 속성 안을 들여다보면 당연한 결과이다. 앞으로 인류의 80%는 굶주리게 될 것이다, 라고 나는 확신한다.

애완동물은 잘 버무려진 사료로 본능은 사라지고 피둥피둥 살이 찐다. 돼지 같은 고양이, 돼지 같은 개, 돼지인 사람. 어깨 뒤로 삐져나온 살과 뱃구레는 그들의 표식이자 미래다. 차오른 비계와 불뚝 성질은 연계가 있을까? 그런 빈민들이 사나워지고 있다. 서로가 서로를 물어뜯는 행위는 다음 폭등을 위한 조짐이다. 인간을 닮은 개를 봐라. 개들은 한 우리에 몰아넣으면 서열이 이미 정해졌어도 약한 놈은 밤낮없이 공격당한다. 학폭에 시달리다 자살하는 우리 아이들과 닮았지 않은가. 약한 놈은 더 약한 놈에게 있어 괴물이다.

여리고 착한 사람들의 착각은 자기처럼 당하고만 사는 약자를 동지로 생각하려는 경향이 있다. 바로 당신 바로 위 단계에 있는 약자가 경계해야 할 악마이다. 아는 놈이 사기꾼이며 범인인 것이다.

생산의 지나친 과잉이 탐욕이다. 기업가와 벼룩의 간을 내먹는 장사치는 품위를 가장하고 있어도 근본적인 차이가 없는 시대가 왔다. 아니, 장사치에게 휴머니즘과 도덕 관념을 순수하게 제거하고 야수의 기질을 갖추면 그게 기업인이 되는 것이다. 게다가 인터넷이 이 세상을 주름잡으면서 새로운 형태의 물물교환이 생겨났다. 가상화폐. 만질 수 없으나 존재하며 실용 화폐보다 가공할 만한 위력을 지닌 대량의 숫자가 음모를 갖고 움직인다. 스스로 증식하는 화폐의 출현이다.

상품을 실은 선박과 비행기는 그저 거래의 들러리에 지나지 않는 허울이다. 이른바 전자 금융 시대이다. 금융의 정체는 빚이며 빚을 움직이는 자가 곧 지배자이다. 인류는 이상기후나 핵전쟁으로 괴멸되기 전에 가상 금융에 의해 망하는 중이다. 슬픈 표정을 지을 거 없다. 인간의 후천적 속성이므로.

이 지구에 사는 78억의 인구가 그들의 식량으로 존재한다. 그들의 위장은 무한대로 늘어나며 식욕 또한 아궁이만큼 왕성해서 좁아터진 지구가 외로워질 때까지 서로 간 살육 과정을 멈추지 않을 것이다. 빚의 팽창은 비만한 탐욕이 목구멍에 차서 토할 때까지이다. 이렇듯 사람의 진짜 먹이는 가축이 아니라 인육이다. 이러한 빚의 논리에 벗어날 사람은 존재하지 않는다. 심지어 나일지라도.

자신을 상품으로 내놓고 세월이란 유효기간이 지나가면 기꺼이 죽어가야 한다. 약육강식, 수학 개념으로 정의될 수 없는 원칙이다.

누가 약자인가? 당장은 먹히는 자가 약자이고, 먹는 자가 강한 자이다. 이게 바로 자본주의의 본질이다. 적자생존은 없다. 시간이 흐르면 적합한 자가 사라지고 없는데 무슨 생존인가? 대부분 인간은 그저 먹잇감이다.

양수의 생각은 맥락 없이 번졌다. 허튼 시대에 기회를 잡았다. 이 판에 온 지칠 년이 지나 팔 년도 끝 무렵이다. 요즘처럼 시간이 아까웠던 적이 없다. 아무 곳이나 파도 금맥인 것이다. 천성으로 서두르고 싶은 마음이 없는데 조급해졌다. 내게도 타의에 의한 버릇이 생겼다. 오직 달려야 하는 조급함은 죽음의 궤도이다. 아차 하면 고꾸라진다. 다행이라면 강자는 고양이처럼 아홉 개의 목숨을 가졌다는 이점이 있다.

양수는 미스 민에서 다시 바뀐 미경을 불렀다. 야행성 동물의 절박한 눈빛이 마음에 든다. 그년과 내가 다른 점은, 함부로 패를 보여주지 않는다, 이다. 어쨌든 배운 년이니 배우는 것이 서투른 이 바닥에서 남다른 면모를 보여줄지 모르는 일이다. 그렇다고 발가벗고 친해지고 싶은 충동은 없다. 나는 돈에, 많은 돈에만 성욕이 인다. 나는 왜 남자나 여자에게 성욕을 느끼지 않는지 나의 정신세계를 모르겠다. 나는 사람에게는 성욕을 느끼지 못한다. 양수는 고개를 흔들어 대화의 본말이 흔들리지 않도록 했다. 미경이 예민한 도구로 성장했으면 좋겠다는 생각을 했다. 뚱이나 정우성은 양수에게 있어 망치와 같은 단순한 연장이었다.

바로 미경이 들어왔고 뚱이가 나갔다. 양수의 지시로 백화점과 미장원을 들러 온 미경의 얼굴은 전과 후로 달라진 모습을 보였다. 정장이 잘 어울리는 여자였다. 모든 동물은 가꾸는 데에 따라 달라진다. 양수는 미경에게 선두에 선 용사의 멋진 갑옷을 입혔다고 생각했다.

세상에 예쁜 여자는 없다. 그리고 그들이 예쁘면 얼마나 예쁠 것인가? 미욱한 돼지도 가꾸면 푸줏간에 걸린 돼지처럼 징그럽지 않고 글래머로 보이는 법이다. 아름다움은 주위 달뜬 분위기의 조작이다. 너처럼. 미경이는 전과 다른 종으로 말을 했다.

양수는 그런 미경의 포부를 찬찬히 듣는 척을 했다. 여러 말 할 필요가 없었다. 양수는 잘 포장된 작은 봉투 세 개를 펼쳤다. 미경은 양수의 허락 없이 봉투를 뜯었다. 봉투 안에는 기대했던 돈이 아니라 망한 인간의 프로필이 들어있었다. 미경이 차용증을 세었다. 양수는 미경이 계산하기 편하게 먼저 대답했다.

"이 차용증을 모두 합하면 백 이십 억이야. 아까 말한 삼십 억은 두 놈에게 헛된 꿈에 적응 기간을 주려는 의도였지. 시대를 잘만 만나면 더 부풀어 오를 수도 있어. 그래도 이 정도 돈도 권력자에게는 떡값이고 배곯은 창자에는 상상의 동물을 보는 꿈이지. 그리고 내 목표를 착수하기 위한 군자금이기도 해. 그 자금이 당장 필요하다. 이 모두를 회수하면 넌 바로 독립이고 원하면 파트너가 된다. 아니면 말고!"

양수의 제안에 미경은 숨이 막혔다. 미경은 양수의 지시가 손으로 만져지는 감동으로 눈물이 저절로 떨어졌다. 이렇게 쉬운 걸 왜 지금까지 지옥에 갇혀 살았는지 이해가 안 갈 정도였다. 문득 정혁이 떠올랐다. 둘 중 누구를 택하라면 생각해 볼 것 없이 정혁이 아닌 양수이리라. 나는 정혁처럼 어림없는 복수를 꿈꾸지 않는다. 남편의 종착역은 당연한 귀결이다. 양수가 던져 준 해방이란 고깃덩어리는 대단한 의미이자 운명에 가까운 유혹이다.

가만, 해방이라고? 이래놓고 해방이란다. 무슨 의미일까. 예전 일제 식민지에서 끝날 무렵 두 나라의 전쟁광이 합의하에 던져준 아무 의미 없는 '해방'이란 뜻은 아닐까? 이 나라는 연결된 속박은 있었어도 지금까지 진정한 의미에 있어 해방은 우스갯소리일 뿐이다. 반쪽일망정 얼추 강대국의 속국인 것이다. 새장 문을 열어 났으니 날아가도 된다는 말인데 그게 길들여진 자에겐 암담한 미래이자 다른 형태의 덫이다.

어쨌든 자유란 의미인데, 청산되지 않는 부채에 휩싸인 해방이란 어휘는 이미 도서관에 먼지가 쌓여 생경해진 죽은 말이었기에 미경은 어리둥절했다.

양수는 되묻는 것에 과잉반응을 보인다는 뚱이의 경고 비슷한 사전 팁이 있어 그 의미를 묻지 않았다. 미경의 가슴은 몹시 부풀었고 양수가 신의 헌신이나 되듯이 보여 감히 감정적으로 다가갈 수 없었다. 아니, 살아 펄떡거리는 신 앞에 부름을 받은 듯이 숙연해졌다. 미경은 줄 게 없어 자발적으로 옷을 벗고 싶었다. 하고 싶은 것은 아니지만 양수에게 자신이 가진 유일한 것이라도 줘야 번제를 드리는 느낌이 아닐까 하는 충동이 일었다.

한때 정부의 비리와 학정의 항거에 선봉이었던 반정부 인사가 폭풍이 잠드는 장소에서 독재자의 방글거리는 악수에 감읍했던 이유를 이해할 수 있다. 그런 변절의 사악함이 미경에게는 본보기가 됐다. 공중에서 양수의 신성한 음성이 들려왔다.

"내가 이 사업을 한 지 십 년이 넘었지만 이런 사고는 처음이야. 규모가 커진다는 것은 틈이 생긴다는 거겠지. 대비해야 했는데 사람과 시간 둘다 없네. 그래도 안일했다는 반성이 드는군. 네가 겪어봤겠지만 빚을 지게 되면 어디선가 잡아끄는 힘에 매달리게 돼서, 튀어도 막다른 구석으로만 도망가지. 아니, 아예 그런 생각조차 못 하는 인간이 대부분이야. 지금까지 사흘 내 단 한 놈도 잡지 못한 적이 없었어. 그저 도토리 줍는 것과 비슷해. 근데 사라졌어. 일단 광명파가 아니라니까 안심은 되는데, 그럼 사고일까? 아님. 고객들이 살아 있는 것처럼 반란을 일으킨 걸까? 나는 그게 궁금해서 잠이 안 와. 아주 꼭꼭 숨어버렸어. 머리카락도 보이질 않네? 어딜 갔을까?”

미경은 알았다며 고개를 숙이고 서류를 다시 훑어보았다. 미경의 심장 뛰는 소리가 자신의 귀에 들릴 만큼 요란했다. 창밖을 향한 양수의 눈길에 깊은 안도를 했다. 안색만으로 낌새를 알아차릴 놈이다. 미경은 목소리에 쇳소리가 나도록 또박또박 말했다.

“선생님께서 이미 이 사안을 충분히 검토하셨을 줄 압니다. 저에게 이틀 여유를 주시면 대안을 정리하여 알려드릴 수 있을 거 같습니다. 자신 있습니다.”

미경은 정직한 어린아이처럼 말을 마치고 양수의 눈치를 살폈다. 양수는 미경에게 큰 기대를 걸지 않고 나가라는 손짓을 했다.

추적

14

미경으로부터 연락을 받고 정혁은 설렘으로 지겨운 밤을 꼬박 새웠다. 아무리 융기된 감정을 추스르고 애를 썼지만, 몸과 마음이 따로 움직였다. 형과 형수의 이름을 진언(眞言)으로 바꾸어 소리 내 읊조렸다. 양수의 아가리가 미늘을 향해 따라오고 있다. 아니, 내 낚싯대로 감당할 순 있을까? 뭔가 걸렸다는 확실한 느낌이 들어 치켜드는 순간 대상이 도망가기는커녕 무지막지한 속도로 덤벼들어 나를 먹어치울 수도 있는 것이다. 계획안에는 실패할 경우 청산가리 캡슐이 있으나 그걸 털어 넣을 시간이나 있을는지 장담하지 못하겠다.

미경은 간절했고 나는 절박했다. 양수를 가까이 볼 눈과 귀를 확보한 것이다. 두렵다. 그들의 막강한 조직도 무섭지만 떨지 않고 그를 지켜봐야 할 결과에 온몸이 부들부들 떨게 한다.

내가 아는 양수는 감정이 제거된 기계이다. 그의 어설픈 행동을 단 한 번도 본 적이 없다. 다만 놈의 다음 착점을 읽을 수 있으니 게임 룰이 바뀐 것이다. 흥분을 가라앉혀야 하는데 그게 마음대로 되지 않는다. 나약함에 분노가 일었다.

홍천으로 가는 구도로에 월아리가 있다. 덕소에서 주문진으로 가는 고속도로가 쭉 뚫리는 바람에 깡촌으로 내려앉은 곳이고 인적마저 텅 비어버려 시끄러운 정적이 밀집된 곳이었다. 한때는 이곳 땅값도 천정부지로 솟았지만, 그 기세만큼 가치가 내려앉아 부피는 무려 팔분의 일로 줄어들었다. 평당 오만 원이어도 임자가 나타나지 않았고 공시지가조차 팔천 원으로 절하됐다. 농민의 빚을 대부분 거머쥔 농협조차 관심이 없는 곳이지만 은행이랑 친하지 않은 부자에게 돈을 묵힐 수 있는 최대 피난처였다. 땅은 항상 선망이었고 정치인이 그 근처 땅을 보유하고 있으면 언젠가 오를 것이다. 양평 근처에 옛 독재자의 땅이 비슷한 크기로 이웃하고 있었다. 풍수에 따른 명당이 중요한 것은 아니다. 독재자가 소유한 땅이 무조건 명당이다.

원래 땅 주인은 한때 산업 수출 무공 훈장을 받았던 중소기업 유망주인 이홍재였다. 그런 그가 중국에서 간신히 몸만 빠져나올 정도로 망했다. 괜히 폄하하고 싶은 왕서방의 땅은 이홍재를 알거지로 만들어 놓았다. 그런 그에게 이순신 장군에게 열두 척의 배가 재기를 위해 남아 있듯이 월아리에 땅 십 육만 평이 남아 있었다. 한 때 월아리 땅은 리조트와 골프장 적지로 소문이나 평당 사십만 원을 호가했다. 그 당시 이홍재는 불알에 요령 소리가 날 정도로 바빴고 생각할 겨를이 없었을뿐더러 돈이 넘쳐나 굳이 팔 이유가 없었다. 세월이 흐르자 판도가 바뀌었다. 그런 형편에 흔한 누구처럼 빚의 올가미에 이홍재가 걸려들었다.

중국에 알 수 없는 바람이 불었다. 중간급 소비자는 비싸면 무조건 안 먹고 안 입는다. 맞는 말이나 틀리기도 한 말이다. 소비자의 형편은 악성 애인의 예민한 성감대처럼 널뛰기 사이클이어서 제품이 싸지 않으면 그저 바라만 본다. 그래서 금권력의 지상 과제는 가격 경쟁력을 표어로 하고 원가 중 유독 인건비만 낮추려 들었다. 원재료가 올라가면 기업은 여러 편법을 써 인력을 줄여 비용을 낮추었다. 그 방법이 한계에 이르자 정부는 시장을 중국으로 유도했다. 서부시대 캘리포니아 골드 러쉬 전설이 중국에 싸디싼 노동력으로 젖과 꿀이 흐른다는 소문으로 재현되었고 언론은 백 개 기업의 성공 사례로 부추겼다.

이와 같은 상황에 이홍재는 생산비용 절감이라는 막연한 명제를 해결하려고 중국에다 인형공장을 차렸다. 분명 생산과 판매는 예상을 적중시켰다. 서류상으로는 돈을 벌고 있는데 손에 쥐어지는 게 없었다. 중국 노동자는 눈에 핏발을 세워 감독하지 않으면 움직이지 않았고, 감독이 있어도 공산주의 이념상 느리고 도도했다. 일이 밀려 있으니 서둘렀으면 좋겠는데 지들이 괜찮다는 것이다. 게다가 돈을 감출 곳도 마땅치 않았다.

수요에 밀려 규모는 계속 커져야 했다. 알면서도 헛방을 집어야 하는 구조에 기가 막혔다. 분명 패는 좋았다. 그런데도 돈은 돌지 않았다. 흥청망청 들어간 뇌물에도 막판에 몰리면 정부 관리는 반드시 노동자의 손을 들었다. 정리해 보니 고리에 판돈이 녹아났다.

야단을 쳐도 늘 웃기만 하는 재수 없는 민족이었다. 아니 정부 자체가 사기꾼 집단이었다. 그는 원래의 터전으로 백의종군했다. 이홍재에게 월아리 땅덩어리는 중국으로 치면 별것 아니지만, 이 나라에서라면 원대한 제2막을 열 정도로 큰 덩어리였다. 막상 와 보니 여기도 상황이 달라져 있었다. 천년만년 예쁘게 화장을 하고 잠자리 날개 같은 속옷 차림으로 반겨줄 것 같은 첩년이 젊은 놈을 만나 변심한 것이다.

땅은 컸다. 하지만 불모지였고 가치는 예전과 달리 반으로 줄어들었다. 그나마 아무도 손대려 하지 않았다. 자신의 땅은 먹기 좋은 고깃덩어리가 아니라 거대한 비계였다. 은행마저 산골 땅은 담보 가치가 없다며 시큰둥한 답변으로 대출 불가 판정을 내렸다.

다들 잠시 쉬라고 했으나 이홍재는 전쟁 후 베이비 붐 세대여서 쉼을 게으름으로 학습 받았다. 일이 없으면 불안하고 일을 하면 죽음의 공포를 느꼈다. 그는 사채를 빌려 지금껏 자기가 가장 잘한다고 믿었던 장난감 대여업을 열었다.

이 아이템은 중국에서 선풍을 일으켰다. 하지만 이곳에서는 도대체가 장난감과 놀아줄 아이가 없어 고작 육 개월러 버렸을 뿐이다. 세상에, 이런 변수가 있다니. 어떻게 애새끼는 왜 안 낳는 것이며 보건복지부는 처먹고 싸기만 한다는 말인지. 이홍재는 허탈한 웃음만 날리며 깨끗이 접었다. 비극은 그다음 날부터 벌어졌다.

이홍재의 마지막 버둥거림은 감당 못 할 빚으로 돌아와 본인의 턱을 찼다. 그리고 이자로 손가락 두 개를 날렸다. 앞으로 한 달이 지난다면 균형을 맞추기 위해 왼쪽 손가락 두 개를 날릴 판이었다. 이홍재는 온갖 정지 신호로 도망갈 생각을 못 했다. 손발은 일일이 지시하지 않으면 얼음 상태가 됐다.

양수에게 된통 초다짐을 당한 그를 설득 시키는 것은 과자로 우는 아이를 달래는 것보다 쉬웠다. 이홍재는 이미 좀비였다. 살아는 있되 또렷한 현실에 몽유 상태로 걸어 다녔다. 더구나 채권자인 양수는 관록이 붙을 만큼 붙어서 빚의 관성을 갖고, 일류 칼잡이가 고기를 다루듯 채무자를 수동형으로 바꾸어 놓았다. 이홍재는 목과 허리가 매우 부드러운 노예처럼 양수가 하는 모든 명령어에 '예, 그렇게 하겠습니다.'라고 되풀이했다. 도대체 어떤 수식이기에 오억의 빚이 일 년 만에 삼십 억으로 늘어나며, 늘었다 해도 땅을 내주어도 나머지 이익이 남아 그 빚을 목숨을 걸고 갚아야 하느냐며 미친놈처럼 중얼거렸다.

이홍재는 그들만의 수식을 다시 한번 정리했다. 오억을 빌렸다. 그 오억에 복리 이자란 알파가 붙어 삼십 억으로 늘어난다. 그래서 내가 능력이 안 되니 양수가 착한 매수자를 구해 내 땅을 이십 팔억에 중개하겠다. 삼십 억에서 이십 팔억을 빼면 이익이 남는다. 당신의 빚은 삼십 억에서 이억 밖에 남지 않는다. 그러니 나머지 이익은 열심히 일해서 갚든지 아니면 각막과 신장을 팔아 이자가 더 불어나기 전에 갚아라. 그것도 내가 알선해 주겠다, 란 뜻이었다. 기가 막혀 똥이 안 나왔다.

정혁이 여러 설명을 하기 전에 순진해진 이홍재는, 구해만 주시면 시키는 건 뭐든지 하겠다고 먼저 고개를 조아렸다.

월아리 입구에서 약 한 시간 정도 걸어가면 약초꾼을 위한 움막이 나온다. 그 앞에서 약 삼백 미터 즘에 폐허가 된 교회가 있는데 만약의 경우를 대비해 빠져나갈 구멍을 마련해 두었다. 정혁은 그쪽을 염두에 두고 배수진을 쳤다. 이 작전이 실패한다면 자신에게는 죽음을 의미했다.

정혁은 미경으로부터 연락을 받고 교회 앞 벌판 한가운데에 있는, 한눈에 보이는 움막 안에 이홍재를 미끼로 깔았다. 한꺼번에 셋 모두를 잡을 수 있다면 자신이야 어떻게 죽건 문제가 아니었다.

이홍재. 묘한 인간이었다. 이런 종류의 인간이 빚이란 함정을 만들지 않았나 생각할 정도로 분류가 어려운 인간이었다. 카멜레온 타입이라면 말이 될까? 일주일 단위로 달라지니 한 달 전 모습과 구별하기 어려웠다. 얼마 전 여러 가지 생필품을 가져다주려고 그 움막에 들렀다가 양수 졸개를 발견한 것처럼 경기를 일으켰다. 그러면서 검정 옷을 입고 오지 말라고 명령에 가깝게 부탁했다. 예전 얻어준 신림동 고시원 속 얼굴이 아니었다. 살만 찐 게 아니라 표정이 달라져 있었다. 아마 이놈에게는 쫓기는 생활이 체질인 모양이라고 생각이 들었다. 아무리 태평한 성격을 타고났다고 해도 걱정 자체가 의식에 빠진 게 신기했다. 그는 손가락을 잘린 기억마저 말끔히 잊은 듯 보였다. 정혁은 이홍재로 인해 이 모든 작전이 수포가 될지도 모른다는 우려를 했다. 정혁은 이홍재에게 경거망동하지 말 것을 양수의 눈으로 경고했다.

덫을 만들었다.

이홍재가 기거하는 움막 둘레에 야수 아가리 형태의 강력한 덫을 설치할 작정이었다. 움막 주위에 빙 둘러치면 날아오르지 않는 한 반드시 걸려들 것이다. 설치할 이백 개의 덫 중 하나씩만 걸려들어도 된다.

덫은 일 톤의 무게까지 버틸 만큼 견고해야 한다. 한 번 물리면 장비를

장편소설 빛

이용하지 않고는 빼낼 수 없다. 열처리된 덫의 톱날은 줄로 잘 갈아 그 이빨이 살을 파고들고 뼈를 부술 만큼 강력하게 만들었다. 소의 정강이뼈로 실험해 봤으니 확실하다. 내가 믿는 건 강철뿐이다.

아이러니하게도 그 덫을 만들면서 빚을 지게 됐다. 이제 그놈들이 덫에 걸리지 않으면 바로 내가 걸리는 것이다.

냉혹한 세월이 무심한 사내의 걸음으로 다가왔다. 10월의 달력이 뜯기고 11월의 장을 열면서 단풍은 붉은빛과 황폐함을 예고하는 엷은 황색으로 초록의 생명을 아래에서 위로 몰아냈다. 간살맞은 사람은 살의가 뚝뚝 묻어나던 여름이 그리워질 정도로 산 날씨는 벌써 날카롭다. 아, 저 태평한 새소리. 달이 저렇게 생겼던가. 문득 지게에 나뭇짐을 싣고 오는 형의 웃음소리가 들렸다.

착착 세월이 가던 시간이 언젠가부터 멈춰있다. 무정한 세월이었다. 형과 형수가 내 사지를 끊어내고 떠났던 팔 년 전의 기억이 뚜렷하지 않다. 이게 어찌 된 일인가 말이다. 나는 폭발하고 있는데 형은 잊었는지 꿈에 나타나 웃음만 싱글거린다. 당신의 몫이 아니라 내 몫이란 말인가. 좋다. 나는 그들의 제단 위에 팔 년 전의 기억을 소환한다. 힘을 얻는다. 사는 건 중요하지 않았다. 그저 양수와 그 종족을 갈가리 찢어발기겠다는 일념으로 미래의 삶을 앞당겨 할애했다. 인제 와서 약해지려는 건 뭐냔 말이다! 나는 모닥불을 한가운데 두고 쇠 장갑으로 무장한 채 춤을 추었다. 불의 너울에 형과 형수의 얼굴이 희미해진다.

절망의 터널 끝이 보이기 시작한다. 막(幕)을 내 손으로 내릴 수 있다면 죽어도 좋으리라. 아니 끝이 난 후에 더 살 힘이나 있으련가? 나는 지금 섭씨 영도 이하이다. 요행이든 필연이든 신이 그들 편에 서지 않으면 너희는 내 손에 반드시 죽는다.

한 달에 걸쳐 만든 덫을 챙겨 들고 어제 월아리를 다녀왔다. 나는 움막 주위 반경 50m쯤 떨어진 곳곳에 자세히 보아야 알 수 있는 파란 실이 달린 덫을 깔아놓았다. 이홍재는 깔아놓은 덫으로 더 안전해졌다는 착각으로 인해 안일해지고 시건방져졌다. 나는 이홍재에게 약초꾼이 괜한 피해를 보지 않도록 감시하라 했다. 정혁은 미경에게 준비가 완료됐음을 알렸다.

장편소설 빛

내 그물 안으로 들어온 물고기　15

　양수는 어제 광명파 두목으로부터 거의 일 년 만에 직접 전화를 받았다. 주어온 쓰레기를 귀에 대듯 수화기에 억지로 귀를 대자, 두목은 다정하게 양수의 안녕과 사업의 번창 정도를 일없이 물은 다음 휴전을 제의했다. 이게 무슨 소리인가 싶었다. 전면전을 하겠다는 포고일 가능성이 있다. 양수는 공손하나 느긋함을 담아 주의 깊게 말을 하고 들었다. 어쨌든 불감청이 언정 고소원이었다. 지금 휴전은 양수에게 막강한 한쪽의 적을 신경 쓰지 않아도 된다는 행운의 수였다.

　원래 두목이 양수에게 먼저 걸어온 전쟁은 하늘 높은 줄 모르고 치솟는 양수의 주가에 배가 아파, 먼저 준 떡을 뱉으라는 요구였다. 물론 양수의 저항을 예상했으나 이 정도일 줄 몰랐고, 반면 양수 편에서는 걸리적거리는 이놈 저놈을 제거한다는 이점이 있었으나 예상을 초과하는 거액이 들어갈 줄은 계산 실수였다. 모아놓은 돈의 80%가 용병 채용에 들어갔다.

　광명파 두목은 협상 조건으로 약간의 금전적 보상을 요구했다. 두목의 보상 요구는 누군가의 전략적 충고임이 틀림없었다. 그 누군가의 신원도 확보해 훗날 제거해야 할 것이다. 양수는 당연한 피해 보상의 작은 요구에 한 푼도 깎지 않고 수락했다. 양수의 빠른 승낙이 떨어지자 허를 찔린 두목은 말 밑천이 떨어진 듯이 별 대꾸가 없었다. 그러다 시간 있으면 싱싱한 계집 엉덩이나 두들기면서 점심이나 먹자는 이야기를 반복했다. 어색한 분위기가 늘어졌고 두목은 다른 전화가 왔다며 일방적으로 끊었다. 양수는 두목의 태도에서 빙점 이하의 온도를 느꼈다. 시작한 전쟁을 한 번도 멈춰본 적이 없는 그가 왜 휴전을 선포했을까? 물론 규모와 세력 면에서 내가 우위에 있다. 반면 질긴 것으로 따지면 그는 지상 최고 수준이다. 냄새가 난다.

어쨌든 말이 떨어졌으니 그 핑계로 이익이 없는 전쟁은 서로 피하고 싶었다. 전쟁은 영업비용이 많이 드는 경영기법이다. 대개 전쟁을 일으키는 자는 가난해서 웬만한 고통을 못 느끼는 자가 아니라 맞아보지 못한 놈이 대책 없이 저지르는 정신 질환에서 일어난다. 죽음과 질병 그리고 기아로 사라지는 인명은 그저 손절매 비용인 것이다.

두목과 통화를 끊고 나자 양수의 기계적인 머리는 답을 산출했다. 양수의 예민한 후각과 고성능 레이더와 맞먹는 지각이 내놓은 답은 '뭔가 있다.' 였다. 두목이 나와 통화보다 중요하다는 게 이 판국에 무엇이 있단 말인가. 오히려 그는 자기에게 걸려오는 모든 전화를 끊고 우리의 대화에 몰입해야 했다. 건강 조심하라는 말에 살의가 묻어 있었고 사업의 진행 정도에 웬만한 상황을 알고 있는 듯했다. 후원자가 있다. 휴전은 더욱 아니다.

양수는 두목의 전략이든 함정이든 시간이 연장됐다는 장점 하나만을 생각하기로 했다. 이번 일부터 마무리진 다음에 별수 없이 두목을 밀어내기로 했다. 이번엔 사고사나 결코 우연이 아님을 이 업계에 공개되어야 한다. 이 바닥에서는 교활하고 잔인한 놈이 더 센놈에 의해 사라지게 되어있다.

광명파 두목에게 전화한 그림자는 지옥에서 막 출소한 박미경이었다.

이홍재부터 시작하시죠! 숨은그림찾기에 일가견이 있는 양수는 미경이 내놓은 방안에 손뼉을 칠 뻔했다. 맞다. 힘을 분산시키면 위험하다. 물론 조금만 더 생각하면 누구나 할 수 있는 제안이지만 사정을 모르면 아무나 떠올리는 수가 아니었다. 사람들은 작은 것부터 처리하려는 똥 습관이 있다. 잘못됐다. 가장 큰 거부터 시작해야 한다. 사실 양수는 이 정도도 생각을 못 한 것에 요즘 업무가 가중된 탓으로 돌렸다. 양수는 뇌물로 던져 줄 김혜수부터 처리하려고 했다. 탄환이 먼저 확보돼야 한다.

양수에게는 휴식이 필요했다. 하지만 이내 고개를 흔들어 떨쳤다. 계속 움직이지 않으면 상대의 과녁이 되어버리는 세계에 사는 이상 휴식은 언제나 파국과 연결됐다.

이어진 미경의 제안 또한 별것 아니었지만, 스토리는 그럴듯했다. 제삼자가 월아리 땅을 매입하겠다고 그 근처 사기꾼이 다 된 중개사에게 설레발을 친다. 그렇게 되면 썩은 냄새를 맡은 중개인은 무슨 수를 쓰든지 지주에게 연락할 것이다. 약간의 계약금을 미끼로 던져 주고 잔금이 넘어갈 때 뚱이와 정우성을 데리고 그놈을 옭아매면 된다는 가설이었다. 가능성은 충분했다. 양수는 미경을 자신의 다음으로 승격시키고 뚱이를 그 뒤를 충실한 개로 따르도록 엄중히 명령했다. 양수는 자신의 명령에 배시시 웃는 정우성의 손가락 하나를 자르도록 미경에게 명령했다. 미경은 정우성의 손가락을 첫 마디가 아닌 두 번째 마디를 표정 없이 잘랐다. 정우성은 용도변경이 됐다.

미경은 정혁에게 이홍재의 정보를 듣고 어느 정도 알고 있었으나 소재 파악을 위한 전략은 순전히 제 몫으로 해서 양수의 환심을 샀다. 미경은 바로 양평과 홍천에 분포된 개점휴업 상태에 있는 모든 부동산 중개인에게 월아리 땅 지번을 알려주고 파격적인 제안으로 구매 의사 타진을 했다. 같은 시기에 발맞춰 정혁은 이홍재에게 자신의 땅을 비밀스레 내놓으라고 그리고 그 사실을 미경에게 알렸다. 말은 은근한 지시였지만 공인된 사기꾼인 이홍재와 중개인에게 두 사실을 합쳐 놓으면 막강한 폭발력을 가질 것임을, 말이야 정혁이 운을 띄웠지만, 미경은 한 수 더 빨리 양수의 탐욕을 세부적으로 읽고 있었다.

도도함과 우아함 그리고 의심의 눈빛을 발산하는 미경을 발견한 부동산 중개인은 미경을 향해 구더기처럼 기웃거렸다. 표준 중개료만 받는다고 해도 몇 년을 사무실에서 졸며 버틴 보람이 생길 것이다. 그들에게 있어 미경의 출현은 몇 년 전 꾼 돼지꿈이 이제야 발효된 것이었다. 그들은 미경이 보이자마자 아부하기로 작정했으며, 바닥을 모로 쓸듯 기며 몰려들었다. 미경은 보란 듯이 강낭콩알만한 다이아 반지를 만지작이며 아무에게나 말하듯 지껄였다. 물론 오만함을 빼놓지 않았다. 게다가 앉으라고 말해도 들은 척하지 않는 까만 양복차림의 덩어리가 위압감을 풀풀 풍겼다.

"긴말은 서로 하지 말기로 하죠. 바쁘기보단 피곤해서요. 먼저 짚고 넘어갈 게 있어요. 시세는 다 알고 왔으니 장난치지 마세요. 소개료는 두 배로 드리겠으니 구매인 입장에서 추진하시고, 만일 허튼수작하시면 거래는 끝이겠지만 당신네 신상이 뼈아픈 후회를 하도록 만들겠어요. 이 점 뇌에 박아 두세요. 그리고 소문내지 마세요. 나는 그 땅이 필요한 게 아니라 그 땅의 크기를 갖고 싶은 겁니다. 내 사정을 설명할 순 없지만 적어도 보름 안으로 끝내야 해요. 그 기안 내 해결해주시면 두 배에 두 배를 더 드리겠어요. 궁금하셔도 다른 건 묻지 마세요. 이 거래는 연합을 하든 독고다이로 뛰든 먼저 성사하는 사람에게 맡기겠어요. 내 말 이해했나요?"

미경은 책에 중요한 지시에 밑줄을 치듯이 명토를 박았다. 중개인은 땅이 필요한 게 아니라 그 크기가 필요하다고 한 여자의 애매모호한 말에서 권위와 타진만 하는 것이 아니라 확실한 구매 의사를 읽었다. 그 땅이 아니면 어떤 땅도 싫다는 뜻이지. 잘만하면 거액의 콩고물이 떨어지는 것이다.

중개인은 잠시 방향을 바꾸어 구매인이 아닌 매도인에게 시가를 후려칠 계획을 세웠다. 매뉴얼은 이미 머릿속에 박혀있었다. 지금 세상에 어떤 후레자식이 이 아슬아슬한 지역의 땅을 사겠느냐 말이다. 매도인은 따라올 수밖에 없다. 일생에 한 번 있을까 말까 하는 기회일 것이다. 게다가 완벽한 연출로 완성한 사기는 아닌 예술이란 신념을 대부분 중개인은 터득하

장편소설 빛

고 있었다. 그렇듯 사기의 세계는 촘촘했다.

"얼마까지 사십만 원을 호가했던 땅입니다. 제게 맡겨만 주시면 그 반으로 노력해 보겠습니다. 사모님, 저를 믿어 주십시오. 사모님의 손과 발이 되어 열심히 뛰어 보겠습니다."

가소로운 놈이다. 나는 지옥에서 빠져나온 년이다. 더는 들어볼 말이 없었다. 개새끼한테는 짧게 명령해야 깊이 알아듣는다. 쓸모는 너희들이 결정하는 게 아니다. 어쨌든 이놈은 살을 붙이려고 기간을 늘리려 할 것이다. 미경은 꼰 다리를 풀며 일어났다. 머리를 활용하지 못하는 인간에게는 금기어만 주입 시키면 된다.

"좋아요. 지가야 어떻든 나한테 장난질할 생각은 꿈에도 하지 마세요. 매도자에게도 마찬가지예요. 불가능하겠지만 서로 만족할 거래를 원해요. 이번 거래에서 중요한 건 보름 안으로 이루어져야 해요. 잘됐을 경우 그저 법정 수수료의 네 배를 받는 것으로 만족하셨으면 좋겠네요. 내가 아랫것들 시키지 않고 직접 내려온 건 다 이유가 있어요. 전화는 하지 마세요. 일일이 받기 귀찮아요. 맞춤법은 틀려도 좋으니 메시지로 길게 남겨주세요. 땅 주인은 언제 만나실 계획인가요?"

중개인은 기분이 더러웠으나 표정을 밝게 꾸미기 위해 애썼다. 미경은 모르는 척한다. 미경과 대화에서 사나운 엄마에게 삥땅 치다 들킨 아이가 된 기분이었다. 첫수부터 먹히지 않아 괜히 부끄러웠다.

여자는 일방적으로 말을 늘어놓았고, 그 말들은 하나같이 지시였다. 태어나기 전부터 종을 부리는데 이골이 난 안방마님으로 보였다. 여자의 보호막인 도화살은 전혀 보이지 않았다. 옷차림과 생김만으로 판단하기 유별난 여자였다. 중개인은 어느 쪽 편을 들어야 할지 머리를 굴리고 판단했다. 관례대로 매도자와 협상하여 매수자에게 사기 칠 계획을 급수정 했다. 오히려 매도자가 제시할 가격을 최대한 깎아내려 매수자의 품에 안길 결정을 했다. 늘 그렇지만 때론 땅 가진 놈은 왕이 아니라 호구인 경우가 왕왕 있다.

이 나라에는 국가고시를 어렵게 통과한 부동산 공인 사기꾼을 대량으로 양산했다. 거기에 바람잡이들이 같은 수로 엉긴다. 중개인은 절구질하듯이 머리를 조아리며 말한다. 말씀하신 대로 어느 정도 수고비를 얹어 주시면 다른 건 모두 체쳐놓고 사모님 땅에만 매진하겠습니다. 미경은 양수가 똘마니에게 하듯이 알게 모르게 손가락만 끄덕였다.

그리고 두 시간이나 흘렀을까, 서울로 돌아가는 중에 중개인이 땅 주인인 이홍재를 만나러 간다는 메시지를 받는다. 미경은 치하할 목적으로 중개인에게 전화를 건다. 미경의 전화에 황감해진 중개인은 명령을 잊었는지 장황한 결과보고를 한다. 미경의 잔기침에 놀란 중개인이 이홍재를 데리고 횡성에 있는 소갈비 집으로 간다며 간살을 떤다. 미경은 적잖은 과외비용이 든다는 말 쯤에서 전화를 끊는다.

이 모든 상황을 양수에게 간략히 보고하자 양수가 미경을 껴안고 얼굴 아무 대나 뽀뽀를 했다. 그리고 장황해도 좋으니 처음부터 자세하게 이야기나 하자고 했다. 양수에게 있어 밤은 낮과 같았다.

땅 주인이자 악성 채무자인 이홍재로부터 직접 전화가 온 것은 그다음 날 오전이었다. 양수는 이홍재가 미끼를 꽉 물었다고 쾌재를 불렀다. 잠시 즐거웠다가 화가 난 양수는 이홍재 목구멍에 실재 낚싯바늘 몇 개를 넣어볼 결정을 잡았다.

이홍재는 자신의 땅을 바로 살 임자가 나타났다는 소리를 듣자 자신의 몸이 하늘로 날아오르는 줄 착각했다. 그는 그 사실을 현실 감각으로 느끼기 위해 고통에 가장 취약한 몸의 한 부분을 반복해서 꼬집었다. 죽으라는 법은 없는 것이다.

장편소설 빚

이 거지 같은 땅에 예전 자기처럼 희망을 품은 놈이 나타난 것이다. 꿈에 용은커녕 지렁이도 나오지 않았는데 이런 일이 일어나다니, 이번엔 매수자가 마음이 변하기 전에 서둘러 일을 처리해야 한다. 물론 구매자가 제시한 땅값이 잘 나가던 해의 반값이긴 했으나 양수에게 그 삼 분의 일도 안되는 가격에 뜯기는 일에 비한다면 횡재에 가까운 거액이었다.

이 모든 게 정혁이 자신을 구해준 덕분이었으나 이홍재는 자신을 구원한 예수를 부정한 베드로처럼 바로 고개를 흔들었다. 공은 공이고 사는 사다. 그건 그때 일이었고 지나간 사건이며 병가지상사 아닌가. 그 자식이 내게 베풀어준 공은 천만 원쯤 쥐여 주면 상쇄되는 일이다. 세상에 공것이 어디 있단 말인가. 돈이 생기면 이놈도 조심해야 한다. 이 나라에는 사기꾼이 아닌 사람이 드문 곳이다.

이홍재는 돈이 손에 바로 쥐어진 것처럼 신이 났다. 어떻게 보면 그 나이에 양수란 놈에게 돈의 소중함을 손가락을 자르는 교훈으로 가르침을 받은 것이다. 그 돈이 손에 들어온다면 더는 사업 같은 건 안 하리라. 사업이라면 신물이 난다. 이홍재는 월아리 산막에서 살며 이루어지지 못할 것마저 상상하며 미쳐 돌아갔다. 그 백 가지 중 땅이 고스란히 팔릴 경우가 들어앉았다. 나도 봄날 늘어진 개처럼 살아보자.

듣고 보니 필리핀이나 베트남은 노후의 삶을 풍족하게 보낼 파라다이스였다. 이홍재는 다짜고짜 이십만 원까지 내려줄 수 있으니 중도금 없이 계약 후 한 달 내 일시불로 지불할 것을 요구했다. 미경은 쾌히 승낙하고 그 메시지를 양수에게 보냈다. 양수는 다시 손바닥을 치며 미경을 얼싸안았다. 양수의 그런 태도에 뚱이와 정우성은 배운 사람에 대한 경각심을 갖고 자발적으로 한 계단씩 물러앉았다. 양수는 이 조직에 들어온 이래 처음으로 경박한 목소리로 말했다. 뚱이가 어리둥절했다.

"앗싸, 요 새끼. 다 잡은 거나 마찬가지야. 내가 이런 생각을 못 한 건 아니야. 어쨌든 우리 박 실장이 큰일을 했군. 이 일을 해결한 후 나머지 두 건도 마저 끝내자구. 너희 두 놈도 박 실장을 잘 모시고 배워. 글고 오늘부터 박 실장 빚은 퉁치는 거야. 다들 알았어?"

박 실장? 내 그럴 줄 알았다. 실장이건 대장이건 상관없다. 원님 덕에 나발을 불 수 있다면 장땡이 아닌가? 피아노의 높은 '도'를 누른 것처럼 머릿속이 띵하고 울렸다. 승진시켜 준다는 건 말뿐이니 그렇다 하더라도 자신의 빚을 탕감해주겠다는데, 미치고 팔딱 뛰는 게 아니라 고작 이렇게 많은 별이 보일 정도란 말인가? 미경은 양수의 감격에 젖은 말을 서류화가 아니면 최소한 영수증이라도 받고 싶었으나 미경은 내색하지 않았다. 양수는 요즘 신처럼 한 말은 얼마든지 자신의 계시를 철회할 위치에 있었다. 미경은 양수의 선결 조건에 미약한 자신의 반응에 오히려 놀랐다. 부스러기라도 먹어야 할 돼지와 정우성은 양수가 한 결정을 번복할까 불안했다. 미경은 웃음이 터져 나오려는 것을 이를 악물고 참았다. 내가 변신 중이다.

뚱이와 정우성은 미경의 성과에 잔뜩 고무되고 말았다. 뚱이와 정우성이 환호성을 지르자 양수는 자신의 머리에 찬물을 끼얹은 듯 정신이 돌아왔다. 이 정도에 감정 중추가 움직여서는 안 되는 일이었다. 아직 시작도 못 했다.

양수는 이번 건을 해결한 후 나머지 두 건도 미경의 후천적 사냥 본능에 맡기기로 했다. 느닷없이 미경을 실장으로 승진시킨 것이지만 그건 자신의 탁월한 감각이었다. 양수는 미경에 대해 달리 생각했다. 가끔은 하나보단 둘이 나은 법이다. 이것저것 다 혼자 해왔으니 발기가 안 되는 거야.

양수는 미경의 수완에 주목했다. 과부거미 같은 여자지만 틀어쥘 수 있다면 위협이 되지 않는다. 물론 믿지 않는다. 독을 가진 코브라를 믿는 사육사는 없다. 지금은 종양이 문제지 수술비용을 따져서는 안 된다. 양수는 미경에게 믿기 어려울 정도의 자유권을 주었다. 흥, 자유? 돈에 묶여 있는 이상 너의 반경은 정해져 있다. 어디를 가든 좋다. 단, 통화권을 이탈하지 않는 범위 안에서이다.

네가 나를 믿지 않는 것은 본능이다. 하지만 내가 너를 믿지 않는 순간 너는 바로 처리된다. 두 번 말하지 않는 이 말을 명심하도록. 양수의 이 말에 미경은 거의 울뻔했다. 미경도 양수와 같은 생각을 했다. 나는 이 세상의 누구도 믿지 않는다. 내일은 내일의 해가 뜬다는 사실도 믿지 않는다.

이틀 후 미경에게 온 중개인의 메시지가 양수의 신경을 잡아 뜯었다. 이홍재가 중개인을 법정 대리인으로 정했고, 이제부터 중개인이 대리로 진행할 것이니 사모님이 정한 기일 내 언제든지 계약을 실행할 수 있다는, 딴에는 들떠 있었다. 그놈에게 제대로 설명할 수는 없었지만, 땅이고 뭐고 간에 이홍재를 잡기 위한 수작이었는데 그것에 제동이 걸린 것이다. 양수가 재떨이를 던졌다. 애먼 정우성의 대가리가 깨졌다.

한참을 골똘히 생각한 미경은 양수에게 진정하시라고 했다. 우리 쪽에서 응답이 없으면 전화는 바로 올 것이며, 이홍재가 미끼를 문 것은 확실하니 미늘이 터지지 않게 심리적으로 살살 당기기만 하면 끌려올 것이라 확신했다. 양수의 얼굴이 다시 환해졌다. 양수는 자신의 모자란 점을 미경이 보완한다는 느낌이 들자 빛 가운데 있는 출구가 환히 보였다.

"어떻게?"

"터무니없는 가격이지만 이홍재가 원하는 계산으로도 무려 사십 오억짜리예요. 그 정도면 대통령도 숙이고 들어올 금액이죠. 그런데 당사자를 만나지 않고 계약하지는 걸 그 새끼가 깨닫는 데 시간이 필요해요. 시간을 끌면 생각하게 되어있어요. 그만큼 대가리가 비어있다는 증거죠. 계약을 파기하겠다고 통보하면 그만입니다. 지금 이홍재가 대리인을 내세웠다는 것은 선생님을 경계하고 있다는 실증입니다. 우리도 조심해야 하고 뇌가 두부로 만들어져 있는 그놈 모가지를 신속하게 물어야 해요. 똥이 오빠는 안되고 제가 다른 덩치를 데리고 가서 이홍재를 직접 만나겠어요. 물론 나중에 회수할 계약금으로 삼억 정도는 줘야겠지요."

하루 더 이홍재가 장고로 꼼짝하지 않자 오해한 미경이 눈을 치켜뜨고 앙칼진 목소리를 높였다.

"그 개새끼 거처를 확인하시면 선생님이 직접 포를 떠서 우리에게 한점씩 주세요. 아주 질이 나쁜 놈이에요. 감히 선생님의 고래 힘줄 같은 돈을 떼어먹으려 하다니."

그렇지 않아도 그러려고 했다. 미경은 양수 앞에서 전화를 걸었다. 미경의 목소리는 품위 있고 오만했다.

"김 사장! 이런 식으로 하시려면 이번 건은 없었던 거로 하세요. 이만 끊겠습니다."

양수는 깜짝 놀랐다. 자초지종의 설명 없이 거래를 끊겠다니. 양수가 건짜증으로 마른세수하는 동안 미경의 폰이 요란스레 울렸다. 미경은 핸드폰을 한참 노려보다가 전화를 받았다. 바로 걸려온 상대방의 간절한 목소리가 허겁지겁 쏟아져 나왔다. 미경의 목소리에 박하 향기가 났다.

"장장 사십 오억짜리 거래예요. 뭐 부스러기는 알아서 자르겠지만, 그런 큰 금액을 나보고 일개 대리인을 믿고 추진하라는 몰상식이 어디 있답니까? 물론 법적인 하자가 없다고 지껄이는데, 법 자체가 하자 투성인 나라에서 나보고 대리인을 무조건 믿으라고요? 내가 이미 말했었죠. 엉뚱한 생각하지 말라고! 내가 필요한 건 그 땅이 아니라 그 크기가 관건이에요. 그 충분조건에 맞는 땅은 이 개 같은 나라에 얼마든지 있다는 걸 김 씨도 잘 알지 않나요?"

절묘하다. 사장에서 일개 개인 김 씨로 실추시키는 그 시점이 말이다. 양수는 배운 년인 미경의 화법에 감탄했다.

"내가 돈은 많은데 시간이 없어요. 시간이 충분했으면 그 정도 땅은 경

장편소설 빛

매로 얼마든지 찾을 수 있죠. 지금 그쪽 땅 구매 건은 우리 사업 초기 단계입니다. 처음부터 확실하지 않으면 안 돼요. 지금 돌다리도 두들겨 보고 가지 말아야 하는 심정이란 걸 알아두세요. 어쨌든 대리인이던 자식새끼건 지금 당장 땅 주인 놈과 상의해 보시고 다시 연락주세요. 바뀌지 않으면 그 땅껀은 당장 파기하겠습니다. 그럼 이만, 바빠서 끊습니다."

김 씨라? 그놈 표정이 CCTV로 들여다보듯이 다 보인다. 어쨌든 김 씨란 표현은 너무하지 않은가. 나도 거지가 다 된 놈한테 꼬박꼬박 고갱님이라고 님짜를 꼬박 붙이는데. 게다가 거래를 중단하겠다고? 양수는 미경의 과격한 태도가 이해 가지 않았다. 만일 그쪽에서 그만두겠다고 한다면 다 잡은 대어를 코앞에서 놓치는 격 아닐까? 미경은 가소로운 먹이감을 다루는 고양이 앞발로 양수의 어깨를 감싸 안으며 안심하라는 표정을 지었다.

미경이 전화를 끊고 배시시 웃었다. 그 표정은 양수의 다른 모습이었다. 양수는 자기와 동류인 그녀를 안고 싶었고 젖달라고 보채는 양수의 모습을 보는 똥이와 정우성은 동시에 밀려난 서열을 확실하게 읽었다. 똥이는 누구에게 먼저 충성을 보여야 할지 아는 못된 며느리의 감각으로 미경을 존경하게 됐다.

양수는 이 일이 잘 마무리되면 셋 모두에게 보너스를 주겠다고 말했다. 일단 먼저 계약금 일억을 떼어 5대 4대 1로 나누라고 하자 속셈은 어둡지만, 돈에 관한 한 눈치가 빠른 똥이가 먼저 이마를 바닥에 박았다. 미경의 웃음이 다시 한번 앙칼졌다.

미경은 상황 보고를 시시각각 해왔다. 양수는 미경을 전혀 믿지 않았다. 도망친들 부처님 손바닥이란 걸 미경의 표정을 보고 알았으나 워낙 사람이란 종자는 배신이 깊게 베어져 있었기 때문이다. 알아서 기는 건 충성이 아니라 생존에 특화된 기술이다. 게다가 충성심은 모든 노예에 배어있는 정서였다.

이홍재로부터 연락이 직접 왔다. 그는 자신이 이렇게 해야만 했던 구구한 사정을 늘어놓았으나 미경은 단호히 말을 자르고 처리나 빨리합시다고, 말했다.

양수 또한 미경의 뒷 설명을 듣지 않아도 상황을 다 이해했다며 고개를 끄덕였다. 양수는 뜸을 그만 디밀고 속히 잡을 계획을 세우라며 신경질을 냈다. 미경을 식구로 끌어들인 후 처음으로 아랫배에 뜨거운 기운이 몰려왔다.

이제 양수는 광명파 보스를 제거할 계획을 세울 정도가 됐다. 고작 사람 하나를 들였을 뿐인데 이제야 여유가 생긴 것이다. 그냥 이대로 소 닭 보듯이 살 수만 있으면 경제적 비용을 절감할 금상첨화였겠지만 이건 조직의 생리상 있을 수 없는 아주 못된 버릇이었다. 도약을 위해서건 생존만 하려고 해도 광명파 보스는 제거되어야 한다. 반면 조직을 운영하면서 성격상 문제로 덩어리들을 갖추지 못한 이상 양수는 용병에 외주주어야 했다. 그런 과정을 길게 진행된다면, 결정적인 순간에 무성이 파와 막가파는 새로운 제안을 요구할 게 틀림없었다. 아마 이 모든 전쟁을 치르고도 배상금은커녕 광명파가 차지하고 있는 모든 걸 할양해야 할지도 모르는 일이었다. 그럼 위치만 높아질 뿐 영역의 반은 줄어들어 비빌 언덕과 지지기반이 무너지는 것이다. 어차피 이긴다 해도 이 나라는 떠야 한다.

그렇다고 광명파 보스에게 자비를 기대할 순 없었다. 결과적으로 그를 제거해도 허울뿐인 명목만 차지하게 될 뿐이고 반면 그를 제거하지 않으면 인간이 겪을 수 있는 최악의 고통 속에 죽어갈 것이므로 그와 양수는 양립할 수 없는 숙명이었다.

곡식 창고의 쥐를 없애기 위해 도둑고양이를 끌어들여야 할 방식은 생선을 지켜야 하고 코끼리와 한방에서 자겠다는 결정과 비슷했다.

양수는 어두컴컴한 방에서 쪼그라든 자신을 발견했다. 그만 뛰고 싶었다. 인간의 본 모습으로 돌아온 것은 아닐 터인데, 나약한 심정이 든 이유가 불분명했다. 그렇지 않아도 강한 체질은 아니었고 먹는 거 또한 양질의 것은 아니다. 늘 피곤하고 신경줄은 탄성을 잃게 하고 있었다. 다 집어치우고 싶었다.

지금까지 가둔 돈을 모두 끌어내 인도네시아의 발리란 섬으로 튀고 싶은 열망이 간절했다. 사람이라면 조금은 아파야 한다. 모든 동물이 심성을 드러내려면 아파야 착해지는 것이다. 양수는 약해지려는 자신을 다그쳤다. 놓칠 수 없었다. 내친걸음이며 계속되는 기회였다. 양수는 한약방에 들러 보약을 지었다. 그는 거기서도 돈 욕심으로 망해가는 한의사 한 명을 고객으로 확보했다.

건강하지 않은 악은 없다. 주변국을 둘러봐도 이 나라 외 그 어떤 나라도 남미 국가가 아니면서 이처럼 타락한 정치인은 없을 것이다. 부패가 없으면 빚은 없어지고, 빚이 없으면 양수는 존재하지 못하는 역학 구조이다. 습성화되어있는 탐욕이 뿌리까지 뽑히지 않는 한 꽃놀이 패를 잡은 것이다. 가만히 뒤도 독버섯의 포자가 사회 음지로 파고든다. 그럼 나도 왜놈 야쿠자가 이 나라 제3 금융으로 파고든 것처럼 중국에 진출하는 것이다. 얼마 전 왕서방과 접촉하여 밑밥을 깔았다. 그런데 제3 금융의 대부분이 일본 야쿠자 자본이란 걸 이 나라 개돼지는 알고 있을까. 예전에는 일본에 힘의 지배를 받았다면 오늘날엔 금융의 지배를 받는 것이다. 우리는 강국의 속국임이 틀림없다.

좋다. 몬탈레의 시구처럼 나는 폭풍이 몰아치는 새벽. 상아로 새겨진 생쥐처럼 살아남는다. 양수는 만약의 경우를 생각해 진두지휘하기로 마음먹는다. 샛별 박미경의 일 처리도 직접 봐서 앞으로 되어가는 대로 어디에 착수할지 결정할 것이다. 이번을 끝으로 직접 뛰는 현장에서 빠지기로 한다. 밥버러지들의 손가락을 자르는 일이 귀찮아졌다. 그럴만한 규모로 커진 것이다.

백 년 만의 외출　　　16

　문(門). 벽이기도 하고 문이기도 한 경계를 건너 미경이 밖으로 떨어져
나왔다. 소경이 눈을 떴다고 하면 맞는 비유일까? 사람들이 거리를 둥둥
떠다니고 있고, 무엇을 씹는지 먹는지 모를 오물거리는 입 모양이 닭 똥구
멍처럼 과대 확대되어 보인다. 심지어는 그들의 코털과 그 안을 통해 기도
안으로 빨려드는 공기도 보인다. 분명 착각이나 환각은 아니다. 심장이 역
사가 힘있게 두들기는 북소리를 낸다. 오랜 항해를 하면 육지 멀미를 한다
던데 뭔가 치밀어 오르고 다리가 후들거린다. 유아 시절로 돌아온 느낌이
다. 내가 아기인가?
　엄마 탯줄을 타고 나온 이래 두 번째로 외출하는 기분이다. 걸음이 헛방
울 집는다. 걸음걸이를 새로 배워야 할 정도로 몸이 가눠지지 않는다. 제
대로 걷지 못하겠다. 즐겁다. 섹스는 이 정도로 즐겁지 않다.
　문이 안과 밖을 가르는 게 아니다. 문은 이 세상과 저세상을 명확하게 가
르는 장치이다. 판도라 상자에 천 년 동안 갇혀 있다가 운명의 힘에 풀려
그 상자가 열려 나왔다. 나는 박미경이란 태곳적 상표를 떼어냈다.
　소원을 말하라! 자유 권력이 그렇게 말했다. 많은 소원이 병목현상을 일
으키며 쏟아져 나오다 제힘에 엉켰다. 더 좋은 소원이 있을 터인데 고작
'햄버거가 먹고 싶다.' 였다. 왜, 햄버거가 미치게 먹고 싶을까? 엄마를 기
억 못 하는 것은 아니었다. 엄마가 어떻게 됐을지, 오빠와 동생은 어찌 버
티고 있을지는 궁금하지 않았다. 왜? 거의 십 년 이상을 엄마 병간호에 매
달렸었는데 당연히 궁금해야 하지 않을까? 삼십 년 넘게 가족이었던 그들

　　　　　　　장편소설 빛

은 내가 운 좋은 날 하루에 일곱 명의 사내를 받는 순간 사라져 버렸다. 좋은 일이다. 그들은 지금까지 내 인생에 걸리적거리는 장애였다. 좋은 일이다. 그들의 삶이 내 앞에 치워졌다는 건 기념할만한 일이다.

하여간 그들은 나처럼 교육받아 본 적이 없으니 자살 의지가 없어 바퀴벌레처럼 살아남았을 것이다. 살아는 있을 테지.

거리로 나왔다. 몇 군데의 햄버거 가맹점을 지나쳤다. 먹고 싶다는 욕구는 여전한데 다그치는 힘에 제어되어 손이 문을 열려고 하지 않았다. 먹다가 눈물이 나오지 않을까? 다음 소원을 말하라. 다리는 여전히 걸으려 했다.

4차선 거리 길가에 앉았다. 독한 향이 목젖에 달라붙는 에스프레소를 마시며 무료하게 걷는 행인을 바라보는 것은 어떨까? 그것도 괜찮다. 술을 마시는 건 어떨까?

조금 전 일이다. 홍천 땅을 생각하다 느닷없이 두통이 몰려와 아무 생각 없이 뚱이에게 바람 좀 쐬고 오겠다고 하자 뚱이는 오겠다는 미경의 끝말에 엉뚱한 눈빛을 하다가 양수에게 들은 것도 있고 해서, 자기 보호 없이도 괜찮겠냐고 물었다. 광명파 아이들을 염두에 두고 하는 말이지만 미경은 말 없음으로 싫다는 표시를 확실히 했다. 어떤 면에서는 양수가 아닌 뚱이가 열쇠였다. 필요하다. 아니, 절실하다. 단순한 놈의 충성심은 맹목적이다. 며칠 전 양수 앞에서 나는 치켜세워준 뚱이의 친절함이 떠올랐다. 반드시 친해 두어야 할 살쾡이 형(型) 돼지다.

뚱이는 그답지 않게 배시시 웃음을 흘리며 천천히 다녀오라며 주머니에서 칼을 건넸다. 내가 그것으로 무엇을 하겠냐마는 징표로 받아 두었다. 나를 향한 뚱이의 웃음이 전과 달랐다.

너는 잘못 알고 있다. 나는 예전 너의 손길을 잊지 않고 있다. 비록 양수의 생각을 좇은 손과 발이었지만 허벅지에 닿았던 매의 잔상이 뇌에 박혀 있다. 대리인이면 본인이 한 짓이 아니라고 뻗대지만 네 잘못 또한 반 이상의 책임이 있다.

아, 태어나서 처음 나와 보는 세상이다. 꽃이 못 견디게 아름다운 건 각종 동물이 썩어가는 늪에 그들을 자양분으로 해 살아남아서이다. 길은 여전히 출렁거려 어지러웠다. 장기수가 출옥하면 길 멀미를 겪는다고 하던데, 나는 고작 이 년 반을 있었을 뿐이다. 아니 자세히 생각해 보니 무려 백년 만이다. 백 년이라고 읊조린다.

이 도시에 살았던 적이 있었나 싶다. 빚에 몰리면 사람들은 벙어리가 되고 눈 뜬 소경이 된다. 그리고 조용히 입 다물고 거미처럼 집을 지어 스스로 친 그물에 웅크리게 돼 있다. 세상이 어떻게 돌아가건 관심이 없는 게 아니다. 세상 이야기는 내 가슴에 응어리를 만들었다.

바깥에 있는 저들과 처지를 비교하니 하늘이 왜 무너지지 않는지 의문과 원망이 겹쳐진다. 나는 산소가 모자란 곳에서 조용히 썩어가고 있었다. 아니 혐기성(嫌氣性) 세포인 암이다. 얼마 전까지 간절하게, 그저 고통 없이 죽게 해준다면 서슴없이 목을 디밀 작정이었다.

양수에게 자유권을 획득한 그 날 미경은 거리로 나왔다. 미경은 거리에 쪼그려 앉은 자세로 한참 동안 두 무릎을 꽉 잡았다. 덤프트럭을 발견한 것이다. 몸이 알아서 똥이의 매질을 기억하고 있었다. 그 순간 의식은 미경을 일으켜 세워 마지막 기회이니 트럭 앞으로 뛰어들라고 밀었다. 미경은 귀를 막고 몸을 끌어안아 강하게 버텼다. 아직은 아니다. 기회가 남아있다.

미경은 거리에 쏟아져 나와 있는 여자들이 왜 우리처럼 유니폼을 입지 않은 지 그게 궁금했다. 제각기 색종이를 제멋대로 뿌려 놓은 차림이 심상치 않았다. 잃어버린 무언가를 찾기 위해 거리로 나온 거 같은데 눈은 그 무엇을 향해 구걸하고 있어 보였다. 더러운 년들. 너희들이 잘난 줄 알지. 세월이 주는 착각이야, 이년들아.

미경은 다시 늦은 시간, 거리에 나와 있는 여자들의 상판에 마사지 시술소 여자의 얼굴을 견주어 본다. 딱 들어맞는다. 어쩜 이리 똑같이 생겼는지 눈물이 나오려고 한다. 미순이는 지금 어디 있을까? 더 자세히 보니 즐거워 미치겠다는 거리에 놓인 여자들과 우리는 분명히 다르게 생겼다.

커피숍. 무려 커피 한 잔에 오천 원이나 한다. 순수익으로 따진다면 내 일당 중 한 시간의 값어치다. 마약이 들었을까? 대한민국은 커피에 환장한 나라인가 보다. 어디를 둘러봐도 이렇게 많은 커피점이 존재하는 이유는 무엇일까? 그러고 보니 내 생활이 윤택했었을 때도 이런 곳을 들려본 적이 드물었다. 그녀의 삶에는 휴식이 빠져 있었다.

옆 좌석에 내 나이 또래의 여자들이 남편에 대한 불만과 험담을 늘어놓고 있다. 억울하다. 나는 하루 평균 다섯 사내와 부대끼며 그 짓을 했는데, 자기들은 일주일에 한 번을 그것도 간신히 한다고 웃음을 깨부수며 쫑알거리고 있다. 저러고 싶을까? 그래 조금만 기다려라. 너희들이 빚으로 내게 굴러오면 하루에 열 번씩 밑이 헐도록 해줄게. 언젠가 내 터로 올 때가 있을 것이다. 그러나 늦지 않게 와야 한다. 마흔이 넘으면 네 밑천은 장마 전 상추처럼 싸진다.

정혁에게 내일 출전 소식을 전했다. 정혁의 답장은 간결했다. 정혁은 알았다가 몰랐다가 아니라 미경에게 섣불리 행동하지 말라고 당부한다. 항상 중간을 유지하라고 하는데, 그게 무슨 뜻인지 모르겠다. 진작 물어볼걸. 그리고 지면에 파란 끈이 보이면 절대 밟지 마라며 두 번이나 말했는데 그것도 뚱이 눈치가 보여 물어보지 못했다.

누가 이기든 나는 살아남는다. 정혁이 성공하면 찬란한 미래가 보장될 것이고, 실패한다고 하더라도 들어놓은 보험이 빛을 발할 것이다. 누가 이

기건 상관없다. 내 연기력은 대종상도 아깝다.

포커페이스. 무표정의 표정을 그렇게 부르는 모양인데 잘못 알고 있다. 표정이 유연해야 한다. 웃음과 찡그림에서 진실과 거짓이 날조되어야 상대가 속을 들여다보지 못할 것이다. 나는 그런 포커페이스를 지옥에서 배워 익혔다. 양수와 정혁이 나의 스승인 셈이지. 미경이 날카롭게 웃자 옆 좌석의 골빈 여자들이 닭처럼 놀라 푸드덕거렸다. 미행은 없었다.

미경은 공중전화를 어렵게 찾아 광명파 두목과 통화를 했다. 그녀는 간략히 말했다.

"산은 넓은 곳이에요. 하지만 도시와 달리 숨을 곳이 많죠. 시간 엄수를 부탁드려요."

그리고 새로운 악의 탄생 17

반쯤 뜯어진 거미줄에 죽은 무당거미가 바람에 흔들리고 있다. 죽어서까지 거미줄을 놓지 못하는 거미의 악력(握力)이 소름 끼치게 전해져 온다. 죽음을 추억할 수 있게 바람이 멈추었으면 좋겠다. 바람은 모든 색깔을 바라게 하지.

모든 준비를 끝냈다. 큰일이다. 아무리 숨을 들이마시고 내쉬어도, 벽에 머리를 박아도 가슴에 얹힌 긴장이 내려앉지 않는다. 내일을 위해 잠을 자야 한다는 강박이 오히려 잠을 내쫓는다. 정신은 육체에 좌우된다. 마음먹기 달렸다는 부처의 말은 생거짓말이다.

삼 일째다. 졸음이 와서 자리에 누우면 바로 옆에서 누가 유리관을 깨는 것처럼 신경이 날카로워진다. 억지로 눈을 감으면 누군가 내 가슴에 올라앉아 있는듯한 감각으로 숨을 쉴 수 없다. 뼈와 근육이 이 모양으로 아우성치는데, 내일 제대로 거사를 치를 수 있을까 심히 걱정된다. 몇 시간이면 되는데, 그 시간만이라도 정신과 육체를 멀쩡하게 간직하지 못하면 공든 탑이 무너지는 것이다. 형과 형수의 이름을 수십 번 부르자 비로소 전의가 타오른다. 하지만 몸은 그대로이다. 언제까지 정신력으로 육체를 어루만질 수는 없을 것이다.

이홍재가 양수파의 근황을 물어도 정혁은 모르겠다는 대답으로 일관했다. 그의 괜한 물음에 일일이 대답하다 보면 방향이 어디로 갈지 모른다. 이홍재에게 양수는 부적으로도 물리칠 수 없는 난제이다. 꼴에 그는 내가 일 처리가 서투르다고 말한다. 여기는 쥐도 새도 모르는 곳이라 아무리 말해도 먹지 않는 나머지 시간에는 초조함을 감추지 않았다. 어서 이 땅을 팔아 대한민국을 뜨지 않는 한 안심할 수 없다며 정혁을 다그친다. 그때뿐이다.

그는 욕심과 환락을 동시에 채우려는 놈에게 공통적으로 보이는, 겁이 지나치게 많았다. 그러다 소주가 한 잔 이상 들어가야 터무니없는 자신감과 막장에 몰려 있음에도 구체적인 계획이 아닌 하나 마나 한 공상 안에 허우적거렸다. 그 공상에조차 허무맹랑한 가슴을 가진 여자와의 성을 그려댔다. 그런데도 술에 깨기만 하면 참을만한 고통에도 손가락이 끊어지는 고통을 지르고 어둠에서 환각을 보았으며 작은 소리에 민감한 반응을 보여 나를 미치게 했다. 이홍재는 나를 항상 방패로 생각하는 거 같았다. 사소한 것마저 상의하려 들었다. 그가 곁에 있으면 생각이라는 기능을 쓸 수 없었다. 낮잠을 잘 때 파리보다 열 배는 귀찮은 존재였다.

빚의 무서움을 절감하면서 되풀이 빚에 빠져드는 이유는 무엇일까? 외상이라면 소도 잡아먹고 공짜라면 양잿물도 마시겠다는 자괴적인 속담으로 이 현상을 대변해 줄 수 있을까? 그렇지않다. 빚은 어떤 상황이든 부딪히지 않고 모면하려는 충동에서 비롯된다.

사람은 빚과 쓰레기 배출에 관한 한 통제가 되지 않는 묘한 동물이다. 곳곳에 쓰레기를 버리지 마시오란 푯말이 있듯이 인간의 뇌에 빚 금지령을 써 붙여야 한다.

사람의 도덕성은 타인에 의한 의지여서 공동체를 이룬 관심과 지도가 아니면 실현성이 약하다. 약간 비약해서, 사람을 죽이지 못하게 법으로 강제성을 띠지 못한다면 누구나 살인광이 되는 것처럼 말이다. 그러므로 도덕성은 타의에 의해 쉽게 묵살되거나 방기로 이어지기 쉬운 양심의 부분인 것이다.

마찬가지 과정으로, 빚은 개인이 발생시키는 것이지만 통제는 정부와 사회가 나서야 한다. 물론 이기심으로 인한 잘못은 개인에게 있으나 몫을 따진다면 사욕에 사로잡힌 정치꾼에게 있다. 즉, 쓰레기를 함부로 버리는 사람의 본성은 어쩔 수 없지만, 그것을 모으고 치우는 것은 정부가 해야 할 일이 아닐까?

예를 들면 주위에 쓰레기통이 있으면 사람들은 쓰레기를 통에 넣는다. 그러다 아무도 관리하는 이가 없어 쓰레기통이 넘치면 바로 그 주위가 쓰레기 산으로 변하는 이치다. 쓰레기통을 아예 치우거나 아니면 관리인을 두느냐가 정치의 결단이다. 반면 아무리 쓰레기통이 있어도 보란 듯이 거리에 버리는 놈이 있다. 그렇듯 이홍재는 빚의 올가미에 스스로 모가지를 디미는 타입이었다.

이홍재는, 양수의 미끼로 쓰임새가 없었더라면 벌써 똥 구덩이에 차 넣고 싶은 충동을 일으키게 하는 자였다. 정혁은 이홍재를 물끄러미 쳐다보았다. 어느새 그의 얼굴에는 불안도 근심도 찾아볼 수 없었다. 천치도 아니고 그렇다고 순한 인간도 아닌 그저 즐거워 미치겠다는 저 얼굴을 어쩌란 말인지. 조금 아까 당장 죽을 거 같은 얼굴은 인류의 평화를 설계하는 표정으로 바뀌어 있다. 기찻길 옆 오막살이에서 잠도 잘 자는 아이처럼 말이다.

이홍재는 부지런한 것도 아니면서 입과 몸을 가만히 두지 못했다. 예전에는 자기 집 개도 해로워 먹이지 않았다는 라면 한 박스가 사흘을 가지 못했다. 내일 모래이면 이 짓도 다 끝이라며 또 라면을 사 오란다. 이번 일만 해결되면 소갈비로 삼시 세끼를 먹여준다며 큰소리를 뻥뻥 친다. 이번 일이 해결되든 말든 그런 일은 오지 않을 것이다. 정혁은 빈속을 유지했다.

어제 자정을 넘겨 미경으로부터 다짐받는 메시지를 받았다. 정오를 한 시간 앞뒤로 해서 외부인력 없이 양수와 자기 그리고 뚱이와 정우성이 도착할 예정이니 실행에 차질 없기를 바란다고. 하긴 고작 한 놈이라 생각했으니 용병을 써 괜한 비용을 출혈할 필요가 없을 것이다. 숫자가 늘어나도 괜찮다만은, 천우신조이다. 그리고 애원하듯이 덧붙였다. '부탁이 있어요. 만약 일이 잘못된다면 나에 대해 입을 다물어 주세요. 곱게 보내드릴게요.' 미경의 말에서 한가지 빠진 게 있다면, 양수가 도착한 후 한 시간 안에 광명파 두목이 온다는 사실을 빼놓은 걸 정혁은 모르고 있었다.

하여간, 만에 하나, 거의 일어나지 않을 일이지만. 신이 방해해서 일이 계획대로 안 된다면 각오가 된 일이었다. 정혁은 쉽게 빼낼 수 있게 왼쪽 주머니에 둔 청산가리 캡슐을 점검했다. 이로써 배수진을 쳤다. 죽어도 좋고 산다고 해도 보람찬 의미가 있는 것도 아니다. 형과 형수가 없는 세상은 이미 지옥이다.

게다가 일이 잘못되면 미경이가 깔끔하게 죽여준다고 하지 않던가. 미경은 공포의 의미를 제대로 아는 여자이다. 그래도 미경의 끝 문장이 목에 가시가 걸린 양 불편했다. 미경으로선 어쩔 수가 없으니 이해해야 한다. 그녀 또한 걸리는 게 없는 여자다. 모든 경우의 수를 수용하기로 했다. 나는 당신의 도움을 진정으로 고마워하고 있다. 악이든 선이든 서로 협조 없이 목적을 이루어지지 못한다.

정혁은 다시 한번 장비를 점검했다. 십 밀리미터의 작은 철편을 약 칠십여개로 정교하게 이어붙인 쇠 주먹이다. 부드러움과 움직임은 권투 글로브 수준이나 파괴력은 해머와 비슷하다. 영화에 나오는 것처럼 악력을 보강할 수 없는 아쉬움은 남지만 다른 동력을 설치하지 않는 한 무리가 있다. 어느 무기가 이처럼 다루기 편리할 것인가. 위력은 이미 여러 불량배와 뚱이를 상대로 마쳤다. 이것만으로 씨름 선수가 무더기로 덤벼도 지지 않을 자신이 있다.

팽팽해진 긴장감으로 잠은 계속 오지 않았다. 라면 세 봉지를 다 처먹은

장편소설 빛

이홍재의 코골이가 거슬렸다. 정혁은 그저 눈을 감고 주문을 외웠다. 김양수 너는 내일 죽는다. 김양수 너는 내일 반드시 죽는다. 뼈란 뼈는 다 부수어 놓을 것이다. 정혁의 이미지 트레이닝은 계속됐다.

하늘에 붉은 페인트를 쏟아부은 듯 미명이 밝아오고 있다. 고작 11월 초인데 산에는 겨울이 고여 있었다. 화장터에 뜰만 한 해가 나뭇가지 위에 걸리자 새의 지절대는 공허한 울음이 주위로 몰려든다. 산에 붉은색과 황갈색의 나뭇잎이 옴처럼 산에 잔뜩 퍼져있다. 이홍재는 작부 차림의 단풍 색채에 들떠있다. 희망의 가면을 쓴 절망의 눈으로 보면 다 그렇게 보인다.

세상과 무관하게 돌아가는 이곳의 풍경은 버둥거려야 사는 도시의 들뜬 삶을 가소롭게 비웃는다. 지금이라도 늦지 않았으니 미끼를 버려두고 새로운 삶의 방법을 구하는 게 어떻냐고 마음 한구석에서 묻는다. 어림없는 소리다. 증오가 극에 이르면 찰나를 위해 죽을 수도 있는 것이다. 전신이 갈가리 찢겨 흩어진다 해도 상대의 손가락 하나만이라도 마음껏 자를 수 있다면 기꺼이 목숨을 내놓을 사람이 이 나라에는 너무 많다.

도대체 왜 파장 장터의 개같이 사냐고 내 머리털을 쓰다듬는 바람이 묻는다. 어차피 이래도 한 세상이고 저래도 한 세상인 걸 왜 죽이고 죽이려드냐고 산이 압박한다. 복수가 그런 것이다. 그들은 내 형과 형수를 빼고 온 세상 사람들 모두 죽였더라면 나는 굽신거리며 살아남았을 것이다.

형과 형수가 죽자 우주가 사라졌다. 시각이 닫혔고, 청력을 잃었다. 미각이 없어 맛의 즐거움을 모른다. 언젠가 이홍재가 지나가듯이 들려준 얘기가 있다. '당신 호텔 신라 뷔페에 가봤어. 거긴 음식이 나오지 않아. 눈으로 먹고 입으로 음식이 흘러 들어가지. 그리고 말이야. 거기서 흘러넘쳐 쏟아질 거 같은 가슴이 큰 여자와 씹 해봤어? 나는 해봤지. 돈만 있으면 모두 황제가 되는 세상이야.' 나는 모른다. 나는 쫄병의 입맛을 갖고 태어났다.

이홍재는 산과 들, 주위의 화려한 단풍을 내일 죽을지 모레 죽을지 모르는 돼지처럼 만끽하고 있다. 정혁은 죽을 각오를 되새기자 어느덧 안정을 되찾았다. 가슴에 정화수를 얹은 기분이다. 이홍재가 뭔가에 잔뜩 들떠 말을 하고 있었는데, 당장은 그의 철없음이 고마웠다.

"이십 년 전에 이 땅을 사 놓고 후회를 참 많이 했습니다. 내 땅이지만 이리 밟아본 것도 처음이고, 매일 노숙자처럼 맛없는 라면을 황송하게 처먹으며 살아본 것도 처음입니다. 불안합니다. 그 악귀 같은 놈들이 찾아올 거 같아서 잠다운 잠을 자본 적이 없어요. 그런데 말입니다. 이 산의 풍광이 나를 도인으로 만들더군요. 신림동에서 정혁 씨가 나를 구해주지 않았으면 꿈도 못 꿔볼 일이지요. 다시 한번 감사드립니다. 물론 늦어도 한참 늦었지만 말입니다. 참 열심히 살아왔죠. 그래서 하늘이 준 마지막 기회일지 모르겠습니다. 오늘 내 땅을 보러 온다고 홍천 부동산에서 연락받았습니다. 계획대로 돈이 손에 들어오면 한국 종자가 없는 산이나 섬으로 들어가 콱 처박혀 살 작정입니다. 그런 사람 동남아 가면 참 많습디다. 오늘 여기를 보여준 다음 민 여사와 계약하기로 했습니다."

모조리 거짓말이다. 이홍재는 운빨에 의지했던 한 시절의 회장님이었고, 이를 악물고 살기는커녕 열심히 암컷의 배를 젓던 놈이다. 한숨도 못 잤다고? 그는 사형 전날까지 돼지처럼 잘 수 있는 천부적인 심보를 가진 인간이다. 얼마 전까지만 해도 마지막 노후를 베트남에서 어린 여자의 궁둥이를 두들기며 살겠다고 설계한 놈이다. 그래놓고 풍치가 좋은 산이나 섬이라니! 그럴 승산이 네 놈에게는 없다. 너는 악을 살찌우는 고깃덩어리일 뿐이다.

"내 땅을 살 여자, 민 여사 말이오. 눈빛이 묘한 여자예요. 예쁘면서 관능적이지 않은 그런 성(性), 그런 여자 본 적이 있소? 이 산에 있으면서 많은 생각을 했지요. 할 일이 뭐가 있겠소. 대체 민 여사가 내 땅을 왜 사려고 했을까? 경기도이긴 하지만 강원도에 가깝고, 악산이지만 올라오면 구릉지죠. 그러다 돌을 던지니까 바로 견적이 나오더군요. 골프장이죠! 여기만큼 멋들어진 골프장이 없는 거예요. 그래서 바로 궁금증이 풀렸죠. 아, 시간만 있으면 밀당을 해야 하는 건데, 그 악귀 같은 양수파가 나를 기다리는 거예요. 정말 사십 억에 팔기에는 아까운 곳이죠. 평생 마지막 기회인데 어쩔 수가 없는 거예요. 젊지 않아 다행입니다. 내가 정혁 씨 나이 정도였다면 또 한 번 무리수를 두었을 거요. 뭐, 다 산 건 아니지만 내 나이 육십이오. 이제는 편하게 살 나이가 아니냐구요. 이 잘린 손가락 좀 보세요. 세상에 어떤 나쁜 놈이 이자라며 손가락을 자를 수 있단 말이오. 그것도 두 개나. 좌우지간 싸게 팔 수밖에 없는 게 아쉽기는 합니다. 그래도 이게 어딥니까? 내가 왜 이 아름다운 땅을 두고 서울이라는 불구덩이에서 살았는지 모르겠습니다."

되풀이되려는 이홍재의 말을 밀어 놓고 정혁은 말없이 먼 산만 바라보았다. 곧 있으면 그들이 그물 안으로 들어온다. 소원이 현실이 되는 건데, 이미 이룬 것처럼 가슴이 뛰지 않는다. 이홍재가 정혁을 바라보며 윗입술만 드러낸 채 소웃음으로 웃는다. 그가 손으로 무릎을 치며 이제야 큰 결정을 했다며 말했다. 그동안 겪어봤지만 유례없는 짧은 말이었다.

"내 이번 일만 잘 해결되면 박정혁 씨에게 천만 원을 주겠소. 좋지요!"

웃기는 놈이다. 처음에는 그들로부터 안전하게 지켜주면 자산의 반을 넘겨주겠다고 수없이 다짐했었다. 인제 와서 사십 억 중 천만 원이라니. 그럼 천만 원이 당신 재산의 반이란 말인가? 물론 믿지도 않았고 돈 때문에 한 일이 아니다. 난 달콤한 미끼가 필요했다. 허언증은 겁쟁이 생리이다.

얼마 전까지만 하더라도 이홍재의 뇌에는 미래에 대한 항목이 없었다. 닥치는 대로 살아야 하는 노가다 꾼도 앞날 걱정은 하는데 이 인간은 당하는 그 순간까지 모면만 중요했다. 어떻게 나이 육십을 처먹도록 이런 식으로 살아나왔는지 신기할 정도였다. 모든 인간의 방향은 어떤 악의 힘으로 조정된다는 사실을 알지 못하는 것도 수수께끼이다. 나 또한 관록이라면 서울에서 버틴 지가 조금 부풀려 삼십 년째다.

"좋지요! 뭐, 두 달 돌봐주고 천만 원이면 땡잡으셨지. 뭐, 그리 감사할 거는 없고, 내가 원래 통이 큰 편이오. 그리고 언제까지 숨어 살 수는 없는 노릇이고, 언젠가 그놈들을 만나 담판을 지을 거요. 사실 빌린 돈이 오억이 채 안 되지. 게다가 선이자 이십 프로 떼이고 받았으니 말이야. 막판에는 물건 땡처리로 갚은 돈도 일억은 넘을 거야. 그런데 이 악마 같은 놈이 무슨 서류 더미를 던지더니 이십 팔억을 내놓으란 거야. 지금은 웃지만, 그 당시는 죽을 것만 같았소. 내 평생 육십이 넘도록 그런 매타작은 처음이오. 이것 봐요. 손가락을 이자라며 잘라 가져갔소. 난 이 땅이 팔리자마자 익명으로 경찰에 신고할 작정이오."

지금은 웃긴다고? 말로 고쳐질 인간이 아니다. 무슨 꿍꿍이인지 모르겠지만, 양수는 이 쓸모없는 땅을 왜 노리는 걸까? 이홍재 말대로 골프장을 지을 계획하고 있나? 그렇다 하더라도 사람들이 골프라는 걸 치기 위해 이 산골을 찾을 정도로 어리석을까? 하여간 많은 산에 골프장이 있기는 하다만은 상상이 가지 않았다.

다시 이홍재는 처음 정혁에게 철석같이 약속했던 금액을 지우고 재설정한 금액의 현실적인 크기에 대해 몇 번이고 방점을 찍었다. 물론 천만 원이 적은 돈은 아니다. 그럼 돈이 그렇게 귀한 줄 알면서 빚은 왜 졌단 말인가?

정혁이 귀찮은 표시로 침묵을 지키자 그는 이곳에 온 이래 수십 번이나 되풀이했던 슬픈 기억을 떠올렸다. 가슴이 아픈지 손으로 가슴을 부여잡았다. 그라고 지병이 없을까만은, 정혁이야 말을 듣든 말든 지껄이기를 멈추지 않았다.

"일단 정혁 씨 도움으로 양수파한테 도망가긴 했는데, 그 후가 막막한거야. 빚 추궁을 당하니까 세상이 이리 좁을 수가 없는 거요. 노상 맥없이 돌아다니던 서울에 갈 곳이 없었소. 친구? 친구는 진즉 떨어져 나갔고 나만보면 원수 대하듯 하는 형제도 사라졌소. 한번은 술 처마신 큰 조카 놈한테 얻어맞은 적도 있소. 내 빚으로 그놈 집 안 기둥을 뽑아 놓았으니 말이오. 그렇다고 이 땅 판 돈은 형제에게 한푼도 내놓지 않을 작정이오. 아무리 그렇다고 조카가 삼촌을 때린단 말이오. 서로 비싼 비용을 치른 셈 치지, 뭐. 또 뭐가 있지. 아~하 고향? 부모가 죽은 후 땅은 고향이 아니더군. 악소문만 무성하고 가고 싶지도 않소. 그러다 보니 대한민국이 지도상에 존재하는 것처럼 한 평도 안 되더군, 좁다! 아주 좁아. 잡히는 건 시간문제였지. 꿈만 꾸면 악몽이야. 그 쪼그만 새끼가 날 산 채로 껍질을 벗기는 거야. 그렇게 맥없이 도망 와서 신림동에서 죽은 듯이 살고 있는데, 경제 여건상 하루에 한 번 가던 식당에서 이상하게 생긴 놈을 본 거야. 이상하게도 두 다리가 움직이지 않았어. 그렇게 풀썩 주저앉았는데 정혁 씨가 나를 끌고 나왔지. 처음에 정혁 씨를 봤을 적에 난 당신도 같은 패인 줄 알았어. 냄새가 다르더군. 아마 정혁 씨가 아니었다면 나는 그날 나머지 여덟 개의 손가락도 달아났고 월아리 땅도 고스란히 넘어갔었을 거야."

그런데도 천만 원이란 말인가. 은혜는 모르되 원수는 확실히 아는 그렇고 그런 토끼일 뿐이다. 정혁은 한숨이 나왔다. 저 인간이 품은 건 희망일까, 아니면 언젠가 제자리로 돌아올 백일몽인가. 그는 여기서 살아난다. 하더라도 현실로 돌아오지 못할 것이다.

사람이 귀하다는 노래는 사람만 귀하지 않다는 실제의 반어법이다. 맛없는 사과는 없다. 사과가 너무 많아 그 가치가 떨어졌을 뿐이다. 이 나라에는 이홍재 같은 먹잇감이 빈 박스처럼 흔하다. 그걸 모르는 당신은 관

뚜껑에 못이 박혀도 자신의 처지를 이해하지 못할 것이다. 상관없다. 정혁은 자신의 수고비로 그 정도면 만족한다고 했다. 그래도 아직 모르니 이곳을 완전히 떠나실 때까지는 주변에 설치해 놓은 덫을 주의하라고 했다. 이홍재에게 수십 번이나 주의를 주는 것은 그의 건망증보다는 뭐든지 대충 넘어가려는 습관에 주의를 준 것이다. 그는 덫에 걸리어야 고통을 느끼겠지만 덫의 효능을 이해하지 못하는 중늙은이였기 때문이다.

이홍재는 그 나이에도 아둔하고 힘이 넘쳤다. 정혁이 아무리 지친 표정을 지어도 상대의 피곤함을 공감하기는커녕 끊임없이 카드 집을 지었다가 허물었다. 그러다 이제야 생각이라도 난 듯이 홍천 부동산 사장을 미리 만나 조언을 구해야겠다고 조급증을 냈다.

정혁은 할 수 없이 쇠 장갑으로 이홍재의 뒤통수를 내리친 다음 기절한 그를 자는 것처럼 꾸며 문 앞 소파에 앉혔다. 원래 그의 쓸모였다. 그를 양수와 그 무리가 올 거라고 예상되는 방향에 이홍재를 비치했다. 자는 듯한 이홍재의 살짝 벌어진 입에 날벌레가 날아들었다.

정혁은 망원경으로 길목 서너 군데를 정하여 살폈다. 쓸데없이 숲을 뚫고 오지는 않을 거겠지만 만에 하나 길이 나 있지 않은 곳으로 올지 몰라 그쪽으로도 덫을 열 개 정도 깔아놓긴 했다.

찌가 커다랗게 쑤욱 들어갔다. 죽을 운명이었는지 그들은 예상한 원래의 길을 따라 올라오고 있었다. 열 한 시가 터벅터벅 움직이며 다가오자 뚱이를 필두로 해서 그 밑으로 줄줄이 늘어섰다.

멀리 보여서인지 그들은 동네 아이들의 무리처럼 하찮게 보였다. 느닷없이 바람이 분다면 그 대류에 저항하지 못할 쓰레기 봉지였다. 조준선 안으로 미경이 뒤에 양수가 따라오고 있다.

누구는 몽땅 걸어야 할 판에 내 패 끗수가 낮다고 할 것이다. 그렇지 않다. 운명은 내가 초조해 보인다고 말할 것이다. 그렇지 않다. 아니, 실제로 그렇지 않더라도 그렇게 보였으면 좋겠다. 상대가 약해 보이면 함부로 덤벼들 것이니 말이다. 너의 패는 필패의 끗수다. 승리의 패는 내가 가지고 있단 말이다.

아드레날린의 수치가 급격히 상승했다. 관절은 부드러워지고 정신은 명징하다. 사람 몸은 대부분 수분으로 이루어졌다고 한다. 반면 내 육체는 그 수분과 같은 비율인 증오로 이루어져 있다. 지금에 와서 나를 설득하려는 자가 누구인가! 신? 웃기는 위안이다.

인제 와서 그 어떤 제안도 나를 멈추게 하지 못한다. 설사, 악마가 예수에게 한 같은 제안, 세상을 다 준다고 해도 나 역시 거절한다. 세상! 구원이 불가능할 정도로 오염된 세상을 악마가 아니고서야 누가 갖고 싶겠는가? 그건 나의 남은 삶의 기한 내 가을바람에 휩쓸릴 모래성이다. 또, 신이 뒤늦게 나타나 나를 천길만길 낭떠러지로 민다고 해도 나는 확고하다. 지금, 이 순간 형이 살아나 애처롭게 그만두라고 빈다 해도 그만둘 수 없다. 사랑은 증오와 같은 메커니즘이다.

형과 형수 그리고 가엾은 영혼인 조카의 합동 진혼제가 벌어지려 한다. 축문을 읽어야 하는데 동네 머슴 출신이라 관습도 모르고 무식이 걸린다. 아, 이제 와 하는 탄식이지만 아무리 피라미드의 밑바닥층이라도 이런 결과를 예측해 제문을 쓸 정도의 지식은 있어야 하지 않을까? 형, 미안하오.

나의 동력은 양수에 대한 증오다. 너의 패가 보인다. 블러핑이나 속임수는 이 판에서는 통하지 않는다. 오늘 너와 너의 분신들은 가장 고통스러운 방식으로 죽는다.

이제 오십 미터만 다가오면 덫이다. 미경이 뾰족한 구두 탓에 비틀거리며 걷고 있다고 생각하겠지만, 실상은 발밑에 파란색 실로 표시한 근처의 덫을 경계하고 있다. 멀리 보이는 움직임으로 짐작이 간다.

잠시 후 산의 공기를 찢는 비명이 새들의 금슬을 흩어 놓는다. 심어놓은 덫이 튀어나와 정우성의 발목을 잡고 늘어졌다. 마을 사람이 멧돼지를 잡기 위해 놓은 덫이라 생각할는지 모른다. 어리석으면 뭐든지 자기식대로 계산하게 되어있다. 그 소리에 놀라 똥이가 멈칫했고 미경이 당황해 보이려고 애를 썼다. 양수는 잠깐 발걸음을 멈추었다가 여기까지는 일상이라는 듯이 경계를 하며 멈칫거리다가 걸음을 빨리했다.

움막에서 열 발자국 떨어진 곳에 이홍재를 앉혀 놓았다. 양수와 둘이 미끼에 다가오기 전에 멈춤을 알리는 정혁이 등장했다. 정혁은 그들을 세워 놓고 멍청해 보이는 표정으로 준비 운동을 했다. 양수는 처음 보는 자의 행동이 우스꽝스러웠다. 인사를 하든지 자기소개하든지 해야 하는 거 아닌가?

정혁은 아무 말 없이 권투의 기본 동작을 하듯 쇠 장갑을 낀 손을 허공에다 휘둘렀다. 정혁의 손에 끼워진 쇠 장갑이 기억나는지 똥이가 뒷걸음질을 했다.

바로 그곳이다. 철컥하며 오래된 집 문이 열리는 소리와 동시에 정우성이 질렀던 소름 돋는 같은 비명을 똥이도 내질렀다. 풀숲에서 졸고 있던 새가 놀라 날아올랐다. 화음을 맞추는 정우성의 비명이 어릿한 분위기를 얼려놓았다. 이 모든 소음이 한 프레임이었다. 둘의 비명이 넘쳐 산골짜기를 타고 메아리로 흘렀다. 소름 돋는 악쓺이 산을 부딪쳐 가며 나무들이 '와아' 몸부림쳤다. 미경은 백지장으로 변했고 이런 분위기에 익숙한 양수 역시 당혹감을 감추지 못했다. 정혁은 화면이 여러 장면으로 변하는데도 들었는지 보았는지 아무 표정 없이 여전히 준비 운동 중이다. 표정이 없는 사람은 없다. 정혁은 표정이 없이 무정했다. 산과 나무나 다를 게 없었다. 정혁은 나무 사이에 즐비한 바위였다.

미경이 얼어붙었다. 아무 표시가 없는 곳에서 똥이가 덫에 걸렸다. 미경은 덫에 걸린 똥이의 살찐 발목을 보았다. 덫은 얼마나 강력한지 그 이빨

장편소설 빛

의 반이 살 속으로 파고들어 보이지 않는다. 맹수가 살의를 가지고 덤벼든 참혹함이다. 전에 뚱이 손가락이 미경이 보는 앞에서 양수에 의해 잘렸던 것을 본 적이 있다. 당시 뚱이는 이빨을 악물고 깊은숨과 함께 짧고 깊은 신음을 내뿜었지 저 정도로 비명을 지르지 않았다. 뚱이의 이빨은 악물고 참으려 해도 어찌해 볼 수 없는 고통에 따라 입이 열렸고 그 함성은 동굴 속 박쥐가 쏟아져 나오듯 터졌다. 발목뼈가 으스러진 것이다. 최대한 비명을 지르면 고통이야 줄어들겠지만, 공포는 배가될 것이다.

저런 흉기가 아무 표시 없이 내 앞에 깔려 있다. 정혁은 나까지 몰아넣으려는 것이다. 이건 지뢰 이상이다. 그는 나조차 믿지 않는다. 미경은 의심과 배신 그리고 공포로 얼음이 되었다. 정혁은 양수에게 바둑판에서 훈수하듯이 말했다.

"움직이지 않는 것이 발모가지에 좋을 게다. 네 놈 주변에 죽음에 가까운 덫이 스무 개쯤 있어. 한번 걸리면 스스로 발목을 자르지 않는 한 빠져나올 수 없을 게다. 왜, 거짓말 같은가?"

야산의 허공을 흔드는 정우성과 뚱이의 비명이 메아리로 양수의 이마에 깊은 선이 그어졌다.

양수는 어둠에서 빛 한가운데로 나오자마자 수십 개의 비수가 덤벼드는 착각으로 잠시 어리둥절하다가 이내 상황을 파악했다. 언제고 이런 일이 일어날 거라고 예상은 했으나 그게 광명파 두목이었자 이렇게 황당하게 당할 줄은 알지 못했다. 막상 당하고 보니 오금이 저리고 괄약근이 절로 풀리는 느낌이었다. 미경의 질린 표정으로 보아 잠시 혼란이 왔다.

이곳의 방문을 직접 설계한 년이 미경이다. 날짜와 시간을 아는 놈은 우리뿐이다. 게다가 두 놈은 덫에 걸려 있다. 미경의 저 표정은 함정을 판 자가 아니다. 아, 악수를 두었어. 그럼, 이홍재에게 저런 머리가 있었나? 아니다. 지금 이홍재는 묶여 있다. 방심했어.

냉혈 동물의 아가리를 연상케 하는 큼지막하고 강력한 덫의 송곳니는 뚱이의 발목을 아그적 씹고 있는 중이다. 두 손으로 덫을 벌리려고 애를 쓰면 쓸수록 어금니는 절대 놓지 않겠다는 강력한 의지를 갖고 있었다. 송곳니라면 나도 하나 가지고 있지.

정혁은 일부러 갈지자로 걸으며 양수에게 천연덕스럽게 다가왔다. 사실 양수가 밟고 있는 경사진 언덕은 길이어서 덫이 깔려 있지 않았다. 정혁은 알고 양수는 모른다. 다만 뿌리가 드러나는 비명에 양수는 만감이 교차하기도 했고 정혁은 벅차올랐다.

어렸을 적 선생한테 무지막지한 매를 맞는 와중에 이런 생각을 했었다. 선생이 애들을 개잡듯이 패는 이유는 단 한 번도 개잡듯이 맞아보지 않았기 때문이다. 맞아 본 놈은 아팠던 기억으로는 저렇게 못 때린다. 마찬가지로 양수가 더없이 잔인한 이유는 그 현장에 있었고, 손가락을 잘려보지 않았기에 그렇다. 이제야 참 공포가 무엇인지 알게되는 것이다. 아무리 감정이 제거된 놈이라도 실제 공포가 얼마나 끔찍한지 느껴보고 거기서부터 시작되어야 한다. 맞아보지 않은 놈의 통각은 공방의 경험이 가득 찬 과부의 성감대보다 예민하다. 차례를 기다리는 것만으로 아프다. 자, 다음은 네 차례다. 정혁이 자신에게 속삭였다.

자신의 최후를 아는 자는 발악하지 못한다. 양수가 발밑을 살피며 품에서 얇고 긴 칼을 꺼냈다. 옛날 영국의 성주는 자신의 새로운 칼을 '과부의 통곡'이라 이름을 붙였다. 양수는 옛 성주의 오만을 흉내 내 자신의 칼을 '악녀의 혓바닥'이란 이름을 붙였지만 실제로 이 칼을 사용해 본 적은 없었다. 칼날이 햇빛에 반사되어 정적에 무게를 더했다. 반면 정혁은 단조로웠다. 왜, 양수는 한마디도 하지 않는 것일까? 하긴 지금 이 자리에서 무슨 말이 나오겠는가. 정혁에게 양수의 얼굴은 너무 오랫동안 기다려 만나 반가웠고, 친밀하다는 느낌마저 받았다. 반면 양수는 다정한 눈길을 주는 정혁을 처음 봤다. 저놈이 나를 아는가? 내 기억 안엔 없다. 저런 보통의 얼굴은 비 온 후 거리의 지렁이처럼 흔히 볼 수 있었다.

양수는 발끝으로 표면의 흙을 밀어내며 자세를 잡았다. 미경은 서서히 한쪽 구석으로 밀려났다. 함정이었군. 그럼 저년도 한패였어. 내가 죽을 자리가 여긴가. 아무도 없는 곳이어서 조용히 썩어가겠군. 억울하진 않다. 자리가 이동됐고 처지가 바뀌었다. 그럼 사라져야 한다. 다만 곱다시 죽을 생각은 없었다.

내가 죽을 때가 되었나? 양수는 자신에게 슬며시 물었다. 양수는 악녀의 혓바닥을 꺼내며 희망을 품었으나 자신이 내놓은 질문에 긍정적인 답을 내놓지 못했다. 적어도 이 자리에서 양수는 자신이 이래저래 해치웠던 자들의 얼굴을 떠올리지도 않았다. 지옥에는 과거가 없다. 정혁이 두 팔을 벌려 양수의 칼을 잡으려 시도했다. 양수는 칼이 쇠 장갑이 무력하게 부딪히자 순간 착각했다가 희망의 무게를 덜어냈다.

아, 저건 그냥 손이 아니었어. 양수가 칼을 이리저리 휘두르자 정혁은 오히려 한 발짝 다가섰다. 뚱이는 이 장면을 보며 어느 정도 참고 있었으나 정우성은 파고드는 뎢의 송곳니에 가감 없는 비명을 질러댔다. 뼈가 부러지면 많이 아프다. 정혁에게 정우성의 비명은 응원가였다. 양수는 먼저 정우성의 아가리를 찢고 싶었다.

발 움직임이 자유롭지 않은 양수의 손놀림이 몹시 서툴렀다. 움직이지 않는 물체를 찔러본 적은 있지만, 공수(攻守)가 자유로운 물체와의 실전은 처음이었다. 오히려 발밑에 무엇이 튀어나올지 모르는 핸디캡마저 안아야 해서 비틀거렸다. 칼과 쇠 장갑이 부딪혀 거슬리는 쇳소리가 신경 줄을 갉아댔다. 비명이 계속 산 전체를 흔들고 있음에도 어느덧 무관심해진 산은 두 사람의 생사를 가르는 싸움에만 집중했다. 산이 들떠 중계를 했다.

정혁에게는 뚱이의 묵직한 신음과 정우성의 비명이 진혼곡으로 들려 위안이 됐다. 이곳은 정혁에게 형과 형수의 환호성이 들리는 원형 경기장이었다. 그들의 발모가지에 물려 있는 덫의 송곳니는 형과 형수의 악착같은 저주였다. 악마가 이길까. 복수에 걸신이 들린 아귀가 이길까? 주위가 수런거렸다.

양수가 발악하듯 칼을 휘둘렀다. 정혁이 여유 있게 돌아서는 가벼운 걸음걸이와 바뀐 위치에서 자기 주위에 덫이 묻혀있지 않음을 눈치챘다. 발이 자유로워진 양수는 잠시 도망칠 궁리를 했다가 이내 고개를 흔들었다. 어디에 덫이 묻혀있는지도 모르고, 주력으로도 불가능했다. 여긴 놈의 홈그라운드였다. 놈을 해치우지 않으면 불가한 일이었다. 거기에다 놈의 손은 해머를 능가한다.

정혁은 묵은 숙제의 마지막 장을 쓰듯 여유로웠고 양수는 형장에 끌려온 겁쟁이처럼 사지가 떨렸고 점점 지쳐갔다. 노동은 해보지 않았고 운동을 게을리했다. 지금은 날씬한 칼을 드는 것조차 남은 근육이 힘들어했다. 양수는 빈틈을 노리고 정혁의 아랫배를 향해 찌르고 들어갔다. 정혁이 그 칼날을 쇠 주먹으로 잡았다. 칼은 실제 박힌 것처럼 빠지질 않았다. 양수의 관자놀이 부근에 묵직한 통증이 전해졌다. 정혁은 순간 이거구나 하는 단어가 떠올랐다.

정혁은 그럴 리가 없겠지만 백만 분의 일의 확률이 어처구니없게 앞으로 일어날 가능성에 대비하는 구실로 뚱이와 정우성의 사지에 각각의 덫을 물려 놓았다. 둘은 지독한 통증으로 기절했다가 깨어나기를 반복했다. 팔과 다리는 영원히 제구실하지 못할뿐더러 뇌 역시 지독한 고통의 기억으로 정상은 아닐 것이다. 이 나라에서 장애인으로 사는 것은 단순한 불편함이 아니다. 먹이를 구할 수 없으며 생산에 참여할 수도 없다. 죄를 짓지 않아도 보이는 것만으로 기생충 취급을 당한다. 그들은 죽을힘이 없어 매일 지옥에 산다. 통증과 같은 삶.

316   장편소설 빛

정혁은 진땀을 비 오듯 흘리는 똥이의 얼굴을 전리품 쓰다듬듯이 정성 들여 닦았다. 몇 시간 전에 덫에 물린 발목은 보랏빛으로 너덜너덜해졌다. 애초 그들을 곱게 죽일 생각은 계획에 없었다. 손목과 발모가지가 없는 것으로 그들은 똥 구덕에 살아야 할 것이다. 아무런 감정이 일지 않는다. 생각만큼 기쁘지 않다. 그저 쓰레기를 치운 정도이다.

사지를 묶인 양수는 어금니를 악물고 눈에 힘주어 감은 채로 정혁의 어떤 물음에도 대답하지 않았다. 정혁은 양수에게 형과 형수의 사연을 들려주지 않았다. 그저 한 질문은, 너 몇 살이냐? 밥은 먹었냐? 부모님은 네가 이런 일을 하는 사실을 알고 계시냐? 하며, 얼굴을 뜯어보며, 너도 사람 새끼냐 정도였다. 더는 궁금한 게 없었다.

양수는 타인의 고통에 무감각하고 자신의 아픔에는 극도로 예민한 인간이 그렇듯 자신이 저지른 악행을 반성하거나 후회하지 못했다. 아니, 군중을 상대로 자신의 영웅담을 들려주고 그것을 듣고 있는 너희들이 얼마나 한심한 종자인지 작작 좀 하고 살라며 뼈아픈 충고로 사람들을 주눅 들게 했다. 그리고 자신이 한 말에 도취되어 손가락만 자른다. 너는 살아 있는 게 아니라 내가 살라고 명령한 거야.

양수는 정혁의 슬픈 얼굴을 보니 돈이 얼마나 됐던 자기편으로 돌릴 상황이 아님을 알았다. 뭐 그런 거 있지 않은가. 십만에 하나 정도 있는 정직한 공무원의 오만함 같은 거. 양수는 상황을 단축할 방법을 찾고 있었다. 울고불고 매달리면 망나니의 칼춤이 짧아질지 모른다. 도대체 이놈은 누굴까? 나를 노리는 놈은 손가락으로는 셀 수 없다. 그럼 용병인가. 한편으론 궁금하면서 뻔한 결과는 전혀 궁금하지 않았다.

이홍재가 함정일 거라는 계산을 못 한 머리를 잘라내고 싶었다. 그런데 미경이가 그의 하수인일 줄은 짐작하지 못했다. 미경이 년은 굳은살이 박인 게 아니라 화학적인 변신을 했다. 내가 그걸 깨웠다. 그것만으로 죽을 처지인 것이다.

힘들고 고통스러울망정 경험상 죽는 건 잠깐이다. 그 후 아무 일 없다는 듯이 나와 무관하게 악성으로 세상이 돌아가겠지. 양수는 어떻게 상대 감정의 키 높이를 조정해야 빨리 단축할 수 있는지만 계산했다. 인정에 기대면 죽는 과정이 길어진다.

정혁은 양수를 돋보기로 들여다보는 것처럼 이리 가까이 보니 무척 괴상했다. 꿈에서, 식당 건너편에서 무심한 척 바라본 얼굴하고 하나도 달라진 곳이 없는데, 피부의 숨구멍이 다 보일 만큼 가까이 있으나 생전 처음 보는 상상의 동물처럼 신기했다. 몇 날 며칠이 아닌 칠 년을 악전고투 끝에 낚아 올린 물고기가 이리 허무할까?

분명 꿈은 아니지, 사람 새끼가 맞을까? 자세히 보면 이마에 솟은 뿔을 발견할지 모르겠다. 바지를 내려 꼬리를 찾아볼까?

정혁은 양수의 볼을 세게 잡아당겼다. 인간의 탈을 뒤집어쓴 것은 아니었다. 양수는 그저 풀이 죽은 늙은이의 좆처럼 처량하고 한심해 보였다. 정혁은 잘못 잡은 건 아닌지 재판이 시작되기 전 피의자 확인 절차를 밟듯이 물어봤다. 네가 김양수는 맞냐?

이 모든 게 끝나니 몹시 피곤했다. 의도와 달리 죽은 이홍재가 싸놓은 배설물 냄새가 지독했다. 사람은 질기기도 하고 애벌레처럼 나약하기도 하다. 들떠 있다가 멈춘 상태로 죽은 이홍재의 시신이 빙충맞았다. 정혁은 양수가 기절하지 못하도록 아드레날린 주사를 치사량에 가깝게 놔주었다. 준비한 석유를 양수의 하반신에 조심스레 적셨다. 기절하지 못하며 오래 탈 것이다.

죽이기 전 양수에게 형과 형수의 슬픈 이야기와 너와의 인과관계를 들려두고 싶었다. 사람을 상대로 한 싸움이었다면 그게 맞을 것이다. 분주하던 중에 아까부터 문밖에 앉아 눈치를 보고 있던 미경이가 짧은 비명을 질

장편소설 빚

렸다. 밖을 내다보니 싸움소를 연상케 하는 사내들이 열댓 명 보였다. 미경이 소리쳤다.

"광명파 두목님과 그 식구들이에요. 당신은 가만있어요. 제가 알아서 다 말할게요!"

당신? 정혁은 미경의 다음 설계를 알지 못했다. 서울에 오래 살았지만, 여자에 대해 아는 건 창녀와 형수뿐이었다. 미경과는 지금껏 용건만 주고받았다. 정혁은 습관적인 한숨을 길게 내뱉었다.

앞으로 남은 기간에 대한 계획은 가지고 있지 않다. 다 끝났다. 복수는 정혁이 살아 있을 이유이자 동력이었다. 죽는 건 겁나지 않았다. 그건 그거고 이건 이거다. 어쨌든 잡은 기회를 나타난 놈에게 뺏기지 않기 위해 양수의 하체에 불을 붙이고 쇠 장갑을 꼈다. 왼쪽 주머니에 청산가리 캡슐이 만져졌다.

움막에서 서둘러 나오는 살아 있는 양수의 지축을 흔드는 비명에 기웃거리던 귀신이 흩어졌다. 덩치들이 움직이자 정혁은 주의를 주고 싶었으나 그럴 기운이 깡그리 바닥이 났다. 일순 분위기가 험악해졌다. 정혁은 미경이 떨어져 있으라는 눈짓을 주고 그들 앞에 마주 섰다. 사회정의에 이바지하자는 건 아니지만 한 놈이라도 저승에 동행하면 기분이라도 나아지지 않을까 하는 심정이 되었다. 광명파 두목으로 보이는 놈이 하늘을 쳐다보며 말했다. 양수와 달리 작아도 다부진 체구였다.

"이런 걸 어부지리라 하나? 이 냄새는 뭐지? 오늘 저녁 잔치에 먹으려고 개를 끄시는가?"

정혁이 쇠 장갑을 끼우며 대답했다.

"어떤 놈이 고향으로 떨어지는 중이오."

사내의 기괴한 웃음이 산을 쩡쩡 울렸다. 옆에 있는 그의 수하들이 땅바닥을 쿡쿡 쑤셔가며 덫을 찾아냈다. 두목은 아무렇지 않게 정혁에게 물었

319   그리고 새로운 악의 탄생 · 17

다.

"내 언젠가 이리될 줄 알았어. 양수를 작업한 이유는 물어보지 않아도 그거겠지? 그래서 죄짓고는 못 사는 법이야."

그럼 너는? 정혁은 고개를 끄덕였다.

"양수의 빈자리를 자네가 채울란가? 아님. 양수와 오순도순 묻히던가."

정혁이 고개를 강하게 흔들었다. 미경이 달려와 두목의 바짓가랑이에 매달렸다.

"제가 며칠 전에 연락드린 사람이에요. 기억하시죠. 저와 사정상 전화로 약속하셨잖아요. 우리가 양수를 제거하면 금융 부분을 떼어주시기로. 양수보다 잘할 수 있어요. 회장님을 신으로 모실께요. 그리고 이번 작업은 저분이 하신 게 아니라 저의 작업으로 이루어진 겁니다. 회장님."

두목이 미경을 귀찮다는 듯이 발로 살짝 걷어냈다.

"잉, 아네. 내가 머리를 달고 처음으로 생각이란 걸 하고 또 하고 수십 번 했었네. 대가리 빠지는지 알았쓰야! 근데 이제부터 배운 사람 영입을 그만 할라네. 해도 해도 너무하느만. 키워 논 게, 찜쪄묵고, 회 떠 묵고, 삶아 묵고, 사람이 그러면 안 되는 것이네. 하지만 저 양반을 데리고 오면 한 번 더 생각해 볼라네. 믿음직하구먼. 내가 보기에 이 년은 당신한테 필요할 거네. 그럼 다음에 정신 차리면 봅시다. 근데 말이네. 덫은 아조 잘 만들었네. 엊저녁에 저년한테 주의는 들었는디, 오다가 아랫것 한 놈이 걸려부렀어. 빙신은 틀림없겠더군."

을씨년스러운 해가 지고 있었다. 일을 마치고 무리 지어 내려가는 것들이 점점 희미해졌다. 미경은 새로운 희망에 절어 까닭 모를 말을 계속 늘어놓았다. 재미없고 끔찍하지만, 이홍재에게 여러 번 들은 내용이었다. 새삼스럽지만 이곳의 하늘과 달은 서울에 걸려 있는 것들과 전혀 달랐다. 심심하되 무심한 달이었다. 나른하고 의젓한 달이다. 서울의 달은 늙은 창녀

장편소설 빛

가 화장한 얼굴처럼 슬프고 지독하게 생겼다.

내 일은 다 끝났다. 세상은 그대로이고 점점 극악해져 가는데 양수가 제거돼도 흐름의 변화는 없을 것이다. 어떻게 보면 이 일은 복수가 아니고 분풀이에 지나지 않았다. 사필귀정? 약자의 개탄일 뿐이고 모두가 사라지고 난 뒤 정적이다. 양수의 자리는 쉽사리 메워지겠지.

미경을 보니 겁이 난다. 양수가 그대로 자리 이동을 했을 뿐이다. 이제나는 괴물이 되었고 미경은 양수의 화신이 되려고 안달이다. 양수는 죽어도 죽지 않는 시대가 됐다.

사람 좋은 형과 모든 자리에 뒤에 숨는 형수의 얼굴이 떠오른다. 그 둘이어딘가에 숨어 있다가 하지도 않았던 장난을 치며 짠하고 나타날 거 같다. 근육과 힘줄이 터져 나갔나 보다. 의식은 멀쩡한데 몸이 움직여지질 않는다. 승리도 음복도 없다.

형의 얼굴을 떠올리려고 해도 희미해져 또렷이 기억나지 않는다. 큼지막한 돼지비계 한 점을 상추쌈에 크게 싸서 막걸리에 배터지게 먹으면 기운이 날 거 같다. 우리에게 돼지비계는 소고기보다 보약이라고 형이 자주말했다.

미경은 잃거나 빼앗기는데 이골이 난 예전의 모습으로 돌아간 정혁을 경멸했다. 아무 소득 없이 죽이기만 하면 뭐하냐구. 미경은 정혁의 나약한태도를 경멸했다. 대화할 기분이 아니었다. 아니 정혁을 설득시킬 자신이없었다. 양수는 재가 되어가는 중이고 그의 믿음직한 뚱이와 정우성이 그뒤를 따랐기에 자신의 사람을 채울 걱정에 심란했다. 좌우지간 나아지긴양수의 마수에 벗어났다는 것이다.

미경의 계획은 무궁무진했다. 더 골방에 살지 않아도 되는 것쯤으로는발전이 아니다. 내 쓸모를 찾아야 한다. 광명파 회장님은 말은 그렇게 했으나 양수가 벌려놓은 사업체를 염두에 둬서 미경이 필요한 눈치였다.

미경은 달빛이 자욱이 깔린 산골짜기에 홀로 있어도 무섭지 않았다. 귀신이 나온다 해도 더한 악귀와 살았기에 얼마든지 상대해 주겠다고 큰소리쳤다. 안개를 타고 중음으로 떠돌던 세상의 억울한 귀신들이 덩실덩실 춤을 추며 마당놀이라도 하려는 듯 올라오고 있었다. 가소로운 귀신이다. 미경은 산비탈에 가랑이를 함부로 벌린 채로 외쳤다.

아, 아. 이러구 살고 싶다. 어차피 양지에서 살기는 글렀다. 곰팡이처럼 온 천하에 퍼져 벌레 같은 인간들을 쥐어짜며 사는 것도 나쁘지 않다. 그리고 전 국민을 최면에 빠지게 했던 광고 문구가 떠올랐다. 뭐, 부자가 되라고? 사람 말고 부자 말이다. 그렇다면 나는 이제 부자다. 사람은 아니고,

- 끝 -

장편소설 - 빗

1판 1쇄 발행 2024년 6월 14일

지은이 이종희

편집 문서아 김다인 이새희
마케팅 · 지원 김혜지

펴낸곳 (주)하움출판사   펴낸이 문현광

이메일 haum1000@naver.com   홈페이지 haum.kr
블로그 blog.naver.com/haum1000   인스타 @haum1007

ISBN 979-11-6440-611-1(03810)

좋은 책을 만들겠습니다.
하움출판사는 독자 여러분의 의견에 항상 귀 기울이고 있습니다.
파본은 구입처에서 교환해 드립니다.